KB066443

나는 영원한 2류 가수다

나는 영원한 2류 가수다
김은조 지음

초판 인쇄 2023년 08월 20일
초판 발행 2023년 08월 25일

지은이 김은조
펴낸이 신현운
펴낸곳 연인M&B
기 획 여인화
디자인 이희정
마케팅 박한동
홍 보 정연순
등 록 2000년 3월 7일 제2-3037호
주 소 05056 서울특별시 광진구 자양로 73(자양동 628-25) 동원빌딩 5층 601호
전 화 (02)455-3987 팩스(02)3437-5975
홈주소 www.yeoninmb.co.kr
이메일 yeonin7@hanmail.net

값 22,000원

© 김은조 2023 Printed in Korea

ISBN 978-89-6253-561-7 03810

김은조 인생노트

나는 영원한
2류 가수다

연인M&B

1996년 6월의 어느 날인지 날짜를 정확히 기억을 못하겠다. 서서히 더워지는 날씨였다. 한국에서 연극을 했고 연극 동아리에서 신랑을 만나서 미국 필라델피아로 이민을 간 내 동생 집으로 가는 길이다. 동생은 미국 시민권자로 미국에서 산 지가 거의 37년째이다.

생각이나 문화, 마인드가 거의 미국 사람과 같고 동생 신랑네 집안은 보잉 비행기를 만드는 엔지니어 집안이고 일찌감치 동부로 이민을 간 케이스다. 게다가 동부에 있는 템플 유니버시티(Tanpole University)에서 두 부부가 함께 공부를 하고 졸업을 해서인지 영어는 완벽하다.

한국에서도 영특하고 똑똑하다는 소리를 동생은 많이 들었던 터였다. 거기에 동생과 나라는 존재를 잠시 대입을 한다고 하면 제일 하기도 싫고 공부도 저조했던 영어가 늘 지금까지 아킬레스건이었다. 그런데 아이러니한 것이 지금 말도 안 되는 곳으로 살러 가는 길이다.

동생은 걱정 없는 언어를 구사하는데 나는 구사할 만한 것이 그나마 전공을 한 일본어밖에 없고, 그 외에 외국어는 내세울 만한 것이 거의 없다. 게다가 동생 딸내미는 동부에 있는 아이비리그^(Ivy League) 하버드를 나왔다. 사정이 이렇다 보니 우리 동생네 집안은 제비가 잘 날아다니는 운세가 풍요하다. 그도 그럴 것이 동생 남편이 다른 사람들과는 다르게 외조를 많이 했다는 것이다.

　동생 집으로 가는 마음은 무거웠지만 반면 새로운 세상을 향해 도전한다는 또 다른 호기심이 나를 이끌었고 또 다른 마음가짐을 갖기에는 충분하다. 이역만리 머나먼 미국 땅! 앞으로 어떻게 펼쳐질지 모르는 내 삶의 새로운 도전과 개척, 미지의 세계를 향해 다짐하듯 신발 끈 질끈 동여매고 가방 하나 달랑 둘러메고 나는 동생네 집이 있는 그곳으로 가고 있는 것이다.

6부 나의 오래된 노트

1부

나의 청춘 노트

-한국과 일본의 공연예술

나는 누구인가?

한국을 떠나 남의 나라인 타국을 향해 이주를 목적으로 떠난다는 것은 참으로 용기가 필요한 것이다. 나는 왜 말도 안 되는 미국을 선택했는지 만감이 교차되는 가운데 나를 다시 한 번 돌아보는 시간을 갖기로 했다. 나는 누구였나? 부잣집 딸내미 그러나 불행하게도 슬픈 가족사의 행복해 보이는 책표지 모델만 했을 뿐이다.

외모로 보나 활동 영역으로 보나 나의 영역은 늘 활기차고 바빠 있었다. 부모님께 받는 사랑을 어떻게 받는 것인지 형제간의 우애는 어떻게 받는 것인지 느끼지도, 받지도 못했고 그 묘한 자존심만 커 버린 슬픈 영혼이었다.

워낙 밝고 낙천적인 성격을 갖고 있어서인가? 부잣집 딸내미의 그 내면에 숨어 있는 나의 슬픈 내공을 아는 사람은 거의 없다. 동물들은 제 몸이 많이 아파도 말을 못하니 혹시 말을 한다고 해도 '개가 두부 먹다가 앞니가 깨진다.'는 웃지 못할 이야기일 것 같은데 사람인 나는 충분히 말을 할 수 있는 입을 갖고 있음에도 나의 슬픈 영혼에 대해서는 노코멘트! 어린 시절에는 오히려 사촌언니, 오빠 등 사랑을 듬뿍

받은 기억은 있다,

어린 시절에는 노래를 무척 잘했다고들 이야기를 한다. 그 시절 경기도 수원에 있는 지역 콩쿠르에 나가서 어른들을 제치고 상을 받아오면 오빠들이 무등을 태우고 기뻐해 주고 학용품을 사 주는 것은 필수였다. 어릴 때부터 예능 기질이 다분한 이쁜 여자아이였고 동네에서는 신동 소리까지 들었던 얼굴까지도 뽀얀 그런 기집애! 전혀 슬픈 감을 내게서 못 느끼는 그야말로 흔히 나 같은 지지배를 가르켜 공주라 하던가? 그런데 어릴 때나 성인이 되어서나 시니어가 되어도 아니 지금은 아닌가?(젊었을 때를 비교해서 지금은 엄청 겸손한 얼굴) 그래서 그런지 남자들도 그리 친절하지 않다. 젊어서는 주체할 수 없을 정도로 과잉 친절의 극치를 보이더니 에구, 이 속물들.

이제는 자타가 인정하는 나는 순전히 무수리과다. 사실 이 이야기는 남들도 인정해 주는 바이다. 솔직히 이야기하자면 공주적인 분위기나 외모적인 것도 엄청 겸손한, 사람들의 생각이나 행동이 공주처럼 행한다면 상당한 모순이 되는 것일진데, 이런 공주적인 언행을 역행하는 분들은 자신 스스로가 잘 모른다는 것이다. 왜냐하면 그분들은 그 행하는 자체가 자신들의 로망인데 사운드가 불협화음이 나오니 안 되는 것에 대한 결핍증세의 표현이며 그분들의 한가닥 자존심일 수도 있으니….

그래서 어려서부터 젊은 시절 그렇게 역행하는 아주 겸손한 사람들에게 시기 질투의 화풀이 대상이었다. 그럴 때 가만히 있었으면 되는데 그 시달림을 견딜 수 없어서 항상 밝고 순하디 순한 내가 때로는 싸낙배기 기집애로, 그리고 가끔은 터프한 여자가 될 수밖에 없었다.

사실 나는 중학교부터 고등학교 때까지 대한민국 최고의 태권도 브랜드를 자랑하는 무덕관 공인 2단의 시범까지 하는 그런 유단자였다. 그때에는 여자가 그것도 태권도, 절도 있고 파괴력 있는 그러한 운동을 하는 사람들이 극히 적을 때였다. 이때 나는 경기도와 서울 일대를 시범단으로 뽑혀 태권의 품새를 보이면서 반전 있는 여학생으로서 튀면서 살았다. 아마도 3~4~5춘기를 지날 때의 내 안에 들어가 있는 외로움에 반감이라고나 할까?

거기에 대한 표현을 과감하게 내뿜으면서 나는 미친 듯이 바쁘게 살았다. 또 학교에서는 학교대로 공연 활동에 참가하면서… 사람들은 당시의 여자를 바라보는 요즘 시대 흔히 나오는 젠더(gender) 또는 (사회적 성은 남성상과 여성상으로 특정되고 구분되는 특성 전반에 쓰인다. 그 규정을 명확히 짓는다) 여자라 "남성들만이 하는 운동을 왜 여자가 하느냐?"는 질책인 것이다. "뭐, 특허 냈나요? 남자들만 하라는 법이 있나요?" 하고 말하고 싶어지는데 그때는 어렸다. 잠자코 있을 수밖에. 내 얼굴을 한번 보고 다시 내 몸체를 보며 또, 뭔가 자기들이 나를 잘못 알고 있나 하는 의아스런 얼굴로 묻곤 한다. "여자가 무슨 태권도니?" 하고 말이다.

그 당시는 그렇게 이야기할 수밖에는 없었을 것 같다. 그러니까 나는 양면성이 있는 여자애였다. 얼굴은 곱고 연약한 것 같은데 운동은 과격함이라? 또 예술까지(공연) 한다고 뛰어다니고… 그때에는 주변에 나를 보는 사람들의 시선이 그럴 수밖에. 언젠가 내 조카 되는 애가 이런 이야기를 했다. "이모가 그런 성격이 있어서 과감하게 미국에 가서 비즈니스를 단독으로 하질 않나? 그 커다란 무대를 휘저으면서 활동을 하질 않나? 언어도 잘 안 되면서 여기저기 남의 나라를 기웃거리고 다니질 않나?" 이것은 타고난 끼도 중요하지만 성격에도 관계가 있는 것이라나? 나름 논리구조를 피력한다.

아무리 언어가 안 되어도 기본 생활언어, 그리고 일본어는 조금씩은 다 구사한다. 무슨 글로벌 이모님이라는 둥. 그리고 보니 내 성격은 천상 여자인 것 같은 모습에 연약하기 그지없는 사람으로 천상 공연예술 하는 사람으로만 보였을 게다. 나에게 가끔씩 뿜어져 나오는 파쇼적인 면과 살짝 카리스마도 있고, 어떤 사람들은 '김은조를 국회로 보냅시다!'라고? 참 원 이런, 집을 나가 버린 돼지보다야 내가 낫지 암! 이렇게 말이 조금 되는 이야기들을 해서 웃긴 웃었다.

그렇다면 나는 누구냐? 강자에겐 한없이 강하고, 약자에겐 한없이 약하고, 또한 흔히 이야기들 하는 불의를 보면 못 참는 정의로운 사람 측에 끼는 그런 사람이었던 것 같은데. 지금은 엄청 겸손한 얼굴과 몸체가 되다 보니 세월의 무게를 도저히 감당 못할 때가 있다. 다 젊었을 때 일이다. 그래서인지 현재의 나에 대한 실체를 알아보는 사람들은 나에게 도무지 관심이 없다. 여자들도 내게 아주 질투 시기가 없어질 정도로 소 닭 보듯이 한다. 아직까지 젊었을 때 내게 느끼는 감정을 갖고 있다면 나는 시니어가 되어도 매력이 조금 남아 있다는 뜻인데, 쓴웃음 한번 지으려고 이야기해 봤다.

어찌되었든 무수리과의 자질이 있고 예능이 강했던 그런 지지배가 고등학생이 되어서 그때에는 우리나라에 하나밖에 없었던(특수예술고) 예술고등학교를 다녔고, 또 한국의 최고의 공영방송 KBS TV 그 당시에는 흑백TV 시대 〈젊음의 광장〉(청소년에서 중년까지 시청율이 높았던 프로)이라는 프로에 출연하여 노래를 불러 댔다. 또한 MBC TV 청소년드라마 〈제3교실〉과 지금은 작고하신 국악인 김상현 명창이 심사를 보시는 라디오 프로그램 〈창 국악 콘테스트〉에도 출연했다.

그 당시에는 방송국이 남산에 있었다. KBS 남산방송국의 이런 국악

프로에 출연해서 김상현 명창에게 가능성이 있다는 덕담을 듣곤 했는데 지금 생각해 볼 때 그때 차라리 국악 창이나 할 걸, 충분히 소질이 있었는데… 그때 내 나이 열일곱 살 때였다.

한참 감수성이 예민했던 나이에 나는 벌써 5춘기를 겪고 있었다. 사방팔방 바깥으로 여기저기 휘두르고 돌아다닐 때였다. 그때부터 신발에서 고무탄내가 나도록 싸돌아다녔다. 이유가 딱 꼬집어 말하기는 곤란했지만 엄마도 안 계시는 집, 가끔씩 찾아오는 무서운 언니! 역시 뭔가 나는 트리우마가 있었다. 그래도 자존심은 강해서인지 친구들에게 뿐만 아니라 남들에게 부담 내지 민폐 끼치는 일은 딱 질색이었다.

이렇게 나의 5춘기는 서서히 진행되고 6춘기를 향해 가고 있었다. 그래도 지금 생각해 보면 다른 친구들보다는 사춘기 열병을 덜 겪은 편이다. 주위에 내 친한 친구는 한동안 연락이 없다 했더니 무슨 일인지 그 친구는 집을 나갔다. 개가 딱꾹질할 노릇이다. 지금 그 친구는 손자 손녀까지 보면서 잘 살고 있다.

우리는 가끔씩 젊음의 역사를 회자도 하면서 그때의 몸살 앓던 그 시절이 한참 우습다는 듯이 이야기하곤 한다. 웃는 입가에 이가 빠진 친구의 모습을 보면서 "어, 나도 이빨 해 넣어야 하는데…." 하면서 나도 낄킬거린다. 이렇게 지란지교를 꿈꾸던 친구와 나는 세월을 뒤로 두고 우리에게 주어진 세월의 보너스를 향해 친구와 나는 가고 있다.

나의 전성시대

ㅡ매실주 사건

다시 옛일을 이야기한다면 그때부터 어린이 만화영화 주제가 옴니 버스 하모니 코러스는 거의 참여를 했다. 그때 내가 부르던 만화영화 주제가들은 그 당시 어린이들에게는 조용필이었다. 그만큼 많이 알려진 곡들이었다. 그리고 TBC TV(지금의 중앙일보 JTBC) 〈당신을 스타로〉라는 프로에 출연하여 주말상을 받기도 했다. 그때 당시의 심사위원은 이봉조 선생님, 김강섭 선생님, 또한 〈비들기집〉을 작곡하신 김기웅 선생님으로 지금은 모두 작고하신 기라성 같은 분들이셨다. 거기에 KBS 라디오 프로 〈가로수를 누비며〉(진행 송해), 교통방송 게스트 등 그 당시에는 최고의 라디오 프로였다.

그리고 성인이 된 후에는 일본 도시바레코드사와 일본이 자랑하는 고센 넨킨 가이칸 무대와 오츠시에 있는 빅 무대 '오츠 프린스'에서 공연을 하는 영광과 더불어 또 그중 잊혀지지 않는 재일본 민단기념 공연 등, 더 젊었던 시절에는 한국에서 '제1회 전국경기미스민속미녀대회'에서 3관왕이 되었다. 예선은 인천 홍보관에서 치룬 것으로 기억한다. 본선은 지금의 수원 컨벤션센터(그때는 경기도 시민회관)였다.

학교 때부터 학생잡지 표지 모델과 화보 모델로 활동을 했고 미스 미녀 선발대회에서 입상한 후에는 외국에 한국을 홍보하는 잡지『코리아 라이프』에 한국을 대표하는 전속모델이 되어서 탤런트 정소녀 씨와 활동을 하게 되었다.

미국으로 떠나기 전 마지막 방송이 KBS TV 〈전국노래자랑〉 게스트 (진행 송해 선생님)로 1993년 당시에는 서울 장충체육관에서 생방송으로 진행되었다. 설날 특집방송이라서 게스트 분들은 모두 한복을 입고 무대에 서 달라고 PD분께서 이야기하셔서 한복을 고운 보라색으로 주문했는데 웬걸 실지 내 한복이 제일 곱고 예뻤는데 TV 화면발은 영 아니다, 안 받는다! 다시 바꾸기에는 시간이 턱없이 모자랐고, 〈울산 아리랑〉을 부르셨던 오은정 선배님께서는 한복을 빌려 왔는데 한복 치맛단이 찢어져서 못 입을 것 같다고 하시면서 옷핀이라도 꽂아서 입어 볼까 하셨다. 마침 내게 남은 옷핀을 드렸더니 옷핀으로 얼기설기 꽂아서 한복을 입으셨는데, 그 핀 꽂은 모습은 한 개도 안 보이고 빌려온 중고 한복이 비싼 좋은 것으로 구입한 내 한복보다 화면발을 더 잘 받는 것이 아닌가? "에구, TV 출연은 처음이 아닌데! 에구, 어쩌지? 하긴 한복 예쁘게 TV에 보인다고 한복에 복사꽃이 필 것은 아니니…." 리허설은 굳이 한복 의상 때문에 내 자신에게 위안을 해 본 꼴이었다. 에구….

게다가 제일 친했던 친구가 마지막 방송한다고 시골에서 올케가 담 궜다는 오리지널 매실주라나 하면서 설이 얼마 안 남았으니 이참저참 나를 위해 축하를 해 주겠다고 생방송 그 전날 저녁에 와서 나를 꼬여 댔다. 원래 나는 술을 안 먹는다. 아니 정말 특별한 경우가 있을 때는 모를까? 그런데 그 친구의 꼬득임에 나는 넘어가고 말았다. 그런데 이게 뭔일이란 말이냐 별로 좋아하지 않는 술이란 것이 무슨 막걸리 벌컥벌컥 들이마시는 것처럼 그렇게 마시고 있었다. 친구도 깜짝 놀라 헉 하는 얼굴이다. 그런데 이상하게도 기대하지도 않았던 매실주가 알콜 순도도 낮고 마시기도 편하고 무슨 주스처럼 달콤새콤 사춘기 풋사랑 하는 감정을 느끼게 하는 묘한 맛이어서 평생을 매실매실, 그때 그 매실 하면서 되뇌일 것 같았다. 그런데 여기까지는 좋았다.

내일은 생방송하는 날인데 오랜만에 마신 매실주라는 세 글자를 가진 이 알콜이 별로 취하지 않는 기분에 홍야홍야 하면서 새벽녘까지 가는데 드디어 매실주의 실체를 나타내기 시작했다. 머리가 슬슬 아프기 시작하고 고양이가 앞다리로 내 머리통을 냅다 후려갈기고 머리채가 흔들려서 산산히 부서진 내 이름이여 허공 속에 부서진 이름이여!

홍야홍야, 뭐 천장이 왔다리 갔다리 하면서 예전에 일본 공연 마치고 맡겨 놓았던 의상 찾으러 갈 일이 있을 때 김포공항에서 비행기 안 타고 무슨 호기심의 발로였는지 부산에서 밤새도록 가는 시모노세키 가는 관부연락선을 타고 밤새 파도 공화국에 시달리며 갔던 그야말로 살 떨리던 기억이 난다. 나는 제일 좋은 3층 로얄칸에 탔음에도 불구하고 이 파도가 발동을 거니 콜로라도의 달 밝은 밤이 아닌 또 출렁이는 황금 물결이 아닌 놀이공원 막장기구의 악몽이 되살아나는 듯한 그런 밤이었던 것이다. 그다음 날 아침 시모노세키 항에 도착했을 때 거의 나의 얼굴은 살기를 포기한 얼굴을 하고 있더란다. 후에 마중나오신 분의 이야기다.

갑자기 매실주 이야기하다가 이 이야기는 뭐냐고 물으신다면 그때 밤새 배 타고 지독한 멀미에 시달렸던 기억하고 싶지 않은 추억이라고 해야 하는지 아무튼 매실주라는 매실이 그때의 아픈 괴로운 추억을 되살려 주고 있었던 것이다.

그래도 실전의 날은 어김없이 다가온다. 아침에 온몸이 뜨거운 물에 잠겨 있는 파 삶은 꼴이 되어 있었다. 그래도 이 친구는 나를 부축해서 장충체육관으로 향했다. 사실 이 친구는 나보다 배로 마셨는데 정말 낙동강 오리알로 노도 없이 떠내려갔다가 돌아오지 못할 것 같았는데 내 옆에서 보디가드까지 했던 것이다. 거기에 일본의 된장(낫또) 같은 이 발냄새, 이 냄새는 뭔가? 낫또 냄새는 슬슬 나는데 까딱 없고 내게 오히려 괜찮으냐? 미안하다 등등 위안을 한다. 역시 술의 대가는 다르다. 뭘까? 이 친구의 술의 강한 비법은? 앞으로 이 친구 술 대가에게 술에 한한 배울 것이 많을 듯, 그것이 제아무리 술을 먹고도 쓰러지지 않는 것부터 해서 쓰러질 때 낙법까지… 그런데 일이 터지고 말았다.

거울을 보니 얼굴은 넓나간 약간 모자란 듯한 얼굴을 하고 있고, 머리는 머리하는 분이 한다고 해도, 눈은 매실주가 덜 깨서 게슴치레한 눈을 해 가지고 화장실을 들락날락해야 했고 동료 선배분들은 어디 아프냐고 물어보시기도 하는데 정작 이 고약한 냄새가 친구에게 나야 하는데 내게도 난다는 것이다.

그때, 지금은 작고하고 세상에 안 계신 김상범 선생님께서 내게 이야기를 해 주셨다. 더 중요한 것은 그 당시 곡을 주셨던 작곡가 선생님께서 분장실에 들르셨다. 그러고는 의자에 기 풀린 듯이 누워 있는 내게 "니, 어제 술 먹었제?" 역시 대구분이라 사투리를 암팡지게 쓰신다. 바로 일어나서 "아고, 선생님 오셨어요?" 하고 인사를 하니까 나를 뚫어지게 보시면서 "니, 몰골이 이게 뭐꼬! 니 생방송을 상당히 우습게 보내? 니 그카면 안 된데이…." 그 말씀에 나는 그저 "예, 죄송합니다."라고 깍듯이 사과를 드렸다. 그다음부터는 방송을 하든 개인적인 일을 하든 이런 실수는 두 번 다시 하지 않았다.

지금도 그 친구랑 이야기한다. 마지막 방송 빌어먹을 그놈의 매실주 때문에… 그래도 매실주는 그런 해프닝 같은 일이 있기 전까지 "응, 그래, 역시 술은 매실주야 홍야홍야 하면서…." 하지만 그 이후부터는 매실주라는 세 글자를 잊어버렸다. 아주 오랫동안… 그 빌어먹을 매실주 때문에… 그래도 걱정했던 생방송은 무사히 끝냈다! 아고, 그 빌어먹을 매실주!

젊음의 대가(代價)

내가 누구였나? 내 의지는 강한데 내 주변에는 나를 생각해 주는 진정한 책사나 집사가 없었다. 하는 일이 공연예술 계통의 사람이었지만 무대에서 할 수 있는 재능은 많았으나 곰은 재주가 많아 바쁘게 일을 하면 꼭 그 옆에 끼어 있는 왕서방이 등장한다. 그래서 곰처럼 재능은 펼쳤는데 거기에 대한 대가(代價)는 어디로 갔는지 정당한 대가가 늘 피해만 갔다.

원래 옛말이 있듯이 감성이 200이면 셈을 못한다는 이야기가 있다. 그만큼 계산이 둔감하다는 것이다. 어찌 보면 인간적이라고나 할까 상대가 어렵다고 하고 아쉬운 이야기를 할라치면 마음이 약하고 모질지 못해서 무엇이든지 양보하고 나의 내면적인 약함에 져주고 만다. 알고도 속고 모르고도 속고! 그래, 너 잘 먹고 잘 사세요. 너 잘 먹고 잘 살다 보면 당뇨와 콜레스트롤이 넘칠 테니 그 병 잘 키우고 사세요.

그렇게 손해를 보면서도 그래도 여전히 인간관계가 허술하다. 사람을 잘 믿는 내 고질병 중에 하나인 사람을 믿는 마음이다. 오래전 강남구 학동 쪽에 예술 계통 엔터테인먼트 하는 분과 음악에 관계되는 비즈니스를 하게 되었다. 그 당시 개포동 아파트(17평)를 가지고 있었는데 거의 100평 정도 되는 커다란 가라오케 시스템, 비즈니스였다.

그때 그 당시에는 이런 문화의 초입기였다. 문제는 함께 동업을 했다는 것에 문제가 있었고, 해야 하나 말아야 하나 오랜 망설임 끝에 투자한 결과가 결국은 낭떠러지였다. 아주 자연스럽게 무너져 갔다. 차라리 거기다 쏟아부을 것을 한국에서 집중적으로 방송하는 일이나 신경을 썼더라면 노래가 남든 이름이 남든 두 가지 중에 한 가지였을 텐데… 물론 지금도 작지만 저작권료가 나온다.(옛날 방송 활동했던 저작권)

나는 이 일로 인해 상당한 마음의 상처를 입었고 내게 다가오는 말로는 인간적입네, 어쩌네 하고 다가온 사람들에게 결국은 개포동 아파트를 떠넘겨야 했다. 큰 돈 주고 배운 인생 경제 공부, 사람들은 내게 경제 개념이 없다고 이야기할지 모르지만 나는 이 일이 있기 전까지 경제 공부를 한 적이 없다. 지금도 한국에 와서 개포동, 내가 살던 아파트 앞을 지나쳐 가면 속에서 화약이 터지는 소리가 들리는 것 같았다. 내 가슴에 화약을 잠재해 주고 저장시켜 준 그 사람은 지금도 언변이 유창하고, 끊임없이 새로운 대상자를 물색하며 챙기고, 합리화시켜 법을 피해 가고, 잘난 줄 알고 자아도취에 빠져 살고 있을 것이다. 나를 비롯해서 그 당시 공연예술을 한다는 특히 실용음악을 한다는 사람들 앞에서는 아주 인격자인 양 인간적인 사람으로 도움의 손길을 주는 척하면서 표리부동의 길을 여전히 가고 있을 것이다.

다 놀부처럼 살면서 자신은 흥부처럼 사는 것으로 착각한다. 시계 가는 소리가 무엇인가? 착각착각 하고 시곗바늘은 돌아간다. 그렇다. 우리는 착각하고 사는 것이다. 지구와 함께 살고 함께 돌아가기 때문에 정작 그의 자신은 모른다. 어찌 보면 사람은 다 거짓이다. 하지만 외부 사람들은 다 알고 있다. 내 양말이 다른 사람들의 양말과 틀리듯이 모든 사람의 살아가는 이치가 다르듯이 본인이 높으면 낮추고 타인이 낮으면 더 높이고 이렇게 맞춰 가야 하는 것이 아닌가? 우리는 실제로 약한 사람들이다. 착각하고 사는 것이다. 우리의 속마음은 놀부와 같은 것이다.

곤충을 이야기해 보자. 곤충 중에서 잘못을 잘 알고 용서를 확실하게 비는 파리가 있다. 손을 양쪽으로 모으고 아주 신중하게 용서를 빈다. 사람들은 과연 이처럼 자신의 잘못을 알고 신중하게 용서를 빌 줄 아는 인간들이 얼마나 있을까? 그래서 파리만도 못한 인간들이라 했다. 한국에서 젊음의 대가(代價)는 커다란 경제 공부를 나는 큰 돈 버리고 배운 꼴이 되었다. 젊어서 다행이었다. 위안을 삼자.

'2PM'의 장우영 이야기

-대한민국의 대중예술 1

대한민국 예술 계통을 이야기해 보자. 대한민국의 예술 계통에서 살아남으려면 일단 금전적인 문제가 비례하며 또 풀 줄도 알아야 한다. 특별한 재능을 가지고 있는 사람들도 그 당시에는 어쩔 수 없는 비애였다. 경제적 여건이 안 되면 포기하고 집으로 돌아가라고 했던가?

보이 그룹이었던 '2PM'의 장우영이라는 댄스 보컬이 있다. 여기 우영이라는 가수는 부모의 극심한 만류에도 뿌리치고 시대를 잘 만나고 자신의 재능을 인정해 주는 JYP엔터테인먼트(Entertainment) 소속, 물론 2PM의 택현, 준호, 닉쿤, 찬성, 준K, 우영 이 멤버 모두가 재능있는 멤버로서 박진영 오너의 눈에 들어온 것이다. 여기서 우여곡절 속에 우영은 날개를 폈지만 그 이전에는 아버지의 반대가 극심했고, 아버지와 어머니와의 자식 문제로 인해 이혼까지 갈 뻔했던 일들이란다.

이유인 즉슨 우영의 집안은 아주 엄한 보수적인 집안인데 연예인 즉 딴따라는 우리 사전에 없다고 단호하게 경고를 하셨고 그런 아버지의 말씀에도 불구하고 몰래 댄스 학원을 가서 춤추고 또 저녁에 나가서 새벽까지 연습하고 돌아오는 것을 어머니는 아셨지만 아버지께는 숨기기로 했단다.

그러던 어느 날 우영이가 댄스 학원에서 춤춘다는 것을 우영의 아버지가 알게 되어 찾아간 우영의 아버지는 조폭처럼 둔갑하셨고 학원의 음향기계 시설부터 창문까지 모조리 부셔 놓았단다. 우영은 말할 것도 없고 댄스 학원 원장님께도 협박 아닌 경고로, "더 이상 우영을 받아들이지 말라! 만약 받아들인다면 여기서 학원 다 하는 줄 알라!"고 하셨단다. 그러고는 집에 오셔서 우영 어머니께 지금까지 자신을 속이면서 학원을 보낸 것이 우영이 어머니 탓이라며 이혼하자고 하셨단다. 보수적인 공무원 아버지께서 이토록 심한 반대를 하신 이유는 첫 번째는 자식을 사랑하는 부모 마음이었을 게다. 지금은 웃으면서 사돈 남 말하듯이 웃어넘길 일이었지만 그 당시에는 무척 심각한 일이었을 것이다.

아버지의 이야기는 대체로 이랬다. 그토록 폭력까지 이용하시면서 말렸던 이유를… 우영 아버지의 제일 친한 친구분이 노래에 재능이 있고 타고난 노래꾼이었는데 노래한다고 서울 올라가서 노래를 하는 듯하더니 고향에 내려와서 취업한다고 돈을 가져가더란다. 그다음에는 홍보(PR)한다고 또 돈을 가져가고, 다시 또 내려와 이번에는 소를 팔아 가지고 올라가고 별 진전도 없어 보이는데 돈만 가져갔단다. 우영 아버지 친구분네 댁은 그래도 살 만한 경제력은 있었던 것 같았는데 이번엔 내려와서 땅문서를 가져가더란다.

친구분 아버지가 우영 아버지를 보시면서 "네가 어떻게든 말려 좀 봐라. 저 자슥이 내 말을 도통 안 듣는다." 하시면서 무척 마음 상해하셨단다. 그래서 결론은 그 친구분은 부모에게 불효막심, 그 후에도 또 땅을 팔아 논밭 전지가 없어지고만 불안한 날들의 연속이었고 우영 아버지께서 몇 번이고 친구에게 타이르고 윽박지르고 정신 차리라고 했지만 이미 기울어 가는 세월호였다.

지금은 시대가 좋아서 체계적으로 잡힌 대중예술계이지만 그때만 해도 흑백 시대이기에 운이 좋아서 정말 복이 있어서 요행이 붙잡아 주지 않는 한 늘 문제가 있는 곳이 이 대중예술계였다. 우영 아버지 이야기가 이런 옛 암흑의 공연예술계를 잘 대변해 주고 있는 것이다. 누가 사랑하는 아들을 그 세계로 내보내겠는가? 하지만 현재는 그 시대의 암울했던 예능 세계가 아닌 챌린지(Challenge), 그리고 재능만 가지고 있다면 대한민국에서 해 볼 만하다. 요즘 젊은이들은 끼가 많다. 정확한 코스만 가 준다면 그리고 승부욕만 있어 준다면 오케이다. 우리 시대하고는 환경 여건이 현저히 다르니까.

다만 하고 싶은 이야기는 과거나 현재나 공연예술 계통(실용음악, 연예계)에서 성공하려면 우선은 연습 벌레가 되어야 하며, 거기에 필요한 종합예술 공부를 충실히 해야 한다는 것이고, 기본적인 베이직에 충실해야 한다는 것과 승부욕과 끈기가 있어야 한다는 것, 그리고 사람을 잘 만나야 한다는 것이다. 옛날에는 타고난 끼, 모든 재능을 갖고 있어도 사람을 잘못 만나면 그대로 전멸인 것이다. 지금 현재도 그 이치는 똑같은 것 같다. 또, 뭐 운이 좋아야 한다나? 이런 것도 빼놓을 수 없는 말인 것 같다. 여하튼 어떠한 일들인지는 잘 알 수는 없으나 흙속에 파묻혀 간 재능인들이 무수히 많았다.

아, 참! 한 가지 잃어버릴 뻔한 중요한 이야기를 해야겠다. 몇 년 전 TV조선에서 첫 미스터 트롯이라는 오디션 프로가 있었다. 이 프로가 가뜩이나 대한민국이 삭막해 있을 때 이 아이템을 꺼낸 TV조선 팀이 대중들의 심리를 활용해 대박을 친 프로그램이다. 물론 여기에 보이지 않는 수고를 아끼지 않은 스태프들도 많았고 또, 여기에 참석한 지인의 말씀이 우리가 TV에서 보는 안락한 즐거운 그런 모습만이 전부가 아니라 했다. 내부에서는 대가 없는 일들로 꽉 채워져 있고 흥행 위주, 시청률 위주로 보이지 않는 산이 있었다는 것이다. 여기에 따르는 광고, 스폰서 등 보이지 않는 곳에서 내분까지 일어나고… 이래서 '한 송이 국화꽃을 피우기 위해 소쩍새는 봄부터 그렇게 울었나 보다!'

에구, 우리는 여기까지는 신경쓸 일은 아닌 것 같고, 지금 시대의 예능 콘셉트는 좋아 보이기까지 한다. 일단 재미있는 볼거리를 준다는 의미에서 어쨌든 잘 감상했던 것 같다. 다만 내가 이야기하고자 하는 것은 그래도 수년 전 예술고 어린 시절부터 예능 계통의 공부를 해 온터. 이 공연예술계를 걸어왔던 나였기에 경력이 있는 커리어(Career) 선배 중에는 이 계통에 상, 선배 격이라는 것이다.

노래하는 사람 이전에 인성을 키워라

-대한민국의 대중예술 2

미국에서 한국으로 나와서 다시 한 번 해 볼 거라고 수년 동안 쓰지도 않던 목을 풀기 시작하고 있을 때였다. 스튜디오에서 녹음을 하던 중 목에 이상이 생겨 의사의 말대로 요양차 강원도 동해시를 선택했다. 이곳에서 새로운 사람들을 만날 수 있게 되었고 목에 무리가 되지 않는 한, 누군가 내 경력을 알아보고는 크고 작은 무대로 불러 주었다. 그리고 "일하지 않는 자 먹지도 말라."고 하신 말씀이 생각나서 북카페(Book Caf'e)를 운영했다. 나중에 북카페에 대해서는 더 이야기하겠다.

어느 날 이 계통에서 연예 일을 한다는 분들이 찾아와서 이런저런 이야기를 나누었다. 이야기를 나누다 보니 이곳에서 그들에게 느끼던 이 공연예술을 하고 있는 분들 하고의 많은 '갭(Gap)'이 있었다. 생각의 차이랄까? 뭐랄까? 특히 이 계통 사람들의 마인드가 곧잘 착각을 하고 있다는 것이다. 어쩌다 80년대 이후 노래방, 가라오케가 대한민국을 석권하고 강타했던 잔재가 여기서 나타나기 시작했던 것 같았다. 우리는 기본적으로 종합예술을 공부하고 온 것은 이뿐만이 아니었다.

일본 공연예술계가 늘 우리에게 본보기로 잘 보여 주는 멘토의 역할 속에서도 알 수 있는 것이다. 우리는 힘들게 어쨌든 학교 때부터 공부를 하고 온 터였다.

이들은 그 노래방, 가라오케 문화가 착각 속에 빠뜨리게 하는 묘한 매력에 젖어 있는 분들이고 그것이 잘못됐다고 할 수도 없는 일이다. 다만 자신들이 5, 60대에 나와서 지방의 무대를 선다는 것, 자신의 고향에서 활동한다는 것은 좋다. 공연예술은 나이하고는 그다지 상관은 없다고 나는 생각하는데(미국은 전혀 상관없다, 나이하고는) 한국은 어떨지? 다만 이들이 뒤늦게 나와서 착각을 한다는 것이 그것이 모순인 것인데 자신들이 지방에서 주최하는 조금 큰 행사에 참석할라치면 본인들이 대중예술의 산 표본이었던 기존의 가수들인 양, 다시 말하면 패티김, 이미자, 심수봉, 최진희, 주현미 씨인 양 이런 기존의 방송 활동을 한 분들의 고행에 비해서는 정말 힘들지 않게 연예인이라고 자타가 행동하고 다니는 사람들을 이곳에 와서 보면서 정말 개념이 없고 뜬구름 잡는 형식에 쩔어 거기에 더해 자기만의 방식에 착각을 하고 산다는 것이고, 그러니까 대중음악 하는 사람들을 보며 타성에 물들어 살고 있는 것이다. 그런데 여기에 더해 기본 베이직이 전혀 없는 사람들을 보면서 참 힘들어할 때가 있었다. 그러한 가운데 또 인성이 그다지 모나지 않은 사람들도 더러 있다.

그들이 내게 물었다. "어떻게 하면 노래를 잘 부를 수 있느냐고?" 하긴 지금 나도 못하고 이러구 시골 지방에 와서 살고 있구만, "그래? 꼭 듣고 싶으냐?"고 다시 되물어 봤더니 꼭 듣고 싶단다. 그렇게 노래가 하고 싶으냐고? 꼭, 해야만 하느냐고? 되물어 본 물음에 꼭 해야겠단다. 이 말에 "아무리 재능이 있고 실력이 있어도 노래를 잘 부르기 이전에 첫 번째가 인성이 좋아야 한다고, 인성이 좋은 사람은 이 험난한 공연예술계에 위아래 알아보고 깍듯이 예의 갖추고 배려하고 양보하고 특히 겸손해야 하고 배포가 크고 포용력이 강해야 하며 선후배를 정확히 알아보는 그런 인성, 휴머니즘이 가미된 그런 사람이 이 예능 계통에 살아 있는 자다."라고 이야기했다. 꼭 이 계통이 아니더라도 어디에든 정치판이든 어디에도 적용이 되는 문제다.

한 예를 들자면, 나는 예술고를 나와서 우리 동창회 한번 할라치면 경찰 기동대가 뜰 정도에 대단한 화제를 남발했다. 여기에 우리의 호프들, 선배보다는 후배들이 더 대한민국 공연예술계를 장악하고 있다고 해도 과언이 아닐 정도로 최고의 예능인은 다 모였다. 이 후배들은 모임이든 동창회든 마주치는 일이 간혹 있다. 나의 베스트 친구인 김 아무개(고등학교 동창)라고 중견급 배우가 있다. 나와 함께 출발한 이 친구와 가끔씩 방송국을 풀방구리처럼 드나들던 시절이 있었다. 이때나 지금이나 후배들은 깍듯이 "선배님 오셨느냐."고 인사를 한다.

내가 제일 예뻐라 하는 정 아무개라는 후배가 있다. 월드스타로 거듭난 후배다. 이 후배는 대한민국의 제일 멋지고 예쁘다는 연상의 여인을 맞아 딸내미를 셋씩이나 두고 행복하게 잘살고 있다. 뿌듯하다. 나는 이 후배가 어떻게 살아왔고 어떠한 고행을 하고 노력해 왔는지 너무나도 잘 안다. 재능, 끼, 실력 등 두루두루 갖추었고 게다가 노력까지 그리고 사람들을 포용하는 폭 넓은 가슴… 겸손, 그야말로 휴머니스트다. 이런 후배들이 또 여럿이 있다. 다 예의가 바르고 겸손하고, 예능인이 어떠한 사람들인지 충분히 이 세계를 알고 있는 것이고 깨닫고 있다는 것이다.

왜일까? 그 사람들은 어떻게 이 힘든 '필(feel)'을 잘 알고 있었을까?

우린 이미 학교에서 기본 예의범절을 배워 온 것이다. 평범하지 않은 예술세계를 메이저(major)에서 보고 배운 것이다. 우리 친구는 가끔씩 젊었을 때 내게 이런 이야기를 해 주곤 했다. 네가 나보다 환경과 조건과 여건이 훨씬 더 좋은데 '그 xx 같은'(여기서는 우리가 흔히 쓰는 용어라 쓸 수 없다) 성격 때문에 할 생각도, 욕심도 없고 노력도 안 한다고….

여기서 이 친구의 이야기는 "그 당시 자기 집안은 몹시 힘들었던 시기였고, 우리 집은 그래도 경제 사정이 좋았던 시절이니 조금만 신경 쓰고 노력했더라면?"이라는 이야기고, 또 하나는 내가 제일 싫어하는 딜러 로비 역할을 확실히 수행해야 하며 거기다가 파리보다 더 손을 비비는 것을 좋아해야 하며 공덕과 보시가 뒤따라야 한다는 원칙이 있었다. 내가 제일 싫어하는 고질적인 이 행함과 머리싸움들이 차라리 내가 마음 가는 일들로 자유롭게 하고 싶다는 '처사'주의였다.

그리고 한 가지 그 친구의 이야기는, "나를 보면서 너는 욕심도 없고 그렇다고 화투를 잘 치나? 술을 잘 먹나? 뭐 무슨 낙으로 살아?" 했다. 그러더니 "책 보는 것? 책 좋아한다고 돈 되니? 책이 밥 먹여 주니?" 이랬다. "응, 어… 먹고살았는데… 어, 나 큰 돈은 아니래도 북카페 해서 밥 먹고살았는데, 크… 영양 책밥!"

이렇듯이 이 친구와 나의 이견이 이렇게 다를 수가 없었다. "너 지금 내가 몇 살인데 보기만 하면 잔소리 반소리냐?" 했더니 "몇 살인데?" 묻는다. "나, 오십대다. 엉?" 그렇지만 이 친구는 내가 안타까운 모양이고 안쓰러운 표상인가 보다. 가장 기대를 많이 했던 사람이 이 계통에서 멀어져 가는 감을 받는 것 같으니… 늘 그 입버릇이 그냥 지나갈 리 없쥐! 벌써 오래전 이야기다.

낙천적이고 욕심 없는 나! 더군다나 나는 가끔씩 잠수 타고 여기저기 혼자 여행도 자주 다녔다. 지가 무슨 '보헤미안' 집시라고 괌과 싸이판 수차례, 하와이 수차례, 홍콩, 싱가폴, 인도, 태국, 아시안 지역만 몇 번인가? 나중에 여행에 얽힌 이야기 등 유럽 이야기들은 나중에 쓰려 한다.

그런데 남는 것이 별로 없다. 아무튼 대한민국 공연예술계는 우리의 선후배들이 거의 다 진두지휘를 하고 있고 제대로 예술 공부를 해서 살아남으려면 메이저를 택하고 먼저 인성을 키워라! 그리고 자신을 알아 가야만 한다. 즉 소크라테스 아저씨를 알고 분석할 줄도 알아야 한다는 것이다. 아예, 이참에 한 가지 더 이야기해야겠다.

위에 이야기를 연결해 본다면 TV조선 미스터 트롯에 나왔던 출연진이 어느 날 일산(킨텍스)에서 조선일보 방송기념일에 초대받아 빅 무대 공연이 있었다. 여기에 미스터 트롯에 선정된 가수들이 노래를 마친 후 공연예술계 대모이신 이미자 선생님이 등장하셨다. 우레와 같은 박수 속에서 세월에 관계 없는 저력을 보여 주셨는데 이때 아나운서가 이미자 선생님 하고 인터뷰를 하면서 후배 가수들에게 선배님으로서 후배분들에게 꼭 해 주고 싶은 이야기가 뭐냐고 물어봤다. 이때 이미자 선생님께서는 잠시 생각을 하시더니 말씀을 꺼내셨다.

"아무리 노래를 잘하고 실력이 있어도 노래를 하기 이전에 사람이 되어야 한다."고 즉, 인성이 좋아야 한다고 이야기하셨다. 그 순간 난 깜짝 놀랐다. '저 선생님보다 인생을 덜 살아온 나에게도 그런 생각이 지배적이라는 것인데 이미자 선생님께서 그런 이야기를 하시는 것은 그 많은 세월의 많은 사람들을 보시면서 내공을 모은 결론의 이야기가 아니었나?' 나는 깊은 공감을 하면서, 지역사회 지방이고 어디든 간에 뭔가 한다고 활동하는 분들에게 경각심을 키워 주었으면 하는 바람인데, 그마저도 자아도취에 빠져 있고 착각 속에 살고 있는 사람들은 그 말 자체도 무슨 의미인지도 모른 채 아예 관심도 없다. 그러면서 겉으로 보여지는 예술인의 겉치레적인 것만 보여지는 것이다.

어떤 것이든, 어떤 일이든 본인이 모르고 잘 알지 못하는 일이 있으면 알려고 노력하고 모르면 물어보고 시인할 것은 시인하고 인정할 것은 인정하고 건의할 일이 있으면 앞에서 정정당당하게 이야기하는 것이 원칙인데 옛날 고려 때부터 꼭^(가짜 이인임) 잡설하는 여자 아님 남자가, 뒤에서 뒷담화를 하는 것이다.^(이인임은 그래도 머리가 샤프했던 사람임) 술 먹을 때 안주를 빼고 술 마시기 껄쩍지근하듯이 꼭, 여기에 안주처럼 맛난 요리로 등장한다. 참, 지저분(dirty)하다.

이런 일들은 예민한 문제가 아닐 수 없다. 도무지 대화가 되지 않는 그들과의 만남은 갑자기 이분이 이야기했던 글들이 생각났다. 스튜어트 홀(Stuart M. Hall)은 1930년 출생한 자메이카 출신 문화연구의 세계적인 수장으로 독특한 이력의 소유자인 이 사람의 키워드는 '정체성(Identity)', "정체성에 대해서 고민을 해 보지 않는 사람은 죽음이다."라고 했다. 자신을 한번 돌아보자. 그리고 나는 어떤 사람인가에 대해서도 조금 고민 좀 해 보자.

물론 나도 몇 번씩 돌아보며 이런 생각을 해 보기도 하고 저런 생각도 해 보기도 하고 또, 바뀌기도 하는데 어쩌면 나는 왜 이렇게 조석변개(朝夕變改)인가 말이다. 그러니 나도 착각하고 살 때가 많을 것이다. 하나 나는 정도 많고 의리도 많고 누구 말마따나 세월에 다듬어진 철학과 주관이 빛난다고 이야기했다. 립서비스라고 생각하기에는 어째 진실을 외면하는 것 같기도 하고. 아무튼 나는 적어도, 가끔씩은 나를 뒤돌아보며 내 자신을 고민해 보기도 한다.

여기에 알베르 카뮈(Albert Camus, 프랑스, 1957년 노벨 문학상 수상)의 「안과 겉」이라는 책 내용 중에 "너희들은 오늘 저녁 식탁에서 이웃을 위해 소외된 계급층 또는 그의 가족들을 위해서 무엇을 어떡해했느냐에 대해서 심판을 받을 것이다."라고 한 이야기다. 과연 난 그들을 위해서 무엇을 하고 살았나? 많이 반성하는 시간이다.

여러분 제발 자기 잘났다고 하지 마세요! 제발요! 세월 지난 지금 어떻게 보면(미국 사정은 아니지만) 우리나라 인식 사정으로는 '퇴물'의 단계에 있음에도 불구하고 주제넘게 가끔씩 내가 무엇을 했던 사람인가에 대해 정체성과 함께 나 자신이 주제가 되어 즐겁기 위해, 자랑하기 위함이 아닌, 내 스스로 행복해지고 싶어서 노래를 한다. 그리고 간혹 내가 무엇을 한 사람인가에 대해서 일깨워 주시고 불러 주시는 선생님들께 감사드리며 다시 한 번 대선배이신 이미자 선생님 말씀을 되뇌이곤 한다. "노래하는 사람 이전에 인성을 키워라!"

일본의 빅3 도시바레코드사에 전속

-일본의 대중예술 1

　나의 옛날 일본 활동을 들여다보면, 나는 일본에서 활동은 매우 순조롭게 잘 진행된 편이다. 일본의 빅3 안에 들어가는 그 당시에는 최고의 큰 회사 도시바레코드사(TOSHIBA RECORD)에 전속이 되면서 활동을 했다. 일본어가 서툴렀음에도 불구하고 관리해 주는 소속사(매니지먼트사)의 도움을 받을 수 있었고, 1980년대 초에는 일본의 경기는 초고속으로 발전해 나가고 있었다. 활동에 대해서는 그리 커다란 문제가 없었고, 도시바에서 잠시 전속이 되어 있으면서 나는 그 빌어먹을 역마살이 끼었는지 휴가를 잠시 받는다 싶으면 전철을 타고 겁도 없이 도쿄 거리를 여기저기 헤매고 다녔다.

　그 당시 이케부크로에 있던 선샤인 비루(동경에서 제일 높은 빌딩), 눈으로만 보는 데에도 수십 시간이 걸릴 정도로 크고 신기한 물건들이 많았던 기억이다. 나는 그 얄팍한 호기심에 굉장한 촌빨을 날리면서 히뜩히뜩거리면서 잘도 쏘다녔던 기억이 난다. 지금 같았으면 천냥금을 줄 테니 한번 더 촌빨 날리면서 다녀 보라고 해도, "아이구, 너나 다 가지세요!" 할 것이다. 한마디로 기운도 없고 흥미도 없다. 젊은 시절 우리가 고등학교 때 배웠던 내 스스로의 '청춘예찬'의 시절이었기 때문이었다. 그때의 나는 젊었고, 감성 300이었다.

그 이후 공연예술 파트에서 '마키고 도미'라는 가수, 일본에서도 그 옛날 일본의 국민가수(미소라 히바리)를 연상하게 하는 타고난 천부적인 끼를 가진 가수의 전국 공연 파트에 나는 게스트로 무대에 설 수 있었다. 항상 공연이 있는 것은 아니고 한 달에 두 번 정도 공연을 했다. 그리고는 나머지 시간은 엔카의 가사 의미, 곡과 멜로디 연습 등등… 우리 사무실은 오차노미즈라는 곳이었다. 후에는 이사를 했지만 잊을 수 없는 엔카의 본고장 스튜디오! 지금은 마냥 그리운 노스탤지어가 되어 버렸다. 오모이데….

실력으로 노래하고 감동하라

-한국과 일본의 대중예술 시스템

    다시 한국과 일본의 공연예술계의 차이점을 보면, 한국은 가수들의 TV 출연 횟수, 어디든지 마구 출연하고 그 실적을 보고 많이 알려진 사람들을 공연 무대에 세우지만, 일본은 방송을 많이 안 했어도 음악적 소양과 실질적인 실력만 갖추고 있으면 무대에 세우고 공연할 수 있는 시스템이고 일본의 최고의 유명 가수와 나란히 한 무대에서 노래를 부를 수 있다. 그리고 공연 장소에서는 일본의 톱 가수와 같은 무대에 서서 노래를 할 수 있는가 하면 공연장 들어오는 입구에서는 일본의 유명 가수 포스터 사진과 본인 포스터 사진은 물론 자신들의 카세트테이프(CASSETTE TAPE)를 같은 책상에 나란히 놓고 판매를 할 수 있다는 것이다. 즉 대등하다는 것이다.

    한국은 감히 생각할 수 없는 고정관념을 깨 버리는 일들을 일본은 정확히 하는 것이다. 한국은 옛날 방식과 고정관념에 젖어 있는 시스템이라고 볼 수 있다. 예를 든다면 한국은 유명 가수들만 코디, 스타일리스트, 메이컵이 함께 동행하고 활동한다지만 일본은 무명 가수에게도 코디가 함께 동행을 해서 도와준다는 것이다. 그야말로 무대를 정성스럽게 진심이 담긴 무대인으로 설 수 있도록 어시스트를 해 준다는 것이다.

여기서 문화예술에 대해 다시 한 번 생각하고 넘어가야 할 세계적인 멘토 한 분을 소개하려 한다. 콘스탄틴 스타니슬랍스키(Konstantin Stanislavsky)는 러시아의 뛰어난 연출가이자 배우이며 위대한 무대 연극 교육자이며 종합 무대예술 전도자다. 그는 현대적인 무대 연기도의 체계술을 세운 사람이다. 예술적 열정과 열의를 통해서 이루어지는 분석을 작품에서 창조적 자극제가 될 만한 것을 찾아내기에 가장 좋은 수단이 되어 주며 이렇게 찾아낸 자극제는 배우의 창조력을 이끌어 내는 역할을 한다. 예술은 열정이다. 그것은 만들어 내는 것을 주위에서도 어시스트를 해야 한다. 그것은 역할 창조라고, 스타니슬랍스키는 이야기했다.

바로 무대란 것이 어떠한 것인가를 일본 엔터테인먼트가 잘 가르쳐 주고 있는 것이 종합적인 엔터테인먼트다. 무대 구성을 보면 음향실 기사, 보조 음향기기 엔지니어, 마이크 폰 무대감독, 조명감독, 보조 조명 등 무대 세트, 음향 시스템 또한 세계적이다. 이런 완벽한 운영 체계 속에서 공연을 하는 훌륭한 콘텐츠라고 볼 수 있는 빅 무대는 대중들의 사랑을 받을 만한 것이다.

일본의 경기는 80~90년대 초반까지는 최고의 경제 전성기였다고 봐도 무방하다. 일본 경제는 좋았고 그만큼 무대예술 공연은 성황 속에서 상당한 의미를 안겨 주었다. 그 당시에는 일본은 문화예술회관이 각 도처에 있었는데 한국은 그때서야 시작이었다. 문화예술회관이란 단어와 문화라는 단어의 의미까지 적어도 내가 보기에는 한 20여 년은 늦은 감이다. 이렇게 영광스럽고 소중한 무대를 왜 서야 하는지 공연예술을 하는 사람으로서 그 무대를 귀히 여길 줄 아는 소견 부족, 당시 깨우치지 못했던 그때의 얕은 예능인으로서도 다시 한 번 반성을 할 때였다.

물론 그때의 부족함이 있었기에 지금의 환경이 좋아진 것은 부인할 수 없는 일이긴 한데 아직까지 대중음악 세계에서는 특히 실용음악 중에서도 한국의 트로트(Trot) 음악은 현재 일본의 대중음악 엔카(Enka)를 따라가려면 갈 길이 멀다. 일본의 국민가요인 엔카는 엔카에서 사용되는 음계의 대부분이 일본 전래 민요에서 사용하는 5음계에서 나온 것이고 서양에서 전래된 폭스 트로트와 일본 민요가 합쳐진 장르이다. 또한 여기에 한국의 트로트 음악의 편곡 형태를 본다면 편곡과 선율이라는 것이 있는데 음악을 아시는 분들이 바라보는 한국의 음악은 기본이 덜 되었다는 것이다. 물론 부끄러운 일들이 아닐 수 없다. 지금이야 K-POP 같은 장르들이 전 세계를 강타한다 해도 이 트로트 문제 만큼은 아직도 우리가 풀고 넘어가야 할 평생 숙제이다.

아무튼 일본은 대중음악 즉 국민 노래 덕분에 그때에는 인기가 하늘 높은 줄 몰랐고 그 덕분에 그야말로 뭔가 대단한 보상을 받는 기분이랄까? 경제까지 좋았던 탓인지 덩달아 문화예술계도 가장 활발한 활동을 하던 시기였다. 그래서인지 다함께 그 기분을 만끽할 수가 있었고 그 덕으로 카세트테이프의 상당한 판매고를 올릴 수 있었다. 그 당시에는 CD가 나오기 전이다.

여기에 일본에서 고단한 삶을 사셨던 재일교포분들의 힘도 있었다. 그만큼 단체로 많은 양을 구입하셔서 재일교포 민단에 테이프를 나눠 주었던 것이다. 그 당시만 해도 한국분들이 자유롭게 일본을 드나드는 것은 그리 흔치 않은 일이었다. 마찬가지로 일본에서도 한국을 자주 왕래하던 시절이 아니었기에 한국에서 온 예능인들을 만나 보러 직접 공연 장소로 찾아오시는 것이었다.

여기서 또 하나의 잊혀지지 않는 일이 있었다. 1984년도 가을쯤인가? 후쿠이현(Fukui Prefecture) 민단에서 무용단과 나를 초대해 주셨다. 한국인 밴드와 일본인 밴드가 반씩 포진한 10인조 풀 밴드였다. 민단 단장님을 뵙고 인사를 드리고 식사를 마친 다음 리허설을 하기 위해 공연 장소를 찾았다. 고등학교 체육관이었다. 무대도 크고 넓고 역시 한국인의 저력도 보이고 한국을 떠나 그 당시에는 밀항선을 타고 오신 1세대 분들과 또 조금 젊은 2세대 분들도 계셨다.

여기까지 오시기엔 그분들의 노고가 지금의 자리를 마련하기까지 많은 정성과 공헌이 컸다. 더군다나 그 당시에는 조총련과 늘 대치를 하고 있는 상황이라 그들과의 불타협이 서로 견제를 하고 있었고, 같은 민족, 같은 핏줄을 가지고 있는 사람들이 어떻게 이념이 다른 경계에서 이데올로기 이론에 놀아나고 있는 것인지 그때만 해도 나는 젊었기에 이해하기가 좀 힘들었던 시절이다. 지금도 그때에 그 딜레마(dilemma)가 있다.

그런 머리 복잡한 이야기는 접어 두기로 하고, 그때에 곱게 한복을 입은 민단 회원분들께서 어깨에 띠를 두르고 나타나셨다. 민단 회원과 간부 되시는 분들의 사모님들이다. 우리는 공손히 인사를 드렸고, 그분들은 먼 길 오느라 수고가 많았다고 우리들 손을 잡고 반갑게 맞아 주셨다. 그 당시에는 한국 사람들 만나 보는 것이 드물었기 때문이다. 게다가 같은 한국 사람이고 예능인이니까 더 마주하기가 힘들었던 때이다. 그때 마침 단장님 간부분들 여러분들이 나오셔서, 와 주셔서 감사드린다고 뭔가 주셨는데 그게 배가 불뚝 나온 고양이 인형과 기념 타올을 주셨다. 일본의 전통 고양이다. 그래서 일본은 고양이의 천국이라 했든가?

할 일 없었을 때 근대 일본의 작가는 햇살 바른 창가에 앉아서 양지에 앉아 있는 고양이를 바라보며 한참을 관찰한 끝에 나온 소설 「나는 고양이로소이다」라는 소설이 탄생했는지도 모르겠다. 또 그 고양이가 주제가 된 소설이 대박이 난다는 것을 그 작가는 아마도 잘 몰랐을 것이다. 그 작가는 일본의 근대소설가이자 영문학자이며 동경대학을 나와서 국비 장학생으로 영국 유학까지 다녀온 그 시대의 참 엘리트적인 사람이다. 이름이 나쓰메 소세키(Nasume Soseki)! 참 이름 한번 웃긴다. 더 웃기는 것도 있다. 게시키(Geshiki)도 있다. 참 돼지가 웃을 일이다.

아무튼 이야기가 갑자기 다른 곳으로 튀여 버렸다. 또 다른 국악팀들이 왔고 농악패와 민요팀들 등 팀들도 참 많이 왔다. 한국에서도 왔지만 사실은 민단에서 운영하는 중고등학교 국악팀과 농악팀들의 서클이 있다는 것이다. 그런데 이들이 프로 못지않게 정말 신명나는 무대를 만들었다. 내가 그 당시 불렀던 노래 중에는 레퍼토리를 고향에 대한 주제로 해서 〈한 많은 대동강〉이라는 노래와 또 신나는 리듬 스윙 템포로 〈노란 샤쓰의 사나이〉, 이 노래를 할 때에는 민단 기념일에 참석했던 모든 분들이 나와서 신나는 스윙춤을 춘 것으로 기억한다. 또 노래가 끝나니 앙코르가 나와서 나의 오리지널 노래 일본어 버전으로 〈여자는 그래요〉라는 노래를 불렀다. 그 순간 우레와 같은 박수 소리 환호성! 역시 한민족의 피가 함께 공유한다는 사실에 나는 전율했다. 그리고 가슴 한 곳에서 기쁨과 보람이 나의 영혼을 휘감았다.

이토록 감동스런 무대가 또 있었을까? 물론 장르가 다른 무대는 별

개이다. 또한 노래하는 와중에 예쁜 꼬맹이가 그야말로 꼬맹이처럼 예쁜 꽃다발을 무대 위로 가져다 주는 것이 아닌가? 가슴 진한 감동이 발끝까지 전해 온다. 나는 그날 멋진 드레스를 입었고 우아하다 못해 무슨 패션쇼 하는 모델 같기도 했다. 여기저기서 "이뻐요! 아름다워요! 최고예요!" 물론 이분들의 마음에서 무슨 덕담은 못하겠나? 한 민족, 한 핏줄인 같은 한국인이 밉지 않은 예쁜 모습으로 그들이 좋아하는 한국의 노래를 선사해 주니 안 이뻤겠나 말이다. 그리고 그때는 나도 정말 멋지고 예쁘고 젊었다.

피날레가 시작되었다. 전 출연자가 밴드만 빼고 체육관으로 나와서 〈우리의 소원은 통일〉을 열창하면서 손에 손을 잡고 원을 돌면서 〈강강수월래〉, 〈쾌지나 칭칭 나네〉 등 국악팀들과 또 한 번 2부 공연을 했다. 내 인생에 있어 이런 멋지고 보람찬 환희의 무대를 내 젊은 날의 초상처럼 들여다보곤 하는 것이다. 사실 이날 "게런티 다 필요 없어요. 민단에 기부하고 싶어요." 이렇게 말하고 싶을 정도로 난 행복에 들떠 있었다. 그런데 결국은 못 드리고 왔다. 내 개인이 아니고 소속사의 소관이었으니까.

한국에서 두드러지게 방송 활동을 많이 한 가수는 아니나 그래도 나의 역량을 인정받고 일본에서 나의 음악 열정을 쏟아 냈고 일본 음악계에서 공연예술을 했던 사람으로서 보고 느끼고 배운 것이 많았다. 또 보람된 일도 있었고 나의 인생에 있어서 잊지 못할 내 인생의 한 획을 장식한 뜻깊은 일이었다.

마지막 무대, 감동의 빅 무대

마지막 무대가 되어 버린 한국의 최고의 빅 무대(부곡하와이, 경남 창녕), 1990년대(1990~1994) 초, 그 당시만 해도 한국 가수들의 최고 로망의 무대인 부곡하와이 무대를 1년 계약을 연장해서 2년 계약으로 공연을 한 적이 있다. 이 무대는 세계적 무용단과 밴드, 한국 무용단과 하와이 원주민팀, 러시아, 멕시코, 프랑스 무용단, 중국 마술단 등(종합 인터내셔널) 내놓으라 하는 팀들이 와서 공연을 했다. 말하자면 글로벌 팀들이 모인 부곡하와이 무대다.

무대 시설만 해도 어마어마했던 웅장하고 커다란 국제적인 빅 무대였다. 게다가 여기는 테마파크 시스템이라 온천이 있고 수영장이 국제규격인 50미터 풀이 있었다. 여기에 대중들이 식사하고 즐기고 무대 빅쇼도 관람할 수 있는 신혼여행지인 우리나라 최초의 테마파크가 아니었나? 생각된다. 이런 대중문화 공간이 있었기에 한국의 전문성을 가진 세종문화회관이라든가 예술의 전당의 무대와는 차별이 된다. 무대의 규모나 크기는 같지만 전문 예능인 무대하고 다른 것은 대중들을 위한 무대였다는 것이다.

이런 무대가 그 당시 또 있었다. 수안보 와이키키 온천극장이란 곳이다. 부곡하와이와 거의 같은 형태로 진행된다. 그리고 서울 광장동에 워커힐호텔 내에 가야금극장, 종로의 극장식 국일관, 홀리데인 서울, 초원의 집 등이 있었지만 그때의 그 시절에는 부곡하와이, 수안보 와이키키극장, 워커힐 가야금극장 등이 대중들의 장이었고 그 당시 최고의 신혼여행지이며 온천이 있었던 부곡하와이가 완전한 테마파크였던 것이 사람들이 몰려든 이유이다.

특히 이중에서도 부곡하와이의 세계적인 빅쇼는 많은 사람들을 열광의 도가니로 몰고 가기에는 충분했다. 다시 말하자면 오케스트라 25인조 빅밴드, 그 당시 밴드는 그 유명한 한국의 악단 단장과 마스터를 맡고 계셨던 김경호(TP, 지금은 작고하셔서 저세상에 계심) 선생님이셨다. 후배들에게 존경받고 편곡자로서 이름도 알리셨고 이 음악 세계에 보기 드문 휴머니스트였다.

또 하나는 부곡하와이는 공연과 직원들이 각자 맡은 곳에 분포가 되어 있다. 음향, 무대 세트, 미술 파트 등 전문가들이 어우러져 만든 아트성이 짙은 콘텐츠 무대였다. 그래서인지 이런 무대에서는 절로 노래가 성립된다. 아무튼 최고의 무대였고 이러한 테마파크 아이디어를 내놓은 분이 다름 아닌 B 회장님이시라는데 놀라웠고, 이 회장님이 춥고 배고프던 어린 시절 찢어진 고무신을 신고 일본 가는 배를 타고 밀항을 하신 분이고, 일본에서 모진 고생을 참아 내고 청년기를 지나 나이 50대에 성공해서 고향인 창녕에 돌아오셔서 온천물이 나는 땅을 많이 사 놓으셨단다. 그 후 땅값이 온천물 쏟아지듯이 올라서 갑부가 되셨고, 더더욱 놀란 것은 회장님이 일본에서 힘들게 일하셨던 곳이 테마파크였다는 것이다. 거기서 노하우의 경험을 살려서 대한민국에 이런 곳이 아직 전무할 때 고향인 경남 창녕에 오셔서 이 부곡하와이를 만드신 역사란다. 가만히 생각해 볼 때 과연 우리 세대의 사람들은 이 회장님처럼 어떠한 목적을 가지고 성실히 임하는가? 이럴 때 뭐하러 힘들게 살아요? 적당히 살지… 하면서 오히려 말장난 파티나 할 것 같다.

어느 날 저녁 공연을 마친 뒤 창문을 열어 보니 그때에 주현미 씨가 공연을 마친 뒤 남편 되시는 분의 손을 꼭 잡고 부곡하와이 산책로를 걷고 있었다. 마침 저물어 가는 석양이 비춰지는 낙엽 떨어진 그 길을 걷고 있는 두 사람을 보면서 몹시도 부러워했던 기억이 난다. 참 멋스러운 광경이었다. 손을 꼭 잡고 걷는 두 분의 모습을 창문 너머로 물끄러미 바라보며 내 가슴에 또 다른 부러움으로 물들어 가고 있었는지 모른다. '그래, 나 많이 외로웠구나!' 그때까지 나는 무엇을 했나? 가끔씩 새록새록 추억이 나를 잊지 않고 찾아온다. 하지만 나는 나대로의 젊음을 바쁘게 보내고 있었다.

그때 당시 최고의 무대 전속계약은 이랬었다. 개인(솔로) 가수는 부곡하와이와 전속계약을 하며 공연과 과장님이 건네준 서류에 사인을 하고 전속금을 받는다. 아마도 한 달 개런티가 300만 원으로 기억한다. 여기서 세금 떼고 갑근세 뭐뭐 등등을 내고 전속 보증금 개런티는 일부를 미리 받는다. 1일 공연은 아침, 낮, 저녁까지 3회 공연을 한다. 그리고 회사 측에서 제공한 개인 숙소가 있다. 식사는 회사 식당에서 한다. 그리고 주변은 테마파크로 이루어져 있어서 일하면서 여가를 즐기기도 하고, 나는 온천욕과 수영을 즐겨 했다.

여기서 친형제보다 살 같은 멕시코 무용단의 리더인 친구와 언제나 함께했다. 한국어를 배우고 싶어 했고 나는 스페인어를 주워들으며 쉬는 시간이면 함께 여기저기를 질척거리며 돌아다녔다. 이 친구의 성격이 환하고 긍정적이고 잘 웃는 성격이 나하고 비슷한 일면이 있어서인지 늘 헤헤호호 실실거리며 그렇게 정신없이 다니면서 주변에 고양이만 봐도 환호성을 지르며 좋아라 활짝 웃곤 했다. 아마도 이 친구는 결혼을 해서 손자나 손녀까지 보고 곱게 늙은 할머니가 되어 있을 것이다. 원래 이 친구는 멕시코 스페인계 혼혈이다.

이 친구가 가끔씩 그리워진다. 누구에게나 친절했고 나이스했고 특히 현대무용, 스페인 특유의 냄새가 나는 탱고를 너무나 우아하게 잘 추었던 것이다. 그리고 무엇보다도 한국을 사랑하고 또 마음이 낙천적이며 인간적이라는 점에서 제일 마음이 갔던 친구였다. 보고 싶다 지금 이 순간, 그런데 하도 세월이 빨리 가다 보니 이 친구 이름도 가물가물… 내가 혹시 이 친구보다도 더 빨리 늙어 가고 있었는지도 모를 일이다. 아고, 어쩌란 말이냐. 세월아, 아고! 이 친구와는 참 많은 에피소드가 있다.

부곡하와이 1회 공연을 마친 뒤 회사 식당에서 식사를 하던 중 닭고기를 먹다가 이가 부러진 사건이다. 웬 이빨이냐고 궁금해하실지 모른다. 평상시 내 이는 튼튼한 이였다. 그 예로 나는 무척이나 단감을 좋아하는 사람이다. 얼마나 감을 좋아하는지 부곡하와이 전속팀이 되어 있을 때도 그 근처 축제에 초대받아 갔을 때 개런티 대신 감으로 달라고 할 정도로 좋아했다. 그래서 잔뜩 받아다가 우리 단원들과도 나누어 먹곤 했다. 그것도 땅땅하고 단단한 것으로… 여러 사람들 앞에서 그 땅땅한 감을 내 이 탄탄한 기본이 내재되어 있는 이빨로 우작하고 단번에 잘라 먹기도 했던 자랑스러운 이었다. 이제 시니어가 되니 이빨 자랑도 못하고 그때 그 이빨 소동에 그 자리를 임플란트하느라 지금까지도 정신이 없다.

다시 이야기를 하자면 이날 메뉴는 닭도리탕인지 볶음닭인지 잘 기억은 나지 않는다. 어쨌든 닭은 닭이다. 그 친구는 한국 음식을 가리지 않고 한국 사람처럼 잘 먹는다. 그래서 늘 식사를 함께하는데 식사에 열심히 집중하고 아주 강렬하게 리듬이 섞인 음감을 느끼며 꼭꼭 단단히 씹고 있었다. 서로 마주보며 아주 맛있다는 표정을 지으면서, 그런데 아주 한 박자로 끊어지는 딱 소리가 나는 것이 아닌가? 이게 무슨 소리지? 하면서 뒤를 돌아보고 앞을 보고… 내 머리는 도무지 궁금해서 여기저기 둘러보고 있었다.

그런데 갑자기 이 친구가 나를 보며 "오마이 갓(Oh, my god)!" 이러는 것이다. 나는 뭐시라고? 뭐! 하면서 내가 나를 두리번거리며 뭘 찾는 것이다. 그런데 내 앞으로 뻘건 진홍색의 피가 뚝뚝 떨어지고 있었다. 그러더니 계속 피가 쏟아지고 있는 것이 아닌가? 아이구, 이게 웬일이란 말인가? 정신없이 자리를 떠서 화장실로 달려가서 내 입을 보니 피범벅이 되어 있었다. 거울에 비친 내 입은 무슨 드라큐라 영화를 한 컷 찍고 온 사람처럼 피버물이가 되어 있었다.

더 우스운 것은 입안에 들어 있는 내 이빨이 절벽에 매달려 안간힘을 다해 조금이라도 더 살아 보겠다고 애처롭게 버둥대고 있는 것이었다. 아무래도 오늘 밤 안으로 떨어져 나갈 기세고 또 한 개의 이빨은 조금 더 살아 볼 기세였다. 그런데 이 이빨들이 무슨 의리를 맹세라도 한 듯 옆에 있는 이들도 함께 흔들흔들거리고 있었다.

참으로 기묘한 사건이었다. 그 닭뼈와 식사 시간에 사투를 벌인 것도 아닐진데 정말 그것도 아닌데 그냥 닭뼈를 한 방에 보내려다가 내가 당한 일이다. 이래서 그 괴이한 닭뼈와 내 이빨의 인연은 즐기차게 지금까지도 나를 포기 못하는 건지 지금까지도 속을 썩이고 있었다. 무대에서는 발음에 문제가 있을 것 같아서 휴가를 받고 서울 방배동 치과에서 치료를 받고 임시 이를 해 넣었다.

그 후 그 멕시코 단장 친구는 자기와 함께 식사하다가 그런 일이 있었다고 매일같이 미안하다고 하고 정작 잘못은 내가 하고 또 우연의 일인데 저리 미안해하나? 오히려 내가 미안했다. 본인하고 관계 없는 일에 대해서도 미안해하고 위로하고 배려하고 생각해 주는 마음 씀씀이가 한국 사람들, 또 외국인 단원들 중에도 그 당시에 내가 느꼈던 진정한 휴머니스트가 아니었나? 생각하게 하는 친구였다.

그 후에도 내 이빨은 아킬레스건(Achilles腱)이 되어서 가끔씩 관심받기를 포기하지 않고 이제 그 이빨들은 다 임플란트 출정 중이다. 아마도 그 친구도 할머니가 되어서 그놈의 이빨 때문에 속 많이 썩었을 게다. 나이가 또 세월이 황혼의 블루스니 어쩔 도리가 없다. 부디 건강하게 행복했으면 하는 마음의 기도를 한다.

이로써 한국의 부곡하와이 빅 무대는 젊음의 열정을 열심히 쏟아부었던 멋진 추억의 무대가 되었고, 지금은 어떠한 곳으로 변해 있는지 가끔씩 되새겨 보는 진한 감동의 빅 무대였다. 그러고 보니 이 무대 역시 한국에서의 마지막 무대였던 것이다.

나는 영원한 2류 가수다

한국에서 어떻게 보면 2류 가수 정도라고 보면 되는 내가 누군가의 말마따나 3류는 되지 말고 3등을 하라고 했던가? 내가 2류라고 당당히 이야기하는 것은 그래도 다른 예술인 즉 실용음악인들이 다 섭렵해 본 적 없는 길을 그래도 나는 자타가 공인하는 공중파와 지상파라는 프로를 어느 정도는 섭렵했다고 볼 수 있기에 나는 당당히 2류 가수라 칭해도 족하다. 그렇다면 난 성공한 편이다. 한국에서는 2류 쪽이고 일본에서는 일류에 버금가는 대접을 받았으니⋯ 어찌되었든 일본의 공연예술계에서 최고의 톱 가수의 무대에 게스트로 서게 되는 기쁨과 보람을, 그리고 내용에 충실했던 일본의 공연예술계⋯ 또한 한국에서 활발한 활동을 하지 않았던 내가? 못한 건지, 안 한 건지 지금도 알 수 없는 내 낙천적인 성격 때문에 어딘가로 잠수 탄 기간이 활동할 시간을 안 주었을 게다.

이렇듯 일본의 공연예술계와 연을 쌓은 것이 여러모로 내게는 행운을 가져다 준 셈이고, 한 달에 한 번씩 나오는 월급과 카세트테이프 판매량과 공연의 횟수 만큼 한국에서 공연하는 것보다 그 당시에는 거의 5배의 개런티를 받은 셈이다. 그래서 나온 이야기가 참 철학적으로 들려온다. "나요리모 무시로 지쯔오 애라부!" 한국어로 해석하자면 "명분보다 실리를 택하라!"다.

그리고 한국에서 몰랐던 기본 베이직(종합)적인 것, 무대 매너, 발성, 특히 엔카에서 필요로 하는 장식음, 싱고페이션(Syncopation), 강한 비트와 약한 비트의 연속성 변형(끌어당기는 음이라고도 하고), 그 외에 내가 저 무대를 왜 올라가야 하는가? 저 무대는 어떠한 무대인가?를 연구하고 정성과 진심이 깃든 무대에서 자신의 역량을 끌어내야 한다는 것, 또 중요한 것은 무대에서 필요한 분장(Makeup)이라고 한다. 이것까지 배운다. 그런데 여기서 짚고넘어가야 할 부분이 있다. 사람마다 예외라는 것이 있고, 어쩌면 일본 공연예술계에 관계가 되는 일일지는 몰라도 조금은 미스터리한 이야기를 해 보고자 한다.

'미소라 히바리(Misora Hibari, 1980년대 초 작고)'는 일본의 국민가수로 일본 공연예술계는 물론 전 국민에게 추앙받고 존경받는 그야말로 일본이 낳은 최고의 가수이다. 이분은 음악적인 장르를 총망라하는 재즈, 라틴, 소울, 일본의 창, 민요 등 어김없이 소화해 내는 타고난 재능, 끼… 여기에 또 한 사람은 일본의 유명한 엔카 가수 '이츠키 히로시(Itsuki Hiroshe)'라는 남자가수다. 이분들은 같은 공통점이 있다. 이 사람들 말고도 많은 분들이 계시지만 이분들만 이야기하고자 한다.

두 사람들은 선 후배 간이며 또한 한국계인 분들이다. 아버지가 한국 사람이고 어머니가 일본 사람이다. 또한 두 분 다 유명한 분이시지만 한참의 커리어를 갖고 계시고 일본 공연예술계를 석권해 입신양명에 성공한 대선배격인 미소라 히바리, 이분이 더 확고하게 공연예술계를 장악했다고도 볼 수 있다.

아무튼 대단한 인물들이다. 그렇지만 여기에 참으로 묘한 그 당시에 시대상을 극복하진 못했던, 말하자면 자신의 본 뿌리를 버리고 일본으로 귀화해야만 했던 슬픈 역사가 이들에게 있었고, 일본 공연예술계에서 살아나려면 한국의 국적을 포기해야만 했다. 주변 조건 환경이 이들의 설자리를 좀처럼 내어주지 않았기 때문이다. 그래서 더욱 더 피나는 노력이 여러모로 필요했던 것이다. 그러나 미소라 히바리 씨는 그 어려운 여건 속에서도 타고난 그 재능으로 일본 사람들의 귀를 즐겁게 해 주기는 충분했고, 그리고 이츠키 히로시 씨 역시 그러한 고난을 힘들게 극복해 냈다.

그런데 아이러니한 것은 미소라 씨는 악보를 볼 줄 모른다는 것이다. 가수가 악보를 볼 줄 모른다는 것은 전쟁터에 총알 없이 싸우러 나간다는 일일진데 어찌된 일인가? 나는 궁금하고 의아해했다. 그러나 조물주가 우리를 만드신 데는 그 깊은 심오한 법이 있는 법! 일장일단이라고 했던가? 일본을 석권했던 엔카의 여왕이라는 말이 잘못된 말인가? 이건 뭐지? 참 궁금해했던 전말은 이랬다.

미소라 씨는 어려서부터 음감이 뛰어났다고 했고, 뭐든지 음감으로 정리를 했다고 한다. 그의 어릴 적 사부님의 말씀이 "히바리는 어려서부터 나에게 음악 레슨을 받는데 그때에 기타로 멜로디 악보를 한번 연주해 주면 어느새 그 음을 똑같이 한 구석도 틀리지 않고 읊조렸다."고 했고, "청음 감각이 다른 사람 몇 배나 빨랐다."고 한다. 그래서 그런지 어린 시절 미소라 씨와 함께했던 작곡가분들도 미소라 씨의 청음 감각, 음감을 일찌감치 인정하고 있었다. 그리고 성인이 된 미소라 씨는 악보 없이 청음과 음감 능력으로 그 멀고도 힘든 일본 공연예술계를 잡을 수가 있었다.

여기에 이츠키 씨는 기타를 아주 잘 다루는 기타리스트, 작곡가, 배우까지 일본 공연예술계를 접수한 대단한 분이다. 이분의 이야기는 "미소라 누님이 계셨기에 우리는 열심히 따라갔고 자신들의 능력을 발휘할 수 있었노라."고 이야기한다. 그 치열했던 일본 공연예술계에서 말이다. 그리고 "미소라 누님을 존경한다."는 말도 빼놓지 않으셨다.

나도 미소라 씨를 존경한다. 지금은 이미 생존해 있지는 않지만 그분의 마지막 노래였던 〈川の流れのように〉(카와노 낭아레노 요우니, 흐르는 강물처럼, NHK 드라마 OST), 혹은 '강물에 흐름처럼'이란 곡이다. 인생은 강물에 흐르는 물이라는 뜻의 노래, 지금도 내 귓가에는 이 노래가 가끔씩 맴돌곤 한다. 아, 아! 인생 무상이여… 미소라 씨는 이 곡을 끝으로 우리에게 영원히 멀어져 갔다. 세월이 많이 흘러갔다.

몇 년 전에 사이타마에 사는 후배에게 잠깐 다녀온 적이 있다. 그런데 그때 마침 지나가는 길이었는데 넓은 광장에서 웅장한 브라스밴드 소리가 들리는 것이 아닌가? 참새가 방앗간을 지나쳐 가지 못하듯이 내 정체성이 금방 털리는 순간, 나는 소리 나는 대로 빠르게 가고 있었다.

빠~반, 빤빤방~ 빵앙~ 와 어디서 많이 듣던 전주(인트로) 음악이 내 가슴을 요동치게 했고 트론본, 클라, 엘토, 테너, 바리톤 색소폰, 트럼펫, 플루트, 퍼스트, 베이스, 세컨 기타, 드럼, 현악기까지 총동원된 재즈 겸 오케스트라 밴드인데 잘은 모르겠지만 음악대학교 서클에서 나온 팀이라 했다. 여기에서 연주하고 있었던 곡이 바로 국민의 명곡인 미소라 씨의 노래 〈흐르는 강물처럼〉을 연주하고 있었던 것이다.

나는 그 순간 주체할 수 없는 눈물이 뺨을 타고 내려왔고, 사람들은 나의 이런 감성의 마음 즉, 그 의미를 모를 것이다. 그들은 내가 아니고, 자기 자신이고 또 그들은 내가 아닌 그들이다. 나는 나다. 프로스트의 〈가 보지 않은 길〉, 그 한 가지 또 다른 길을 가 보지 않았으니 그 눈물의 의미를 알 리가 있겠냐만은, 그냥 음악 연주하는 것을 보고 눈물을 흘리다니 이렇게 간단하게 아무렇지 않게 이야기할 수도 있을 것이다. 이것이 감성이 약하고 평범하게 살아온 사람들의 감성이다. 본인인 내 정체성과 연결되어서 감성이 내 감정을 주체하지 못하게 막지는 못했던 것이다.

지금도 지나간 스탠다드 음악이 나오면 나를 주체 못하고 감정을 속이지 못한다. 그래, 나는 아주 오랜 옛날의 아프리카 원주민 아저씨, 아줌니들에게서 나왔다는 토속적인 리듬의 끼를 받고 태어났나? 아니면 감성을 받고 태어났나? 개가 목탁 두드리는 소리인가? 어, 그런데 어느 절에서 개가 주지 스님과 함께 공양드리면서 목탁 두드리는 것을 유튜브로 본 적이 있다.

아무튼, 일본의 대학교 브라스밴드에서 굳건하게 그들이 채택하는 미소라 씨의 음악은 한국인으로서 또 같은 길을 걸었고 대가인의 길은 가지는 않았지만 음악을, 특히 엔카를 사랑하는 나로서 뿌듯하고 감사한 마음으로 눈물을 훔치면서 돌아왔다. 지금도 아마 일본 전국에 고등학교 브라스밴드라든가 또는 대학교 밴드에서 이런 대곡이 연주되고 있다는 것을 생각하면 뿌듯하기 그지없다. 나는 늘 이야기하지만 아직까지 역시 어쩔 수 없다. 난, 감성 200단이다. 그러니까 지금도 마음은 철없는 소녀인 것이다, 마음은….

다시 이야기를 돌려서 마무리해야겠다. 무대의상과 종합적인 코디,

어디 하나 버릴 수 없는 종합 시스템. 일본은 전속을 맺을 때까지가 어렵지만 한번 전속이 되면 무대가 빛나게, 노래가 빛나게, 또 개런티를 받을 수 있게끔 철저하게 확실한 역할 창조를 만들어 내는 것이다. 이런 좋은 시스템에서 선택받은 사람이 되었다는 것이 내게는 행운이었고 또한 무대예술을 확실하게 배우고, 보고, 느끼게 된 음악 세계에서 많은 것을 체험한 빛나는 성과였다. 지금 회상해 보건대 정말 내게는 축복이었고 행운이었다. 그리고 그때는 젊었다.

2부

나의 젊음 노트

-미국에서의 인생 2막

뉴욕 존에프케네디공항으로 가는 길

여기는 일본 나리타공항 로비, 여기에서 뉴욕까지 비행기를 타고 간다. 한참을 많은 생각과 그리고 여기저기를 둘러보며 비행기를 기다리는 것이다. 사실은 비행기값 아끼자고 미국 비행기 티켓 노스웨스트를 선택한 탓이었다. 그때나 지금이나 직항로 티켓 요금은 그대로다. 거의 한 배 반 이상으로 비쌌다. 그때는 비싼 비행기값을 지불하고도 남을 내 경제적 능력은 있었음에도 불구하고 난 이상하게도 미국 비행기를 타고 싶었다. 물론 선택한 비행기가 가격도 쌌다.

그때는 젊어서 여자임에도 거칠 것이 없던 젊은 인생이었다. 객기를 부린다 한들, 묘안이 언제든지 있어 자신 있었던 젊음이었고, 좌충우돌한다 해도 다시 일어설 수 있는 그런 나이었다. 물론 평범한 여자들과는 조금 다른 나만의 아집과 그 특유의 쇠심줄 같은 집념과 오기랄까? 경험 안 해 본 것에 대한 호기심이랄까? 여러 가지 생각과 마음이 교차되는 가운데 예전에 내가 누렸던 어떤 평안함은 한국에 다 버리고 가고자 했다.

"그래, 편하게 가는 거야. 미국으로 살러 가는 사람 같지 않게 달랑 가방 한 개 들고 가볍게 가듯이 그렇게 무거운 가방 없이 부담없는 마음으로 가는 거야."

동생 집으로 가는 마음은 무거웠지만 반면 새로운 세상에 다시 도전한다는 또 다른 호기심이 나를 이끌었고 또 다른 마음가짐을 갖기에는 충분했다. 그때 당시 가장 걱정되었던 것은 그리 심하지 않게 앓고 있었던 심장병이었다. 가끔씩 컨디션이 안 좋을 때는 뜬금없이 심하게 뛴다. 멀고도 먼 뉴욕공항에 도착할 때까지 무사히 도착하기만 바랄 뿐 가방 안에 준비된 비상약을 다시 한 번 점검한 후 드디어 노스웨스트 비행기에 몸을 실었다.

비행기는 이륙했고, 그 후로 18시간의 긴 장거리를 하늘에서 보낼 예정이었다. 너댓 시간이 지난 후 비행기 안이 갑자기 소란해졌다. 무슨 소리인가 가만히 들어 보니 대만 사람들이 비행기 안에서 큰 소리로 떠들고 있는 것이 아닌가? 누가 보면 비행기를 자기들이 전세 낸 것 같은 분위기다. 그것도 대만 번체어(대만, 홍콩, 마카오 사람들이 주로 쓰는 언어)로 낄낄대며 남의 의식이라곤 전혀 모르는 구절판인 듯했다. 원래 대만 사람들이 그러한 면은 대체로 있어 보이긴 했지만 사람 나름이긴 하다. 아니, 한국 사람들도 그러한 사람들이 없는 것은 아니지만 그날의 비행기 안은 한국의 어느 5일장 온 것 같은 느낌은 숨길 수 없었다.

원래 기내에서는 조용히 작은 목소리로 이야기를 하며 예의를 지켜야 함이 옳다고 보는데, 왜인가 했더니 기내에서 나오는 와인을 먹고서 나이 드신 분들이 기분을 좀 내고 싶은 마음에 웃고 떠들고 큰 소리로 이야기를 한 것이다. 사실 기내에서 나오는 와인은 대체적으로 가격이 비싸고 우수한 와인이 제공된다. 이참에 대만 할배, 할매분들이 또 아줌씨, 아자씨분들이 돈으로 지불하지 않아도 되는 고급 와인을 와장창 시켜 드셨는데 자세히 보니 한국분은 그다지 눈에 띄지 않는다. 사실 시끄럽고 분위기는 싫었지만 나도 어쩌다 한국 사람들과 간혹 이런 분위가가 있었기에 전혀 이해가 안 되는 것은 아니지만 여기는 비행기 기내인 것이다. 조금은 도가 지나친 것은 아닌가? 하는 생각도 들고 도대체 저 사람들은 본인들이 행하고 있는 것에 대해 일말의 미안함은 갖고 있는지 의문이 들었지만 관심을 끊고 잠을 청하기로 했다.

억지로 잠을 청하니 설잠을 자다가 또 뭔가 웅성거리는 소리가 나서 그쪽을 바라보니 기내 뒤쪽 화장실 가는 쪽의 여유분 자리에서 이번에도 대만인 몇 사람이 실내 체조를 하고 있는 것이다. 아, 이래도 되는 건가? 그 좁은 곳에서 실내 체조를 하고 있다니 멀끔히 바라보고 있는 내게 그중 한 분이 내게 손짓을 한다. 이리로 빨리 와 보라고… 그 손짓에 나도 모르게 체조하는 곳으로 가 봤다. 그 대만인이 나보고 한국인이냐고 묻는다. 그렇다고 하니 아직 뉴욕까지는 시간이 많이 남아 있으니 이렇게 스트레칭을 해 주면 나중에 피곤하지 않다고 덜 피곤하다고 하면서 같이하자고 하는 것이다.

그런데 자세히 보니 기내에서 떠들고 소리 지르고 이야기했던 아주머니는 아니고 아마도 이 대만 아주머니는 외국을 많이 다녀 본 경험과 그 노하우를 어쩌면 알고 있을 깃 같다는 느낌을 받았고 또한 인상도 자상한 한국 아주머니 같았다. 이 스트레칭을 해 두면 뉴욕까지 덜 피곤할 것이라고 친절히 나를 유도한 이 아주머니랑 '에라, 그래 좋다. 하자!' 하고 함께했던 스트레칭이 많은 도움이 되었던 기억이다. 뉴욕에서 덜 피곤했으니 말이다.

그들 대만인들은 집에서나 나와서나 조금만 시간이 나면 실내 체조가 되었든 스트레칭이든 틈나는 대로 한다고 한다. 그래서 전 미국 공원에서는 아침마다 중국인들이 체조를 하는 진풍경을 보여 주곤 하는 것이다. 이 이야기에 수긍이 가는 이유는 미국이란 곳이 아니 타인의 시선을 전혀 의식하지 않게 한다는 것과 미국이 가지고 있는 자유와 조건, 환경이 시민 위주로 우선되어 있다는 것이다. 어쩌면 대만, 중국 등 이 사람들 자체가 누군가를 의식하지 않는 철판주의 성격과 일치하리라 보면서 또한 다른 것들의 관심이 없다는 것이다. 그 대만인들도 이곳 뉴욕에 이민을 해서 산다고 했고, 자기들만의 방식대로 독특한 권리를 찾아가며 살고 있을 것이다.

드디어 미국에 도착하다

　뉴욕시 퀸스구 자메이카에 있는 공항에 도착했다. 공중에 비행기가 떠서 장시간 비행한다는 것은 매우 상당한 일이었다. 우려했던 심장병(고질)이 다시 재발되면 어쩌나 했고 그런 현상이 올 듯한 기분이 감지되면 얼른 생각을 다른 곳으로 돌리려고 애를 썼다. 새벽녘의 일출도 감상하고 자꾸 다른 곳으로 신경을 돌리기에 바빴다. 기내에서 바라보는 일출은 내가 봐 왔던 그 어느 일출보다 아름답고 숭고했다. 세상에서 가장 잊지 못할 아름다운 기억을 하늘에 남겨 놓았다.

　사진도 많이 찍어 놓은 것 같았는데 지금은 어디로 갔는지 자취도 없이 사라졌다. 혹시 고소공포증 게다가 심장까지 함께 합세한다면 어쩔까? 하고 사뭇 걱정했었는데 그래서 구심에 청심환에 비상약까지 준비했는데 천만다행이었다. 갑자기 이런 생각을 하고 있을 때 우여곡절 속에 설렘 반 두려움 반 비행기는 도착했고, 검은 아저씨가 막 강하게 지키고 있는 이미그레이션(Immigration) 입국심사를 거쳐 공항 로비로 걸어가고 있었다. 아고, 출발할 때 복받고, 들어올 때 복받고, 뉴욕에 와서 복받고, 너무 좋겠다. 바람대로 도와주소서….

기도 같지 않은 어설픈 기도로 마무리하고 동생이 마중나오기로 했는데 동생이 거주하고 있는 곳도 자동차로 4시간 정도 걸리는 거리였다. 한번 나올려면 시간도 걸릴 뿐더러 번거로운 일일 테지만 언니가 살러 온다니 약속을 거부할 수는 없을 터. 시차 시간을 보니 약 두 시간 정도 넘게 기다려야 했다. 우선 공중전화를 찾고 코인(동전) 바꾸는 곳을 물어보기로 하고 용기를 내서 검은 아주머니, 검은 아저씨와 잘 안 되는 영어를 하기 시작했다.

그들 이야기는 내 영어 발음을 못 알아들었는지 자꾸 계속 "왓? 왓?" 잘 모르겠다는 폼세였다. 이런 젠장! 이런 말도 못 알아듣고 여기가 과연 국제공항이란 말인가? 게다가 우락부락한 불독같이 생긴 검은 아저씨, 아줌니들은 얼마나 무서운가? 초반부터 뉴욕공항에서 마주친 이 왓! 아저씨, 아줌니들 때문에 기가 팍 죽어서 잠시 동생에게 전화 거는 것을 보류하고 있었다.

그런데 내가 누군가? 안 되면 되게 하라고 부르짖으셨던 분의 좌우명을 난 기억하고 있었다. 잠시 좌우를 돌아본 뒤 공중전화 부스를 발견했다. 그리곤 그리로 달려가 그 옆을 기웃대고 있는데 한국 아주머니가 전화를 걸러 오신다. 아고, 얼마나 반가운지 이 아주머니 전화 끝날 때까지 기다렸다가 바로 이 아주머니에게 자초지종을 이야기하니 코인 4개를 내게 선물하고 가셨다. 동생 잘 만나서 잘 가라는 이야기와 함께. 아, 역시 머나먼 곳을 떠나 타국의 이방인이 되어 있을 때 말 통하고 글이 되고 이해가 되고 서로 소통이 된다는 것이 얼마나 소중한 것이란 말이냐. 이곳 뉴욕공항에서 그 아주머니의 코인 공덕으로 결국 동생에게 전화를 걸었고, 통화가 되었다. 아, 고맙고 고마운 한국의 자비로우신 아주머니!

코인 소리가 찰가닥, 미국에서 처음으로 걸어 본 공중전화 넘어로 동생의 목소리는 소프라노 톤으로 "언니 왔어? 잘 왔어. 조금만 더 기다려!"라고 했다. 아이구, 기다리는 것도 지겹다. 하지만 어쩌겠나? 기다려야지 암요. 네네….

장시간 비행기를 타고 온 사람이 생전 처음 미국의 존 에프 케네디 공항이라니 하면서 공항 주변을 어슬렁대며 사람들과 주변을 샅샅이 스캔했다. 바로 눈으로 보기에는 생각했던 것보다 그다지 크지 않은 건물과 노후된 공항. 뭔가 지저분해 보이는 분위기였다.

바깥을 내다보니 그리 꽉 차 보이는 배경이 아니고 아주 오래된 어찌 보면 조금은 음산한 분위기의 아주 오래된 공항 그 자체였다. 대한민국 공항과 비교를 해 본다면? '하긴 대한민국도 신공항을 계획 중이라는데 이 공항보다는 좀 더 글로벌하진 않을까?' 그런 생각을 하면서 다시 또 어슬렁어슬렁 공항 로비를 조사해 볼 즈음이었다. 내 반경에 들어온 것은 커피숍이었다.

혹시 내가 좋아하는 스타벅스 커피숍은 여기에 있을까? 하면서 두리번거리며 찾았던 곳은 스타벅스가 아닌 공항 내에 있는 휴게실 커피숍이었다. 들어서는 순간 커피 냄새는 내가 좋아하는 향이 아닌 그다지 안 마셔도 좋을 듯한 향내가 나긴 했지만 어차피 들어온 김에 미국 동부 존 에프 케네디공항에서 기념 샷으로 추억을 만들어 보기로 했다. '그래, 은조 잘 왔어! 장시간 잘 왔어. 자, 잔을 들어라!' 그리고 나를 위로한다. 시간을 보니 동생이 도착할 시간이다.

필라델피아 가기 전에 김병현 선수 사인을 받고

설렘과 약간의 불안한 감정을 뒤로 두고 슬슬 걸어서 동생과 약속한 로비에서 재회했다. 동생은 딸내미(조카)와 둘이서만 나왔고 제부는 보이지 않는다. 오늘 중요한 약속이 있어서 둘이만 나왔다고 했다. 세 살짜리였던 조카가 그새 커서 조만간 즈그 엄마 키에 육박할 지경이었다. 자라는 애들은 하염없이 쭉쭉 크고 어른은 점차 면역력을 잃어가는 그런 이치다. 그러고는 동생의 밴을 타고 맨해튼으로 향했다.

차가 서서히 먼 거리를 향해 스쳐 갈 때마다 그때서야 잠시나마 미국을 헐값에 점수를 매기며 의기양양했던 내 마음이 조금씩 축소되어 간다. 그러고는 열심히 바깥 풍경을 스캔한다. 이때 바로 먼 발치에 아주 커다란 여인네의 동상이 눈에 띄었다. 책으로, 그림으로, 뉴스로 어김없이 내 기억에 있었던 이 자유의 여인네를 바로 조금 떨어진 곳에서 볼 수 있었던 것이다. 자유의 여신상(Statue of Liberty)! 뉴욕의 리버티섬에 있는 건축물, 아니 전 세계가 뉴욕을 상징하는 건축물로서 프랑스가 1886년에 미국의 독립 100주년을 기념하며 축하하기 위해 제작한 높이 약 46미터의 동상이란다.

아무튼 차를 타고 바깥 풍경을 감상하며 한순간도 놓칠 수 없는 뉴욕 맨해튼 거리를 열심히 머리에 저장시킨다. 이제서 눈에는 확실히 뭔가 저력이 있어 보이는 이 도시를 필름처럼 돌아가며 탐험한다. 뉴욕, 뉴욕, 뉴욕. 한국에서 본 뮤지컬 리듬의 음률에 맞춰 가며. "와, 신난다!" 혼자 흥얼대는데 동생이 힐긋 쳐다보며 웃는다. 동생은 속으로 그랬을 것이다. '그놈의 끼는 못 말려.' 하면서, '암, 내가 감성이 몇 단이냐? 이곳 뮤지컬 고향에 왔는데 이런 필이 안 나온다는 것은 언니가 아니지….'

야, 뭔가 저력이 있어 보이는 묵직한 이 도시의 건물 하나하나에 전해져 오는 그들의 삶의 여정을 가슴과 생각, 눈으로 읽을 수 있었다. 뜬금없이 미국의 남북전쟁 생각이 났다. 이 나라가 어떻게 세워진 나라인가? 내가 와 있는 곳은 남부이다. 그 당시 남부에 속했던 사람들은 어떠한 속내로 그 시대를 살아갔을까? 생각은 접고 어찌되었든 1776년 7월 4일, 미국 독립선언을 선포했던 그 동네로 가고 있는 것이다. 그 당시 토마스 제퍼슨 아저씨가 쓴 독립선언서를 낭독한 이 장소인 필라델피아! 동생이 살고 있는 집으로 말이다.

필라델피아로 가기 전에 맨해튼 시내 한국 사람들이 많이 살고 있고, 유명한 한국 설렁탕집이 있단다. 어떤 설렁탕집인지, 뭔 설렁탕집인지 기억이 지금은 가물가물하다. 동생이 내게 이 집이 유명한 설렁탕집이라고 실짝 귀띔을 해 주긴 했으나 그 집에서 기억나는 부분은 분명히 있었다. 동생네와 내가 함께 식사를 하고 있을 때, 조금 떨어진 곳에 앉아 있는 두 사람을 발견할 수 있었는데 그중 한 사람이 미국 프로야구 메이저리거 김병현 선수였다. 우리 조카는 조금 머리가 크고 초등학생이라고 또 같은 한국 사람이라고 벌써 김병현 선수를 알아보고 있었다.

조카는 즈그 엄마에게 저 선수가 보스톤 다이아몬드백스인지 레드 삭스인지 여하간 별 관심 없는 내 앞에 즈그 동네, 야구 동네 이름을 대면서 저 아저씨를 응원하는 팬이라 한다. 그러니 어쩌란 말이냐 했더니 엄마와 이모가 저 아찌에게 가서 사인을 받아 달라는 말이다. 허, 참 난감하네가 이럴 때 쓰는 말인가? 지금까지 살면서 누군가에게 사인 한번 받은 적 없는 것 같은데, 굳이 있다면 인척 중 집안이 예술 계통 집안이라 누군가에게 전달받은 영남 아저씨, 세환 아저씨, 형주 아저씨였는데 진짜 난감했다. 사인 한 장 받겠다고 말을 꺼내는 것이 이렇게 고민을 하게 될 줄이야?

힘들게 결정을 하여 나는 동생에게 점잖게 이야기했다. "네가 가서 받아 온나?" 했더니 동생은 정색을 하며 자기 혼자 할 일이 아니란다. 참, 고민도 많다. 어쩔까? 나는 또 이야기했다. 조카에게 "네가 가서 받아 온나?" 했더니 조카 왈, 자기는 꼬맹이라 안 해 줄지도 모른다는 것이었다. 동생과 나는 멀쩡히 얼굴을 마주보다가 굳은 결단을 내렸다. 그래, 같이 가자. 결론은 내려졌다.

동생과 나는 무작정 김병현 선수 앞에 섰다. "저, 저, 사실은 우리 조카가 그러니까 이 집 딸내미가 김병현 선수 팬인데 오늘 사인을 안 받아 오면 아마도 밥을 안 먹을 기세니 저 애를 너무 다이어트시키지 않게 적당한 선에서 병현 씨가 도와줘야 할 것 같은데 워쩐당가요?"라고 사뭇 부탁해도 시원찮을 판인데 명령조로 이야기했음에도 불구하고 부끄러워하면서도 바로 부탁을 들어주었다. 내 말빨이라 해야 하는지 약간 섞인 전라도 억양을 써서인지는 몰라도 고등학교 때 화술 부분에 있어서 팔도 사투리를 공부한 보람이 있었던 것인지 우짠지 성공적으로 받아 온 사인을 보고 조카 딸내미의 활짝 웃는 얼굴을 보며 "그래, 이모가 뉴욕 온 기념으로 사인 받아 내는 일 한 건 했다."

오자마자 한 일이 김병현 선수에게 사인 받아 낸 일이었다. 동생과 난 괜히 큰일한 사람처럼 으쓱하며 킬킬거렸다. 이그, 철없는 여자들… 당시 김병현 선수는 광주일고 출신으로 어린 나이에 미국의 프로야구에 초년생이었고 한국에서 왔다는 동질감이 이렇게 전파는 된다. 아니, 감이 온다고나 할까? 동부지구 보스톤 레드삭스팀에서 막 시작할 시기가 아니었나 생각된다. 여기에 최대의 라이벌 뉴욕 양키스에 비해서는 우승 경력은 짧지만 저력 있는 프로 구단이었다.

맛난 설렁탕집 그리고 그 후에도 내 마음 같아서는 뉴욕의 맨해튼 거리를 미친 듯이 두리번거리면서 여기저기 기웃대고 다니고 싶었는데 동생이 시간이 없다고 보채는 바람에 여기서 끝내고… 하긴 여기서 출발하면 약 4시간이 넘는 시간이 소유될 테니 그냥 가는기라. 그냥 가자! 다음 기회에 또 보기로 하고 펜실베니아 필라델피아로 아니 동생네 동네로 고고!

자동차 안에서 바깥 풍경을 본다. 이제 본격적으로 미국의 풍경을 머리와 눈으로 꽉꽉 집어넣으며 다른 곳으로 눈동자도 바쁘게 돌아간다. 거리는 무척 넓고 한산하고 6차선의 고속도로 길을 따라 몇 시간을 달려 필라델피아에 입성! 그리고 약 40분을 더 달려 동생네 집에 도착했다. 머나먼 길을 며칠 만에 도착한 것이다. 참으로 긴 여정이었다.

필라델피아 나의 종착지 동생네 집이다

그다음 날부터 나의 시야는 이 거리, 저 동네를 스케치한다. 또 검은 인종이 많이 사는 할렘가 같은 곳도, 이상하게 관심이 갔다. 1989년 그룹 런던 보이즈(London Boys) 노래 〈할렘 디자이어(Harlem Desire)〉라는 할렘가의 비애를 노래한 조금은 우울한 노래, 그 노래의 가사의 의미를 다시 한 번 생각하면서 할렘가 거리를 걷는다. 한여름에 밍크코트를 걸치든 말든, 털 부츠를 신고 다니든 말든, 이상한 몸짓을 하고 소리를 고래고래 질러 대든 말든, 이상한 대마초와 코카인을 하고 길바닥에 널브러져 있어도 누구 하나 눈길 주는 이 없다. 이런 일들이 미국이라는 대도시에서 일어나도 하나도 이상할 것이 없다는 것이다. 흔히 일어나는 그저 보통의 일인 것이다.

가만히 생각해 본다. 미국을 처음 개척한 사람들이 영국에서 건너온 청교도들이고 이들을 도와주고 거들어 주던 이들이 미국 원주민 인디언들이었다. 그러나 탈취자들은 그 인간의 순수한 휴머니즘을 파괴하고 오히려 그들을 향해 총칼을 들이댄 슬픈 역사를 가진 모질게 개척한 나라! 미국의 독립이라는 50개의 주, 영국에서 자주독립한 나라! 특히 동부는 자존심도 강하고 그 프라이드는 코를 찌르는 나라! 그만큼 자존심을 앞세워 어떻게 일궈 낸 나라인데 아메리카 미합중국 (United States of America, US)이라는 성조기는 처음에 13개에서 50개가 되는 주를 상징하는 별이 새겨져 있다.

　이 위대하고 뭔가 저력이 있는 나라에서 뉴욕과 할렘가 거리에는 홈리스(homeless) 아저씨와 아주머니가 세상에서 제일 편한 자세로 이불 깔고 누워 있고 맞은편 이웃 검은 아주머니, 아저씨들은 커다랗게 '1달러만 주세요!'라고 쓰여져 있는 간판을 만들어 놓고… 이렇듯 최악의 밑바닥을 사는 사람들이 많아도 누군가가 관심없이 지나가는 듯해도 1불, 5불씩 주고 가는 사람들도 있다. 그중에는 경찰 아저씨도 있다. 가끔씩 정신상태가 안 좋은 상태에서 누워서 소리를 지른다든지 고함을 치든지 미친 홈리스 사람이 소리를 지르고 다녀도 누구 하나 관심 주는 이 없고 제지하는 이조차 없다. 이것이 세계 제일의 강대국인 미국의 민낯이다.

뉴욕에서 서울역 노숙자를 위한 생각을 하다

　미국의 민낯을 보면서 우리나라를 생각해 보았다. 서울역 지하철을 지나다 보면 정말 노숙자 아닌 그야말로 홈리스 같은 사람들이 많이 살고 있었다. 산다고 표현해야 맞을 듯하다. 그들의 얼굴을 보면 조물주가 인간을 만드실 때 조금 더 잘 만들고 조금 삐딱하게 만들고 또 번듯하게 만들기도 하고 또한 태어날 때부터 장애자로 태어나게 되는 모순까지도 감수해야 하고 조물주는 우리에게 주어진 여건들이 공평하지 않게 준 것임은 틀림없는 사실인 것 같다. 눈으로 보여지는 즐비하게 늘어선 박스하며 꼬질꼬질 때묻은 점퍼에 그래도 서울역 지하철은 거리가 아닌 지하 속에 노숙자 생활이라 그런지 그나마 자신들의 자존심과 품위는 지키고 싶어 하는 듯하다.

　미국에서 잠시 한국을 다니러 왔을 때 그 이전부터 봉사 활동은 열심히 했고, 또한 한국의 명성교회 이범주 안수집사님을 통해 서울역 '소중한 교회'에서 봉사 활동을 한 적이 있다. 여기에 자신의 시간을 뒤로한 채 오직 하나님과 이곳에 주역이신 소중한 교회에 모이시는 노숙자 여러분들께 변함없는 하나님의 말씀을 전하시는 집사님과, 이들과 함께 노래하고 예배를 드리기도 하고 즐거운 식사 시간에 맞춰 티타임도 하면서 이분들의 이야기를 들어 볼 수 있는 기회가 있었다. 그중 한 분이 대한민국 대기업에 계셨다가 집까지 나와서 바깥을 맴돌아야 하는 희한한 사연을 가진 분이 계셨는데 그 사정을 본인이 자세히 이야기하지 않으니 계속 물어봐야 할 명분도 없고 해서, 안수집사님께 살짝 여쭤어봤다. 이분들은 앞으로 어떻게 살아갈 것이며 어떻게 도와드려야 하며 앞으로 하실 계획은 있으신가? 하는 거였다.

그런데 집사님께서 반갑고도 긍정적인 이야기를 해 주셨다. 교회에서 이분들을 집중 지원하고 정신적, 마음적 안정을 찾게 하는 심리 치료도 하고, 관할 구청 주민센터 차원에서 집중적인 케어를 해서 다시 세상에 나가게 될 것이라는… 정상적인 사회 활동을 할 수 있게 한다는 이런 좋은 프로그램이 한국에 있었다. '아, 역시 한국은 복지 차원에서도 상위를 가고 있구나!' 내심 가슴이 후련해지는 느낌이다. 이분들께 드리는 내 노래가 희망의 노래로 이어져 가기를 기도해 보면서 서울역 소중한 교회는 오늘도 열정적인 찬양이 이어진다. 그런데 뭔가 의아스런 내 생각이 발동된다.

노숙자와 거지와의 차이는 어디다 두어야 하는가? 한국은 노숙자는 많아도 거지는 적어지는 추세라고는 하나, 노숙자든 거지든 이런 분들께 폭 넓게 시행하는 프로그램과 집 없고, 돈 없고, 오갈 데 없는 이 지구 밑바닥까지 와서 계시는 분들 또한 독거노인들, 소외 계층, 사각지대에 살고 있는 분들 곳곳에 망원경을 쓰고 한 번 볼 것 두 번 보고, 세 번까지 봐주신다면 전 세계 베스트 5에 드는 내가 살고 싶은 나라에 등수가 등록될 것이다. 지금 한국은 세계 상위권 베스트 12에 들어가는 나라이니 더 말할 나위는 없겠다.

필라델피아에서의 바쁜 날들

한국에서의 불안한 경쟁(예능 계통)에서 살아나야만 하는 것이 싫어 동생이 살고 있는 미국으로 살러 온 것이다. 어떤 챌린저(도전의식)적인 면도 자유로운 영혼도 되고 싶은 욕망도 있었다. 다른 나라에 대한 호기심이 없다고는 볼 수 없었고 체질상 한 군데 가만히 있는 성격도 아닌 것 같고 좀 더 큰 나라에 오고 싶었던 동경도 있었다. 가만히 한국에서 내 예능에 대한 여건과 생각을 꺼내 본다면 솔직히 내가 무엇을 하는 사람인지 정확히 개념을 모르고 살아온 것 같고, 무엇을 본격적으로 끈질기게 하고 싶지도 않았고, 그 당시에는 그저 가는 세월 앞에 젊음만 축내고 있지 않았나 싶다.

어떤 승부욕도 없었다. 가끔씩은 사는 것이 귀찮아지기도 하면서 늘 반복되고 허송세월 보낸 내가 한심하기도 했다. 그래서 새로운 환경에 눈을 돌려 보기로 결정했다. 커피를 아주 많이 좋아하니 원산국인 스타벅스 커피를 섭렵하고 만끽하고 싶었다. 매일 마셔서 이빨이 숯 검댕이가 되고 혓바닥이 늘 갈색빛을 띠더라도… 누가 붙잡지도 않겠지만 혹시 나를 붙잡는다 해도 나는 간다. 나를 붙들지 말라. 이렇게 모든 것을 버리고 떠나온 한국이었다.

오자마자 바쁘다. 동생의 지인들, 친구들, 교회 친구들, 한인 동네분들이 한국에서 언니가 왔다고 난리다. 하긴 천리 먼 길을 왔고, 그 당시 필라델피아에는 한국 사람들이 그다지 많지 않은 곳이기 때문에 반가워하지 않을 수 없었던 것이다. 그리고 이곳에서 벌써 오래전부터 터를 잡고 살아온 한인들의 일원인 동생의 언니라니 무척 반가워했다.

동생은 커다란 붉은색이 도는 수영장이 딸린 빌라식 아파트에서 살았다. 이 빌라식 아파트 앞에는 개인 주택이 많이 있었는데 그림엽서나 사진으로만 볼 수 있었던 예쁘고 아름다운 집이었다. 집앞에는 거짓말 조금 보탠다면 축구장 같은 넓은 부지를 갖고 있었고 그 주위에는 아름드리나무들이 꿋꿋하게 줄지어 있었는데 무슨 의장대 사열을 받듯 반듯하게 나열해 있는 그런 모습들을 하고 있었다.

한국을 출발해 동생 집 도착한 지 거의 2주일이 가는 데도 아직까지 정신을 못 차리고 비몽사몽! 시차 탓일 수도 있었고 아직 뭔지 잘 감이 안 오면서 촌빨을 열심히 내고 있었다. 그런데 한 가지 확실히 느낄 수 있는 것은 이곳의 날씨였다. 왜 이렇게 더운 건지 정말 한국이 한여름에 그렇게 덥다고 그리 투덜댔는데 지금 여기 와서 보니 왠지 '여우 피하려다 호랑이 만난 것 같다.'는 기분이 든다. 그래도 이 날씨는 그늘진 곳이나 나무 밑 그늘에 가 있으면 정말 시원하고 살 만하다. 그런데 문제는 햇볕에 노출되면 그리 덥다는 것이다. 화씨 120도가 넘는 것 같다. 저녁이 오면 춥고 쌀쌀했던 기억이다. 낮에는 더운 날씨에 못 이겨 조카랑 수영장만 연신 들락거렸다.

동생네 집은 방이 많았다. 거실도 컸고 젠장 이왕이면 짐도 한 보따리 가져올 걸 이렇게 방도 많은데 후회해도 늦었쥬? 동생은 음식도 잘했고 살림도 잘했다. 조카(유정이)는 당시 꼬맹이었음에도 불구하고 똑똑했고 한국 같으면 중학교 이상의 영어책을 읽고 있었다. 그리 놀랄 일은 아니었다. 그러고도 남았다. 워낙 영리한 아이니….

그런데 난 TV를 보다가 가끔씩 살짝 짜증이 날 듯 말 듯한 문제가 있었는데 자고 일어나면 TV에서 씨부렁씨부렁 뭔가 알아들을 수 없는 영어로 뭐 하나 알아들을 수가 없었다. 사실 미국으로 살러 올 때는 유비무환 차원으로 영어 공부를 좀 하고 올 것인데 하고 후회를 할까 말까? 어쨌든 영어는 내 인생에 있어서 중학교 때부터 악착같은 나의 트라우마이자 아킬레스건인데 어째서 본토인 예까지 왔느냐 말이다. 게다가 그 당시만 해도 그곳에는 유선방송(케이블 한국방송)조차도 없었던 시기란 것이다. 더군다나 더 짜증나게 만드는 것은 날씨였다.

참 이래저래 온 지 얼마 되지도 않았는 데도 에구, 이놈의 동네도 별수 없네. 날씨는 오나 가나 덥고 하긴 여기도 여름이니까 덥지! 자위를 해 본다지만 더워도 너무 더워, 지쳐서 머리에 뚜껑이 열려서 날아갈 정도로 예민해져 있었다.

제부는 성실하고 가정적이고 역시 미국 보잉 집안답게 예의 있고 엣지 있게 즈그 마눌님과 딸내미를 왕비와 공주처럼 모신다. 그때 당시 나이도, 인생도 많이 안 된 이 젊은것들이 내 보는 앞에서, 하긴 나도 젊디젊은 나이었으니 하지만 내 귀에 닭살 돋게 들리는 이 언어들은 무엇이란 말이냐? 애정 표현을 아무렇지도 않게 하는가 하면 아무런 의식이 없이 내 앞에서 자연스럽다.

아무리 자유와 개인의 언행을 존중하는 미국이라지만 그 당시 나는 으째 거북살스러운 감정을 감출 수는 없었다. 그래서 신 서방(제부)이

일 나가고 없을 때 나는 동생에게 한마디했다. "야, 너희는 나이도 많지 않은 애들이 무슨 여보, 당신이냐? 남사스럽게…." 그렇게 시작을 했더니 돌아온 대답은 이러했다. "아이구, 역시 언니는 고지식해! 그 봉건적 생각 좀 버려! 지금 시대가 어떤 시대인데 남사스럽다는 언어를 쓰느냐?"는 것이었다. '어, 그럼 내가 지금 촌빨 열심히 풍기고 있다는 것인가?' 이어서 동생의 일장 연설이 이어진다.

"언니, 남편에게 여보, 당신이라고 호칭하는 이유는 이 세상에서 한 사람에게만 쓸 수 있고 그만큼 살갑고, 남편이 방귀를 뀌고 입에서 김치 냄새를 풍겨도 다 가슴으로 포용해야 하고 감싸 안아 주는 사람만이 쓰는 용어가 여보, 당신이래. 마찬가지로 아내도 똑같다는 거지. 이 안에 모든 의미가 함축되어 있다는 거래."라며 짧고도 긴 연설을 마친다. 나는 아무래도 이해가 안 간다는 표정으로 한동안 멍하니 이야기하는 동생의 모습만 바라봤다.

남자와 여자, 참 오묘한 존재다. 나는 아무래도 동생이 이야기한 이 이야기가 그저 와닿지 않는다는 것에 비중을 둔다. 동생의 결혼 생활이 행복해 보이는 건지 무애무덕한 것인지 확실히 알 수는 없었으나 한 가지 확신하는 것은 서로를 진심으로 사랑한다는 것을 감으로 알 수 있었다. 아구, 언니보다 동생이 훨씬 철분을 많이 섭취했네. 철을 그리 많이 수용하고 있었으니, 그런데 한편 동생의 이야기를 듣고 있노라니 내 자신에 대한 살짝 느끼는 소외감이랄까? 아직은 들어 보지 못했던 여보, 당신에 대한 언어가 나는 무척 예민해져 있었고, 솔직히 동생이 어떻게 살고 있나 관심조차 없었던 것 같았던 내 무심함에 또 동생의 삶에 대해 솔직히 부러웠던 일들이다. 안 가 봤던 길에 대해서….

동생이 일본식 레스토랑을 열다

　동생이 일본식 레스토랑을 운영해 보겠다고 진작부터 계획해 왔던 것 같았다. 그동안 가게도 여러 군데 보러 다녔고 종업원 문제, 주방 기구, 셰프 등 여기저기 레스토랑 운영에 있어서 자문을 구하러 다니기도 했다. 동생은 제부와 의논한 결과 일본식 레스토랑을 운영하기로 합의한 것이다. 게다가 언니가 일본어를 구사할 줄 아니까 뭔가 궁합은 맞은 듯한데, 이놈의 날씨는 왜 이리 덥단 말인가?

　이상하리만치 그해는 유난히 더웠다. 비즈니스하기에는 그리 좋은 기후는 아니었지만 동생은 단호히 계획에 따라 움직였다. 너무 날씨가 더우니 조금 더 쉬다가 선선해지면 그때 다시 시작하자고 건의했다. 동생도 한참을 생각해 보더니 쾌히 승낙했다.

　동생이 살고 있는 한인타운은 늘 바쁘게 돌아가고 있었다. 우선 친구네 집에 초대받고 식사하는 일과 한국분이 경영하는 비즈니스 상가, 동생이 함께 공부했던 분들의 집에 초대받고 식사를 함께하고 그곳에 사람들을 익히기에 바빴다. 또한 미국의 마켓은 우리가 생각하는 상상을 초월한다. 마켓을 가려면 면적이 넓은 길을 자동차로 보통

20분 정도는 가야 한다는 것이다. 지금은 어떻게 변했는지는 몰라도 그 당시에는 그랬다. 걸어서 마켓을 간다는 것은 한국에서 우리의 생활 조건일 뿐이었다.

하루하루 새로운 미국 생활, 필라의 생활은 바쁘게 돌아가고 있었고 동생의 학교인 템플 유니버시티 캠퍼스를 버스를 타고 구경을 했다. 왠 버스로 학교를 구경하냐고 물으신다면? 한국과는 달리 미국의 캠퍼스는 그 규모가 과히 장관이다. 조금 더 오버해서 이야기를 한다면 면적이 얼마나 큰지 예를 들자면 인문학 문과대, 의과대, 음대 등 각각 캠퍼스 건물을 걸어서 가려면 시간이 많이 걸리고 다리가 많이 아프다. 그리고 어디에 있는지 찾기도 힘들다. 그래서 버스를 이용하는 것이다. 또 이상한 것은 학교 안 옆에는 시민들이 함께 공존하고 있다는 것이다. 아직까지 그런 시스템을 본 적도 없고 미국만이 있는 이해하기 어려운 시스템이다. 한국의 대학교 같았다면 학교 내에 동네 사람들이 함께 산다는 것은 본 적이 없는 일이다. 미국만이 할 수 있고 그렇게 아무렇지도 않게 자연스럽게 할 수 있는 일이란 것이다. 참 이해하기 어려운 미국 생활의 법칙과 규범, 어떤 면에 있어서는 정반대의 룰을 가지고 있었다.

한 번의 캠퍼스 투어가 끝난 뒤 개인의 시간을 만들어서 이 학교를 다시 한 번 발품 팔면서 스캔하기 시작했다. 한 가지 동생의 학교에서 가장 기억에 남는 것은 그때 그 당시에는 여기저기 두리번거리면서 재미있게 두리번 걸스가 될 수밖에 없었는데 조금 가까운 거리는 일부러 걸으면서 내 눈은 바쁘게 움직이고 있었고 첫 번째는 가장 마음에 들었던 것이 대학가 옆이든 앞이든 점심시간이 되면 멕시칸 사람들이 만든 '브릿도'라는 어찌 보면 핫바 같은 음식을 아주 싼 가격에 판매하는 푸드 트럭(Food truck)이 즐비하게 서 있는 것이다. 학생들을 위한 런치타임을 위한 것도 있지만 보통 사람들도 저렴한 가격으로 멕시칸 음식을 먹을 수 있었다. 더불어서 빵과 커피 등도 함께….

이곳 음식에 솔솔 취미를 붙인 뒤 이 학교 앞의 점심시간마다 어김없이 나타나서 판매하는 멕시칸 음식차에 최고의 단골이 되어서 동생과 함께 이것저것들을 먹으며 낄낄대며 행복해하던 날들이었다.

서서히 날씨는 기온이 떨어진 듯해서 동생과 난 바쁘게 움직였다. 일본식 레스토랑이라니 나 같으면 감히 엄두도 내지 못할 콘셉트가 아닌가 말이다. 동생은 무슨 배짱으로 이런 생각을 했는지 미국으로 오기 전 잠깐의 이야기는 언급한 바 있었지만 이렇게 크게 벌일 줄은 몰랐던 것이다. 괜히 덩달아 소 팔러 다니는데 개 따라다니듯이 다녀야 하는 내 심정이었다. 난 정말 이런 음식 장사에 취미도 없지만 생각조차도 해 본 적이 없는 아예 자신감 말살 그 자체였다. 그렇다고 내 음식 솜씨가 바닥은 아니었다. 어느 정도 흉내도 낼 줄 아는 반 요리 솜씨를 가진 나였다.

그런데 이런 전문적인 대규모 프로의 음식점은 너무하지 않나 싶었다. 하긴 내가 운영할 것도 아니고 동생 비즈니스인데 뭘 걱정을 하는가 싶지만 그래도 나는 양심이 있는 여자다. 동생이 잘되길 원하는 사람 중에 한 사람이 나이기 때문이다. 그래도 동생이 겁대가리 없는 역병을 앓는 것 같아서 걱정이 되었다.

어찌되었든 동생과 은행 문턱을 몇 차례 드나들었고 그릇 가게로, 마트로, 테이블 가게로, 가구점으로 여기저기 바쁘게 다녔다. 그리고 커밍 순 오픈을 했다. 이제부터 동생은 음식 장사 아줌씨가 된 것이다.

LA 오렌지 카운티로의 이주

-사랑의 교회로 끌려가다

그런데 이 와중에서도 조금 이슈가 되는 사건이 하나가 있었는데 사실 미국으로 오기 전 동생으로부터 이야기를 많이 들었고 언니가 싱글이라 하니 여러 곳에서 중매라기보다는 소개라고 해야 하는 것이 옳겠다. 동생과 같은 교회의 권사님 아들분을 소개받았다. 한국으로 전화를 걸어왔고 또한 일본 공연이 있었을 때 국제전화를 걸어와서 나를 놀라게 한 분이었다. 참으로 열정적으로 대시를 해 온 분이었으나 내 마음에 어찌된 일인지 조금도 관심이 안 생겼던 것은 어떤 이유였었는지 후에야 잘 알 수 있었던 일이다. 그분의 비즈니스는 세탁업을 하는 분이고 세탁 공장을 몇 개씩 가지고 관리하는 중기업 규모의 비즈니스를 하고 계신 분이었다.

그런데 아이러니한 일은 그리 먼 곳에 있는 분도 아닌데 별로 만나 보고 싶은 생각이 안 들었다는 것인데 이미 사진을 예전부터 봐 왔고 얼굴도 익히 아는 터였건만 왠지 마음이 내키지 않았다는 것은 진짜 무슨 이유였을까?

시간은 머무르지 않고 빨리도 간다. 벌써 반년이 되어 가는 듯했다.

세월과 시간은 돈 안 주고도 잘 간다 하드니 한 개도 한 대에 떨어지지 않는 옛말이다. 난 그 후 이곳 필라델피아를 떠나 친인척과 친구가 살고, 지인이 살고 있는 서부로 떠날 생각을 하고 있었다. 시간이 가고 세월이 좀 더 간 후, 그렇게 필라를 떠나 서부, 즉 LA 캘리포니아 (California) 오렌지 카운티(Orange County)에 이주해서 살 때였다.

깡다구 빼놓으면 내놓을 것이 없었던 그나마 젊은 청춘은 이곳에서 더욱더 자유로운 영혼을 풍족히 맛보고 있었다. 이곳으로 올 때 동생과 주변 사람들은 아쉬움으로 안타까워하면서 나의 떠나는 것을 말렸었다. 내가 떠나면 동생이 많이 외로워할 것이라는 것이다. 난 속으로 생각했다. '아, 괜찮은 서방에다 토끼같이 영특한 딸내미에 주변 좋은 친구, 지인에 뭐가 외롭나?' 하고 나만의 생각을 가지고 그렇게 오렌지 카운티 플러톤에 홀연히 와서 살고 있었다. 바로 그 옆에 살고 있던 언니뻘 되는 분을 알게 되었는데 그 언니로 인해 오렌지 카운티에 있는 남가주 '사랑의 교회'까지 개 끌려가듯 도살장에 소 끌려가듯 그런 일상이 되는 사건이 발생하기 시작했다.

이 언니는 미국에 오신 지 십수 년이 되었다는데 오래전부터 어떤 나이가 있는 영감님과의 사연이 있으셨던 모양이다. 이 언니 나이로 봐서는 잘 알고 계시는 영감님과 나이 차이는 조금 있을 법한데 무슨 일인지 무슨 러시아의 크렘린궁에 다녀온 사람처럼 입을 다물고 있었다. 누가 취조를 할 것도 아니고 기사를 쓸 것도 아니요. 감금을 해서 물어볼 것도 아닌데 무슨 세기의 히스토리감도 아니고 아무 관심도, 이슈도 없는 그런 언니의 인생담은 내게도 시간 낭비였다.

이 언니는 자기 자신의 보호본능 성격이 강해서인지 무슨 이야기를 물어 볼라 하면 벌써 방어 기세다. 이런 쎈마이 언니(일본어로 좁다는 뜻)는 이렇듯이 성격적으로 무슨 트라우마를 안고 있을 것만 같았다. 그런 그녀가 내게 교회를 가자고 한다. '하이구, 내가 동부 필라 동생네 있을 때도 동생네 교회를 안 다닌 사람인데, 내가 교회를 내 발로? 거참!' 여기서 우리 집안 이야기를 조금 해야겠다.

우리 집안은 옛날부터 내려오는 각자의 지 맘대로 종교를 갖고 있었다. 다만 교회만 빼놓고 말이다. 반은 미신, 반은 절, 반은 대순진리교, 또 알 수 없는 이상한 점술 종교. 사촌네 집안들과 우리 집안들이 어째 짜맞추어 놓았듯이 종교에 한한 그리 같을 수가 있단 말인가?

어찌 보면 한참 이슈가 되었던 김건희(김명신, 쥴리) 여사, 아니 진짜가 김명신이라는데 이 여자분이 지향했던 종교 1단, 2단, 3단, 예를 들면 열무 1단, 배추가 2단, 쪽파가 3단, 양파가 4단, 여호와의 증인까지 끌고 가는 지 맘대로 파를 형성하고 있는 집안이었다. 그나마 동생이 일찍 미국으로 이민 와서 즈그 신랑네 집안네가 모두 기독교 계통이라 기독교에 귀의한 것인데 이 귀의하기까지는 제부의 외조가 컸다. 하나님께 인도하는 길이 쉽지는 않았을 터인데 수년간의 지 맘대로 파에서 뼈가 굵을 대로 굳건히 지리잡고 있었을 텐데 이건 순전히 제부의 온전한 하나님의 사랑으로 동생을 이끌어 온 힘일 것이라고 생각해 본다. 하긴 전 시댁이 다 기독교 집안이니 따라가야 하는 것도 있고 본인 자신이 진정한 신앙을 찾게 된 획기적인 사건이기도 했다.

아직까지 교회에 대한 이야기를 할라치면 참으로 어색하기 이를 데 없다. 이러한 내 마음을 아는지 모르는지 그 언니의 끈질긴 설득 끝에 개 끌려가듯이 갔다. 그러나 바로 보이는 문앞에서는 발걸음이 도살장에 끌려가는 소가 되어 있었다. 거기(교회 문앞)까지 가는 일이 얼마나 길고 긴 여정을 거쳐야 했는지 나의 지조가 단박에 무너지는 순간이 되었다. '그래, 들어가 보자! 순간의 결단이 들어가도 복 받고 나와도 복 받는 일이 되었으면….'

가는 그 순간에도 나는 나를 챙기고 있었다. 친절한 안내하시는 집사님을 따라 중간 좌석에 언니랑 앉았다. 남가주 사랑의 교회는 거의 몇천 명을 수용하는 대형 교회로 남가주를 대표하는 큰 교회다. 지금 서울 서초동 사랑의 교회와 같은 자매결연으로 된 그런 교회였다.

내가 알기로는 그 유명한 지금은 작고하신 옥한흠 목사님을 이야기 할 수 있다. 서초동 사랑의 교회를 개척한 옥한흠 목사님은 신자들이 예수 그리스도의 인격을 닮아 가는 신앙생활을 할 수 있도록 이끄는 제자훈련을 한국 교회에 정착시킨 인물로도 유명하다는 이야기는 어렴풋이 알고는 있었고, 또한 대형 교회 목사들이 상당수가 자식에게 담임 목사직을 넘겨주는 교회 세습을 한 것과는 달리 정년을 앞두고 2003년 65세 때 현 오정현 목사님(당시 미국 남가주 사랑의 교회)에게 담임직을 넘겨주고 조기 은퇴한 후에도 국제제자훈련원을 이끌면서 다양한 사회봉사 활동을 펼쳐 돌아가시는 그날까지 우리에게 하나님의 말씀과 마음으로 사신 분으로 기억한다.

언니와 함께 교회를 갔던 시기는 오정현 목사님이 계셨다. 현재 서울 서초동에 있는 사랑의 교회 담임목사님이시다. 키가 아주 크시고 잘생긴 미남 배우 같다는 느낌을 받았을 즈음 억센 사투리로 설교를 하시는데 아주 재미있게 들렸다. 하긴 그도 그럴 것이 난생처음 교회라는 곳을 개 끌려가듯 끌려가서 즉 성경 말씀(복음)을 하시는데 조금 죄송한 이야기지만 그때에는 무슨 신화학 공부를 하는 것으로 착각을 할 때가 있었다. 그 당시 목사님 말씀은 "성경책 들고 그냥 책꽂이에 꽂아 두지 말고 성경을 꼭 하루 한 페이지씩이라도 꺼내서 읽어 보도록 해 보세요. 그냥 꽂아 두는 책꽂이용으로 두지 마시고요. 예?" 무슨 말씀인지 처음 가 본 교회에서 나는 얼떨떨했다.

필라에서 교회 가자고 하면 "그냥 집에 있을게. 너희들이나 갔다 와라." 하면 굳이 그 더운 날 뻔히 교회 앞까지는 가되 교회 안은 안 들어가겠다는 약속을 받은 후에서야 함께 움직이곤 했다. 그리곤 그 더운 날씨 교회 안에 들어가면 시원하고 좋으련만 굳이 고집을 부리고 교회 바깥 주차장 자동차 안에 있겠다고 고집을 부리곤 했다. 에어컨까지 틀어 놓고 긴 시간을 말이다.

그 당시에는 왠지 교회 가는 것이 떨떠름하고 죄를 많이 진 사람인 양 내가 '난 죄인이요. 그래서 나 교회 갑니다.'라는 시인은 하고 싶지 않았다. 아예 가고 싶지 않다고 해야 옳을 것이다. 게다가 우리 집안은 기독교 하고는 너무나도 거리가 먼 지 맘대로 파들이 많았고 하나님을 섬긴다는 일은 먼 바깥의 일이라고들 생각했다.

이런 고정관념을 가진 나는 교회를 안 가는 것이 당연히 지조를 지키는 일이라고 생각했고 동생에게 당당했다. 그런데 동생은 너무나도 자연스럽게 하나님을 섬겼다. 물론 제부의 외조 탓도 있지만 골수적인 우리 집안에 현재 우리 동생은 전도사에서 부목사까지 되어 있으니 참, 누가복음 앞에 동생복음이 있었는지 알 수가 없는 일이었다. 그래서 우리 집안에서는 동생을 친인척 형제들까지 신기하고 불가사의한 일로 치부한다.

필라에서 서부 오렌지 카운티로 올 때 동생이 당부한 이야기가 있었음에도 불구하고 으째 교회 가는 일은 그리 탐탁치 않았으니 말이다. 동생은 쇠쇠줄 같은 고집의 언니에게 "언니, 사기꾼한테 사기 한번 당했다고 생각하고 교회 가서 내가 왜 죄인인지 꼭 성경 공부를 해!" 그렇게 당부한 이야기였다. 그때만 해도 그래, 죄인은 죄인인 듯한데 내가 왜 죄인인지 그 연유를 나는 몰랐다. 도리어 이상하기까지 해서 좀 알고도 싶었으나 알려면 교회를 가야 하는 까닭에 교회 가는 일은 아마도 내 정신의 문제가 있으면 모를까? 아직은 난 정신이 멀쩡했다.

그런데 내가 이곳 오렌지 카운티에 와서 알고 지내는 언니를 통해 이렇게 맥없이 끌려오긴 했지만 목사님의 말씀이 어떤 때는 무슨 복음을 판매하고 계신 것은 아닌가? 하는 의구심을 부인할 수는 없다. 더군다나 나를 도살장에 들어가는 기분으로 교회 안을 들어오게 한 이 언니는 갑자기 분위기가 바뀌더니 누군가에게 귀싸대기라도 한 대 후려 맞은 얼굴로 얼굴을 감싸고 폭포수 같은 눈물을 펑펑 흘리고 있는 것이 아닌가? 참으로 이 괴이한 광경은 무엇이란 말인가? 처음으로 교회란 곳에 와서 보글보글 복을 억세게 받아도 시원찮을 판인데 이런 일은 뭔 시추에이션이란 말이냐?

나는 빤히 언니의 얼굴을 볼 수 없어서 게슴츠레한, 최대한 낮은 자세로 눈물 콧물 범벅이 된 언니를 넌지시 바라봤다. 자세히 옆눈으로 스캔해 보니 이 언니의 인생역정(人生歷程)도 만만치 않을 것 같다는 느낌은 어쩔 수가 없었다. 이때에 들려오는 목사님의 설교는 내가 잘못 들었는지는 몰라도 '사탕은 들어오고 사탄은 물러가라!' 이렇게 들려온 것 같다.

교회 예배가 다 끝나 갈 즈음 언니의 폭포수 같은 눈물도 그쳤다. 그리곤 언제 눈물 흘리고 슬펐느냐는 듯이 아주 환한 얼굴로, 오늘 교회 예배 드린 소감이 어떠냐고 묻는다. "응, 그건 나중에 이야기해 줄게. 그런데 언니 여기 지금 사탕 있어 사탕이 많아?" 하고 물으니 언니는 의아스러운 얼굴로 "응? 여기 사탕 없어." 했다.

언니, 교회 갑시다!

-내가 왜 죄인인가?

'내가 왜 죄인인가?' 내가 왜 죄인인가에 대해서 구체적으로 알고 싶은 호기심이 생겼다. 물론 언니 되는 분께서 처음 가 본 교회에서 눈물 콧물을 흘리며 폭포수 같은 눈물 줄기를 흘러내릴 때는 다 이유가 있는 법, 그러나 나는 그것이 궁금하지 않았다. 언젠가는 자신 스스로가 답답해질 때 언제든지 내게 이야기를 할 수 있을 것이다. 우선은 동생이 이야기한 대로 사기 한번 당해 볼 생각이다.

두 번째 주일 때 나는 언니에게 먼저 용감하고 당당하게 "언니, 교회 갑시다!" 했다. 언니의 얼굴이 순간 복권 맞아서 행운이 굴러들어온 듯한 얼굴로 "그래, 은조야, 고맙다!" 했다. 난 으쓱이며 이야기했다. "교회의 사탕이 없으면 사기 한번 당해 볼려고 교회 간다."고 했나. 언니는 내가 무슨 이야기를 횡설수설하든지 오로지 교회만 간다고 생각하며 좋아 죽을 지경이다.

그러고는 주일학교 등록을 하고 세 번째 주부터 강의를 듣는다. 참 어찌 보면 나라는 사람은 스스로 생각해 볼 때 돼지가 비웃을 사람이다. 지금까지 없었던 나의 인생에 획기적인 일이 생긴 것이다. 교회를 다 간다니… 내가 진정한 죄인이 된다는 것이 정말 믿겨지지 않는 일들이지만 태초에 하나님이 천지를 창조할 때 우리는 처음부터 죄를 짓고 태어났다는 것이다. 아담 아저씨와 이브 아줌니의 죄 때문에 하나님은 우주 만물에 죄인이라는 오명의 고리를 영원히 훈장처럼 달게 해 준 것이다.

성경 공부를 하면서 뭔가 부담감이 몰려오기 시작했다. 한국 같으면 교회 앞을 그냥 스치고 지나가도 아무런 관심 없고 의미 없는 곳이라고만 할 수 있었던 곳을 미국에 와서 필라의 동생네 교회도 안 들어가 본 내가 이곳 서부 오렌지 카운티 남가주 사랑의 교회에서 성경 공부를 한다? 그래, 그렇다면 하나님이 만든 사람은 무엇 하나 제대로 할 수 있게끔 우리에게 능력을 주시는 걸까? 믿음도 개코 없는 내가 벌써 자만을 갖는다. 남가주 교회에서 내가 왜 죄인인가를 알기에는 약 3개월이 흘렀는데 아직도 40%는 이해가 가질 않는다.

교회에서 구역을 나누어 예배를 주일에 한 번씩 드리면서 성경도 공부하고 친교를 한다. 물론 집으로 초대를 하였고, 그런데 맥빠지는 일들은 우리 한국 사람들은 뭔가 타인들에게 무엇이든지 잘 보여지기 위한 말하자면 타인을 의식한다는 말이다. 나부터도 다를 수는 없다.

한국에서 난다 긴다 하는 부를 가지고 온 사람들이 거의 서부쪽 오렌지 카운티, 얼바인, 가든 그로브, 애너하임, 플러톤 등 진을 치고 살고 있고 이들이 살고 있는 집들과 자동차는 실로 대단한 재력을 자랑하며 또한 하나님 섬기는 사람들로서 교회에 헌금하는 금액도 어마어마하다. 이런 상황에 하필이면 이런 분들과 레벨에 맞지도 않게 나를 이 구역에 끼워 넣은 것이다. 물론 언니는 쏘옥 빠진 채 말이다.

그렇다고 내가 이들에게 크게 뒤쳐지는 것은 아니지만 어디다 쓸 데

없이 큰 돈을 의미 없이 쓰는 일이 없던 사람이다 보니 좀 생소하고 의아스러웠다. 그 당시에는 젊었고 내 얼굴에는 아니 전체적인 분위기가 부티가 끊임없이 흘러내렸던 것 같다. 하긴 LA 지바시장에서 싸구려 귀걸이를 사서 해도 사람들이 물어본다. "어머, 그것 구찌 신상이냐고?" 그만큼 그때에 나는 젊었고 무엇을 해도 어울렸고 좀 더 웃자고 말하자면 우아한 백조였다.

오스트리아 빈 출생 왈츠의 왕, 요한 스트라우스(Johann Straussl)의 〈푸른 도나우강〉 생각이 난다. 그 강물 위에 우아하게 헤엄치고 가는 백조를 상상하며 그 강물 밑에 죽어라 하고 자맥질을 하는 나를 생각한다. 강 밑에서 보면 치열한 자맥질이다. 하지만 지금은 자맥질은 그만두고 백조도 그만할 생각이며, 내가 왜 죄인인가를 서서히 알아보기로 했다.

오늘 아침에 필라에서 걸려온 동생 목소리는 상큼했고 환희에 찬 목소리다. 언니가 교회에서 성경 공부하고 주일 예배, 구역 예배까지 드린다니까 하나님께 순종하는 언니로 생각했음은 틀림이 없겠다. 그런데 이를 어쩌나? 목사님 이야기를 잘못 들은 이유로 사탕은 들어오고 사탄은 물러가라 했는데 잘못 들었어도 정정해서 들어야 했는데 내 생각은 맛난 사탕 생각만 하는 것이었다. 이럭저럭 구역 예배도 동참하고 교회 예배도 빠지지 않고 성실하게 임하는 니는 누가 보아도 하나님 섬기는 사람 같았다. 머나먼 이국땅에서 처음 동부를 거쳐서 정반대인 서부로 와서 나름 개척을 한다고나 할까?

그런데 이 교회는 왠 비즈니스하는 사람들이 이다지도 많은 것인가? 특히 암웨이(Amway USA)라는 바이라민 비타민 종류부터 없는 것이 없을 정도의 엄청난 정통 다단계였다. 하긴 처음 이민 오는 사람들 마중하러 공항에 누가 나오느냐에 따라 직업이 정해진다고 한다. 세탁소 하는 분이 공항에 마중을 나오면 나중에 꼭 세탁소를 한다고들 하고, 암웨이 하는 사람이 공항에 마중나오면 암웨이를 한다고 한다(그 당시에는 다단계가 활발하게 활성화되고 있었다). 나는 다행히 내 동생이 이런 직업을 갖고 있지 않아서 잘 피해 나왔는데 같은 교회 집사님, 권사님들이 이런 다단계 비즈니스를 하시는 것이었다.

같이 성경 공부했던 집사님께서 처음에는 비타민을 부탁하셔서 쾌히 승낙하고 비타민을 먹게 됐다. 사실 난 암웨이를 알게 된 것은 아주 오래전 일이었다. 옛날 공연예술을 할 때 일본에서 알게 된 다단계 비즈니스였다. 그때 지인으로부터 화장품과 비타민을 선물 받게 됨으로써 이 제품이 좋은 제품인 것은 알고 있었다. 단, 단점이 있다면 가격이 다른 제품보다 비싸다는 것이다.

이를 계기로 집사님과 난 같은 배를 타게 된 다단계 암웨이 우먼이 된 것이다. 주일에 한 번씩 보는 것은 물론이요 가끔씩 필요한 교육을 받아야 했다. 그들이 말하는 'follow(무엇을 뒤따르다 따라가다)'를 당한 것이다. 근사한 호텔에서 강의하는 분이 오셔서 비타민 강의, 화장품 강의, 건강에 대한 강의, 우리가 흔히 쓰고 있는 정수기에 대한 강의 등 그다지 나쁠 것은 없었다.

하지만 내가 제일 하기 싫은 일들은 사람을 팔로우하는 일이었다. 물론 노력은 해 봤다. 1년 이상 노력을 해 봤으니 안 했다고 볼 수는 없다. 내 주변에 지인들, 옆집 아저씨, 아주머니들을 가끔씩 집으로 끌어들여 우리 집에 불난 줄 알았을 정도로 열기가 가득했던 적도 있었으니까. 결국 결론은 내려졌다. 그냥 소비자로 남아서 비타민만 먹기로… 그런데 이것이 쉬운 일은 결코 아니었다.

이놈의 빌어먹을 욕심이 문제인 것이다. 물론 우리의 소원은 건강이다. 그 무엇인가 나오는 티켓을 바라고 그것을 타 먹어 보려고 투자하는 것이다. 셈을 못하면 경제 개념도 흐려진다는 뭘 좀 아는 선배분이 이야기한 그 지론이 생각났다. 나는 그뿐이 아니다. 내 성격에 한번 뭔가가 꽂히면 정도 많고 또 양도 많다. 이런 우라질 비타민을 비롯해서 화장품, 먹는 식품까지 통도 크게 큰 방 반까지 차도록 물건을 들여놓은 것이다. 물론 그냥 판매해도 되는 것이었지만 안 되면 내가 혼자 다 소화해 내야 하는 것이다. 겁도 없이 누구 말마따나 깡다구도 아니고 부여에 있는 삼층석탑 돌대가리 아니었나? 셈을 못하면 경제 개념 없다고 흉당할 일이다.

이것이 그 집사님과의 의리인지 악연인지 알 수는 없으나 아무튼 내가 자신 있게 이야기할 수 있는 것은 집사님의 마음은 어떠한 마음에서였는지 물론 잘해 보자고 잘돼 보자고 한 비즈니스에 나를 끌어들인 것이었지만 집사님께 드리고 싶은 이야기는 내가 원하지 않는 것은 남에게 하지 마라^(공자). 무슨 일이든 대접받고 싶은 대로 남에게 대접하라 이것이 율법이며 예언자이다^(마태복음 7장 12절). 어떤 인공지능 한 사람들이 이야기했다고 한다. "인간은 신뢰할 수 없고 이기적이고 잔혹하다."라고 말이다.

이렇게 해프닝 아닌 해프닝을 벌이면서 벌써 몇 년의 세월이 가고 있다. 슬슬 매너리즘(mannerism) 증세가 보이기 시작한다. 교회와 하나님에 대한 경계심도 차츰 무너져 갈 무렵 어떤 책을 보다가 눈길이 갔던 구절이 있었다. '천주교 미사포의 의미가 여성은 머리를 내놓고 다니면 하나님과 교류가 안 되기 때문이다.'라고 한다. 천주교는 마리아님이 예수님의 어머니시고, 그렇다면 기독교인들은 미사포를 안 쓰고 다니는데 과연 하나님과 교류가 될까? 그럼 교류가 안 되는데 교회의 목사님들과 집사, 권사, 장로들은 매일같이 새벽 기도를 불철주야하는가 말이다.

어떻게든 하나님과 교류 좀 해 볼 것이라고… 알 수 없는 불가사의 함이 나의 정신세계를 시험하려고 한다. 시험 보면 붙는 날이 없으니 그만 시험 볼련다. 그렇다면 작가인 조앤(Joan Didion) 씨한테 물어볼 수밖에 도리가 없다.

월트 디즈니랜드의 슈발!

남가주의 날씨는 맑고 청량하다. 예전 동부에 비하면 더할 나위 없이 좋은, 온도와 습도가 적당하고 조금 높을 때도 있지만 비교적 적당한 날씨다. 날씨에 민감해진 건 순전히 동부의 날씨에 지친 탓이라. '자라 보고 놀란 가슴 솥뚜껑 보고 놀란다.'고 이 날씨에 한해서는 늘 민감해져 있었다. 그래서 미국인의 아침 인사는 '오늘 날씨 어때요? 좋죠?' 하고 안부로 물어오는 것이 미국 사람들 인사법이란 것도 알게 되었다.

이렇게 화창한 날씨에 가만히 있기에는 아까운 날이다. 오늘은 전부터 마음먹었던 CA 오렌지 카운티 애너하임에 있는 월트 디즈니랜드(Disneyland)를 가 보기로 했다. 이곳에 살면서도 그 옆 주위만 빙빙 돌았으니 꿈에 그리던 이러한 파크를 오늘은 섭렵하고 오리라 단단히 마음먹고 자동차를 움직였다.

월트 디즈니는 1955년에 만들어진 테마파크다. 최근까지 디즈니랜드에는 개장 이래 왕족을 비롯해서 다른 나라 귀빈들을 포함한 5억 1,500만 명의 관광객이 방문하였고, 월트 디즈니 월드의 매직 킹덤에

이어서 세계에서 두 번째로 많은 관광객이 다녀간 명소라고 한다. 이런 유서 깊은 곳에 나 혼자 가는 것이다. 여기저기 촌빨 날리면서 기웃거리고 즐기고 싶었다. 그렇게 도착한 곳이 디즈니랜드라. "야! 한국의 나그 친구들아! 나는 너희가 그렇게 부르짖었던 월트 디즈니랜드 앞에 왔노라! 봤노라! 서 있노라!" 쾌재를 부르짖고 있는데, 사람들이 긴 줄을 서고 있는 것이 아닌가? 뭔가 했더니 표를 끊기 위해서 벌써부터 일찌감치 줄지어 긴 행렬을 만들고 있었던 것이다. 그 당시에는 인터넷 예약보다는 직접 가서 표를 끊는 사람이 많았다.

아, 그렇지! 조금 떨어져 있는 주차장으로 가서 차를 주차시킨 후 가방을 찾았다. 그런데 가방이 보이질 않는 거다. 이런 빌어먹을! 깜박하고 그 중요한 라이선스 하며 돈 지갑까지 가방에 두고 집에서 그냥 나온 것이다. 하긴 전화 통화하면서 한참 이야기를 한 것 같은데 리모컨을 들고 혼자 통화하고 있던 자신을 발견한 적이 요 며칠 전에 있었는데 혹시 이 젊은 나이에 치매? 알츠하이머? 이게 뭐지? 그러기에 나는 아직 젊은데? 냄비를 몇 번 깜빡해서 태웠지? 말도 안 되는 불안감이 내 머리를 스치면서 머리에서 쥐불이 나기 시작한다. 내 자책에 못 이겨 죽어라고 슈발을 연발한다. 여기서 슈발은 '시발'이다.

걸어서 표 끊는 곳만 연신 보다가, 좀전보다 길게 늘어선 그 줄만 보다가 이렇게 있다간 머리에서 폭탄이 터질 것 같았다. 그래, 다시 집으로 돌아가는 거다. '에이 슈발!' 디즈니랜드 옆에서 옆모습만 쳐다보다가 머리에서 폭탄 터지기 직전에 집으로 돌아간 날 또 슈발! 분을 참지 못하여 또 슈발한 그날 언니가 집으로 왔다. "은조야, 너 오늘 집에서 뭐했니? 전화가 없어서?" 물으시길래 "왜 언니?" 하고 되물었다. "응, 오늘 우리 아저씨 하고 디즈니랜드 다녀왔는데 너한테 전화가 없어서 그냥 둘이만 다녀왔어." '엥? 이 언니가 시방 나에게 뭐라고 하는 말이여? 누구 말마따나 외양간에 불 지르는 이야기를 하네. 더 나아가서는 시방 내게 말로 내 머리채 잡고 흔드는 것이여?' 하지만 아무 말도 못하고 속으로만 '아, 그랬구나. 언니 잘 다녀오셨네요. 거기 좋죠? 다음에 같이 가여?'라고만 이야기한 후 그날의 주어는 슈발, 슈발! 또 슈발이었다.

그런데 또 한편의 내 맘은 이랬다. 다시 가고 싶지 않은 곳! 눈앞에까지 가 보고도 다시 가기 싫은 곳! 참으로 이상스러운 내 성미다. 내가 실수를 해 놓고 또 내 자신의 자학이라니. 그리고 이제 앞으로 어디를 가든 가방을 챙기는 일을 기억하는 것 등은 평생 과제로 남길 기억들이다. 기억, 기억을 잘 해야 함. 에이 슈발! 그런데 세월이 많이 흐르고 있는 이 마당에도 잊어버리는 버릇은 여전하다. 아무래도 치매가 빨리 올 것 같은 예감이다.

어패류 보물창고, 헌팅톤 비치

　그러고는 오렌지 카운티에서 5년을 살아도 월트 디즈니랜드, 엔젤스 구장, 그 주위 앞, 옆, 동네는 다녀 봤으나 한번도 들어가 본 기억은 없다. 그 대신 바다를 좋아하는 나는 비치는 많이 가 봤던 것이다. 뉴포트 비치, 레돈도 비치, 헌팅톤 비치, 롱비치 싼타모니카 등등….

　비치에 관해서 잠깐 언급을 하자면 이렇다. 헌팅톤 비치는 가깝게 가면 갈수록 무서운 바다다. 그 장엄해 보이는 것 만치 만들어 놓은 튼튼한 다리 하며 조금 오버해서 이야기하자면 콘크리트 기둥이 중동 지역 어마무시한 기름통을 저장해 놓는 몇 배의 통 사이즈다. 그 밑에 흐르는 바닷물결은 우리나라 조선 시대 이순신 할아버지가 명량해전 때 울돌목(남해에서 들어온 바다는 명량을 지나며 엄청난 속도의 조류로 돌변한다. 초속 6미터가 넘는다), 이런 물류처럼 어떻게 보면 소름이 끼칠 정도로 거대하기 이전에 무섭다. 게다가 바닷소리는 어떠한가? 조선 시대 울돌목 소리 못지않게 괴상한 굉음 소리를 내며 태평양의 위용을 자랑해 보인다.

　듣는 이들로 하여금 자진해서 자리를 떠나게 만든다. 이러할진대 그러함에도 불구하고 여기 용감한 사람들이 있었다. 지금의 헌팅톤 비치는 몇십 년이 지났으니 어떻게 변했는지 알 수는 없으나 그 당시에 초창기 1, 2세대 이민 오셨던 분들의 이야기를 하고자 해서 쓰는 글이다.

아주 오래전 미국으로 이민 오셨던 세대들의 이야기며 미국 사람들의 어패류, 생선 종류 등의 인식, 먹는 것과 안 먹는 것이 있었더란다. 이민 오셔서 한동안 잊고 살았던 한국이 그리워질 때마다 가까운 바다가 헌팅톤 비치였다고 한다. 그날도 발걸음은 비치로 향하고 있었고 오늘은 레돈도 바닷가 다리 밑을 한번 보자 하면서 털레털레 갔었다고 한다. 사람들도 별반 없었고 조용하고 쾌청한 날씨에 눈앞에 펼쳐진 거대한 다리 밑, 그야말로 헤르만 헤세의 수레바퀴 밑에서는 사치의 장식품도 될 수 없는 장관이 펼쳐지고 있었다는 것이다. 그 거대한 다리, 전 세계를 불바다를 만들게 하고도 남을 중동의 석유 드럼통 같은 저장고 두께의 그 다리에서는 어패류의 향연이 벌어지고 있었던 것이었다.

그날 종합적인 어패류 과의 계모임? 아님 포럼? 아무튼 자신의 눈을 의심하지 않을 수가 없었더란다. 그 거대한 다리 밑 드럼통에서는 우리가 생각하지 못했던 어패류들의 반란인지, 자유의 놀이인지 한국에서도 볼 수야 있지만 자주 먹어 보지 못하는 전복 행렬이 수도 없이 달라붙어서 내려올 생각을 하지 않고 있더란다. 그뿐만이 아니라 문어와 오징어, 참으로 눈으로 의심해 보기까지 해 봐야 하는 고급 어물들이 떼를 지어 붙어 있었더란다.

순간 무슨 노다지를 찾은 기분으로 아니 복권 당첨된 기분, 조물주 위엔 내가 있고 건물주는 없어! 뭐라고 중얼중얼대면서 기쁜 나머지 "아이구, 하나님. 나는 역시 보글보글 복을 받는 것이여!" 하시면서,

어쩜 나와 같은 생각을 하셨는지 나도 기쁠 때 쓰는 용어가 같았다. 미국에서 천금 탄광을 발견한 것처럼 그분은 매우 기뻐했다고 했다. 그러고는 집으로 뛰는 데는 올림픽 신기록을 세우고도 남을 정도로 죽을힘을 다 해서 뛰었으리라. 그 심리를 잘 아는 나는 충분히 이해가 간다. 물론 이해가 가면 다음 해가 오는 것이 순리이다.

통이며, 장갑이며, 칼이며 왔던 길을 다시 또 뛰어 목적지에 도착하고 난 뒤, 그저 보인 곳에까지만 급급했지 다리 밑 물살은 생각을 못 하셨던 것이다. 허둥지둥 발만 동동 구르고 있는데 또 한 분의 한국 분이 오셔서 열심히 관찰을 하더란다. 그렇게 이리저리 꼼꼼히 보는데 시간이 많이 흐르고 날씨도 좋은 것 같은데 특히 도무지 미국 사람들 얼굴은 보이지가 않더라는 것이다. "왜, 여기는 미국인들의 모습이 보이지 않는 걸까요?" 하고 함께 계신 분에게 물었단다. 그분은 벌써부터 아시고 이곳을 여러 번 다녀가셨고 미리 여러 모로 답사를 하셨던 것 같았단다. "미국 사람들은 이런 곳에 잘 안 옵니다. 관심이 없어요." 그래서 왜냐고 하고 물으셨단다. 이때서야 그분의 자초지종을 들을 수가 있었단다.

미국 사람들은 안 먹는 어패류가 많이 있단다. 그중에 안 먹는 것이 전복이란다. 그리고 오징어! 어떤 사람은 문어 자체도 안 먹는단다. 이러니 이 다리 밑에 오지 않을 수밖에. 아예 관심이 없다는 것이다. 그래서 "이런 어패류 종류들은 한국 사람들이 많이 좋아하는 어패류 종이니 우리가 비즈니스해서 잘해 봅시다." 했단다. 그 두 분들은 미국에 이민은 오셨지만 먹고살 길도 막막했고 고향에 대한 향수, 그리움에 이 바다를 위안 삼아 마음을 달래 보려고 찾긴 했으나 이 다리 밑을 발견해서, 살아 나가야 할 획기적인 일이 미국에서 생긴 것이다.

두 분은 머리를 열심히 회전을 시키며 구상을 해 놓았고 의기투합을 해서 쇠로 만든 사다리와 갈쿠리며, 물살이 언제 강해지며, 언제 이 어패류들이 많이 포럼을 하며, 날씨는 어떤 때에 조합을 잘 이루어서 가장 많은 어패류의 모임을 가지며 하는 연구를 계속한 끝에 실행의 시간이 시작된 것이다.

이로 인해 다리 밑에 달라붙어 있는 해조류는 두 분께서 모조리 섭렵해서 본인들이 실컷 먹고 남은 어패류는 한인들에게 내다 팔고 이래서 두 분의 수입이 짭짤하니, 미국에 와서 사는 보람을 느껴 갈 즈음 다른 한인들이 이들을 눈여겨보면서 어떻게 해서 저렇게 돈을 버나?를 연구한 것 같았다. 곧 이어 뒤를 밟아 이들의 하는 일을 보면서 이분도 또 똑같이 이런 일을 해서 수입을 올리고 했다니 말이다. 사실, 이런 일들은 미국에서 원래 불법이다. 나도 한국 사람이지만 천리 타국 미국에서 한국 사람들은 가벼운 불법은 비일비재하다. 하나 이런 일들은 수입과 관계가 되니 미국 세무서에서 알게 되면 법적인 책임이 그리 가볍지는 않을 것이다.

다 힘든 한국인들이 초창기 이민 세대에서는 무슨 일을 해서든지 먹고살면서 미국 생활에 적응하기 급급할 때였다. 그런데 중국 사람과 달리 한국 사람들 성미가 이상한 것이 있다. 한국 사람들은 사촌이 땅을 사면 배가 아프다. 그것이 자신의 불행이라고 생각하는 그런 의도는 어디에서 왔는가? 조선 시대 지배계급에서 위세를 부리던 상하 계급의 논리에서 그대로 전래되어 내려왔는가에 대해서 그래서 그런 의식이 지금 현대를 살아가고 있는 사람들에게도 자신의 에고이즘, 독선 그런 생각들이 형성되고 있는 것은 아닐까? 조금 웃자고 이야기한다면 중국인은 한국 사람들과 생각이 정반대다.

같은 업종이라도 같은 타운 동네에 비즈니스를 하게 된다면 상대의 가게를 배려해서 아무리 가까운 거리에도 적어도 5~6백 미터 거리를 두고 비즈니스를 한다. 또한 상대가 잘 되면 자신의 기쁨이요, 함께 축하도 해 주는 기본적 예의가 있다. 이것이 중국의 거학 맹자의 성선설에서 전래해 나온 인간의 미학이 지금 현대를 사는 지각 있는 중국인의 머리와 가슴에 내재되어 있음이 아닐는지… 어쩌면 인간은 자신을 위주로 살아가고자 하는 잘못된 본성이 내재되어 있는 보통의 작은 중등 인간일 뿐이라고 생각되어질 때가 있다. 물론 지각 있는 한국 분도 많이 계신다는 전제 아래….

결국 이야기를 다시 위치로 가자면, 이래서 그분들의 비즈니스를 뒤따라가서 보고 또 시작한 그분도 결국 남모르게 수입을 올렸다는 이야기인데, 결국에 가서는 그런 일들은 계속 지속될 수는 없는 일들이었다. 어느 날 미국 경찰들이 진을 치고 주위를 줄로 막고 접근금지라는 팻말이 쓰여 있었으며 웬만한 곳에는 채취해 가려면 세금 내고, 입장료 내고 할당한 분량만(몇 킬로그램) 가져갈 수 있다고 이렇게 되어 있는 곳은 그래도 다행이었다.

미국 경찰들이 한국인이 이런 어패류를 이용해서 수입하고 연결되니 세금 내고 입장료 내라는 방식으로 바뀌어 있었던 것이다. 그래서 처음 시작했던 그분들만 수입이 좋았던 것은 사실이다. 다행히 주모자도 운이 좋아서인지 하나님께서 불쌍히 봐주신 덕으로 그냥 비켜가고 무마할 수 있었다고 한다. 이러한 일들은 한인 사회에서는 많이 일어나는 일들이었고 지금은 어떻게 달라져 가고 있는지는 모르겠다. 미국에서 나온 지 거의 15년이 되고 있으니 말이다. 지금은 어떤 법률이 추가되었는지 알 수 없다.

3부

나의 열정 노트

와이오밍주 산의 노다지들

내가 덴버에서 북카페를 운영하고 있을 때 또 한 분의 고객으로부터 들었던 이야기를 하고자 한다. 물론 그분도 참여했었던 본인의 이야기다. 콜로라도주 옆이 와이오밍주다. 그곳은 산세가 좋고 웅장한데, 나는 직접 가 본 적은 없으나 버스를 타고 네바다주에서 올 때 살짝 지나온 이미지만 있을 뿐이다. 그런데 이곳에는 엄청난 그러니까, 여기서 이야기하는 것은 탄광의 노다지가 아니라 산에 노다지가 있었다는 것이다. 산을 타고 가면 그 산밭에는 노다지가 엄청났단다. 이곳 덴버에 사는 한인들이 그 시즌에 맞추어 노다지 채취를 가는 것이다. 이번에는 어패류가 아니라 나물류 채취인 것이다.

왠 나물류 채취냐고 또 의아스럽게 생각하시겠지만 이 산밭에는 우리의 상상을 초월하는 최고의 노다지가 내재되어 있던 것이다. 이곳을 처음 발견한 한인들은 한 수입 챙기고 집도 어떻게 한 채 구입하고 배 두드리고 살았단다. 이곳에는 한국에서 보자면 그 비싸디 비싼 송이버섯이 주류를 이루고 거기다가 고비, 고사리 나물 등 식물류 등이 완전 무공해로 사람의 손을 타지 않은 이슬만 먹고 자란 산소 같은,

말하자면 보약 같은 식물류, 나물류 등이 천지로 둘러싸여 있었고 걷는 발길마다 한 개 한 개가 돈으로 보였다는 것이다. 그 정도로 와이오밍 산밭에는 기후 조건이 좋아서 식물들과 나물류, 채소 등이 잘 자라고 있었단다.

여기에 도구를 준비해서 처음 발견한 몇 사람들과 결탁하여 상부상조하는 조합을 만들고 또한 이런 일들을 다른 한국인에게 최고의 비밀로 하자는 룰을 만들고 혹시 착각한다면 예전 해방되기 이전 무슨 독립운동이라도 하는 사람들처럼 결의를 다짐했던 것이다. 그리고 그들은 노다지 밭으로 가서 수입과 연결되는 커다란 이익을 남기고 또 어떤 사람은 그 당시 한국의 경동시장까지 가져와서 큰 이익을 남기고 비행기표값까지 뽑아 갔다고 한다.

이런 일들은 미국 사람들과 한국의 문화와 관계가 있다. 미국 사람들의 음식 문화가 동양과 아니 특히 한국의 음식 문화와 다르니 그중에는 못 먹는 음식과 안 먹는 음식 등 그 당시에는 특히 그럴 법했다. 관심도 없을 뿐더러 음식에 있어서 미국과의 차이라는 것이 분명 있었다.

지금은 시대가 좋아서 한국 음식 문화가 세계만방에 알려지고 호기심에도 외국 사람들이 한국 음식을 먹어 대질 않는가 말이다. 뉴욕에 가면 네온사인 간판에는 한국의 비빔밥, 설렁탕 등 한국의 전통음식을 홍보하는 간판과 식당이 많이 있다. 이처럼 한국 음식 문화는 서양인들에게 가깝게 다가가고 있는 것이다. 미국인들은 특히 나물류 등은 잘 모르고 있었던 것 같다. 버섯류 등은 이탈리아 음식에는 많은 소비가 되는 듯하나 미국에서는 어떤 비중을 차지하고 있는지는 잘 모르겠다. 특히 고사리 나물류 등은 관심도 없을 뿐더러 잘 알지도 못하는 것 같았다.

이곳 와이오밍주의 고사리는 살이 통통하고 튼실하고 탱탱하다. 정말 먹음직스러운 나물이다. 이것을 모르고 있는 미국인들의 음식 문화가 안쓰럽기 짝이 없다. 그러니 이처럼 노다지 산밭을 그들이 외면하고 무관심할 수밖에 없는 이유이다. 캘리포니아의 헌팅턴과 레돈도 다리 밑 어패류를 앞에 두고도 외면하는 것인데 하긴 옛말에 '모르는 게 약'이라고 했지만 현실에 있어서 한국인의 생각으로는 그들이 새삼 용감해 보이는 것은 왜일까? 무지에서 오는 용감성이라기보다는? 이런 생각은 각자의 판단에 맡겨 보기로 하는 걸로….

와이오밍주의 노다지는 한동안 한국인에게는 희망의 터전을 주었던 건 사실인데 결국은 한국 속담에 '꼬리가 길면 잡힌다.'는 이야기에 걸맞게 역시 한국 사람들은 용감했다. 하도 용감해서 칼로 삽으로 갖은 도구를 이용하고 활용했으면 마무리를 잘해야지 그냥 파헤쳐 놓은 채로 여기저기 손상을 입힌 채 방치해 두고 나뭇가지까지 다 잘라서 여기저기 널브러져 있게 하고 땅을 파헤쳐 그 뿌리까지 뽑아 가고… 이런 환경을 와이오밍 경찰들이 두고두고 관찰했던 것 같다. 미국 경찰이 한국 경찰과 다른 것은 알면서도 천천히 관망한다는 것이다. 알고도 여유 있게 차분히 살피며 관찰하는 것이 우리 한국 경찰의 빨리빨리의 원동력과는 새삼 다르다.

그 이후 한국 사람들이 연결연결되며 그 일을 계속하다 결국 발각되어 벌금을 크게 내고 그 지역에는 커다란 팻말이 붙었다고 한다. '입산금지, 특히 한국 사람 입산금지!' 그런데 세월이 흘러서 조금 완화가 되었는지 팻말에 이렇게 붙어 있다고 했다. '입산할 때 입장료 내시요! 요금 5달러!' 캬, 재미있다.

　이렇듯 한국인은 어디를 가든 용감하다. 전 세계 어디를 가든 그 원동력을 제공하게 만드니까. 자, 입산하시려면 입장료 내시오! 잘한 일인 건지 와이오밍 경찰 아자씨에게 묻고 싶고, 북카페 고객분은 그중에 본인이 그 장본인이었다고 추억담인지 경험론인지를 한 보따리 풀어내며 아직도 으쓱한 용감성을 보이는 듯했다. 네, 아자씨 아자씨. 정말 용감했어요! 빨리빨리! 다른 마무리도 잘 알고 계셨다면 지금도 일할 수 있었는데… 아쉽다.

LA 산타모니카 CA 산호세를 거쳐
스탠퍼드를 가다

LA 다저스에 한국의 류현진 선수가 소속되어 있다는 다저스 구장을 한 바퀴 돈 다음 멕시칸들이 많이 산다는 동네를 지나 산타모니카 해변으로 가는 길이다. LA에서 약 한 시간 정도면 갈 수 있는 곳이며 버스로도 갈 수 있는 그다지 멀지 않은 곳에 위치해 있다. 한국에서 산타모니카 해변이라 하면 꿈과 낭만으로 가득찬 해변으로 많이들 알고는 있지만 미국에 사는 사람의 눈으로 볼 때는 그다지 낭만이 있는 곳은 아니었다. 적어도 20여 년 전에 산타모니카의 바다는 그랬다.

지금 현재는 어떻게 변해 있는지는 나로서는 잘 모르겠다. 그 당시에는 자동차 주차하는 것이 무척 힘들었던 기억이다. 넓디넓은 미국의 땅덩어리에 주차하기 힘들다고 말한다면 그 누가 믿겠는가? 실지로 경험해 본 사람만이 아는 법. 바나 주변과 해변에는 더러운 휴지 조각에 찌그러진 깡통 쓰레기가 주체 못하고 떠밀리듯 떠다니고 있고 바다를 보면 지저분한 바다 색깔만이 기억이 난다. 그때 내가 직접 체험하고 두 번이나 다녀온 바다! 하와이 와이키키, 그리고 괌, 싸이판은 그야말로 환상의 섬인 꿈의 바다다. 바다 색깔이 푸른 산호색 무슨 색깔이라고 딱 집어서 이야기하기 어려운 아름다운 컬러를 자랑하고 있었다. 자연의 섬 그리고 바다색! 자연의 섭리 앞에 절로 탄성이 나오는 곳이다.

참, 일본의 바다 오키나와도 인정해 줄 만하다. 여기에 조금 더 바다를 이야기한다면 대한민국 동해와 남해도 추천할 만하다. 제주도 바다도 여기에 합류해 보는 것도 나쁘진 않다. 아무튼 기대를 갖고 갔었던 산타모니카의 해변은 실망으로 아직도 내 기억에 남아 있다. 단 산타모니카에서 내 기억에 조금 남아 있는 것이 있다면 해변의 모래사장이 조금 거짓말 보태서 엄청 먼 거리에 바다가 있고 훤히 트인 넓고 큰바다가 한눈에 들어왔다는 것은 부인할 수가 없었다.

이렇게 실망을 안고 돌아온 산타모니카 이야기를 내게 물어본다면 글쎄 남의 낭만과 꿈을 상상하던 이들의 산통을 다 깨는 것 같아서 그냥 "응, 그래 괜찮아!" 하면서 내가 실망을 했듯이 이들에게도 실망을 줄 순 없지… 하지만 내가 느끼던 시기는 거의 20여 년 전의 이야기고 그때의 느낌이니 여러분들은 액면 그대로 내가 느낀 감정을 믿지 마시라. 혹시 낭만을 즐기고 싶은 청춘 남녀들에게 다시 한 번 산타모니카의 감정을 이야기하는 내 이야기를 다 받아들이지는 마시라 하는 거다. 아, 이것은 추천하고 싶다. 바다를 끼고 해안 도로를 샌프란시스코까지 자동차 드라이브로 다녀오는 것은 괜찮을 듯싶다.

나는 아주 오래전에 그러니까 몇십 년 전에 LA부터 산호세를 거쳐 서부의 아이비리그, 세계 2위 최고의 대학인 스탠퍼드(CA Stanford)대학(연구 중심)을 꼭 한번 보고 싶었다. 여러 번의 시행착오 끝에 길 위치를 묻고 또 물어 드디어 스탠퍼드에 입성했다. 제일 먼저 보고 싶었던 곳이 애플의 스티브잡스가 강단에 서서 스탠퍼드 학생들에게 연설을 했던 강당, 그곳을 보고 싶어 그 강당을 찾았다. 잡스의 연설을 생각하며 그가 연설했던 구절을 되뇌어 본다.

"오늘 저는 세계에서 가장 훌륭한 대학(Stanford University)의 한 곳을 졸업하면서 새 출발을 하는 여러분들과 함께하는 영광을 누리고 있습니다. 저는 대학을 졸업하지 않았습니다. 사실을 말하자면, 오늘 저는 여러분들에게 제 인생에 관한 세 가지 이야기를 하려고 합니다. 뭐, 그리 대단한 것은 아니고 그저 세 가지의 이야기입니다. 여러분들의 시간은 한정되어 있습니다. 그러므로 다른 사람의 삶을 사느라고 시간을 허비하지 마십시오. 다른 사람들이 생각한 결과에 맞춰 사는 함정에…"라며 자신의 죽음을 예견이나 한 듯한 인생의 생생한 삶의 인생론을 연설해 주었던 것 같다.

사실은 개인적으로 난 잡스에게 관심이 많았다. 뭔지 모를 신비감이 이 사람의 얼굴과 행동에 품고 있는 포스에서 느끼는 것이다. 아, 그러나 잡스는 이 세상에 없다. 잡스가 가고 없었을 때 이역만리 태평양 바다에서 큰 소리로 엉엉 울어 대기 시작했다. 더욱더 큰 소리로 울기 시작했을 때는 가만히 생각해 보니 한국에서 나의 마음을 밀어낸 숭늉을 여기서 숭늉이 내가 언제 밀어냈느냐고 은조가 밀어냈지? 하면서 이야기한다면 할 이야기는 조금 있다. 그것은 후에 이야기할 일이고, 이런저런 생각을 잡스와 함께 생각하며 나는 더욱더 큰 소리로 울어 댔던 적이 있었고. 여기 스탠퍼드에 와서 잡스의 자취를 느끼며 좋은 곳에 가서 푹 쉬라고 나는 내심 마음으로 기도하고 있었다. 그 사람의 영혼은 좋은 곳에 가서 평안한 안식을 취하고 있으리라.

세계 석학들의 중심, 세계 제2의 스탠퍼드대학교! 이름만 들어도 거룩했던 대학교! 그 당시에는 정말 그랬다. 지금도 알아주는 서부 최고의 대학교! 이 학교 캠퍼스를 알고 싶었다. 미국 서부 캘리포니아 산타클라라에 위치한 카운티 스탠퍼드시의 세계 최고의 명문대학교인 스탠퍼드! 서부의 지역은 칼트레인(Caltrain) 철도가 많다. 샌프란시스코에서 스탠퍼드시까지 가기에는 칼트레인을 갈아타는 환승역도 있다고 한다.

스탠퍼드대학을 이야기하자면 세계 명문 대학에 걸맞게 아주 오래전 이야기지만 지금은 어떤지 알 수는 없으나 그 당시 학비가 1년에 6만 달러였다고 들었는데 영주권자와 시민권자들에게 오는 혜택도 만만치 않았다. 더군다나 가정 사정 내 종합 연소득 1억 원 이하일 경우 등록금 전액 면제라는 혜택도 있으니 역시 명문대는 다르다. 캠퍼스는 미국 대학이 거의 그렇듯이 공원과 도서관, 휴게실, 스토아, 기숙사, 연구실, 강당, 운동장, 정원 등 우리나라 송파구 전체보다 더 큰 캠퍼스를 가지고 있다고 보면 된다. 동부의 동생네 학교보다는 많이 큰 캠퍼스를 가지고 있다고 보면 되겠다.

캠퍼스 안 그리고 분수대, 휴게실, 또 내가 관심 갖고 있었던 북 스토아(book store)! I'm going to the book store(나는 서점에 간다). 내 눈이 샅샅이 바쁘게 돌아가고 있다. 스탠퍼드 서점은 어떠한가? 호기심과 궁금증이 내 뇌를 자극하는 그때, 문을 열고 들어서는 순간, 빨간색의 로고가 쓰여진 빨간 점퍼가 눈에 띈다. 더욱이 내가 좋아하는 컬러, 진빨간색이 아닌 자주색에 가까운 스탠퍼드 점퍼! 가까이 다가가서 살펴본다. 그런데 내 체격에 맞는 점퍼가 없었다. 아, 그러고 보니 미국과 한국(기본 사이즈 미니멈)의 사이즈가 있다. 가장 작은 사이즈가 S(스몰) 사이즈인데 이런 사이즈는 어린이 옷 숍에서나 살 수 있는 사이즈이니 이곳 스탠퍼드 서점 숍에서 찾아내기란 어려운 일이다. 미국에서 산 지가 얼마인데 아직까지 미국과 한국의 사이즈를 인식하지 못하고 있었다니… 여자 옷, 신발 사이즈도 마찬가지로 각각 틀리다. 남자와 여자, 바지, 스커트 사이즈도 다르다. 역시 환경의 지배란 것이 남의 말이 아니네? 하면서, 서점 안을 여기저기 바쁘게 발품을 팔았다.

눈은 더욱더 바쁘게 돌아간다. 영문 알파벳은 영어에 대한 나의 아킬레스건과 딜레마가 동시에 온다. 그러면서도 여전히 책은 좋아한다 영문으로 되어 있는 것 빼놓고… 그래도 여전히 이곳 서부의 세계 최고의 대학인 스탠퍼드의 책 서점에 와서 눈요기를 즐기는 것이다. 결국은 나보다 배가 큰 스탠퍼드 점퍼와 수첩, 지도 등 책은 영문으로 되어 있으니 도저히 내게는 무리이고, 그런데 그 점퍼의 사이즈는 미국에서는 분명 S사이즈이고, 미국에서 제일 작은 사이즈가 한국에서는 L사이즈인 것이다. 그만큼 미국인의 기본 사이즈는 동양과 아니 한국인과의 대조를 이룬다는 것이고, 처음 미국 와서 구척장신 만한 옷을 입어야만 했던 이유가 여기에 차이가 있었다는 것이다.

아무튼 늘 보고 싶고 한번쯤은 와 보고 싶던 스탠퍼드를 지나 다시 캘리포니아 오렌지 카운티로 돌아왔다. 그날의 피곤함은 어디로 간 채 다른 사람들이 대체로 일부러 스탠퍼드를 찾지 않는다는 곳을 난 용감하게도 다녀왔다는 성취감과 가슴 깊숙이 두고 가끔씩 꺼내 봐야지 다짐을 했고, 그날은 피곤도 씻은 듯이 자취를 감추고 무엇인지 모를 충만감에 평안히 잠들 수 있었다. 세월이 많이 흐른 지금에도 가끔씩 가슴이 아닌 머리에서 꺼내 보곤 한다. '음, 김은조 스탠퍼드 잘 다녀왔어!'라고 말이다.

LA 영남 아저씨와 장희 아저씨

나처럼 미국에서 산다는 것은, 어쩌면 어느 한곳에 머물러 있지 못하는 역마살이 끼었다는 의미일 것이다. 좋게 이야기하면 자유로운 영혼이란 표현을 써야 하나? 그 옛날 영남 아저씨(가수 조영남)가 본인 자신이 자기는 자유로운 영혼이라고 입버릇처럼 떠들고 다니실 때, 그 당시에는 LA에서 가수 이장희 씨가 서울방송이라는 한인들의 유일한 방송을 만들어서 열심히 활동을 하고 있을 때였다. 이때 주로 영남 아저씨가 심심하면 한국에서 미국을 풀방구리처럼 드나들 때였다. 한국에서 스케줄이 없을 때마다 어딘가 떠나고 싶을 때 지 마음 내키는 대로 떠나고 이래서 한곳에 진득하게 있지 못하는 성격들은 이렇게 가방 들고 어디론가 떠난다.

이렇게 마음대로 갈 수 있었던 곳이 영남 아저씨 입장에서는 미국이 제일 만만한 상대였던 것이다. 모든지 차분히 해낼 수 없는 결혼 생활도, 플로리다주의 신학교를 나와서 목회하는 일도 대체로 제대로 해낼 수 없었는 것 같았는데 그 한 가지 신이 주신 목소리와 끼는 어쩔 도리가 없나 보다. 얼굴로 봐서는 도저히 해낼 수 없는 신실한 겸손함을 지녔으면서도 목소리 하나로 전 세계를, 가스펠로 빌리그레함 목사님의 귀까지 사로잡았으니 이 어찌 신이 주신 목소리라고 평하지 않을 소냐?

나는 영남 아저씨의 소탈함과 타고난 끼를 좋아한다. 자연스러운 그의 일탈은 예를 들면 한참 스마트폰이 유행하던 시절에도 본인 자신의 개인 스마트폰이 없이 모든 것을 다 영남 아저씨 매니저가 해결하고 다닐 때의 에피소드는 무진장 많다고 한다. 이 타고난 집시 같은 보헤미안의 개구쟁이 같은 이 영혼을 그 당시 매니지먼트를 담당하셨던 권철호 씨(작고)의 난감했던 일을 절감하는 바이다.

하나 인간은 자신을 우선 위시해서 사는 동물이라 했던가? 자신 앞에 놓여 있는 실이 아닌 득의 양보는 절대 하지 않는 것이 현대를 살아가는 사람에게는 기묘한 셈법이라고 하지 않았겠는가? 그렇게 머리 좋고 생각이 많고 마음 고운 진짜 괜찮은 영남 아저씨는 결국 이 현실 세상에서 계산하는 법하고는 잘 적용되지는 않았나 보다. 머리 좋은 것 하나 빼놓고는 어찌 보면 여자인 내 성격 하고도 일맥상통한다고도 본다. 알고도, 난감하면서도 양보하고 상대를 배려해 주는 것까지… 지금은 좀 달라졌긴 했지만 여전하다고 이야기하고 싶다.

이 순수한 영남 아저씨가 LA에 오면 〈그건 너〉의 가수 이장희 씨 후배의 집에서 해후를 했다고 한다. 방송도 같이하고 곡도 만들고 동거동락했다 한다. 술도 마시고 미래를 이야기하고 여행도 같이 다니고… 한때는 조금 젊었을 때라고 열심히들 누구한테 질세라 부지런히 자신들의 추억을 만들고 그 넓디넓은 미국 땅에서 식견과 안목을 담아 두었으리라.

LA에서 이장희 씨가 운영하던 서울방송이 부도가 나서 이장희 씨가 피해 다닌다는 소문이 그 당시에 한인타운만이 아니라 오렌지 카운터 얼바인 등 한인들이라면 누구나가 다 알 정도로 커다란 이슈였다. 이장희 씨가 왜 어떠한 사유로 부도가 났는지에 대해서는 관심이 없다. 남의 일이고 나 하고는 상관도 없을 뿐더러 서울방송 근처에도 가 본 일이 없었고 도통 미국에서 나의 삶은 음악, 특히 예술 계통과는 거리가 먼 가까이하기엔 걸쩍지근한 어떻게 보면 무척이나 지독할 정도로 관심이 없던 때였다.

훗날 어느 분이 내게 한 이야기가 생각나서 한마디 써 본다. "자신은 조금이라도 음악을 떠나서는 살 수 없을 것 같은데 은조 씨는 참 지독한 것 같다."라고 말이다. 조금도 미련을 두지 않고 그 계통의 일이 아닌 일을 하고 있으니 그도 그럴 법하다. 여러 사람들에게 이와 비슷한 이야기를 들어왔으니… 사실은 그럴 만큼 내 음악이 대단한 존재에는 턱없이 부족하다는 나의 결론과 주제 파악의 내 지론이었다.

울릉도 영남 아저씨와 장희 아저씨

이제, 영남 아저씨 일들은 또 묻혀 가는 역사의 한 모퉁이었다고 비유하면 너무 과하다고 이야기들을 하려는지 몰라도 지금은 많은 세월이 흘러 영남 아저씨의 크고 작은 안 좋은 사건들로 하여금 억울하게 얽힌 일들이 이제야 안정을 찾았고, 그 많은 세월 동안 칩거하면서 자신을 뒤돌아보는 계기를 가져 보셨으리라 생각한다. 성찰과 고찰, 그리고 냉수마찰까지도. 글쎄 영남 아저씨는 냉수는 안 좋아하실 것 같다. 왜냐하면 노래하는 가수는 목소리가 재산이기 때문에 무엇보다도 목을 소중히 여긴다. 그렇기에 나부터도 목에 이상이 와서 고생을 했던 바 영남 아저씨의 신이 주신 목소리는 소중히 해야 하는 어떤 사명감처럼 절대로 냉수는 금물일 것이다.

이어서 장희 아저씨는 그 뒤에 많은 세월이 흐르고 잘 뒷수습을 하셔서 오히려 잘 되신 케이스다. 대한민국 울릉도에다 커다란 자신만의 무릉도원을 만드셨단다. 언제부터 거기에다 투자를 해 놓으셨는지 이 머리 잘 돌아가는 즉, 영남 아저씨와 머리 쓰는 스케일이 다른 장희 아저씨는 LA 계실 때부터 유비무환을 계속해 왔던 것이다. 이런 것들이 세상에서 셈 잘하는 사람들의 특성의 본보기였던 것이다.

사실 내가 알고 있는 영남 아저씨는 재테크라는 개념도 잘 모르시는 분으로 알고 있다. 이 양반은 자신이 예전에 자기 자신 스스로 돈 주고 산 집값, 부동산값이 자연스럽게 시세대로 올라서이지 뭘 투자하고 미리 사 놓고 준비를 해서 이득을 보자는 셈의 머리를 굴리는 분이 전혀 아니다. 그런 실리 추구를 잘 못하시는 분이다. 그런데 또 이런 면은 있으시다.

예를 들면 예산이 많은 큰 교회가 있다 치자. 하루 찬송 5곡에서 8~10곡까지 약 두 시간 찬양하는데 천만 원의 개런티를 요구하셨다고 한다. 그런데 그 큰 개런티를 그 교회에서 쾌히 승락하더라는 것이다. 다 좋았다. 그 큰 개런티에… 그때 마침 영남 아저씨와 잘 알고 지내는 대학 후배 목사님이 개척교회를 막 시작할 무렵, 왜 하필이면 큰 교회와 같은 시간에 꼭 와 주셔야 한다고 이야기를 하더라는 것이다. 미리 상의도 없이… 이 교회는 사실상 보잘것없는 그저 하나님 섬기는 개척교회로서 뭐 하나 제대로 안정된 것이 없는 이제 새롭게 출발하는 교회였던 것이다.

영남 아저씨의 머리가 쉴 새 없이 셈법과 하나님의 셈법과 공존하면서 자신과의 싸움에 머리가 많이 아팠을 법한데 보통 사람들의 셈법과는 다르게 십 원 한 장 안 받고 그 가난한 개척교회로 발걸음을 떼셨고, 그 예산 많은 큰 교회는 매니저를 통해 취소했다고 한다. 돌아가신 매니저의 말씀은 이러했다. "착하게 사는 사람을 세상에서 제일 바보로 아는데? 과연 신뢰하고 따르면 하나님은 있는가?" 이렇게 말이다. 하나님은 믿음이다. 형상은 없다고 이야기하고 싶다.

이렇게 장희 아저씨는 한국에 나오셔서도 간간히 TV에도 출연하시고 방송도 하시고 영남 아저씨, 형주 장로님(온누리교회 장로), 세환 아저씨, 창식 아저씨, 그 옛날 쎄시봉 멤버들이 다시 모여서 즐거운 음악을 하고 계셨다. 잠깐 한국에 다니러 왔을 때 원주에서 하는 콘서트에 다녀왔다. 물론 그 이전 영남 아저씨 콘서트에는 무대 옆에서 친구들과 함께 볼 정도였으니 그 레퍼토리며 멘트며 여러 가지 아저씨의 큐시트를 제법 줄줄 외고 있었던 터였다.

오랜만에 영남 아저씨는 울릉도 장희 아저씨의 무릉도원을 방문했던 것 같다. 영남 아저씨 이야기가 재미있다. "야! 장희 봐라, 남들은 바다 보기도 어렵고 호수 보기도 어려운데 장희는 바다가 있는데 그 안에 호수도 보면서 살고 있구나! 참 욕심도 많다. 아예, 배도 띄워라!" 했더니 다음에 가 보니 진짜 호수에 배까지 띄우고 살더란다.

여기서 더 웃기는 이야기는 장희 아저씨의 호수 안에 고기들을 잡아다 넣어서 고기들이 있었다고 한다. 영남 아저씨를 비롯해서 함께 몰려간 사람들과 함께 아침 일찍 호수에서 낚시를 할 계획이었다. 그런데 아침에 일어나 낚시를 하러 간 호수에서는 갈매기가 미리 와서 물고기를 제대로 다 잡아먹고 한두 마리 간신히 남겨 놓은 상태였다고 한다. 이처럼 이 아저씨들의 순수한 아동 어른들은 좌충우돌하며 해프닝을 벌이면서 시간 가는 줄 모르는 인생을 즐기고 있었다.

여기서 영남 아저씨의 이야기를 조금 더 해 보고자 한다. 아주 오래전 옛날 대선배 가수, 선창을 부르신 고운봉 선생님이 돌아가셔서 모든 예술 계통의 선후배들이 장례식장에 모였다고 한다. 다들 고인의 대표적인 노래 〈선창〉을 합창하고 있는데 남보원(희극배우) 이분께서 먼저 고인의 노래를 선창하면서 다른 가수분들께서도 다 따라 부르시고 있던 중 멜로디가 느리게 가면서 장송곡으로 가고 있었고, 함께 따라 부르시던 영남 아저씨는 울어야 할지 웃어야 할지 몰라서 괴로웠다고 한다. 나만 그런가 하고 둘러보니 다른 선후배들도 희한한 표정으로 한꺼번에 웃음이 터져 나올 것만 같은 그 순간을 꾹 참느라고 혼났을 것이라는 이야기다. 그런데 끝에 장송곡으로 멜로디와 리듬이 바뀌고 끝에 가서는 아멘! 남보원 씨가 큰 소리로 말을 해서 다들 나오는 웃음을 참느라 혼이 났었던 장례식장에서의 일이다.

그 후에 영남 아저씨는 후배들에게 이야기했다고 한다. 내가 죽으면 〈모란 동백〉(이제하 작사, 작곡 조영남)을 불러 달라고… 그러고는 여지없이 콘서트 때에는 〈모란 동백〉을 꼭 부른다. "영남 아저씨, 저 이 노래 세월이 많이 간 후에 한번 불러 볼께요. 내가 불러 볼 때까지 건강 지키시고 목소리 관리 잘 하시고 오래오래 후배들 지켜 보세요!"

마지막으로 윤형주 아저씨가 그러는데 영남 아저씨는 자유로운 영혼이 아니라 그 이유가 불안한 자신의 영혼을 통제하다 보니 엉뚱한 일들을 저지르곤 하니까 불안한 영혼이 된 것이라 한다. 그러함에도 불구하고 윤형주 아저씨는 영남 아저씨를 미워할래야 미워할 수 없는 그러나 존경하지는 않고 많이 좋아한다는 것이다. 나는 이렇게 생각한다. 세기의 나올까 말까 한 종합예술인으로 그림이면 그림, 글이면 글, 음악이면 음악, 이런 사람을 누가 천재라고 이야기하지 않겠는가? 이때 갑자기 떠오르는 사람이 한 분 있다. 대한민국 패션 디자이너 앙드레김(고 김봉남) 선생님, 이 봉남 아저씨께서 언젠가 극찬을 하신 적이 있었다. "조영남 씨는 천재에요!"라고 말이다. 이분의 억양과 표정을 한번 상상해 보시길….

아저씨들은 이제 세월은 더 많이 가면 안 될 것 같다. 영남 아저씨는 웬만하면 안 늙고 제자리에 머물러 주길 원했는데 이 세상에 한번 나올까 말까 한 그의 절대적인 음감과 타고난 목소리, 독보적인 신이 주신 목소리를 오랫동안 듣고 싶은 나의 절대적인 소망이다. 그런데 웬일이냐? 아저씨가 정말 늙나? 조금 더 젊어 보일 거라고 눈꺼풀 수술을 하셨다. 한 개씩 늘어나는 눈가에 주름이며 나 역시 같이 늙어 가는 이 마당에 짠한 아쉬움이 마음 한구석에 여전히 걸쳐 있다.

"인생에는 살아 숨쉬고 있는 동안은 주어진 내 삶에 최선을 다하고 살아야 한다."고 죽음을 남겨둔 채 이야기한 애플의 스티브 잡스의 말이 오늘 마음에 와닿는 이유는 무엇일까? 건강하다고 자부하지 말고 자신 스스로 건강 마인드 컨트롤하며 살자. 죽음은 세월 따라 순번이 정해진 것이 아니니….

LA 그리피스 천문대와 할리우드 거리

그리피스 천문대

이제 슬슬 LA의 가 보고 싶은 곳을 나야말로 다녀 볼 계획이다. 먼저 친구와 '그리피스 천문대(Griffith Observatory)'의 멋진 커피숍이 있다 해서 의기투합해 가 보기로 했다. 시내에서는 천문대로 가는 버스도 있다 한다. 얼마나 멋있고 아름다운 곳인지 몸소 확인하고 싶었다. 그리피스 공원의 할리우드 산 끝에서 태평양 바다, LA 다운타운까지 한눈에 내려다볼 수가 있다고 했다. 친구의 차를 타고 천문대 끝까지 올라갔고, 생각했던 것처럼 그리 환상적인 곳은 아니었다. 그런데 내가 나자신을 잠시 생각해 본다면 감성이 풍부할 것 같은 아니 풍부하다. 하지만 어느 면에 있어서는 무지하게도 감성이 없다.

나는 어릴 적 영화예술고등학교를 다녔고, 또 영화 하고도 밀접한 관계가 있음에도 불구하고 관심 없는 분야에서는 심도 있게 관찰해 본 적도 없고, 완전 귀찮니즘으로 가게 된다. 나를 가만히 생각해 보고 들여다볼 때 내 자아는 늘 불만투성이며 늘 나를 방어하고 나를 위해 일을 하는 것을 원하고 강력한 에고이즘이 내 안에 숨쉬고 있는 것은 아닌가? 하는 의아심이 가끔씩 내 스스로 묻기도 하는데, 그렇다고 완전 놀부 마눌님처럼 지독한 에고이스트도 아니다. 때로는 인정이 철철 넘쳐흘러 어디로 흘러가고 있는지도 모를 정도의 정이 넘친다. 물론 내 노래의 제목처럼 얕은 정이 아닌 깊은 정이다. 그렇다면 감성과 감정의 차이는 어디다 기준을 두어야 한단 말이냐. 여하튼 친구의 성의 있는 안내로 커피숍에 앉아서 다운타운 시내를 바라보며 이곳 천문대의 이야기를 들을 수가 있었다.

하긴 이 친구의 이민 역사는 군대로 치면 짬밥 횟수가 거의 몇십 년 전이니 군대 용어로 치면 영관급 최고의 장군으로 은퇴할 구력이다. 더군다나 LA에 산 지 참으로 오래된 친구이니, 이 친구의 이야기를 들어 보자.

"이 그리피스 천문대는 1935년경 완공되었고 영화에서도 많은 배경으로 인하여 전 세계 영화팬들에게 익숙해진 곳이며 우주와 과학과 아름다운 아르데코 건축물은 이곳에 관심을 끌 만하다는 것과 그리고 그리피스 천문대는 연중 내내 이벤트를 준비해서 관광객의 즐거움을 준다."는 것이었다. 내가 이곳에 올라올 때가 오후 시간, 그러니까 저녁 시간이 다 되어 가는 시각이었다. 올 때의 무감각했던 내가 저녁쯤 되니 어둑어둑해진 선셋(Sunset, 석양)이 저편에서 내게 샷을 들이대고 있었다. 그 노을빛이 하도 신기해서 친구하고 자리를 바꾸어 앉게 한 뒤 비쳐지는 친구의 얼굴을 감상해 보기로 했다.

형언할 수 없는 오묘한 색감이 친구의 얼굴을 비추고 있었다. 자연이 주는 경외스러움! 그렇다면 우리가 이 세상에서 받고 있는 세상의 자연의 서비스는 무궁무진한 것이고 경관, 가치, 여가와 예술적 영감, 휴식과 건강 생태계 등등 음식, 식량, 식수, 목재, 천연 약재, 풍력발

전, 기후조절, 홍수, 자연재해, 대기질 조절, 수분, 소음 차단 등 우리가 자연으로부터 받는 서비스가 얼마나 많은가? 셀 수 없이 많다. 살아 있어서 세상에서 이 서비스를 받고 있는 분들, 과연 이 자연의 섭리 앞에 숙연해 본 적이 있었는가? 아님 감사하다는 생각을 해 본 적이 있었는지? 여러 번은 아니지만 감사하다는 생각을 해 본 적이 있었다. 오늘도 감사하다.

우리는 커피와 맛난 빵을 먹고 천문관 별이 반짝이는 곳을 들어가서 열심히 관람하며 네덜란드 출신 화가 반센트 반 고흐(Vincent van Gogh)의 환상이 나타날 법한 〈별이 빛나는 밤〉을 감상했고, 특히 그날 따라 천문대 하늘에는 영롱한 별빛이 초롱초롱 떠 있었다. 우리는 환성을 지르며 별이 빛나는 밤, 고흐와도 교류를 하고 내려온 셈이었다.

별빛은 좋고 친구와 맥주 한잔하기 딱 좋은 기분, 그래 좋다. 이번에는 할리우드다. 가자 자동차는 할리우드로 가고 있었다. 영화예술이라는 종합적인 학교를 다닌 나는 영화, 종합예술 쪽에 관심이 많을 듯하나 딱히 내세울 만한 것이 내게는 없었다. 학교 때는 평범하지는 않았으나 연극에 있어서 개코 잘 알지도 못하는 희곡론에 연출까지 수박 겉핥기 식으로 연극 서클을 하고 있다가 도저히 이끌 수가 없어 다른 친구에게 인계했을 정도이니 말이다. 한심하기 짝이 없는 예술 학도였다. 이래서 진정한 학도라 할 수 있었던가?

지금 생각해 보면 부끄럽기 짝이 없었던 시절이다. 그래도 모르고 지나가는 것이 약이라 했던가? 아니 용감한 것 하고도 연관이 되는 건지 다만 내가 잘했던 것은 인문학에 국어, 역사, 보컬, 피아노 또 시화전에 시를 써내면 가끔씩 장원도 하곤 했다.

한번은 이런 일이 있었다. 그 당시에 우리를 담당했던 연극 선생님 중에 대한민국 최고의 연극인 이대로 선생님과 대한민국 연극의 정통, 문고헌 선생님(연극 연출가)이 계셨다. 그날도 소강당 수업에서 연극 실기 시간에 이대로 선생님께서 "여기 연극에 지조지킨 단 한 사람이 있는데 오늘 이 사람만 실기시험을 본다!"고 하셨다. '아고, 도둑이 제발 저린다고 우짜면 좋노. 내가 아니면 좋을 낀데. 나인 것 같은데! 아이구, 어찌하면 좋단 말이냐!'

머릿속이 엄청난 속도로 전진하고 있었다. 아닌 게 아니라 그 당시에 선생님들은 학생들 앞에 트립이 엄청 강하셨다. '그냥 좀 넘어가 주시지 꼭 시험을 보고 나의 하루 일탈을 좌지우지하게 만든단 말인가? 아이구, 마발타 무발타 무하마드 알리 중얼중얼….' 나도 모르게 긴박한 상황 속에서 주문이 외어진다.

그럼 시험 대사는 무엇으로 본단 말이냐? 대사 생각이 도무지 나질 않는다. 선생님의 부름이 귓전을 맴돈다. 빨리 나와! 한번에 바로 나가질 않았다. 다시 또 부르실 때 돼지 도살장에서 순번 기다리다 지친 돼지 모양으로 앞으로 갔다(사실 돼지들은 자신의 죽음도 모르는 채 죽지만). 인간인 나는 그 당시에는 죽음보다 더 했다. 아고, 풀 없이 나간 내가 에라, 죽기 아니면 그냥 죽지 뭐! 하면서 큰 목소리로 셰익스피어의 햄릿 대사, "사느냐, 죽느냐, 이것이 문제로다!"를 처절하게 부르짖었다. 그 순간 우레와 같은 박수가 터지고 선생님이 만족한 듯한 표정을 보인 것이다. 이 강력하고 간단한 대사 전달에 나의 절실함이 있었던 거다. 이래서 이런 맛에 모두들 배고팠던 순수 예술인들이 연극을 하는 것일까? 아, 그렇구나! 내가 할 수 있었던 일이 비록 순수 연극이 아닌 실용음악을 하는 것도 이런 성취감에 하는 것이 아니었나? 그래서 큰 무대라는 곳을 여유 있게 지금까지 휩쓸고 다녔구나!

그 후 연극 실기시험은 단 한번의 95점으로 도약을 했고 또한 자신감 충만했던 시절이었다. 이대로 선생님은 지금 살아 계신지 고인이 되셨는지는 알 수 없으나 못난 제자는 늘 선생님 말씀을 기억한 채로 지금도 살아가고 있다. 무에서 유! 스타니 슬랍스키(seutani seullabseuki, 러시아의 세계적인 연출가이며 배우), 오늘날의 사실적인 연기 방식의 원조이자 전 세계의 모범이 되었던 분의 이론을 귀에 못이 박힐 정도로 우리들에게 가르쳐 주셨던 선생님! 지금 살아 계신지 몹시 궁금하다. 또한 연출가이신 문고헌 선생님도… 내 기억에 또렷히 남아 계신 두 분의 선생님들! 부디 강건하시길 기원해 보면서….

할리우드 거리

이런 생각 저런 생각을 하며 우리는 할리우드의 밤거리를 장사치들도 아닌데 드렁드렁 휘적거리며 걷는다. 할리우드 거리에는 그 당시 노점상도 있었고 사진을 찍어 주며 수입을 올리는 소위 말하는 캐리비언 해적 떼들도 있었다. 유명한 캐릭터로도 간접적으로나마 느낄 수 있는 즐거움을 선사해 주는 것이다. 할리우드의 영화 〈캐리비언의 해적〉이 흥행에 성공하면서 이 아이템으로 메이컵과 복장 등으로 콘셉트를 삼는다. 그리곤 관광객들에게 사진을 함께 찍어 주는 대가로 수입을 올리고 있는 것이다. 그 옛날 네덜란드와 프랑스의 싸움으로 시작된 바다의 전쟁에서 지금 현대에 사는 우리들에게도 그 옛날의 역사를 거리에서 이들로 하여금 생각나게 하는 장면들이었다. 또한 거리에 밑바닥을 보면 손자국, 자신의 손을 찍어 낸 할리우드 배우들의 명함이다. 손 명함! 지금은 발, 즉 구두 명함도 있다고 한다.

세월이 많이 흘렀으니 몇십 년 전의 할리우드도 많은 변화가 있었을 것이라고 본다. 그 당시에도 내 눈에는 세계적인 영화의 본고장인 할리우드가 그다지 마음에 들진 않았다. 특히 밤거리인 할리우드는 서울의 강남거리 모양으로 비쳐졌다. 너무 비약해서 이야기하는 것은 아닌가 하고 다시 물으신다면 딱히 잘 모르겠다는 것이다.

내친김에 무슨 오스카상, 무슨 아카데미상, 무슨 상, 뭐 밥상까지 받는 곳인지는 내 잘 모르겠으나 전 세계적으로 유명한 시상식을 하는 곳인 LA 아카데미극장까지 우린 끼적끼적대면서 그 극장 안 화장실까지 다녀왔다. 다행스러운 것은 늘 문이 오픈되어 있다는 것과 극장 데스크에 일 보시는 할머니(참고로 미국은 젊은 인력이 많지 않다는 것)가 잠깐 화장실을 다녀오시는 길인지 안 보였다는 것이다. 그 당시에 지금의 내 나이 되시는 할머니가 극장 데스크 일을 보고 계셨던 것이다. 하긴 미국 콘티넨탈항공, 또 UA 등 웬만한 국내선 비행기는 거의 나이가 있으신 분들이 스튜어디스를 하고 있을 때였다.

미국은 한국과는 달리 젊은 인력이 많이 모자란다. 이상하리만치 한국과는 정반대인 것이다. 그러기에 스튜어디스도 어떻게 보면 나이가 있는 인력들이 대거 포진하고 있는 것이다. 더 자연스러운 현상은 장애자가 심각한 장애자만 아니면 척추 장애인분들도 스튜어디스를 하고 있으니 말이다. 대한민국 같으면 엄두도 못 낼 일이다. 땅덩어리가 크고 거대한 대륙의 여러 인종이 살고 있는 나라는 이런 모든 것을 관용, 그리고 인간의 권리, 주권, 인권을 존중한다는 의미가 될 것이다.

그러고 보니 미국이라는 나라는 포용력이 있고 여러 법의 적용을 유효 적절하게 포괄적으로 받아들인다는 점에서 필라델피아의 미국 독립선언을 하면서 부르짖었던 자유, 자연법, 인권 사상의 발전 등 지금까지 이 많은 것 등을 고수하면서 살아가는 미국의 저력이 보인다. 하지만 할리우드 밤거리와 아카데미극장 내부는 고딕의 건물과 오래된 엔틱의 조화, 웅장해 보이는 시각적인 것만 빼놓고는 크게 와닿지가 않는 이유는 무엇일까? 아, 맞다! 이유가 조금이라도 꼬집어 본다면, 그것은 기대를 많이 했기 때문이다. 사람은 늘 기대치가 크면 그만큼의 높은 계단을 꾸역꾸역 쌓아 놓는다. 그 이상의 계단의 힘이 맥없이 무너질 때 누구나가 다 아는 이치이듯, 허무와 실망으로 다가오기 일쑤다. 어떠한 일이든 마찬가지 아닐까? 기대는 금물인 것이다.

이역만리 머나먼 한국 땅에서 TV나 책, 매스컴으로 봤던 내 눈 속에 할리우드와 아카데미극장은 그야말로 꿈에 보였던 환상 그 자체였다. 아니 미국 전체가 나의 기대치였다. 이제 이곳에 친구와 허탈한 기분으로 극장을 지나 휘적휘적 걸으며 늦게까지 열려 있는 '세일합니다!'라고 쓰여 있는 액세서리 가게를 기웃거리며 들여다보며 또 다른 가게를 기웃대며 아이쇼핑을 즐긴다. 무엇인지 공허한 할리우드 거리를 걸으며 우리는 그저 아무 말 없이 걷다가 자그마한 와인 가게를 발견했다.

자그마한 와인 가게라? 덩치 큰 이 땅덩어리에 요렇게 자그마한 가게가 있었다니 괜히 웃음이 나왔다. 할리우드가 처음이라 그런가 내 눈에는 큰 가게만 보였지 작은 가게가 눈에 띄지 않은 탓으로, 친구의 이야기는 이 부근에 작은 가게들이 많다고 한다. 와인 한잔씩 하면서 조금 취기가 오고 있을 때 친구가 먼저 물어 오기도 전에 이곳 할리우드와 아카데미극장 불평을 마구 쏟아 냈다. 아니나 다를까, "네가 할리우드 아카데미극장 등 뿐만이 아니라 미국 전체까지 그것은 네가 꿈꾸었던 어떤 그 기대치가 컸었던 것에서 시작된 불평일 것이라고…"

이렇게 해석을 하고 있었다. "앞으로 살아가면서 보면 미국은 네가 생각하는 것처럼 그런 존재가 전혀 아닌 나라라는 것을 서서히 알게 될 것이며, 수박 겉핥기식으로 봐서는 안 된다."는 것이었다. "아고, 지가 좀 여기서 오래 살았다고 일장 연설을 하고 있네. 느끼는 건 내가 느끼고 판단하는 거지 뭐. 지 보고 느껴 달라고 했나?" 말도 안 되는 어거지로 나는 악악대고 있었고, 가만히 보니 괜히 내 자신이 외롭고 또 서럽고 또 모든 것이 실망스러운 내 표현의 언어가 그날의 남의 나라인 미국에 대한 자신 없었던 내 삶의 갈등을 괜스레 궁시렁궁시렁댄 그날의 내 비애였다.

미국의 제35대 존 F. 케네디(John F. Kennedy) 대통령의 명언 모음 33개 중 가장 기억나는 몇 가지가 생각나서 적어 본다. '배움이 없는 자유는 언제나 위험하며, 자유가 없는 배움은 언제나 헛된 일이다. 또, 친애하는 미국 국민들이여, 조국이 당신을 위해 무엇을 할 수 있는가를 묻지 말고, 당신이 조국을 위해 무엇을 할 수 있는가를 물어라.' 젠장, 나의 진정한 조국을 떠나온 이 마당에 이 말이 가당키라도 한 건가? 라는 의아심과 함께 호적 팔아서 온 사람 같은 내 자신이 스스로 비열함을 느낀다. 아마도 언제가 될지는 몰라도 나의 조국으로 반드시 돌아간다. 미국이여! 난! 내 조국으로… 반드시 돌아간다!

오렌지 카운티 사이프레스 칼리지 랭귀지 코스

   내가 동부에서 서부로 와서 처음 살아 본 곳이 오렌지 카운티 플러톤이라는 곳이다. 한국 사람들이 살기에 가장 적합한 곳으로 학군부터 시작해서 한국 강남 치맛바람 아주머니들의 자제분들이 자주 왕림해서 살고 있는 곳이었다. 아마도 내가 알기로는 가수 유승준이라는 사람도 이곳 출신이고, 가수 박정현은 이곳에서 아버지가 목사로 재직해 있으면서 설교를 하고 계셨던 터라 어릴 적부터 찬양에 참여해 가스펠 가수부터 시작한 것으로 알고 있다. 그러니까 한인타운 즉 코리아타운에서 성공한 사람들이 이곳으로 내려와 터전을 일궜다는 이야기다.

   여기서 자동차로 약 30~40분 정도 가면 얼바인이라는 유명한 도시가 있다. 학군이 좋기로 알려져서 한국의 유명한 인사들의 자제들이 많이 다닌다는 UC 얼바인이 있고, 그 주위에는 집값이 오를 대로 올라서 지금은 상상을 초월한 가격대로 진입하고 있을 게다. 또한 그 주변에는 뉴포트 비치(Newport Beach)라는 미국 서부 캘리포니아의 대표적인 부촌이 이웃사촌으로 있는 관계로 경제적 능력을 가진 사람들의 관심을 끈다. 이곳의 부동산 가격을 한국인이 좌지우지할 정도였으니… 아무튼 이 얼바인과 뉴포트 비치, 특히 얼바인은 시장까지 한국 사람일 정도이니 한국 사람의 손이 닿는 곳마다, 발끝발, 말끝발, 경제발, 누구 말마따나 LA 오렌지 카운티 얼바인 경찰들이 간단한 운전 사고는 돈 받고 무마해 준다는 우스갯소리까지 나올 정도이니 한국인의 통발이 얼마나 크냐는데 중심을 두지 않을 수가 없다.

이 무렵에, 난 잊어버리지도 않았는데 어디다 무엇인가 두고 온 것처럼 아니, 어디에 맡겨 두고 다니는 사람처럼 여기저기 기웃대면서 서울서 온 아, 그때는 동부에서 온 젊은 아줌마의 촌빨을 있는 대로 날리고 다닐 때였다. 그렇게 기웃대다가 도무지 미국 사람을 만나면 처음에 가벼운 간단한 영어는 잘 돼 가다가 조금 깊숙이 들어가면 머릿속이 복잡해지면서 "네, 안녕히 계세요." 하고 먼저 "씨유, 바이!" 도 망치듯 그 자리를 빠져나오기 일쑤다. 아, 이건 아닌데 내 자존감에 문제라 생각했고 그리고 용감하게도 난 많은 트라우마와 아킬레스건이 있는 영어에 도전해 보기로 했다. '암, 잘한 일이야. 김은조 좋아!' 내 자신을 스스로 위로해 보면서 '한번 해 보는 거야. 암!' 그리고는 오렌지 카운티 사이프레스 칼리지 랭귀지 코스(Cypress College language Course)에 등록을 하고 마침 한국인 한 분과 함께 첫 수업을 들으러 갔다.

어떤 일을 하든 호기심과 기대는 늘 함께 공존하는 것. 기대 끝에 낭떠러지라고 했던가? 미국 선생님이 아닌 멕시칸계의 여자 선생님이셨고, 멕시코에서 오신 지 얼마 안 되신 것 같은 원단 스페니쉬 발음으로 영어를 가르치고 있었는데 함께 공부하는 여자분이 내게 먼저 운을 띄웠다. "은조 씨, 저 영어 발음 알아듣겠어요?" 하고 물어오는 거다. 나 역시 동감이다. 도통 무슨 말인지 입에서 꿈틀대는 스페니쉬 발음에 가깝게 들리니 제대로 된 영어 발음을 들을 수 있었겠는가? '참, 김은조 영어 하고는 전생에 미국에서 태어나지 않은 죄로 이토록 고행을 겪어야만 하는 건지 내게는 행운(락, RooK)이 영어 선생님마저도 외면하는 것이냐?' 낙담이다. 앞으로 3개월을 어떻게 버티느냐가 관건이다.

미국에서 가장 난감한 첫 번째 시련인 셈이다. 함께 공부하는 이 사람도 실망한 눈치다. 두 시간 정도 수업을 마친 뒤 차 한잔을 마시면서 이야기를 했다. 자신은 타 주에서 왔는데 영어가 많이 달리는 것 같아서 빨리 영어를 습득해서 마켓에서 캐셔라도 해야 할 것 같은데 어쩌면 좋겠냐며 한숨을 짓는다. 자본주의 국가에서는 하루라도 쉬는 일은 특히 미국에서는 보기 드문 일이다. 젊은 인력에다가 한국인들은 그 당시만 해도 쉬는 사람은 보기 드물었던 미국 땅이었다. 영어 선생님을 많이 기대한 눈치다. 이 사람이 못 알아먹는데 나는 어떡하겠는가? 순간 나는 그래도 이 사람보다는 내 여건은 괜찮구나. 바로 돈벌이를 못한다 해도 당장 어디 가서 돈을 내고 당당히 먹고살 돈은 있지 않은가 말이다. "그래도 참고 일주일이라도 공부해 봅시다!" 했다. "그럽시다!" 우리는 의기투합했다.

결국 사이프레스 칼리지 랭귀지 스쿨은 일주일을 채우지 못하고 함께 공부했던 분과 같이 확실하게 쫑을 냈다. 알 수 없는 영어 발음을 알아듣는 이들은 우리 클래스에 우리 한국인 두 명 빼놓고 나머지는 모조리 멕시칸 계통의 사람들이었으니 즈그들끼리 소통은 악어새와 악어처럼, 장구 치고 북 치는 형상이니 얼마나 멋진 화음이 나오겠는가? 우리는 아무래도 이들과는 불협화음이 나올 것이 뻔할 터인데 빨리 마무리를 해야겠다. "안녕히 계세요!" 한국말로 인사하고 나올 무렵 이 멕시칸 선생님이 못 알아먹는 것이었다. 거 봐라. 너네들의 발음으로 이야기해야 알아먹지. 더군다나 한국말로 하니 너네들이 알아먹기나 하겠니? 난, 최종적으로 서비스를 해 주기로 했다. "그라시아스! 그라시아스!" 이렇게 인사를 해 주니 알아먹긴 알아먹은 모양이다. 뛸 듯이 기뻐해 주었다. 물론 비즈니스 선생님 차원으로… "바이!" 나도 배우는 학생의 비즈니스 차원으로 속으로는 그랬던 것 같았다. 한국인은 멕시칸 선생 아줌니에게 와서 공부하는 것은 아주 기적적인 일일 것이라고… 인사를 마친 뒤 여유만만하게 바이!

오렌지 카운티 플러톤 가든 그러브
나의 자동차 사연

플러톤, 내가 처음 살았던 집은 LA 한인타운에서 자동차로 약 40분 정도 걸리는 곳으로 빨리 오면 30분 정도의 거리다. 대개 차선이 6차선 고속도로로 되어 있어서 운전하기에는 더할 나위 없이 좋은 도로다. 동네에 로컬 길로 들어서도 미국은 워낙 땅이 넓어서인지 차들이 그저 여유만만하게 달리고 있었다. 물론 학교 앞 노인들 자전거 길과 공원 길 등은 한국과는 달리 교통이 몹시도 엄하다. 잠시 한국에서의 일들을 생각해 보기로 한다.

맨 처음에 기아에서 프라이드라는 작고 단단한 차가 나왔을 때 이 차를 구입해서 공연 활동할 때 요긴하게 쓴 적이 있었다. 일들이 당시에는 공연예술 활동이라는 것이 대개가 밤무대라는 곳이었는데 대한민국 가수들이 이곳에서 노래를 하면서 수입을 얻는다. 나도 예외는 아니라서 그때는 젊어서인지 엄청난 객기를 부렸다. 하루 10군데까지 뛰어야 하는 상황일 정도로 당시는 그 세계가 바빴다. 동네에서 소문나기에는 가마니에 돈을 긁어모은다는 소리도 들었을 때. 예를 들면 한 군데를 가면 음악 형태가 보컬 음악이어야 하고 다른 곳은 카바레

음악인 트로트를 연신 불러 대야만 했다. 게다가 팝송을 잘 하면 개런티가 배로 뛰니까 뭘 좀 안다는 가수들은 거의 팝 음악 하기를 원했다. 수입도 좋았고 불러 주는 곳도 많았으니 그럴 수밖에.

사실 나는 어릴 적부터 이미자 선생님의 노래를 잘 부르는 신동으로도 동네에 소문이 났을 정도이나 사춘기 때부터 각종 콩쿠르대회 때부터 트로트 노래만 불러오다가 오춘기 때부터는 아예 그룹 음악 보컬로 바뀌어 버린 것이다. 오죽하면 고등학교 때 가요 보컬을 담당하신 선생님께서 다른 학생들에게 이렇게 말씀하셨다고 한다. "이미자 선생님 못지않은 가창력은 타고났는데, 단 배짱이 아직 모자란다."는 것을 이야기했다고 한다. 지금에 나라면 배짱이 아니라 구절판 중에 제일 두껍다는 그 뭐이냐 천두? 철두? 철판이라 해야 하나?

예고 시절에는 어떤 때는 다소곳한 나의 성격만을 보셨던 것도 틀림없고 무대에서는 약간의 소심한 모습도 보셨을 것인데 그 후에 육춘기를 지나 칠춘기가 되었을 때는 실력 있는 보컬 그룹의 싱어가 되어 있었다. 그러고는 지상파와 공중파의 만화영화 주제가(하모니 코러스)를 열심히 부르고 거기에 더해 크고 작은 보람된 무대까지 일본 도시바레코드까지 연결이 되어 경사가 터져 어찌할 바를 모르고 있을 때였다.

이럴 즈음 마음에 드는 무대가 한국에 있어서 그 무대를 꼭 서야 하는데 팝 위주로 해야 한다는 것이다. 물론 그룹 음악에 레퍼토리는 많이 있으나 더 많은 팝송 레퍼토리가 있어야 했는데 조카에게 의논을 했다. 당시에 조카는 한양공대 2년을 마치고 군대 가려고 쉬고 있었고 쉬는 동안 내 차를 잠시 운전해 주고 있었다. 수원 수성고등학교를 전체 4등으로 졸업했고, 서울대를 가고도 남을 내 조카는 그놈의 장학금 많이 준다는 곳에 기울어져 한양공대를 선택했던 것이다. 지금은 절대 후회 안 하는 대한민국 최고의 기계 회사에서 이사직까지 맡고 있으니 더할 나위가 있는가 말이다.

나는 급하게 조카에게 팝 레퍼토리를 의논했다. 음악에는 어찌 보면 듣는 귀나 이론이나 락부터 R&B, 소울, 발라드, 라틴, 칸초네, 랩 등 여러 장르에 있어서 귀가 비교적 뚫린 편이다. 그러니 조카에게 의논할 수밖에 도리가 없다. 그때 시커멓게 내게 한 바닥 적어 준 팝송 가사, 진짜 짜증나는 조카 다음이다. "야, 이것을 어떻게 외우고 어떻게 발음을 하란 말야." 아이구, 했다.

그렇게 간신이 얻어낸 곡들이 두 곡인데 지금도 잊혀지지 않는 팝의 사연이다. 조카가 해석, 발음, 조율해 준 당시에 유행했던 댄스곡 〈테이크 어 챈스 온 미(Take a chance on me, 내게 기회를 주세요)〉 또 하나는 유로댄스 패티 라이언(Patty Ryan)의 〈나의 사랑 나의 생명(You're My Love you're Life)〉은 가끔씩 읊조리며 어깨춤을 살짝 추어 보는 그 옛날의 곡들이다. 왜 갑자기 노래 이야기가 나오느냐고 또 물으신다면 사연이 있다고 말하겠다.

10군데 이상 밤무대를 서고 있을 때의 상황이다. 조카는 군대를 갔고 내가 끌고 다니던 프라이드 자동차가 무척이나 더 힘들어지고 바빠졌다. 10군데 이상을 운전하며 무대에서 소리 질러대며 일을 한다는 것은 아무나 접근하기 쉬운 일은 아니다. 물론 모든 일이 쉬운 일은 아니지만 이런 공연예술을 하는 사람들은 타고난 끼가 없으면, 더구나 하기 힘든 일이 이 밤무대 예술이다. 그 당시에 밤무대 공연예술을 하셨던 분들에게 꼭 한번 물어보시라 그중 한마디는 힘들었다, 아니면 힘든 줄 몰랐다, 좋아서 했다는 등등의 이야기가 많이 나올 것이다. 그러나 무엇보다도 다른 사람들에 비해 개런티가 짭짤했다는 것은 부인하기 어려운 일이다. 더군다나 보컬 음악이나 팝 음악을 했던 분에게는 더더욱 와닿는 이야기일 것이다.

그 당시 그 시대 환경이 그랬다. 그렇게 차를 직접 끌고 활동한 지 몇 개월 만에 새 차를 말아먹어야 했던 사고가 났다. 내 목숨은 질겼는지 하나님, 아니 부처님이 보호해서였는지 2차선인지 4차선인지 정확히 기억은 나진 않지만 그 도로에서 밤 11시가 넘어서 몇 군데 남은 일을 하기 위해 가고 있는 중에 벌어진 일이다. 어찌나 피곤하고 졸린지 졸음운전이었고 그때의 속도는 60km로 가고 있었다. 빠르지도 느리지도 않았고 맞은편과 내 뒤에도 차는 없었다. 차 안에 카세트테이프는 당시에 유행했던 주현미의 〈눈물의 블루스〉라는 곡을 들어 보고자 해서 틀어 놨는데 갑자기 내 자신 스스로가 졸림을 참지 못한 잠깐 사이에 중앙분리대를 들이받았다.

정확히 기억나는 위치는 경기 병점^(오비 병맥주 공장) 다리 위 중앙분리대로 기억한다. 다행스러운 것은 앞뒤로 차가 오고 가질 않았다는 거다. 뭐가 쿵 하면서 차가 도로 옆으로 기울어지면서 도로에 거꾸로 처박혀졌고 서서히 아주 천천히 빙글빙글 돌고 있었다. 그 와중에 카세트에 꽂아 놓은 주현미의 노래 가사는 지금도 정확히 기억한다. '아, 아, 블루스 블루스 블루스 연주자여 그 음악을…' 어쩌구하면서 리듬에 맞춰 차는 천천히 돌고 있었다.

치문 자체가 떨어질 듯 간당간당하고 있을 때쯤 맞은편에서 차가 부리나케 달려와서 어디서 가지고 오셨는지 도끼 같은 것으로 창문을 마구 부쉈다. 그러고는 거꾸로 운전대에 매달려 있는 나를 꺼내 주셨다. 차 문 깨진 조각하며 한쪽 문은 맞은편에 가서 뒹굴고 가관이었다. 옆으로 엎어진 상태에서 옆모습을 보자 하니 마침 차도 없었고 정말 운이 좋았던 것인지, 아직 죽을 운은 아니었던 것 같은데 정신도 없고 이 상황이 뭔지 멘붕 상태가 되어 빙글빙글 돌고 있었다. 그때 멀리서 이 모습을 보시고 달려와 주신 아저씨가 개인택시 하시는 분이었는데 나를 차에서 꺼내 주시고 렉카차에다 연락해 주더니 나를 병원에 가야 한다고 수원으로 빨리 가자고 재촉하는 것이다. 감사하는 마음은 다음으로 미루고 마침 나의 사명이 무대 펑크를 내면 안되니까 "시간이 아슬아슬하니 빨리 가 주세요." 하며 수원으로 내달렸다.

이 개인택시 아저씨는 어느새 수원 제일병원 앞에 차를 댔다. 마침 내가 일하는 장소와는 아주 가까운 거리에 있어서 다행이었다. 나는 "아저씨 저 잠깐만 화장실 다녀올게요." 하고는 바로 병원 근처에 있는 장소로 죽어라고 뛰니 벌써 내 음악이 나오고 있었다. 그대로 정신없이 무대에 뛰어올라 댄스곡 〈유어 마이 러브 유어 마이 라이프〉를… 언제 사고 났던가 하면서 신나게 불러 댔다. 숨은 차고 피곤하고 힘들긴 오지게나 힘든 나의 그날의 마이 라이프였다. 그러고는 안산에 3군데 남은 무대는 그대로 다 올스톱이었다.

그 후 3일간을 일을 못했다. 그날의 후유증이 서서히 온 것이다. 다친 곳은 천만다행으로 손가락에 상처 몇 군데였고 나는 천군만마를 얻은 기분으로 살아 있음에 감사를 느끼는 제정신이 돌아왔다. 그러고는 개인택시 하는 아저씨 생각을 했다. 마침 지인이 와서 함께 이야기하는 도중 그 개인택시 아저씨에게 감사하다는 말씀을 전해야 하는데 연락처를 모르겠다고 했다. 그 당시에는 정신이 없어서 연락처고 뭐고 가르쳐 주었어도 머리에 들어올 상황이 아니었을 것이다. 그런데 뜻밖에 그 지인의 입에서 이런 이야기를 해 주었다.

그 당시 그 시기에는 사고가 나면 먼저 신고해 주고 렉카차에 연락해서 불러 주고 또 사고 당사자를 병원으로 데려다주면 병원에서 보상이 있고 렉카 회사에서 나오는 보상과 또 경찰에서 나오는 포상 등등 그 대가성이 크다는 이야기였다. 아, 참 듣고 보니 그날 그 아저씨가 왜 그리 내게 친절했었는지 의문이 좀 풀리는 것 같았다. 그래, 아무렴 어떠냐 세상에 이런 일들이 눈앞에 펼쳐 있음에도 모른 척 뒤돌아서서 지나치는 위인들이 얼마나 많은 무서운 세상인데….

오히려 그 아저씨에 대한 무게감이 내려앉았다. 아무튼 감사합니다. 그렇게라도 보상을 받으셨다면 다행입니다. 지금도 세월이 많이 지났음에도 불구하고 가끔씩 그때 일들을 기억해 내며 또 하나는 그 사고 이후로 주현미 노래 중에 아아, 블루스 하며 어쩌구저쩌구하는 노래는 내 노래 인생에 없어졌으며, 미국으로 와서 살면서 자동차에 관한, 오렌지 카운티에서 LA 한인타운을 갈 때는 절대로 자동차를 운전해서 가지 않는다는 철칙이 생겼다.

LA역까지 가는 전철을 타러 갈 때까지 집에서 로컬 길을 운전하며 가되, 주차장에 세워 놓고 전철 타고 갔다가 다시 돌아올 때 주차장에서 자동차를 운전하고 집으로 오는 내 철칙, 그래서인지 미국에서 고속도로 운전은 다시 역이민해서 온 날부터 지금까지 운전해 본 적이 없다는 것이다. 여러분들 운전 조심하세요, 미국에서는 운전사고는 안전 폐가되는 범죄 1순위랍니다. 지금의 한국은 어떠한지요? 운전 안 한 지가 15년이 되었네요.

플러톤 아저씨와 산호세 아주머니
그리고 플러톤 언니

오렌지 카운티 플러톤에 처음으로 자리잡고 살게 된 경위는 이렇다. LA의 한인타운에서 오랜 세월 살고 계셨던 우리의 호프 장조카님과 언니와 후배님 덕분이다. 우리의 호프라고 이야기하는 것은 70~80년대에 '검은 나비'라는 대한민국 최고의 밴드팀에서 건반과 편곡, 작곡, 재즈 피아니스트로 한국 밴드 음악의 중추적인 역할을 담당하셨던 분이기 때문이다. 실력 있는 그룹사운드 출신이고 기타 김기표님, 또한 작고하신 최헌님과 함께 밴드 음악을 이끌어 가셨던 편곡자이자 지휘자이셨고, 그 당시 LA 한인타운에서 방송일과 실용음악 교수로 활동하고 계셨다. 지금도 여전히 LA에 살고 계신다. 한참 뒤에는 장조카님의 곡을 받아서 노래를 다시 재기할 계기가 된다.

나는 앞마당은 물론 텃밭이 있고, 커다란 방 두 개와 주방, 창문이 넓은 거실이 있는, 플러톤의 무지 큰 단독주택에 살고 있었다. 거실 바로 앞에는 이 집 쥔장이 심어 놓은 조선 상추가 있었는데 어떤 날은 뜯어먹으라고 성화를 하신다. '아고, 한국 같으면 어디서 뜯어먹는단 말인가 큰일날 일이쥬?' 인정 많을 것 같은 아주머니와 달리 인상은 깍쟁이 심 반장 같은 주인 양반이 그래도 풍겨지는 인상과는 달리 정이 많으시다. 그런데 알고 보니 이분들이 교회를 다니신다는데 미국은 어디를 가나 비즈니스가 되었든 친교가 되었든 한국 사람이라면 어느 교회라도 다녀야 하는 것이다. 그래야 서로가 서로를 알아 가며 서로 도와 가며 외로운 타국 생활에서 서로 위로하며 원원하며 살아 간다는 것이다. 이 법칙은 미국 전역에 한인들이 사는 곳이라면 다 똑같은 사람 사는 방식이요, 이치라는 거다. 우선 친교는 둘째 치고 난 교회 가는 일을 세 번째 가라 할 정도로 기함을 하는 사람인데 그 문제는 후에 알아볼 일이고 이 두 분들에 대해서 궁금해지기 시작했다.

어느 날 차를 몰고 헌팅톤 비치를 다녀올 때이다. 전화가 왔다. 어디 있느냐며 오늘 술 한잔하자는 거다. "상추와 나물, 우거지국도 끓였으니 함께 식사도 하고 옆집 언니도 오고 하니 시간 내 봐요." 했다. 어차피 집에 들어가는 길이니 잘 되었다 생각했고 배도 살살 고파 오고 있었다. 집 가까이 다가가자 맞난 한국 된장 냄새가 코끝을 자극한다. "와, 오늘 포식하게 생겼네. 야, 좋다. 함께 사는 사람들끼리 친선 도모도 하고…."

도착하자 마자 옷을 갈아입고 안뜰에 있는 집으로 향했다. 벌써 옆집 언니도 와 계시고 아저씨, 아주머니는 벌써 한상 잔뜩 차려놓고 기다리고 있었다. 한국분들이 함께 산다는 이유로, 또 이웃이라는 이유로 미나면 타국 땅에서 이렇게라도 모여서 덕담도 나누고 자신의 생각과 진로를 이야기한다는 것이 참으로 소중한 시간이 되는 것이다.

쥔장 아저씨는 고향이 경기도 파주분이시고 원래는 오래전에 산호세에 살다가 이곳 오렌지 카운티에 정착한 분이다. 아주머니를 이야기한다면 고향은 경기도 동두천분이며 역시 아저씨와 함께 산호세에서 오셨다고 한다. 다시 궁금증이 발동한 나는 그런데 어떻게 결혼을 하셨고, 미국은 언제 들어오셨으며, 자녀분들은 몇 분을 두셨느냐고 물으니 정확한 답은 회피한 채 산호세에 아들과 딸이 살고 있다고 했다. 누가 보면 기자가 엄청난 사건에 대해 리얼 대담을 하는 프로그램처럼 그분들은 내가 묻는 이야기를 피해 갈 수는 없었다.

다음은 옆집 언니 차례다. 그 당시 나보다 여덟 살 많은 언니였는데 고향은 전남 광주란다. 어쩐지 억양이 전라도 쪽이었다는 것은 금세 알아챌 수 있었다. 그런데 묘한 것은 이 언니로 인해서 우리 집안의 지 맘대로 파의 종교 개념이 무너져 버린 일들이다.

언니는 남가주 '사랑의 교회' 오정현 목사님이 계시는 그 교회의 골수분자 교인이었던 것이다. 그 이야기는 중요치 않다. 우선 쥔장 두 내외분이 궁금했던 거다. 사실 궁금해야 할 이유도 없다. 다만 미국에 사시는 한인분들은 어떻게 살아오셨고 어떻게 살아가고 있는 것일까? 내가 살아가야 하는 이 땅에서 좋은 분들 만나서 열심히 살아가야 한다는 그 일념이 있었기 때문이다.

내가 동부에서 서부로 올 때 동생의 당부의 이야기도 있었고, LA의 장조카님, 그리고 언니가 당부해 주신 이야기는 첫째로 미국에서는 사람을 믿지 마라. 둘째는 운전 조심해라. 잘못하면 목숨이 왔다간다 한다. 셋째로 한국인들과 돈 거래하지 마라. 넷째는 한국인과 비즈니스 함께하지 마라 등등 그 밖에도 많은 이야기를 해 준 것 같은데 머리가 원체 잘 도는 내가 다 외우고 지키고 산다면 발바닥에 흙을 왜 묻히고 다니겠나? 날라다니지.

아고, 어느 정도 소주도 한잔하고 나니 흥이 돋는 기분이다. 쥔장 내외분과 옆집 언니는 나보다 더 신나고 기분이 좋은 모양이다. 갑자기 쥔장 되시는 분이 젓가락을 들더니 상을 탁탁 치며, 무슨 장송곡 같은 찬송가를 부르신다. 내가 알기로는 정확한 이야기인지 아닌지는 모르겠으나 교회 다니는 사람들은 담배와 술은 거의 안 된다는 이야기를 어디선가 들은 것 같은데 요즘 교회 다니시는 분들은 담배와 술은 괜찮은가 보다 생각했다. 바보 아닌감? 내가 말이다. 그러시더니 탁탁 리듬을 치시면서, 태산을 넘어 장벽을 지나 어쩌구저쩌구하시는데 지금 현재 그 찬송가가 얼마나 좋은 찬송가였는지 그 당시에는 내가 교회를 다녀 본 적이 없으니 그것이 뭔 노래인지 잘 알지 못했다는 것이다. 쥔장 두 내외분이 이번에는 젓가락을 내려놓고 탁자에 손으로 박자를 맞추면서 흥겹게 노래를 하시는데 옆집 언니도 구슬픈 목소리로 그 노래를 공감하며 합세하고 있었다. 그 모습들을 보니 인생의 지친 모습과 지금까지 그분들이 살아온 고달픈 삶의 여정들이 스치듯이 목소리와 표정들을 보며 읽을 수가 있었다.

한동안 그분들의 모습을 멍하니 바라보는데 갑자기 쥔장 아저씨의 가사가 바뀌면서 '청춘을 돌려다오 젊음을 다오~' 가만히 들어 보니 가수 현철 씨가 부른 〈청춘을 돌려다오〉를 아주 열창을 하고 계셨다. 그런데 더 웃음이 빵 터진 것은 맨 처음에 찬송가 멜로디에 바로 곧이어 가사를 청춘을 돌려다오 라고 노래를 한 부분이 빵 터져서 눈물까지 흘리면서 웃었던 일이다.

그 일이 있고 나서는 쥔장님 내외분 앞에서 찬송가 멜로디에 청춘을 돌려다오 하고 내가 흉내를 낼라치면 환하게 웃으셨던 모습이 눈에 선하다. 벌써 25년의 세월이 흘러간다. 어느 노래 가사처럼 시곗바늘은 멈추어 있는데 세월은 가지 말라고 해도 제 갈 길 가고 있다. 아, 허무한 인생사여!

플러톤 커피숍에서 뵌 터줏대감들

가끔씩 멍 때리며 차창 밖을 바라보며 지나가는 사람, 오고 가는 사람을 쳐다본다. 사람들은 그다지 많지는 않았지만 주로 한인분들이 오가며 커피숍에 앉아 있는 나를 보며 힐긋 쳐다보며 가곤 한다. 물론 내가 앉아 있는 곳도 한국인이 운영하는 곳이다. 오후쯤 되니 한국 남자분들이 들어왔고, 가만히 보니 그분들은 이곳이 단골인 것 같았다. 같은 한국분을 뵈니 반갑기도 하고 한국에서 보는 한국인의 이미지가 아닌 조금은 남다른 사람들의 이미지랄까? 나이도 나보다는 위인 분들 같아서 조용히 눈인사를 드렸다. 그분들도 내게 눈인사를 나눴다.

얼마 안 있어 나는 조용히 커피숍을 나와 걸었다. 한국과는 달리 자동차 길과 사람이 달리는 길은 완전히 구분되어 있어서 전혀 위험하지 않은 길이 동네 길이다. 어느새 발길은 조금 먼 바닷가를 가고 있었다. 터덜터덜 걸어서 무슨 청승이냐구요? 그러구 싶을 때가 있답니다. 그리고 이것은 아무것도 아닌 운동이고, 한국에서 차 없이는 살아도 미국에서 차 없이는 못 산다 했던가?

지난 일이지만 처음 동부에서 임시 면허증을 가지고 캘리포니아주에서 면허증을 바꾸는 일이 좀 힘들었다. 우선 이론 시험을 보는데 일단은 한국어로 본다니까 안심이 되었다. 그래서인지 미국 카운티에서 나오는 운전면허 시험문제집을 한번만 휙 훑어보고 공부 안 하고 본덕에 이론 시험에 덜컥 떨어져서, 쪽팔림의 극치를 맛보고 난 뒤, 역시 자만과 오만은 사람이 살아가는데 아무 이득이 생기지 않는다는 것을 플러톤에서 확실히 깨달은 날들이었다.

그 후에 다시 접수해서 본 시험 결과는 퍼펙트였다. 그런데 아주 재미있는 것은 내가 시험 본 것이 아주 제대로 공부한 정확한 답안지였다는 것으로 시험지가 한인들의 본보기로 게시판에 버젓이 걸려 있었다. 이렇게 공부해서 도전하면 완벽하다는 것을 한인 카운티에게 본보기로 보여 준 꼴이었고, 난 그저 신기할 따름이었다. 이런 것들도 시험이라고 참 콧방귀가 절로 나왔지만, 하긴 몇 번의 시행착오 끝에 온 합격이니 그것도 퍼펙트로… 자위해 보는 시간이다.

드라이빙 테스트는 면제다. 이로써 캘리포니아주 라이선스를 받아냈다. 이제 미국의 50개 주 이상을 다녀도 되는 자격을 얻었다. 기분은 좋았지만 그렇다고 큰 기쁨은 아니었던 기억이다. 구입했던 자동차는 Toyota 릿버 jeep 뚜껑까지 열리는 차다. 가끔씩 내 성질에 못 이길 때 이 차를 타게 되면 지 스스로 뚜껑을 열어 준다. 이보다 더 반가울 수가? 아무튼 뚜껑이 지 스스로 열렸다 닫혔다 하는 차는 괜찮은 것 같다는 나의 개똥 같은 생각이다. 우여곡절 속에서 라이선스도 땄고, 자동차도 구입한 그날부터 차를 끌고 바닷가를 다니기 시작했다. 그 당시 나는 자유로운 방랑인 백조, 따로 수식어가 붙을 필요가 없는 자타가 공인하는 영혼이 자유로웠다는 그 말이다.

여느 날과 같이 집에서 그다지 멀지 않은 플러톤 커피숍을 갔다. 혼자 편하게 즐기기 좋고 뭔가 노트에 긁적거리기도 좋아 커피를 시켜 놓고 있는데 그 전에 뵙던 분들이 오셨다. 완전 구면인 셈이다. "안녕 하세요?"라는 인사가 자연스럽게 나왔고 그분들도 많이 반가워하신 다. 자연스럽게 말을 건네 오신 분은 지금은 저세상 사람일지도 모르 는, 일본의 아베 총리처럼 생기신 분이었다. 그분께서는 "이리 오셔서 합석합시다. 같은 한국분이시고 플러톤에서 뵙지 못하신 분 같은데 미국 오신 지 얼마나 됐어요?"라고 묻는다. "아녜요. 저는 동생이 사 는 동부에서 살다가 이곳 플러톤에서 산 지가 꽤 됐는데요?" 하니까 "아, 그래요? 한인 커뮤니티에서 자주 뵙지를 못한 것 같아서요." 온 지 얼마 안 돼 보였다는 것이다.

합석을 한 다음 그분들에게 오렌지 카운티의 돌아가는 사정을 알아 보기로 했다. 우선 교회 이야기가 나왔는데 믿음이 있는 건지 내가 왜 죄인인지조차 잘 모르고 다닐 때인지라 막말로 이야기하자면 뭐가 아 직 모르고 다닌다는 말이 옳을 정도로 소 팔러 가는데 개 따라가듯이 줄줄 따라갈 때도 있었고, 어떤 때는 소가 도살장에 끌려가는 마음으 로 커다란 부담감을 안고 갈 때가 많았던 것이다.

미국은 교회의 친교가 아니면 비즈니스도 어렵다는 말이 예외는 아 닌 듯싶다. 내 성격으로 봐서는 목적을 위해서는 성경 구절을 읊조릴 정도에 치사하고 비열한 그런 것들은 감수할 수 있는 성격이 못 되기 에 이런 의미에서는 절대 교회는 안 다니는 것이 좋겠다고 생각한 사 람이다. 내게 친절히 카운티에 대한 이야기를 들려준 분은 서울에서 연세대학교 공대를 졸업하시고 후에 가족들과 이곳에 이민 오셔서 아 주 오랫동안 살아오신 터줏대감이셨다. 이름이 제임스 박이라고 하셨 나? 하도 오래전 일이라 가물가물한다.

우선 교회에 대한 이야기를 듣자니 이분이 오렌지 카운티에 오래전부터 살고 계셨고 또한 오렌지 카운티에 유지셨던 것 같았다. 그 당시에 이곳 카운티에 남가주 사랑의 교회(한인 교회)가 들어설 무렵 지금 현재 서울 서초구 '사랑의 교회' 담임목사이신 오정현 목사님이 오렌지 카운티의 유지분들을 찾아뵙고 교회 땅 부지하며 이러저러한 후원을 부탁드리고 이곳저곳을 찾아다니며 힘들게 사역을 하신 모양이다. 그런데 이 양반 이야기에 울어야 할지 웃어야 할지 참 말씀하시는 표현 방법이 너무 직설적이라서 나도 모르게 말문이 막혔다. 너무 쎄다.

"그자식 하나님이 어디 있다고 여기에 와서 우리를 설득시키면서 땅을 헐값에 내놓으라고 하질 않나? 후원금을 기부하라고 하질 않나? 그 자식 참 사람 피곤하게 한 놈이라고!"

목사님을 폄하하는 말인 것 같은데 자세히 이해하고 들으면 그 양반 성격 자체가 남자들끼리 쓰는 터프함이 지나쳐 잘못 들으면 조폭들이 쓰는 말처럼 들린다. 그러나 말의 내용 중에는 많이 도움을 주었다는 이야기도 곁들이고 남가주 사랑의 교회가 부흥하기까지는 많은 한인들의 정성과 기부 후원이 있었다는 것이다. 여기에 하나님을 믿지 않으시면서 이 운동에 동참하셨다고 하니 오정현 목사님의 그동안의 눈물겨운 사역도 있었지만 그래도 이곳 터줏대감님들, 믿음이 없는 사람들도 한인 카운티를 위해서 기도하는 공동체에 동참했고 도움을 주셨다는데 감사하지 않을 수 없다.

제임스 박이라는 분은 살짝 코미디 같은 언어로 사람들을 가끔 헉하게 만들기는 하나 속은 따뜻하신 분 같았다. 이분들의 인연으로 오렌지 카운티 한인의 날 공연에 나를 초대해 주셔서 오랜만에 부담없이 노래 몇 곡을 신나게 불러 댈 수 있었다. 〈라노비아(La Nobia)〉 토니 달라라(Tony Dallara)의 노래를 그리고 아이러니하게 내 노래인 만화영화 주제가 〈축구왕 슛돌이〉, 〈슈퍼 해로인 밍키〉 등을 불러 의외로 많은 박수를 받은 기억이다. 카운티 인연의 터줏대감들도 가끔씩 살아가는 데 좋은 어드바이스도 해 주시고 비전 있는 삶을 살아갈 수 있도록 길 안내도 해 주신다.

살아가면서 가끔씩 생각나는 오렌지 카운티의 터줏대감들! 아마도 지금 그분들은 이 세상 사람들이 아니고 혹시 저세상 사람들이 되었는지 궁금하다. 만일 세상에 안 계시다면 그곳에서 터프한 욕설 그만하시고 편히 잠드시기를 기원해 드리고 싶다.

동부에서 온 회보?

이렇게 플러톤에서 열심히 살고 있을 즈음 동부 필라에서 연락이 왔
다. 동생의 목소리가 무슨 비장한 각오를 한 사람처럼 들린다. 뭐냐고
다급히 자초지종을 물으니 "언니 글쎄, 별일이 다 있네. 예전에 왜 내
가 중매해 주려고 했던 분 말야?" "누구?" 하고 되물으니 "아이참, 우
리 교회의 권사님 아들분 말이야?" 그분에 대해서 이야기해 주려는
모양이다. "왜? 그분이 어째서?" 물으니 "글쎄 그분이 한국에 부인 되
는 사람하고 딸이 셋이나 있는 사람이었대. 언니가 그분을 왜 그렇게
관심 없어 했나 했더니 잘 되었지, 그치?" 가만히 듣고 보니 주전자에
김이 새어 나가듯이 정말 김이 빠지는 동시에 동생이 옆에 있으면 꿀
밤이라도 때려 주고 싶었다. "근데 너는 그런 줄도 모르고 언니한테
그런 사람을 소개해 주려고 했단 말야? 말도 안 돼! 왜 진작 알아보지
도 않고 언니가 사람 못 만나서 세일이라도 하듯 헐값에 넘길려고 했
냐?"는 듯 오히려 추궁에 들어갔다.

동생은 자신의 이야기에 바로 공감해 줄줄 알고 신나게 떠들어 댄
것 같은데 상황은 역효과를 내고 있었다. 이어서 동생의 변명 아닌 변

명이 이어졌다. 교회에서 권사님이 하도 자신의 아드님 이야기를 하면서 꼭 언니를 소개받아야 한다고 수차례 이야기했다는 것이다. 내 모습은 진즉부터 사진을 통해 봐 왔던 터이고 그 아드님은 벌써 미국 오기 전부터 국제전화로 구애를 펼쳤던 바 그런데 왜 그리 마음에 그분이 들어오지 않았는지… 예를 들어 이야기한다면 일본에서 공연을 하고 있을 때 그분에게 전화가 왔다. 미국에 언제 들어오느냐고? 들어올 때 선물 하나 부탁한다고 이야기하면서 전화는 끊겼다. 동생이 다닌다는 교회의 권사님이 살갑게 대해 주신다는 것은 고마운 일이지만 자신의 아드님 중매까지 동생에게 부탁해서 전화통화까지 하게 만드신 것이 그 권사님인 것이다. 집요하신 권사님! 얼마나 아드님을 사랑하셨으면….

그 무렵, 일본 공연을 마친 뒤 평소에 꼭 가 보고 싶었던 교토의 금각사라는 유명한 절에 도착해 있었다. 내가 좋아하는 작가 중 문학적 능력이 뛰어난 일본 문학계를 대표하는 작가 중 한 사람이며 노벨 문학상 후보까지 거론되는 일본뿐만 아니라 해외까지 잘 알려진 천재적 재능을 가진 엘리트 작가이다. 문제는 자위대의 할복자살로 생을 마감하는 얄궂은 운명의 소유자였던 작가 미시마 유키오(Mishimas Yukio)의 「금각사」 소설의 모티브인 금각사에 간 것이다. 여기서 잠깐 미시마 유키오의 명복을 빈 뒤, 이 절에서 판매하는 부적을 몇 개 샀고, 사고 난 뒤 가만히 생각해 보니 조금 있으면 미국으로 떠날 텐데 선물이 뭔가 이상했다. 왜냐구 물으신다면? 동생네 식구, 또한 같은 교회 권사님, 그리고 그 아드님, 그리고 보니 다 교인인데 절에서 판매하는 부적을 선물로 가져다 주면 좋아할까? 아무튼 내 머릿속은 또 고민으로 머리가 복잡해졌다.

'아, 이게 뭐지? 뭐가 잘못된 것인가? 에구, 모르겠다. 난 교회를 안 다니니 내 알 바 아니고 오로지 내 성의로 전달하게 되면 된 거쥬?' 하면서 내 마음의 자위에 들어갔다. 그러고는 미국으로 들어갈 날짜가 아직 확정되지 않았기에 우체국에서 소포로 먼저 부쳐 주기로 한 것이다. 그러고는 동생에게 권사님과 그분에게 이것이 나의 일본 선물이라고 전해 달라고 했고, 그때 그분이 전달받은 부적을 보고 이렇게 이야기하셨단다. 언니가 나를 안 좋아하는 것 같다고 말이다. 그 당시 동생이 내게 전한 말이다. 그러니 내가 동부 필라에 있을 때 가까이 있었음에도 불구하고 만나 보고 싶지가 않았던 것이다.

그러더니 이제는 비행기로 10시간 떨어져 있는 동부 필라에서 서부 오렌지 카운티에 와서, 이런 이야기를 듣고 있는 것이다. 확실히 나는 깔아야 해! 선견지명이 있었던 거야. 그 권사님 아드님과 인연을 거부한 것이 어찌 보면 잘된 일이쥬? 게다가 설상가상 그분 딸내미 세 사람이 동부에 있는 고등학교와 대학교에서 기숙사 생활을 하고 있으며 방학 때면 서울에 있는 엄마에게 가서 살다가 오곤 한다는 것이다. 또한 부인과는 이혼도 안 돼 있다고 한다.

여기 미국에 살고 있는 한인분들은 사연도 많고 과거도 많고 가짜도 많다. 아마도 내가 알기로는 이민법에 저촉되는 일들이 있었기에 온 식구들이 다 함께 미국 땅에서 살지 못하는 이유가 있기 때문이다. 더 정확히 들은 이야기는 한국에 있는 부인이 다른 남정네와 정분이 나서 이 권사님 아드님이 마음을 바꾸어 보려고 반전을 꿈꾸고 있었던 것인데… '아고, 어쩌나 불쌍해서 이두저두 안 돼서여….'

미국은 이런 일들이 비일비재하다. 앞집 여자와 뒷집 남자와 눈이 맞아서 어느 날 쥐도 새도 모르게 타 주에 가서 살고 있더라는 이야기, 땅덩어리가 크니 남모르게 사라지는 것을 어디 가서 찾느냐 말이다. 한국의 고지식한 봉건적이고 유교적인 정서를 생각한다면? "이 사람 조선 시대 사람 아녀?"라는 이야기를 반드시 듣는다. 그래서 미국에 이민을 가서 오래 사는 사람일수록 고정관념부터 시작해서 한국적인 사고방식 관념적인 모든 것들이 변하게 되어 있다는 것이다. 한국에서 성실하게 결혼 생활 몇십 년 한 사람들도 3일이 멀다 하고 결혼 생활이 깨지는 이유는 무엇일까? 여러분들이 판단하고 상상해 주시길 바란다.

내가 미국에서 생활하고 있을 때, 나에게 하는 이야기는 외모나 생긴 모양새로 봐서는 아주 개방적이고 자유분방할 것 같아서, 미국 사고방식하고 잘 맞을 듯한데 어째 외모 하고는 정반대의 정서를 가지고 있고, 결정적일 때는 빠르게 커튼을 내린다는 이야기였다. 그런 이야기를 들을 때마다 나는 나지 누가 내가 될 수 없지. 고지식한 내 사고방식에 감히 내게 반기를 들 사람이 누군고? 다 마이동풍으로 간다. 나는 나니까….

어찌되었든 간에 필라에 동생에게 듣는 이야기는 뭔가 살짝 예견했던 바, 요즘으로 이야기한다면 대한민국에 김명신이라는 여자 못지않게 신끼가 내게는 있나 보다. 그러나 그 명신 아줌마처럼 난 픽션이 아닌, 분명한 건 넌픽션인 보통의 순수한 대한민국 사람일 뿐이다. 한편 동생에게 한마디하고 싶었는데 꾹 참았다.

그래도 한마디 안 하고 넘어가면 조금 섭섭할 것 같아서 한 이야기가 "야! 너는 언니를 그렇게 세일해서 헐값에 그 나이 있는 아저씨에게 나를 넘기려고 했냐?" 했더니 "아이구, 언니! 언니 좀 편하게 살게 하려고 했지?" 그래서 "왜? 무엇 때문에?" 했더니 "언니, 그 아저씨 부자야. 세탁소 공장이 여덟 개나 되고 집도 몇 채나 있어!” “아고, 참!
그 아저씨 덕에 미국에서 팔자 고칠 뻔했네 그치? 동생아?” 아이구,
그냥….

　지저분한 부르주아 사고방식 우리 동생도 미국에서 오래 살다 보
니 그 순수했던 사람이 이상한 자본주의 부르주아로 변했네 그려!
아이구!

중국집 식당 주인 한국 아주머니

　이렇게 저렇게 플러톤에서 미국과 한인들에 잘 적응해 가고 있을 때 문제는 집에서 식사를 해결하지 못하고 있었다. 왜냐하면 내게 있어서 고질병인 그 귀찮니즘이 다시 도래되었던 것이다. 그 당시에는 도통 뭘 먹는 것조차 게을러서인지 만사가 귀찮아서인지 아침 우유 한 잔 아니면 커피, 커피는 마니아인 관계로 반드시 마셔 줘야 했고, 밥 하는 것조차 하기 싫어서 어떤 날은 굶기도 했는데 절대 다이어트하고는 거리가 멀었고, 그때는 젊어서 기본적인 체력과 건강이 있어서인지 며칠 식사를 거른다고 해서 위벽이 무너지지 않았으니 말이다. 그런데 바로 집 앞에 간판으로 봐서 분명히 맛난 짜장면집으로 보이는 중국집이 오픈을 했던 것이다.

　한국 짜장, 짬뽕, 탕수육, 볶음밥, 그 외 콩국수 등등 선명하게 보이는 한국어 간판이다. 한국에서 그냥 스치듯이 지나가면서 봤던 중국집 간판 짜장면집. 이곳 미국에서 보는 중국집은 뭔가 한국에서 보는 그런 집이 아니라 같은 동네 사람 가게 같은 친밀감이 느껴진 것이다. '아, 이제 저 집에서 짜장면, 짬뽕 먹어야지…' 속으로 철딱서니 없는 어린애처럼 기뻐했다. 아마도 그때에 내 마음은 은근히 한국을 그리워하고 있었는지도 모른다. 이제부터 내 앞에 나타난 짜장면 시간이 된다.

아침에 일어나서 우유 아니면 커피 어느 날은 아예 안 마시고 안 먹는 날도 있었다. 그런데 내 사정이 달라졌다. 앞집에 짜장면집이 생겼기 때문이다. 하루에 꼭, 한 끼는 이 집에서 짜장, 짬뽕 어떤 때는 볶음밥. 메뉴는 늘 똑같다. 이 집 주인 내외는 한국에서 비즈니스 비자로 아예 미국에서 중국집을 일터로 삼으려고 온 식구들이 이민해 온 케이스다. 말이 중국집이지 업그레이드된 한국 중국집이었고 한식 종류도 있었다.

이분들은 한국에서도 식당을 오래 운영한 경험의 힘인지 비교적 음식이 맛있고 대체로 평판이 좋았다. 함께 살고 계시는 쥔장 내외도 이집에서 짜장면을 드시곤 했다. 그러다가 함께 합세하는 시간도 있었고 어떤 날은 아주머니 혼자 드시러 오는 날도 있었다. 그러고 보니 플러톤 한국인 계모임 전용 장소 같았고 매일 한국인의 날인 것이다. 가끔씩 자동차를 몰고 바다를 갔다 오거나, 한국인 마켓과 커피숍이 있는 쇼핑가를 휘적거리고 다니다가 집으로 돌아오는 날, 참새가 방앗간을 못 지나간다고 했던가? 집 가까이 있는 짜장면 냄새를 못 이긴 채 들어가곤 했다.

그날은 이상하리 만치 식사하는 사람들이 보이질 않는다. 나 혼자 차지하고 있었다. 인사와 동시에 짬뽕을 주문하고 조용히 생각에 잠겨 있는데 이 집 주인아주머니가 사뭇 심각한 얼굴로 내게 다가온다. 오늘 내게 하고 싶은 이야기가 있단다. 그 당시에 50대 후반으로 보였던 주인아주머니는 한참 아래인 내게 본인이 말하는 것에 대해 양해를 구한 다음, 자신의 말을 오해는 하지 말고 꼭 들어 달라고 말을 하는 것이다. 갑자기 궁금해졌다. 무슨 말을 하실 것인지에 대해. 플러톤에 언제 왔는지? 지금 나이는 몇 살인지? 어느 집에 살고 있는지? 꼼꼼히 물어오시는 주인아주머니 이야기는 이러했다.

자신이 나를 유난히 지켜봐 왔다 한다. 그런데 말하자면 직업이 없는 백수, 아니 여기서 표현은 백조라고 표현해야 옳을 것이다. 젊은 여자가 오후만 되면 매일같이 자동차를 끌고 어디론가 간다는 것이었다. 그러고는 이곳에서 식사하는 것을 많이 봤다고 하시면서 말을 꺼냈다. 자신의 친인척들은 모두 다른 주에 살고 있으며, 한국 음식 장사를 한다고 했다. 자신도 이민해 온 이유가 그들의 권유가 있어서였고, 미국은 한국과 달리 부지런하기만 하면 사는 것에 지장이 전혀 없는 곳이 미국 땅이라고 수없이 이야기를 많이 들어왔다는 것이다.

그래서 오자마자 식당 오픈을 했고, 한국에서 혹시 필요할 것 같아 영어 공부도 틈틈이 학원을 다니며 공부했다는 말과 함께, 가만히 보니 아직 직업이 없이 하루하루를 어디를 다녀오는 것이냐고 물었다. 이곳은 자본주의 국가이고 더군다나 일을 해야 먹고살고 부지런해야 하며 하루가 아까운 날이 가고 있는데 일도 안 하는 듯한 사람이 매일같이 음식을 사서 먹고, 가져오신 경제적 자금이 여유가 있으신가요? 우리야 장사니까 장사만 하고 관심 없이 아가씨를 보면 되는데 너무나 안타까워 보여서 언젠가 가게에 오면 꼭 이야기를 해 주고 싶었다고 그러면서 이런 이야기를 또 해 주신다. 짜장면을 먹든 짬뽕을 먹든 일을 하고 난 뒤 먹는 것은 당연하고, 짜장면값과 짬뽕값 벌면서 음식사 드시라고….

그 순간, '아고, 이 무슨 일이란 말이냐, 내 돈 갖고 내가 사 먹는다는데 이 주인아주머니 너무 나간 거 아녀? 왜 내가 내 돈 갖고 사 먹고 살겠다는데 뭘 챙견과 간섭을 하시는가 말이다? 에이, 이 집 내일부터 오지 말아야겠다.'라고 생각할 즈음 전쟁 때(요즘은 러시아와 우크라이나 같은) 생각이 났다. '에이, 어쨌든 먹고는 보자!' 젓가락을 입으로 가져가는 순간 이상하리만치 부끄럽고 주인장 얼굴을 마주보기가 부끄러워졌다. 반쯤 먹고 남긴 짬뽕을 두고 카운터에 계시는 주인아주머니께 목례를 한 뒤 집으로 돌아와서 내 자신을 뒤돌아보기로 했다.

자존심은 땅에 떨어진 것 같아 다시 주워 담기는 어려웠고, 동부에서 온 지 얼마 안 되는 기간이라도 몇 년의 세월이 흐르는 동안 과연 나는 이곳 오렌지 카운티에 와서 가져온 돈 갖고 사는 일 이외에 일을 했던가? 그렇다면 이곳 미국 땅 서부 플러톤에는 왜 와서 있는가? 그 어떤 개념도 없이 그저 한국을 떠나 역마살이 끼었다는 자신의 합리화만 시키면서 온 것이었다. 아직까지 그 어떤 구체적인 계획도 없다. 늘 생각은 있었지만 어떻게 펼쳐 가야 평온한 삶이 되는 것인지도 생각 못한 채 아무 생각 없이 살다가 동네 짜장면집 주인아주머니로부터 일침을 받았던 것이다.

이로 인해 진지하게 생각해 볼 수 있는 시간을 만들게 되었고 또한 세월이 흐른 다음에야 그 주인아주머니의 말이 와닿을 때 미국 생활이 조금씩 깨어 가고 있었다. 감사하고 고마운 아주머니!

교회에 다니면서 조금 구력이 붙을 즈음, '또한 일하지 않는 자 먹지도 말리!'는 성경 말씀도 생각났고, 예수님 생각도 났다. 그때의 바닥에 떨어진 자존심이야 아무 의미 없는 더 큰 새로운 계기를 다져 주었으며, 미국에서 어떻게 살 것이냐가 아니라 어떤 일을 할 것인가가 더 중요하게 다가왔다.

비 오는 오렌지 카운티

오늘은 가든 그러브(Garden Grove) 한인타운에서 플러톤집 아주머니를 만나 슈퍼에서 장도 보고 커피숍에서 커피 타임을 갖기로 했다. 올 때는 회색 구름과 함께 찌뿌듯하고 비가 올 확률은 없던 날씨였는데 점점 날씨는 회색에서 짙은 재색으로 변해 가고 있고 비가 올 기세였다. 왠지 그 즈음에는 감정이 약해질 대로 약해져 있었고, 이 거대한 미국 땅에서 무엇을 어떻게 헤쳐 나가야 할지 맘고생을 하고 있을 때였다. 여러 가지의 진로 문제들이 내 앞에 아킬레스건으로 자리잡고 있을 때, 플러톤 아주머니께 미국에서 어떻게 해야 잘 살아갈 수 있을지 어드바이스를 청하기로 했다. 미국에 오신 지 오래된 분이고 살아온 커리어가 있으셨기 때문이다.

마트장을 간단히 보고 바로 옆 커피숍에 들어서니 날씨 탓인가? 많은 한국분들이 오셔서 이야기를 나누고 계셨다. 커피 냄새는 코를 자극하고 그 향에 잠깐 취해 주방 쪽으로 나도 모르게 걸음을 옮기는 찰나에, "은조 씨!" 하면서 아주머니께서 부르는 목소리가 들렸다. 뒤돌아보니 환한 웃음으로 반기고 계셨다. 이분의 트레이드마크는 쥗장 남편 되시는 분과 달리 아주 환한 웃음을 웃는다는 것이다. 또한 웃을 때 이는 가지런하고 치아도 예뻤다. 이를 예쁘다고 표현하는 사람이 몇이나 있을까 마는 내가 이렇게 극찬하는 이유는 이 때문에 고생을 한 탓으로 아주머니의 활짝 웃는 입모양과 함께 이까지 본 것이다. 상대를 통해서 보는 나의 결핍 증세의 비애라고나 할까? 결국 지금 현재의 나는 할머니 이의 표본인 임플란트를 하고 있다.

맛난 커피를 시키고 이런저런 대화를 나누고 이야기가 무르익어 가고 있을 무렵 갑자기 한국 이야기를 하시며 눈시울이 촉촉히 젖어 오고 있었다. 고향이 동두천인데 아마도 따님 때문에 미국에 오신 듯하다. 그 예감이 맞았고, 게다가 아들까지 왔는데 딸은 결혼해서 미국인 손자 손녀까지 있다는 것이다. 한국에 남편 되시는 분은 돌아가신 건지 헤어지신 건지 말을 해 주시지 않으니 물어보지는 못했고, 전 가족이 미국 산호세(San Jose)로 오셨다고 한다. 그래서 청소 비즈니스(Amercan cleaning business)를 산호세 한인타운에서 하시다가 쥔장 아저씨를 만났고 비즈니스를 함께하게 되었다고, 그 이후에는 오렌지 카운티로 오셔서 아저씨가 단독주택을 구입하셨고 그 후에 아주머니가 오시게 된 경우였다.

미국의 비즈니스는 그 당시 청소 용역은 처음에 아무 계획 없이 이민 온 사람들의 경우에 자본금 안 들이고 할 수 있는 깃이 이 청소 비즈니스였다. 이런 일은 부지런하면 돈을 벌 수 있는 일들이었고 거의 한국인 아니면 멕시칸, 베트남, 아시안 계통의 사람들이 할 수 있는 일이었으며 청소 용역일은 마음만 먹으면 얼마든지 할 수 있었던 잡(job)이었다. 그런데 중요한 것은 쥔장 두 내외분의 정체성인데 이분들이 어떠한 사람들인지는 내 알 바 아니고 알고 싶지도 않지만 아주머니의 맘 아픈 이야기는 여기서 시작된다.

쥔장 아저씨의 일들을 내게 폭로한 격이다. 얼마나 답답하고 분하면 내게 이런 이야기를 해 주겠는가? 미국은 누구나가 다 알다시피 자본주의 체제에 자유 국가이다. 이런 나라에서 경제적인 것이 궁핍하게 된다면 미국에 오지 말아야 할 것이다. 그래서 한국에서 미국에 이민해 온 1세대들은 아메리칸 드림이라는 꿈을 갖고 잘 살아 볼 것이라고 허리춤 졸라매고 부지런히 움직여 돈을 벌지 않았든가? 또 2세대까지도 말이다. 3세대 미국 이민자들은 전 1, 2세대들이 기본적인 바탕을 깔아 주었기 때문에 한인타운에 건물이라도 갖고 배 두드리고 사는 것이다.

현재 이민자들은 한국에서 오히려 돈을 많이 갖고 가야만 하는 희귀진 풍경도 미국에서 일어나고 있고 이민 가자마자 가져간 돈으로 집을 사고 미국에서 수입을 얻으려고 하지 않고 가져간 돈으로 오히려 배 두드리고 산다는 말도 나온다는 것이다. 하긴 한때는 나도 배짱이 두둑한 젊은 아줌마였으니까… 지금 현재 미국으로 이민 가는 사람들의 형태를 봐서는 그런 현상을 뚜렷이 보여 주고 있다. 그 당시 오렌지 카운티 한인들은, 그때 시기까지도 어떡하든 달러의 위력으로 보나 무엇으로 보나, 각 나라의 아시아를 비롯해 멕시칸부터 라틴 아메리카 사람들까지 부지런한 사람들의 성향이 보여지곤 했다.

이야기가 잠깐 다른 곳으로 빗나갔는데 플러톤 아주머니의 말씀은 이랬다. 허리가 끊어지도록 일했고 잠을 자고 싶어도 잠 한숨 제대로 못 자고 일만 했는데 일한 대가가 없었고, 즉 일을 한 임금을 안 준다는 것이다. 여기서 이해를 제대로 못할 것 같다. 왜냐하면 두 내외분이 남들이 알기에는 정식 부부로 알고 있고, 금슬도 좋은 분들이라고 알고 있고, 교회까지도 함께 다니면서 부부애를 보이시는 것 같았는데 이 무슨 마씨(마귀)의 장난이란 말이냐? 자본주의에서 일 시키고 임금을 착취한다는 것은 큰 범죄에 해당하는 죄인 것 같은데 이 아주머니께서는 어떻게 참고 함께 동행하고 살아온 것일까? 내일 지나면 주겠지 아니면 조금 지나면 주겠지 하셨단다. 이러다 보니 산호세에서는 아들과 딸이 그냥 그 돈 포기하고 오라고 수차례 이야기했다고 한다. 빨리 돌아오라는 자식들의 말에 귀 기울이지 않고, 잘 되겠지 하면서 여기까지 오셨다고 한다.

자세하게 처해진 상황은 잘 모르겠지만 세상에는 기저가 탄탄해야 튼튼한 법! 정신력이 강한 사람이 방패를 들고 있으면 그 방패를 감히 뚫을 수가 없듯이 미국에서 살아가려면 인간적인 관계가 튼튼하지 않으면 무너지기 쉽다. 즉, 사람 관계가 튼튼해야 한다는 것이다. 아저씨와 아주머니의 인간관계란 어디에다 기준을 두고 말해야 하는 건지 실로 난감하다.

미국에는 누구나 다 이방인이다. 누구에겐가 기대고 싶고 의지하고 싶고 공유하고 싶고 그러다 보니 본의 아니게 자신의 영혼까지 알 수 없는 사람들에게 탈탈 털리고 결국에는 극단적인 문제로까지 이어지고, 이런 인간관계들이 한인 사회에서 수없이 일어나고 있는 것이 미국 사회이다.

그 당시 아주머니의 연세로 봐서는 상대방의 그런 낌새를 잘 모르셨을 나이는 아니건만 세상에는 완벽한 사람은 없듯이 처음부터 '나 이런 사람이요!' 하고 이마가 됐던 가슴이 됐던 써붙이기라도 하고 다닌다면 바로 알아보고 피해 갔겠지. 하지만 애석하게도 아주머니는 피해 가지를 못했던 것이다.

이 황량한 미국 땅에서 난, 많은 인간관계를 알아 가고 있었다. 창밖으로 비는 추적추적 내리고 있었고, 아주머니의 그 걱정스러운 얼굴을 바라보며 약하고 연약한 여자는 같은 여자 입장에서 봤을 때 나이가 있든 어리든 마음이 아주 가난한 여자임에 틀림없다는 것과 내 능력으로는 도와드릴 수 없다는 자괴감에 마음이 많이 아팠다.

또한 머나먼 이국땅 오렌지 카운티는 언제 그런 일들이 있었냐는 듯이 분주한 날들이 반복되며 삶을 영위하는 사람들의 목소리가 변함없이 들려오고 있을 것이다. 그런데 내일을 알 수 없는, 비 오는 오렌지 카운티는 왠지 슬프다.

4부

나의 열전 노트

-덴버 북카페

한국에 가고 싶은 마음, 왜?

미국 오고서 한국이 이렇게 그리워지긴 처음은 아니지만 다음 달에는 한국 가는 계획을 세웠다. '한국에서 다시 새로운 생각과 도전의 아이템을 만들어 오자!' 내 깐에는 상당히 비전 있는 일들을 만들어오기 위해 가뜩이나 안 되는 머리를 굴리고 있는 중이다. 동부에서 들은 이야기지만 그쪽은 워낙 서부와는 달리 먼 거리이기 때문에 한번 이민 오신 분들은 한국을 나가는 엄두도 못 낸다. 또한 서부보다 거리도 멀고 비행기 티켓값도 만만치 않을 때여서 물론 지금도 변함은 없겠지만 한국을 20년 만에 나가셨다가 집도 못 찾았다는 웃지 못할 촌극을 빚었다고 한다.

그 당시만 해도 그 옛날의 발전이 없었던 대한민국이지 그분들이 이민 떠나 그 후에 한국이 얼마나 많은 발전을 한 나라인지 상상을 초월하는 것이다. 몇 년에 한번씩 싹 바뀌는 대발전을 이룩해 온 한국은 지금 현재 전 세계 12위에 들 정도로 잘 사는 나라이다. 이민 가셨던 분들이 한국을 찾았을 때는 이미 개발도상국을 지나 세계 대열에 거의 도달하고 있을 즈음이었다. 많이 달라진 한국을 보며 얼마나 기뻐하셨을까? 그분들과는 달리 몇 년 만에 한국 갈 생각을 하고 있는 나는 과연 한국에 가서 무엇을 연구해 돌아와야 할까? 영주권자인 나는 이쪽저쪽으로 조랑말처럼 쪼랑쪼랑 다니면서 미국에서 한국으로 또 한국에서 미국으로 24시간을 넘게 비행을 해서 한국을 가고 오고의 자격이 주어진 것이다.

몇 년 만에 미국을 쉬쉬 돌아다니는 이방인 생활에서 처음으로 주어진 장시간 비행기 시간이 내게 주어지고 뭔가 연구를 해서 다시 돌아와야 한다는 사명감이 약간의 부담감이라 해야 하나? 가뜩이나 귀찮니즘 찬양자인데 이번 만큼은 한국에서 비즈니스의 연구 결과를 시루자루에 왕창 담아 왔으면 좋으련만….

내 아는 지인에게 자랑스럽게 나 한국 다녀올 것이라 이야기하니까 부러운 듯한 표정이다. 자신들도 한국 가고 싶은데 갈 수 있는 형편이 아니라는 거다. 지인의 계속되는 말은 자신이 아는 어떤 분도 학교 휴가 기간에 아이와 함께 다니러 간다고 하는 것이다. 그런데 다음 이야기가 너무 재미있는 기억이다.

고등학교 다니는 딸과 엄마 사이에 서로 심한 갈등이 생겨서 매일같이 언쟁이 심하게 일어나곤 했는데 워낙에 머리 큰 딸이다 보니 크게 야단도 못 치고 꾸욱 참느라 힘들어했다고 했다. 어느 날인가 결국 꾹꾹 담아 둔 엄마의 한이 귀싸대기부터 시작해서 머리채까지 흔들었다고 한다. 그런데 한국 엄마는 왜 참아야 했을까? 그럴 때까지? 미국은 자식들과 남편들과의 법적인 문제가 심각하다.

현재의 한국도 미국 법과 같은 룰을 적용하는지는 잘 모르겠는데 한국 같으면 부모가 자식에게 훈계 차원 또는 자기 자식이니까 권리가 있다고 인정되는 것 등이 있는지는 확실히 알 수 없으나 자식이 부모를 자신에게 손찌검했다고 신고를 하는 나라가 미국이다. 마찬가지로 남편과 부인 사이도 같은 법을 적용한다는 것, 사이렌 울리고 경찰이 오고 꼼짝없이 수갑을 찬 뒤 경찰서에 갔다고 한다. 그 뒤에 남편이 벌금을 가지고 가서 무마된 경우이다. 물론 동부에서 이야기는 들어 봤지만 이렇게 심각한지는 몰랐다.

그래서 법을 피하고자 그 딸을 데리고 한국에 간다는 것이다. 그리고 그 후에 들은 이분들의 이야기는 한국 공항에 도착하자 마자 두드려 팼다는 우스개 아닌 우스갯소리도 들을 수 있었다. 엄마의 울화가 풀린 셈이다. 그 후로는 딸내미도 엄마에게 고분고분 잘하게 됐다는 후문이다.

두드려 패는 건 한국법 하고는 그 당시에는 상관없었으니 그분들은 외양만 한국 사람이지 호적은 이미 태평양 넘어 거대한 미합중국 국민들이니까. 아무래도 자기의 자식 두드려 패는 건 일도 아닌 문제였던 것 같다. 주권이 미국에서만 있는 미국 시민권이었으니 한국에서 죽지 않게만 두드려 팬다면야? 아니 내가 지금 무슨 소리를 하고 있는 게냐? 역시 난 파쇼적인 엽전의 후예답게 화끈성을 선호하고 있는 것이 틀림없다. 이그, 참!

한국에 오다

실로 몇 년 만에 고국의 귀향이었나? 그런데 떠나갈 때 분위기와 영 달라 있었다. 왜인가 했더니 그 당시 신공항을 건설하고 있었다. 들은 바에 의하면 세계에서 제일 크고 좋은 공항을 만들고 있다는 것이다. 산더미처럼 쌓여 있는 콘크리트 철근이며 이곳저곳 쌓아 놓은 쇳덩어리들이 수많은 건물 올리는 재료들로 분주하다. 앞으로 받아들여야 하는 변화들을 우리는 감탄의 눈으로 바라보게 될 것이라는 기대가 컸다. 이 생각 저 생각 끝에 하남시 큰오빠 집으로 무조건 택시를 타고 수시간 피곤했던 여정을 풀었다. 사실 이 집은 나의 집이었으나 미국으로 가면서 상당의 대출을 받아 떠난 집이었고, 오빠의 반대가 심했지만 내 성격대로 밀고 나갔다.

후에 생각한 일이었지만 오빠가 왜 그렇게 반대를 해야 했는지 이제 와서 후회를 하고 있는 것이다. 미국에서 나의 생활이 자본주의 국가에서 어떠한 목적도 없이 살아간다는 것은 얼마나 위험한 일이었는지… 이미 실수를 하고 온 터라 절실히 느끼는 것이었다. 그러함에도 불구하고 여전히 셈을 못하고 있는 것이다. 이제 한국에 왔으니 뭐라도 괜찮은 아이템이라도 주워 가야 할 텐데. 하루가 지나 바로 뒷날 방이동과 천호동 친구 그리고 성내동 선배 언니… 안팎으로 바쁘게 움직이면서 친구와 함께 한국 거리도 접수, 휘적거리며 다니기 시작했다.

지금의 답십리역 근처에는 그 당시 밤무대의 최고봉을 차지하는 나이트클럽들이 줄지어 있었고 사교춤의 대가들이 나래를 펼 수 있는 대형 카바레가 몇 군데씩 점거하며 이름이 알려진 공연예술인들이 밤무대에서 노래를 하고 있을 때였다. 밤이 되면 휘황찬란한 불빛들이 뿜어 대는 열기와 네온사인 속에 감추어진 알 수 없는 군상들이 서로 얼굴을 잠깐잠깐씩 비치고, 스쳐지나가고 있었다. 한때는 그 열기와 그 리듬을 음미했던 공연예술인이었는데 포기하며 살아가는 줄 알았더니 내 마음 깊은 그 속에 잠재되어 있는 나를 발견할 수 있었다.

친구가 노래하고 있는 무대 분장실로 갔다. 막 무대 위에 올라가려고 준비하고 있었다. "그래 잘 왔다. 진짜 몇 년 만이냐?" 하면서 우리는 해후를 했고, 바로 친구의 반주 음악이 신나게 나오고 있었다. 함께 간 친구와 객석에 나가 오랜만에 열창하는 친구를 보았다. 여전히 무대 위에서는 활발했고, 열창을 했다. 또 다른 한편으로는 친구가 아직도 힘든 노래를 하고 있구나 하는 생각을 해 볼 때는 내가 현재 행복한 사람인지, 지금까지 노래를 하고 있는 친구가 행복한 건지 가늠하기가 애매모호했다. 일단 이 친구나 나나 건강하면 된 것이고 아직까지 건강은 이상무! 하긴 젊은데 무엇이 두려우랴!

오랜만에 만난 친구들과 맥주 한잔하면서 이런저런 이야기를 나누는데 그중 나의 미국 생활이 가장 궁금했다며 집중적으로 묻는다. 이 친구들은 미국 땅이란 곳이 무슨 천국 땅이나 되는 것처럼 많은 호기심에 싸여 있었다. 하긴 미국 땅 로스엔젤리스는(Los Angeles)는 천사의 도시라는 곳이기는 하나 글쎄? 홈리스들의 천국이라고 해야 하나? 더 군다나 다인종들이 모여 사는 연합체이므로 아무래도 어떻게 표현하면 인간시장이라고 말한다면 지나칠런지는 모르지만 표현 방식은 자유니까 각자 여러분의 생각에 맡기고 싶다.

노래하는 친구는 미국에 꼭 한번 가 봤으면 하는 눈치다. 암, 한번 와서 미국이 천사의 도시라기보다는 현실의 도시라는 것을 꼭 확인하고 가야 미국의 드림과 구분이 된다는 것을 알면 좋을 것 같다는 생각이 들었다.

나 보고는 노래하고 싶지 않냐고 물어본다. 그다지 잘은 모르겠으나 간혹 멜로디와 리듬이 내 귀를 바쁘게 할 때도 있지만 하고 싶지 않다고 이야기하면 그것은 진정한 대답은 아닌 것 같다. 어떤 음악인의 말은, 음악을 떠나서는 한시라도 떨어져 살 수 없다고 이야기하면서 "은조는 독한 것 같다."고 이야기하신 분도 있었다. 하나 나는 이 계통에서 은퇴하고 미국 땅으로 넘어간 사람인데… 친구의 말은 노래하고 싶으면 내일이라도 사장님께 이야기해서 무대에 서게 할 테니 함께하자고 했다.

정중히 사양하는 나에게 그 끼를 어떻게 숨기고 사느냐고? 이런 말은 수차례 들어 보는 말로 미국에서도 나의 정체를 아는 사람들은 똑같은 대사를 읊어 댔었다. 이 친구야 어차피 공연예술계에서 잔뼈가 굵은 사람이고 내 입장을 배려하고 이해하는 사람이니 당연히 하는 말이고, 하지만 미국에서의 비즈니스 계획을 갖고 굳은 사명감으로 한국에 아이템 찾으러 온 사람이 다시 노래하고 무대에 선다는 일은 그다지 내 소신이 허락하지 않는다는 걸 잘 알고 있다.

충분히 한국과 일본에서, 소중한 무대 커리어와 남들이 많이 해 볼 수 없었던 지상파와 공중파 방송까지 더 나아가 대한민국 최고의 큰 무대를 두루 섭렵한 경험이 많은 사람으로서 더 이상의 미련을 갖는다는 것은 사치라 생각했다.

친구들을 다시 만나기로 약속을 한 채, 며칠 뒤 나의 스케줄은 그 당시 동대문 주위의 책 서점을 찾아서 보는 일이고, 이곳에서 내가 해야 할 일들을 찾기로 한 것이었다. 현재는 두타 빌딩이 들어서 있고 예전의 동대문운동장 맞은편 계림극장, 스포츠 용품 가게 등 청계천 중고 서점 등은 온데간데없이 새로운 동대문 역사관으로 탈바꿈해 있으며, 지금은 동남아 관광객, 패션 도매상가 등 그 예전 사람들의 사람 냄새가 나는 소박한 느낌은 찾아볼 수 없는 곳이 되었다.

1980년대 초 그 옛날이라고 말해야 할 것이다. 그 당시 서울운동장에서 한국 예술인들의 큰 행사의 하나인 예술인 체육대회가 열렸다. 각 분과의 대표로 나와서 마라톤, 육상 100미터 달리기 등 거의 대한민국 최고의 스타들이 자신들의 소속된 분과로 출전했고 초등학교 때부터 스포츠에 재능도 있던 내가 가수 대표로 100미터 달리기에 출전하게 된 것이다. 사실 난 그 당시에 스타는 아니었지만 그런대로 유망주 대열에 있었던 그 리얼함으로 한몫 보며 육상을 쫌한다는 특기로, 국장님 추천으로 가수분과 대표로 뛴 그 결과, 현재 작고하신 한국 예술의 총대장이셨던 송해 선생님으로부터 직접 메달을 수여받았다.

당시에 가수 금사향 선생님이 아드님이 가수분과의 국장님으로 계실 때였다. 각 분과는 스포츠 재능이 있는 사람들이 많았고, 이 대회에서 동메달을 받았는데 더 압권이었던 것은 대한민국의 공영방송인 KBS TV의 9시 뉴스로 방송이 된 일이다. 콘셉트는 지옥에서 나온 영감님이 세상에 나와 빨리 지옥 가야 한다고 쫓아오니까 안 가겠다고 한번 더 새롭게 살아 볼 것이라고 지옥을 거부하기 위해서 죽기가 아니라 살기를 각오하고 뛰어 낸 그 인간 승리! 표정이 과관이어서, 아님 그 표정이 너무 처절해서였는지 그날 육상경기를 TV 뉴스에 내보낸 것이다. 2등과의 차이가 많이 벌어져 있었고, 그 당시 키가 큰 선수와 자그마한 내가 함께 뛰었으니 이슈는 정규 뉴스로 내보낼 만도 했겠다. 참으로 치열하게 뛰었네!

나의 80년대 청춘은 어쨌든 모든 것을 끌어안을 때였다. 아무렴 그렇지 그렇구 말고 그 많았던 소중한 추억 속에서도 나처럼 서울운동장 종합예술인체육대회에서 그 운동장을 질주했던 사람은 그리 많지 않았으니, 지금은 사라져 버린 과거의 일들이었지만 그 안에는 진정한 의미가 있었지 않았을까? 이 생각 저 생각을 하며 새로운 거리에 처음 와 본 사람처럼 호기심 어린 눈으로 샤프하게 스캔을 한다.

신평화시장부터 옷 가게, 가방 가게, 액세서리 가게를 누비고 다녔다. 그러나 좀처럼 내가 찾는 아이템은 나오질 않았고, 지금까지 비즈니스는 해 본 경험이 전혀 없는 무에서 유를 찾아야 하는데 좀처럼 나오지 않는 것은 결코 장사와 난 인연이 없는 것이 아닌가? 숱한 발품을 팔아 가며 여기저기 왔다갔다를 반복은 했다만은 그다지 진전이 없었다. 원래 장사꾼 즉 비즈니스를 하려면 숫자에 강해야 함에도 불구하고 초등학교 때 산수는 거의 수, 우 이랬는데 점점 세월이 가면서 숫자 개념이 불투명해지면서 알고도 속고 모르고도 속고 어릴 때 산수 개념과는 전혀 다른 셈법을 갖고 있는 사회였다.

사회생활을 하면서도 맘 약한 나의 착한 인성을 활용해 해먹는 인간들도 더러 있었고, 어떤 사람들 말마따나 착하게 사는 사람을 세상은 오히려 바보로 만들고, 독하고 악해야 이 세상은 돈을 번다는 것이고, 세상에서 보는 멸시는 돈 없는 사람, 빽 없는 사람 이런 사람들이 멸시당한다는 것이다. 이런 말들이 머리와 가슴에 꽂힐 무렵에는 미국에서 내 돈 다 탕진하고 나온 후였다. 참! 두부 먹다가 앞니가 확 빠질지도 모른다는 생각을 해 봤다. 무서운 세상! 아이구, 간혹 생각해 보건대 비법은 지금 그대로 행복한 줄 알고 사는 삶! 그냥 착각하고 사는 것이다.

이번엔 남대문시장을 가 보기로 했다. 친척 사돈이 소개해 준 액세서리 숍이었다. 내 팔자에 없었던 것 같았는데 왠 액세서리냐 말이다. 터프하고 박력 있고 화끈한 내가 어찌 보면 사내 같은 성격을 갖고 있던 내가 어째서 액세서리냐에 대해 자신이 반문하고 물어본 일이다. 무대 공연할 때에는 그 의상과 함께 콘셉트가 맞을 때 초이스해서 쓸 줄만 알았지. 내가 이런 비즈니스를 생각하고 있을 줄이야… 담당하시는 분하고 각각 디스플레이되어 있는 각종 액세서리에 대해 요것조것 묻고 제일 중요한 장사의 지렛대가 될 수 있는 가격을 흥정해 가며 이제 장사꾼의 길로 들어서는 초입문을 노크하고 있는 것이다.

이렇게 저렇게 여기저기 보고 난 결과 어느 정도 그림이 그려진다. 한국이 아닌 미국에서는 종합적인 것이 아니면 안 된다는 것이다. 그러니까 공연예술 쪽에서도 종합 엔터테인먼트가 있듯이 춤이면 춤, 연기면 연기, 얼굴이면 얼굴, 두루 삼박자가 통합되어야 종합예술이 완성된다는 말인데 내가 잠시 생각한 아이템은 첫 번째는 책을 위주로 하는 기본을 깔고 티와 커피 각종 액세서리, 시디, 디비디, 비디오 등 북카페를 생각해 냈다. 당시만 해도 이런 콘셉트는 그리 흔한 비즈니스는 아니었다. 이런저런 생각을 갖고 혼자 남대문, 충무로를 터덜대며 걸어 다녔다.

하남시의 유명한 타워? 15층의 수영장 그 옆 커피숍. 나날이 발전해 가는 도시의 모습을 볼 수 있었다. 그 앞의 금싸라기 같은 집, 사촌오빠네 부부가 당시에 부동산을 운영했다. 덕분에 작은 돈으로 전세를 끼고 사 놓은 단독주택이 세월이 흘러 현재 시가 8억이 된다고 한다. 가만두기만 해도 될 일이었으나 미국 들어가서 천년만년 살아 볼 것이라고 객기를 부린 탓으로, 지금까지도 평생의 풀어야 할 숙제로 남아 있는 부분이다. 얼마나 대출을 싸그리 받아 갔는지 오빠의 울화가 아직도 안 풀렸고, 이 집에서 수년간 살아가며 겪어야 했을 그 고통을 내 모르는 바 아니나 그 고통을 기반으로 지금은 본인 집으로 바뀌었으니 이보다 더 좋을 수가? 그런데도 뭐가 마음에 안 드는지 보기만 하면 잔소리다. 하긴 동생에게 잘되라고 하는 잔소리이니 조용히 받아들일 수밖에….

미국을 떠나기 전 동네 최고의 시설을 갖춘, 새로 생긴 멋진 수영장을 열심히 다녔다. 이미 초급 이상의 수영 실력을 가지고 있던 난 동네 아줌마들에게 초급 수영법을 가르쳐 주곤 했는데 당시 하남시 15층에 있던 수영장은 웬만한 강남 지역 못지않은 명소였다. 맨 꼭대기층에 수영장이 있고, 그 안에는 휴게실과 수영에 필요한 용품들을 팔고 있었다. 시설도 좋았지만 당시 하남시에는 센세이션을 일으킬 만한 요소들을 두루 갖추고 있었고, 수영 강사진도 매우 우수한 분들이 대거 포진하고 있었던 것이다.

나의 중급 담당 선생은 세계수영선수권에서 배영으로 금메달을 따낸 지상준 선생이었다. 거의 대스타급 못지않은 대우를 받고 있었다. 그때만 해도 잘 생기고 수영 잘하고 잘 가르치는 선생님께 레슨을 받기 위해 제법 경쟁이 있었는데 운이 좋았던지 바로 지상준 선생 반에 소속되어 레슨을 받았다. 내 인생의 수영에 있어서는 그때가 가장 열심히 해서 상급까지 갔던 시기였다. 그때에 지상준 선생은 내게 말했다. "순발력, 유연성, 폼은 참 좋은 편인데 단, 단점이 있다면 지구력이 약하다."는 것이다. 지구력이라면 지금도 바로 포기해야 한다. 그정도로 지구력은 매우 약한 편이다. 지구력 약한 핸디캡이 있는 걸로봐서 모든 것이 지구력이 없다고 판단하시면 조금 과소평가하는 부분일 게다. 단 수영에서 장거리 선수는 조금 어렵다는 의미이다. 하지만수영을 떠나서는 강한 면도 무지 많다. 강자에게는 무지하게 강하고, 약자에게는 한없이 약한 면을 보더라도 판단이 설 것이다.

집 앞에서 조금 돌아가서 보니 대형 설렁탕집이 생겼다. 가뜩이나밥하기 싫고 게으르기 짝이 없는 내가 가장 좋아하는 편리리즘이니오죽 좋겠나? 가만히 보니 집 주변에는 먹는 음식점들과 부동산 등이런저런 집이 우후죽순 생겨나고 있던 것이다. 미국 들어가기 전까지는 이곳 설렁탕집을 우리 집 식당으로 옆에 부동산은 부동산 공부하는 장소로 풀방구리 드나들 듯하다가 미국에 들어간 기억이다.

한국 온 지 시간이 꽤 흘렀다. 눈이 부시게 푸르른 날은 그리운 사람을 그리워하라던 시인의 말이 생각나는 맑고 푸른 날! 친구를 만나 구의동에 있는 아차산을 가 보기로 했다. 지금의 아차산은 어떻게 변해있는지는 모르겠으나 당시에는 그저 공원 같은 분위기에 산등선을 따라 계속 걷게 되면 구리시가 연결된다. 서울에서 해가 제일 먼저 뜬다는 아차산 해돋이는 명소가 되어 있다. 시간만 넉넉하다면 밤늦게까지 기울어 가는 해도 보고 싶었는데… 혹시 밤에 올라갈 기회가 된다면 한강의 야경도 즐길 수 있는 시간을 만들어서 가 보시라. 서울 근교 치고는 가 볼 만한 곳이다.

잠시 아차산 유래를 살펴보고자 한다. 옛날에 삼청동에 점을 잘 친다는 사람이 있어서 임금이 그 사람을 불러들였다. "네가 점을 잘 친다 하니 한번 쳐 봐라. 하고는 통 속에 쥐 한 마리를 감춰 놓고 이 안에 있는 쥐가 몇 마리냐?" 하고 물었다. 이에 그 점쟁이는 세 마리가 들었다고 대답했다. "네 이놈, 한 마리인데 어찌 세 마리가 들어 있다고 하느냐? 이놈을 당장 죽여 버려라."라고 임금이 말했다. 여러 장정이 달려들어 그 점쟁이를 붙잡아 나간 후 임금이 이상해서 쥐를 잡아 배를 갈라 보니 새끼가 두 마리 있었다. 그래서 임금은 사람을 급히 보내 죽이지 말라고 했는데, 이 사람이 죽이지 말라고 달려가면서 손을 들어 표시하는 것을 본 백정이 빨리 죽이라는 것으로 알고 죽여 버렸다. 그래서 '아차!'라는 말이 나왔다고 한다.

어디서 많이 들어 본 이야기였다. 이런 글귀가 아차산에 넌지시 쓰여 있다. 여기에 더 해서 아차산 하면 고구려와 연관되는 이야기가 있는데, 고구려가 남진 정책과 함께 이 지역을 차지한 후, 영양왕 때 평강공주의 남편이며 평원왕의 사위였던 온달 장군이 신라에게 빼앗긴 이 지역에서 싸우다가 신라군의 화살에 맞아 전사했다는 것, 역사는 그 시대에 살아 본 것이 아닌 이상 기록으로밖에는 알 수가 없다. 믿고 안 믿고는 고스란히 우리의 몫이다.

친구와 한참을 걸은 후 이른 저녁을 먹고 난 뒤의 저녁노을은 판타스틱했고 이 노을빛을 마주하며 아차산을 내려왔다.

존경하는 양순 언니

다음 날 오후 내가 좋아하고 존경하는 언니를 뵙기로 했다. 내가 아는 언니 이분은 주몽재활원(강동구 소재) 등 그 외 여러 곳에서 변함없이 봉사 활동을 하시는 분이다. 젊은 시절부터 40여 년이 넘도록 봉사는 계속되고 있는 것이다. 또한 남편 되시는 분께서도 함께 움직이실 때도 있고 어렵고 힘든 분들을 위해 새 삶을 살게 해 주시며 희망을 주시는 분들이다. 또한 남들 앞에 드러내는 일 또한 좋아하지 않는 그런 분들이셨고, 언니의 이야기를 하자면 언니의 연세도 만만치 않은 분임에도 불구하고 시어머니를 오랫동안 모시고 사셨다. 하지만 시어머니는 치매를 앓고 계셨는데 그러함에도 불구하고 오랜 세월 함께 모시고 계셨던 것이다. 날이 갈수록 더욱더 심해져서 가족들과 의논 끝에 치매 전문 병원에 입원시켜 드렸고 거기에 설상가상으로 친정어머니까지 같은 증세로, 마음 편할 날이 없으셨음에도 늘 표정이 밝았다. 나보다도 속으로 안고 계신 내공이 고수였던 분이다.

미국 떠나기 전에 언니를 뵙고 한참의 이야기를 나눴다. 시어머니 병환은 어찌 진행되어 가느냐고 언니께 물었다. 좋으실 때도 간혹 있으시지만 어떤 때는 황당했다는 이야기를 살며시 해 주신다. 예를 들면 이분들 내외분이 가서 어머니를 뵐 때 일이었다는데 어머니께서는 당신 아들을 보며 아주 반갑게 "오빠, 오빠 왔어? 이리로 와!" 하시면서 당신 며느리 되는 사람에게는 "언니, 언니 왔어?" 계속 연이어 다시 아들에게 "오빠, 나 이뻐?", "언니 언니, 나 이쁘지?" 이렇게 많은 분들 계시는 곳에서 정신없이 말씀하시는 시어머니를 뵈며 가슴이 몹시 아팠다고 당시에 답답하고 마음 아픈 속 이야기를 하시며 조금은 보기 드물었던 언니의 우울한 표정을 살짝 읽을 수 있었다.

사람이 산다는 것은 무엇인지 젊어서 고생해서 힘들게 자식 키워 교육시켜 자식들 장가 시집 보내고 분가시키고 부모 노릇 다 했을 때 병들어 가는 자신의 몸을 의식할 때는 이미 늦지 않았을까? 그나마 여기 언니처럼 인간적이고 순수한 며느리를 얻는 것은 하늘의 축복이고, 이 또한 시어머니의 복인 것이다. 여기에 아들 역시 어머니를 끝까지 포기하지 않고 모시는 효자 분이었던 것이다. 긴 병에 효자 없다고 하는 말이 있잖은가? 더군다나 감당하기 어려운 치매라는 병을, 그러나 두 내외분은 오랜 세월을 감내하며, 수발하며 함께해 오셨던 것이다. 특히 시어머니와 지금까지 관계해 왔던 언니, 내가 봐 왔던 언니는 내가 세상에서 보아 왔던 흔하디흔한 인간사에 나타난 분은 분명 아니었다.

사람이 사람에게 인간관계를 할 때 특히 이 거친 세상에서 대가 없는 일들을 하는 사람들이 과연 몇 사람이나 될까? 찬양곡에는 이런 가사들이 있었다. '대가 없이 사랑케 하소서 보상 없이 섬기게 하소서 알아주지 않더라도 나로 고난받게 하소서' 찬양의 가사처럼 이렇게 살아가시는 언니의 글을 쓰지 않을 수 없다. 이 찬양의 의미를 알았을 때는 너무나 부끄러운 나 자신을 발견해 내며 곧, 언니를 생각해 낸다. 그리곤 눈시울이 뜨거워지는 것이다.

언니를 뵙고 돌아오는 그날에는 많은 생각이 내 머리를 감싸고 있었다. 이렇게 살아가는 난 언니에 비해 분명 뭔가를 누리고 있는 것이다. 그래, 맞아 인생 헛살고 있는 거야. 좀 더 인간답게 살자. 세상에 훈훈한 일을 만들고 사는 거야. 좀 더 극복하고 채찍질하면서 나를 스스로 다독이면서. 그래, 그렇게 사는 거야. 언니의 주어진 조건, 환경, 위치가 나와는 다른 삶이었지만, 나는 자책하기에는 충분한 소지가 있다. 언니가 긍정적으로 살아온 삶 반 만큼만 살아도….

오늘 밤은 희망을 논해 보자. 내가 미국에서 어떠한 삶을 어떻게 살아가야 할 것이라는 긍정의 마인드로 오늘 밤은 좀처럼 이루지 못한 잠을 푹 잘 것 같은 예감이다. 긍정의 힘으로….

미국으로 돌아갈 날이 점점 다가오고

한국을 떠날 날이 가까워지고 있다. 며칠 후에는 이곳을 떠나 이제 먼 나라로 떠날 생각을 하니 처음과는 달리 불안한 마음이 앞선다. 왜 인지 이제 가면 다시는 한국에 오기는 힘들어질 것 같은 예감이다. 처음 이민이라는 목적을 두고 떠난다는 생각을 했을 때는 이런 불안한 감도 없었고 단지 미지의 세계를 본다는 그 진한 호기심을 자극했을 뿐이며 오히려 빨리 떠나고 싶을 정도로 나는 용감했다. 그래서 그 머나먼 길 동부 뉴욕까지 일본서부터 출발하지 않았던가? 앞만 보고 떠날 생각으로 당시에 난 뒤돌아볼 여유가 없었다. 그런데 지금 이렇게 한국을 떠나기 싫은 마음은 무엇이란 말이냐?

지금은 미국에 대한 두려움과 어떻게 보면 매너리즘(mannerism)에 빠져 있는 것은 아닐까? 미국에 대한 기대치나 내가 원하고 상상했던 미국이라는 나라의 신선함 내지는 각자의 주권이 부여된 자본주의의 특권이 부여된 나라라고 딱부러지게 신뢰를 했던 그 마음이 자꾸 해이해지고 있는 것이었고 한인 사회 또한 결코 만만치 않은 사회라는 것을 조금은 알았기에 앞으로 내가 부딪치고 살아가야 하는 내 삶의 설계에 차질이 생길 것 같은 불안함, 또한 광고회사의 콘셉트처럼 늘 새롭고 신선한 것을 찾기에 노력하고 어딘가에 내 필요한 아이템이나 할 일이 많은 것 같은데 그것을 찾지 못하고 찜찜하게 그냥 하던 일 내려놓은 것 같은 마음, 또 잊어버리지도 않았는데 잊어버린 것처럼 두리번거리며 찾다가 포기한 것 같은 마음이다.

누구나가 멀리 떠나는 길에서 이런 속 시끄러운 그런 심리는 있는 법, 그만 좌정하기로 하고, 사촌 남동생을 만나기로 했다. 대학로에서 오랜만에 만난 이 동생은 여전히 청춘이다. 말이 남동생이지 엄밀히 따져 보면 이 당시만 해도 나와 나이가 생일로 따져 봐도 한 살 차이다. 그런데 더 이상한 것은 여지껏 장가를 안 가고 싱글이라는 것이다. 나이가 서른여덟인데 어쩌려고, 하긴 이 동생에 대해서 이야기를 조금 할라치면 재미있는 일들이 많다.

예전 큰오빠가 식구들 다 있는 데서 기가 막히다는 듯이 말해 준 이야기인데 사촌동생을 좋아했던 예쁜 대학 후배가 있었다고 한다. 어느 날 우여곡절 속에 펜션을 예약해서 함께 여행을 떠났다고 했고, 문제는 함께 있었던 긴 시간 속에 1박할 기회가 있었음에도 불구하고 그 제안을 먼저 했던 것도 후배가 먼저 펜션도 예약했고 모든 것을 앞서서 진행했던 것 같은데 그 시간을 활용하지 못한 것에 대해서 큰오빠가 "진짜 쟤는 웃기는 애다?" 하면서 "사내새끼가 바보 아녀?" 식구들은 무슨 이야긴가? 뭘 그게 잘못했나? 함께 잘 쉬고 오면 되는 거지. 무슨 일인가 의아심에 귀 기울일 수밖에 없었다.

오빠의 말인 즉슨 함께 있었던 시간이 긴 시간이었음에도 다음 날 아침 그 후배가 사촌동생을 보면서 울면서 이야기했는데 "나는 오빠가 좋아서 여기까지 왔고, 오빠랑 함께하고 싶어서 왔는데 오빠는 나

를 좋아하지 않는 것 같다."고 하면서 폭포수 같은 눈물을 흘리더란
다. 그러니 하룻밤 역사는 그리 많은 시간을 주었는데도 이루어지지
않았으니, 큰오빠의 목소리는 더 커질 수밖에… "나 같으면 그냥 오지
않는다. 뭔가를 이루어 냈지. 혹시 창준이 고자 아녀?"

오 마이 갓! 지금도 큰오빠가 큰 목소리로 열변을 토하던 말에 실실
웃음이 나온다. 큰오빠가 고자라고 말한 사촌동생은 진정한 엘리트
요 젠틀맨이다. 이 동생은 재주가 많다. 조금 특이한 취미를 갖고 있
다. 대학에서 전공은 원예학을 전공했는데 다양한 멘탈을 갖고 있다.
국악에 관심이 많아서 사물악기 장고 강습을 받는가 하면 도자기에
도 조예가 깊어 도자기를 구워 내게 선물까지 할 정도의 실력이다. 장
고 실력도 만만치 않아 조금 더 스승에게 사사받아서 장고 콘서트까
지 개최한다 해도 이상하지 않을 실력이다. 자동차 카세트에서(그때는
시디가 흔하지 않을 때) 나오는 기본 가락을 차에서까지도 연습을 하고 심
취해 있었다.

이 고상한 취미의 이 노총각을 우찌할꼬! 장가는 안 가고, 세월은 잡
지도 않는데 후딱 가 버리고. 이 당시만 해도 아직 젊음이 있었기에
자신했던 나이가 아니었나 생각해 보며 그 옛날 대학로를 지나 커피
숍, 즐기차게 다니던 호프집과 설렁탕집….

설렁탕 이야기가 나왔으니 말이지 어렸을 때부터 엄마 손을 잡고 시
장을 가다 보면 순대집, 호떡집, 시장통 골목을 지나 돌아가면 거기에
다 쓰러질 것 같은 설렁탕집이 있었다. 어린 시절 가장 기억에 많이
있었던 그 설렁탕집을 엄마는 그 집을 그냥 지나간 적이 없었다. 그
집에서 설렁탕 맛을 배웠고 지금도 그맛이 기본이 되어 어른이 된 지
금도 내 메뉴에는 늘 베스트로 등장했던 음식이 설렁탕이다.

친구들은 뭘 먹고 싶냐고 내게 물어보면 반드시 설렁탕이라고 하면 한마디씩 던지는 말, "은조는 할머니, 할아버지처럼 웬 설렁탕이냐?" 하며 웃긴다나? 그렇다면 설렁탕은 할아버지 할머니만 먹는 음식도 아니고 옛 조선 시대부터 등장하는 귀한 영양가 음식을 왜 노인네들만 먹는 음식으로만 치부하느냐는 논리를 편다면 친구들이 따지냐? 하면서 다음부터는 안 사 줄 것 같아서 아무 말 안 했던 적도 있다.

물론 웃자고 한 이야기고 그 정도로 설렁탕이란 음식은 어린 시절 엄마와의 끈끈한 추억이었다. 사촌동생과 이런저런 세상 사는 이야기를 하다가 "야, 창준아. 나 미국 들어가기가 좀 두려운 것 같고 왠지 자신이 없다. 그리고 한국에 뭔가 미련을 엄청 파 놓은 것 같은 기분? 어떡하니?" 하면서 넌지시 속 이야기를 털어놨다.

동생은 나를 물끄러미 쳐다보더니 뭐든지 처음을 생각해 보라는 것이다. 처음에 생각하고 마음먹었던 것처럼 그 생각을 다시 한 번 해 보라는 것이다. 처음 계획했던 목적, 왜 미국을 들어가서 살아야 하나? 그렇다면 어떻게 어떤 일을 하면서 살아야 할 것인가에 대해 생각을 다시 한 번 해 보라는 것이었다. 물론 생각 안 해 본 것은 아니지만 이렇게 내가 약해져 있다니… 하긴 동생의 이야기가 틀린 이야기는 아니고 전적으로 맞긴 맞는 말이지만, 괜한 동생에게 큰 위안을 받고 싶어지는 것은 무엇인지 머나먼 타국 땅으로 떠난다는 부담이 그게 오고 있는 심리적 부담감이었을 게다.

그리고 이어지는 이야기는, "여기 미련 두고 볼 사람 없잖아. 훌훌 털어 버리고 가는 거야. 먼저 미국에서도 잘 살고 왔는데 그렇게 살면 되는 거야. 아, 옛날 깡다구 다 어디 갔나! 소도 때려 눕힐 것 같은 자신감 만만하더니. 어울리지 않게!" 어쨌대나? 에구, 위로받으려다가 오히려 짐만 두 배 되었네. 그러고는 글로벌 시대를 자신 있게 살아갈 사람은 누나밖에 없다나? 병 주고 약 주고 약도 안 사 주면서… 이그. 어찌되었든 간에 동생과 대학로에서 설렁탕을 맛나게 먹고 집으로 돌아온 한국에서의 기억과 친구 언니들과 다음의 해후를 뒤로하고 다시 용기를 내서 미국으로 돌아갈 생각을 했다.

이때에 돌아가신 신영복 선생님의 처음처럼을 되뇌이면서 미국 처음 가는 기분으로 호기심과 설렘으로 돌아가련다. 희망과 포부를 갖고… 그러나저러나 내 사촌동생 신사는 언제쯤 장가가려나? 낭만에 길들여져 있으면 안 되는데… 길어지면 안 되는데… 그 걱정이 예견이나 된 것처럼 지금 현재도 늙은 총각으로 지조를 지키며 대한민국에서 꿋꿋이 살고 있다. 이그, 그 머리는 아직도 시간과 세월을 의식 못하는지. 참, 그 잘생긴 얼굴과 샤프한 머리 아까워서 어쩌누?

한국을 떠나 다시 미국 땅으로

시간과 세월은 가고 몇 달을 바쁘게 보내다가 한국 떠나기를 시작해서 거의 13시간의 비행 끝에 LA에 도착, 총 16시간 걸려서 오렌지 카운티 집에 도착하였다. 사실은 한국에서 심장 약한 내가 어떻게 장시간 비행기를 탈 수 있을까? 하긴 한국 갈 때도 준비 잘 해서 갔는데 올 때도 잘 되겠지. 또 구심 등 약품들을 준비했고 구심 몇 알씩 먹고 비행기에서 잠만 잘 생각으로 좌석에 있었지만 눈만 말똥말똥 출발 전까지 내심 마음고생한 일이었는데 무사히 도착한 것 등이 신기할 정도로 감사하고 기뻤다. 하지만 그 마음도 잠시 지나가고, 기나긴 행렬이 줄지어 서 있는 대열 속에 지루하고 피곤한 시간들이었다.

공항 이미그레이션(Immigration) 입국심사에서 입국 문전을 지키는 검은 담당자 아저씨와 말씨움 끝에 산신히 도장을 꽝 받고 입국 허락을 받았다. 왜 말씨름을 했느냐 하면 그 당시는 임시 영주권을 갖고 다닐 때여서 여행은 다닐 수는 있으나 특별한 일 외에는 여행은 하지 마라였다. 할 수 없이 "오케이!"라고 대답할 수밖에 "에이, 젠장!" 어쨌든 진을 다 빼고 난 뒤의 자동차를 달려서 도착한 오렌지 카운티 집에서는 피곤함이 완전히 몰려왔다. 이틀 밤낮을 잠만 잤던 기억이다. 물론 시차 탓도 있었고, 그리고 이틀 후에 간신이 정신을 차렸을 때는 다시 회의감이 들었던 것이다. 미국에서 한국 갈 때의 목적과 달리 아무것도 건져오지 못한 내 자책이었다. 하지만 나름대로 내가 하고 싶은 비즈니스는 있었기에 골똘히 이 사업에 신경써 보기로 다짐을 해 보는 것이다.

쥔장 아저씨, 아주머니 그리고 옆집 언니와 인사를 두루 마친 뒤 지인이고 교인이신 권사님을 만나 보기로 했다. 그리고 그분께 평상시 생각해 왔던 이주에 대해서 의논을 드리고 내가 선택한 곳은 콜로라도 덴버(Colorado Denver)라고 말씀을 드렸다. 권사님께는 나하고는 친한 분이였기에 가끔씩 내가 의논도 드리고 어드바이스(advice)도 듣는 편이고 미국에 사신 지도 오래되신, 나보다는 몇 배로 풍성한 경험을 갖고 계신 분이었다.

권사님의 지인이신 아는 분이 덴버 한인타운에서 책방을 운영하고 있는데 그분들 중 남편이 영주권이 없어서 다시 한국을 나왔다가 아르헨티나(실제로 아르헨티나에서 온 사람들)로 돌아간다는 것이다. 말하자면 아내만 미국 영주권을 갖고 있다는 말이다. 뭐가 이다지 복잡한가? 처음에는 무슨 말인지도 몰랐다. 미국은 알 수 없는 불가사의한 일들이 많이 일어나고 있다는 것이다. 영주권이 없어도 불법 체류자로 버젓이 운전도 하고 거리를 활보하다가 불시에 미국 경찰에게 잡혀 다시 본국으로 추방되는 일이 비일비재하다.

또한 이런 분들이 미국 전역에 무지하게 많이 살고 있다는 것이다. 한국분들만이 아니라 아시아인을 비롯해서 스페니쉬 특히 멕시칸계 사람들은 총과 대치하는 국경선을 피해서 죽어도 좋으니 미국에서 죽겠다는 각오로 들어오는 케이스도 있다. 이러한 위험을 무릅쓰고 미국 땅에 들어오고 싶은 심리는 무엇인가?

처음에는 전혀 이해를 못한 일들이 이젠 당연히 이해하게 된다는 것이다. 여러분들도 미국이라는 나라가 어떠한 나라인가를 알게 될 때는 최하 5년이라는 세월이 흐른 뒤에 미합중국 USA(United States of America), 이 나라의 실체를 알게 된다는 것이다. 물론 자유민주주의 그리고 자본주의 나라에 부여되는 좋은 장점도 많이 있다. 어떻게 설명해야 할지 생각이 안 난다. 아직 나도 세월이 지나 봐야 미국을 좀 더 알 수 있을 테니까.

우선 덴버에 있는 책방 주인과의 연락이 시급했다. 이왕 움직이기 시작한 것 빨리 시행에 옮기자. 권사님이 주신 전화번호로 책방 주인과는 드디어 연락이 되었다. 하지만 타 주로 이주하기 전 준비와 절차가 필요했다. 우선 덴버 소재 한인타운 오로라(Aurora)에 있는 책방 소재를 파악하고 집을 구해야 하고 이것저것을 알아본 뒤 현지에서 필요한 것이 무엇인가를 알아봐야 하고 또한 중요한 것은 책방의 선수금과 렌트료, 물론 건물 주인과도 만나 봐야 한다.

바쁘게 서둘러서 여행사에서 티켓을 구했다. 덴버공항까지는 LA공항에서 국내선으로 약 2시간 정도 소요되며 덴버 다운타운에서 한인타운까지는 약 40~45분 정도, 조금 더 빨리 가면 30분에도 갈 수 있는 거리란다. 한국의 후배에게서 전화번호를 받은 것이 생각났고 이 사람에게도 전화를 해 볼 생각이다. 콜로라도 스프링스에서 식당과 카페를 운영한다는데 그 당시에 비즈니스는 꿈에도 생각해 본 적이 없는 미지의 세계였고 이런 딜레마에 빠져 늘 고민을 하고 있었던 상황이었다.

공연예술만 줄곧 하고 살아온 사람이, 정반대의 세계에서 일을 한다는 것이 쉬운 일은 아니다. 흔히들 이야기하지 않던가? 예술계에 있었던 사람들의 아킬레스건, 감성만 풍부했지 계산을 못한다고… 전혀 경험이 없던 내게는 늘 고민이었다. 더군다나 장사라는 건 아이구, 생각하기도 싫은 피해 가고 싶은 일들이었다. 셈에 약하고 심플하고 딱 부러졌던 내가, 머리싸움을 해야 하고 계산하고 살아가야 한다는 것이 내 성격하고는 어쩌면 맞지 않는 일들일지도 모른다.

누가 되었든지 내가 가지고 넘치지 않아도 다 퍼주는 성격에 지금 현재까지도 나를 가장 많이 안쓰러워하는 사람에게 아직까지도 셈을 못하고 산다고 혀를 끌끌 차는 사람이 있을 정도이니 말이다. 이랬던 내가 새로운 비즈니스에 도전한다는 것은 매우 심각한 일이었다. 심오한 생각 끝에 이왕 벌인 일이니 제대로 된 고구마라도 찔러 보자. 플러톤 쥔장을 비롯해서 지인분들과 간단한 인사를 하고 덴버를 다녀오기로 했다.

LA공항에서 국내선 비행기를 타고 여전히 LA공항에서도 검은 아저씨, 아줌니 또한 청소하는 멕시칸계 분들이 많이 계셨다. 나는 여기서도 변함없이 덴버 가는 게이트를 물을라 치면, "왓! 왓!" 아저씨, 아줌니가 손짓 발짓, 나도 손짓 발짓까지 해 가며 실로 웃기지도 않는 해프닝을 벌이고 다닌다. 지금은 정 대화가 안 되면 내 특기인 일본항공에 가서 일본어로 말을 건네고 나면 검은 아저씨와 아줌니, 백인 아줌니보다 몇 배 친절하고 비행기 게이트까지 데려다준다.

일본인들은 비즈니스가 타고난 사람들인지 어쩐지 누구에게나 친절하다. 그 옛날 사무라이 정신이 배어 있는지 어쩐지는 일본인이 아니라서 알 바가 없다. 참고로 나는 공인이 인정하는 일본어 2급이다.

이렇게 말 되고 글 되는 사람이 아이러니하게 영어로 해프닝을 벌이고 다닐 만큼 이 미국 땅에서 살게 된 것이다. 물론 계기는 분명 있었고 이야기가 거슬러 가게 된다면 중학교 시절부터 영어 담임 선생이셨던 분의 악연 아닌 악연부터 시작된다.

숙제 내 준 것을 안 해 왔다고 반 애들이 불려 나왔다. 그 당시 선생님의 스파르타식 교육이 적절했던 건지는 잘 모르겠으나 지금 같았으면 당장 탄핵이었다. 하지만 한국인들은 교육의 기준이 구타하는 것에 기준이 있었던 당시인지라 당연시하게 받아들였던 시대다. 숙제 못해 온 벌이 평생 잔재로 남을 줄이야….

남학교에서 영어 담당을 하셨던 영어 선생님은 남학생 다루는 방법으로 우리를 엎드려뻗쳐를 시킨 데다가 회초리도 아닌 몽둥이를 준비해 두셨다가 궁둥이를 거의 6번 정도 세차게 내리쳤다. 내 궁둥이는 피탈을 하고 있었고, 그때 기억에는 아픈 기억보다 한 달의 한 번씩 여자애들이라면 겪어야 하는 생리를 하고 있었다. 사춘기 통증을 심히 겪고 있었고, 말로 할 수 없는 부끄러움과 자존심, 여러 가지 복합적인 심리적 작용이 서서히 발동되면서 영어는 중학교 때까지만 그것으로 끝이었다. 영어 이야기만 나오면 헉, 하면서 몸서리가 쳐지는 결과가 초래되었던 것이다.

그 계기로 며칠 동안 병원 신세를 지면서 생각해 낸 것은 단순한 나의 고집, 영어는 내 평생에 없는 것이다. 이렇게 악연이 되었던 영어는 내 인생에 무슨 영어에게 죄를 지었길래 말도 안 되는 곳에서 살게 되는 것이냐? 지금까지도 속 썩이는 이 악연… 에이, 징그럽고 참 아이러니하다.

동생은 유창한 영어 실력으로 미국 사람들 상대로 부동산도 겸하고 있다는데 나는 이게 뭔가 알아듣지 못하는 왓! 아저씨, 아줌니 하고 해프닝을 벌여 가며, 하기 싫은 일은 죽어도 하고 싶지 않지만 영어 때문에 진로 방해를 당한다? 아이구, 웃긴다. 하지만, 해가 지면 해가 뜬다는 말이 있지 않은가? 나는 아직 젊었고 할 수 있는 일도 많고 사람들도 비즈니스도 충분히 해 낼 수 있으리라 생각하며 어느새 난 희망을 다짐하고 있었다.

덴버에 거의 다 왔을 무렵 창문으로 내다보는 덴버 상공은 아름답기 그지없다. 로키 마운틴이 보였고, 푸른 들판에 전경은 빈센트 반 고흐(Vincent van Gogh, 네덜란드 1853~1890), 클로드 모네(Claude Monet, 프랑스 1840~1926) 등 그릴 수 있을 법한 영감들이 무궁무진하게 펼쳐져 있는 자연의 섭리! 인간은 참으로 신께 감사해야 한다는 생각을 잠시 해 봤다. 그것은 살아 있는 캔버스 그 자체였다. "Welcome To Denver!" 어서 오세요, 덴버! 반가운 글귀, 이 글귀를 보는 사람들은 그다지 기분은 나쁘지 않을 것이다. 상쾌한 발걸음으로 마중나와 준 후배의 언니께 감사드리며 덴버에서의 일상은 바빠지고 있었다.

LA에서 콜로라도 덴버로 이주

덴버도 마찬가지로 한인 은행이 있었고 오렌지 카운티처럼 같은 시스템을 시행하고 있었다. 우선은 신용을 키우려면 캐시(Cash, 현찰)를 통장에다 넣어 놓고 다 신용카드로 만들어서 집을 얻는 방법, 아파트를 얻어서 보증금 내고, 렌트료를 내는 방법, 미국은 신용카드만 있으면 그것이 개인의 보증수표가 되는 것이고 드라이빙 라이선스(driving license, 운전면허증)만 있으면 이것이 미국의 주민등록증인 셈이고 이것으로 신분을 확인한다. 그렇기에 현찰을 아무리 많이 갖고 있어도 신용을 쌓아 놓지 못하면 말짱 헛것이다. 한국도 그 당시에 미국 시스템을 따라 신용카드 시작이 벌써 시스템화되고 있었다. 은행에 관련된 일을 몇 가지 더 본 후 책방을 가 보기로 했다.

자그마한 마트 옆에 있는 작은 책방이다. 10평 정도 되는 책방이었는데 놓여 있는 책들이 거의 중고책 수준이었고 내가 생각했던 책들은 아니었다. 대여를 해 준다 해도 대책이 필요했다. 거기에 더해 이 책방은 문방용품 등을 판매하고 있었으며 그렇게 비전 있는 비즈니스는 아닌 것 같아서 고민을 좀 더 해 보기로 하고 후배 언니의 도움으로 덴버 한국 식당에서 식사를 마친 뒤 이곳저곳을 다녀 보았다.

덴버 한인타운에는 엄청나게 큰 대형 마트가 있었는데 노태우 정권 때 안동 권씨 집안인 권 아무개씨가 돈을 많이 미국에 들여와 주마다 한인타운에 대형 마트를 사업체로 키우기 시작했다고 한다. 당사자한테 들은 말은 아니기에 정확한 사실은 알 수가 없었고, 그때 당시에는 어느 주마다 한국의 전두환, 노태우 정권 때 한참 미국에 로비가 있었으며, 한인타운에 줄지어 대형 마트가 생겨나곤 했다. 이곳 덴버에도 예외는 아니었다. 마트 내부에는 쇼핑몰도 함께 배치되어 있었다.

지금 현재는 어떻게 변해 가고 있는지 확실하게 알 수는 없다. 벌써 미국 떠나온 지 15년이 되었으니 그 좋았던 시절을 타국 땅에서 의미 없이 보낸 것 같아 후회가 가끔씩 생기는 것을 볼 때 난 역시 개념이 없는 사람은 아니었을까? 산다는 것이 도대체 무엇 때문이었는지 알 수가 없다. 지금은 조금 알 듯한데 말이다.

그때에는 대형 마트 앞에 세워져 있는 건물이 마음에 들었다. 한인들이 많이 오가는 건물이었는데 그 옆에는 미용실, 세탁소, 멕시칸 식당, 피부숍 등 한국 가라오케도 있었고, 당구장도 있었고, 주차장도 훤하니 차 델 때가 많아서 좋았던 기억이다. 여기저기 오가며 내 머리도 점차 바쁘게 돌아가기 시작했다.

오늘은 덴버의 후배 언니 댁에서 하룻밤을 자고 다음 날 오후에 가는 비행기표를 가지고 왔다. 하루 사이에 책방부터 한인 은행, 마트 건물까지 일을 후딱 본 것 같다. 마음에 있었던 대형 쇼핑몰 앞 건물이 잘 성사됐으면 하는 마음이다. 다음 날 오전에는 맘에 드는 건물주인 랜노드도 만나 볼 참이었다.

권사님이 소개해 준 작은 책방은 내가 생각했던 곳과는 전혀 콘셉트가 달랐다. 많은 생각을 해 봤지만 아무래도 여기는 미안하지만 단호히 노우해야 될 판이었고 처음부터 다시 직접 발품을 팔아서 시작해야 한다는 생각이 지배적이었다. 다음 날 오전에 한국 대형 마트 앞에 있는 건물 랜노드를 만나기 위해 사무실로 찾아갔고 담당 직원이 친절하게 상담해 주었으며 내가 원하는 평수와 일치가 되었고 보증금은 그때 당시 3,500불, 랜트료는 250불이었던 것 같은데 정확한 기억은 나지 않는다. 다음 번에 와서 계약을 하겠다고 직원과 대화를 끝낸 후, 조용하고 아름다운 덴버를 떠나 오후 비행기를 타고 LA에 도착했고, 오렌지 카운티에서 덴버로 가기 위한 절차가 착실하게 이행되고 있었다.

우선 잠부터 실컷 자고 플러톤에서 해야 할 일은 쥔장에게 덴버로 이주한다는 말을 해 주는 것이고 집에 대한 보증금을 내 달라는 말을 해야 하는데 문제는 계약한 날짜가 아직 멀었다는 것이다. 그때도 왜 그렇게 피곤했는지 원래 그렇게 심하게 아픈 적도 없고 잔병치레도 거의 없었는데 가끔씩 피곤해지곤 했다. 일단 잠을 푹 자고 움직이자고 생각하고 아무 생각 없이 잠을 좀 청했다.

우선 LA 친구와 오렌지 카운티의 권사님께 자동차를 덴버로 옮기는 일들을 의논해야 했고, 자동차를 기차로 옮기는 방법이 있는데 시간이 오래 걸리고 돈도 많이 든다고 했다. 또 한 가지는 배로 보내는 방법, 여러 가지가 나왔다. 다음에 나온 것, 지인들이나 친구들이 덴버로 이주하거나 여행 갈 때 직접 차를 끌고 운전해서 차를 갖고 가는 방법 등이 있다고 한다. 그렇게 하려면 잘 알아봐야 하며 또한 시간도 많이 걸린다고 한다. 오렌지 카운티에서 덴버까지 비행기로 2시간 공항까지 40~45분 정도 걸리는 거리지만 자동차로 가려면 꼬박 이틀이 걸리는 대장정의 거리이다.

하루는 호텔에서 일박을 하고 가야 할 정도로 운전하고 가기엔 아주 피곤한 장거리이다. 나야 차 키만 전해 주면 그만이고 몰고 가는 사람들이 휘발윳값은 자신들이 지불하고 가야 할 일들이니 별 걱정은 아니지만 문제는 신뢰의 문제인 것이다. 만에 하나 잘 모르는 사람들이 내 차를 덴버까지 몰고 가 준다고 하고 어디론가 차를 몰고 가 버리고 나타나지 않으면 어디 가서 찾는단 말인가? 이 넓디넓은 땅덩어리에서 잃어버린 뭔가를 찾는다는 것은 곰이 바늘구멍 들어가기만큼 어려워서 거의 포기하는 것이 낫다는 말이 있다. 어디 가서 하소연도 못하고 아야 소리도 못한다는 것이다. 미국은 한국과는 달리 한 주가 한국의 한 배 반이나 큰 나라이고, 여러 다인종들이 살기 때문에 누가 누구를 살인해도 모른다는 것이고, 미국에서 살려면 철칙이 절대 사람을 믿지 말라는 것이었다.

그런데 난 지금 무슨 일을 벌이려 하며 이렇게 바삐 움직이는가? 하지만 이번만큼은 모험을 해 보자! 상대 분은 신뢰하는 권사님과 친구 아닌가? 아무리 미국 땅이라도 하나님을 섬기는 사람, 또 나의 친구이니 한번 크게 베팅을 하자. 사실 어느 사람이든지 타국에서 그것도 땅덩어리가 세계 1, 2위를 다투는 알 수 없는 인종이 복합적으로 공존하며 살아가는 이 나라에서 그 누구도 '나, 보증수표요! 나 한번 믿어 보슈!' 이러한 사람은 단연코 없다. 중요한 선택의 기로가 생긴다면 한번은, 긍정적인 것보다는 부정적으로 생각해 볼 수가 있다. 그런데 괜스레 권사님께 죄송해지네. 친구도… 아직 결정된 것도 아닌데… 중요한 것은 시간을 기다릴 수밖에. 차분히 준비해 가면서 기다리는 수밖에….

집으로 돌아와 저녁 식사 후 바깥을 산책하다 문득 하늘을 봤다. 혼자 살아가는 한 여자의 플러톤은 여러모로 힘들고 쓸쓸하고 외로웠다. 방안에 들어와 앉아서 커피를 마셨다. 창밖을 바라보는데 나도 모르게 바깥에 덩그러니 놓여진 내 차가 눈에 들어왔다. 도요타 리퍼는 뚜껑이 열려 있지도 않았는데 어쩌면 나보다도 더 외롭고 더 쓸쓸해 보였다.

이주를 결정해 놓고서는 걱정거리가 많이 생기게 마련이다. 뭐든지 혼자 결정하고 혼자 모든 것을 처리해야 하는 나의 결정 판단이 관건이다. 이곳저곳 여기저기 기웃대고 다녀야 하는 그때의 젊은 아줌마는 이렇게 젊음을 허비하고 혼자 고민하고 있었다.

몇 달이 지난 후 반가운 소식이 왔다. 권사님으로부터 잘 아는 지인의 남동생 부부가 덴버를 간다고 한다. 내 차를 끌고 가 준다고 했으니 일단은 안심이 되는 것은 권사님이 잘 아는 지인이라는 점에서 안심이 된다는 것이다. 어쨌든 걱정거리 한 가지는 사라진 것이다. 너무 많이 알려고 하면 병이 된다는 옛말이 있듯이 난 권사님을 믿어 보기로 했다.

늦은 가을날 오렌지 카운티에서 먼저 차를 덴버로 보내고 덴버 후배 언니 집 앞에 주차해 놓는 것으로 키도 언니에게 맡기기로 하고 권사님께 주소와 전화번호를 주었고, 일주일 후에 덴버에 가는 것으로 일은 잘 마무리되었다. 그런데 플러톤 집 계약 문제로 더 기다려야 하는 상황이지만 내가 조금 손해 보고 마무리하는 것으로 수순을 잡아 갔고, 또 그렇게 해 주시기로 약속을 하셨다. 덴버 가서 잘 살라고 하시면서 덕담도 해 주시고 또한 아주머니도 조만간 산호세에 가게 될

것 같다고 말을 하시길래 그것 참 잘된 일이라고 축하한다며 응원도
해 주었다.

자동차 안에는 성경책과 그 밖에 책 몇 권을 뒷좌석에 넣었고 먼저
자동차를 보냈다. 차 하나 먼저 타 주로 이주시키는데 왜 이리 섭섭
하고 찜찜하든지 내 차는 내가 애지중지 관리를 잘해서 바로 당장 새
차를 구입한 것처럼 깨끗한 차인데 이런 차를 키까지 타인에게 내주
고… 운전해서 차를 몰고 가는 사람들 얼굴은 본 적은 없지만 권사님
을 내가 믿는 이상 끝까지 믿음과 신뢰를 갖고 기다릴 수밖에 없었다.
잘될 거라는 작은 소망과 함께 또 새로운 날이 오고 가고 이주를 앞둔
여자의 마음은 늘 불안했다.

덴버 북카페, 드디어 오픈

서부에서 서부로 이전, 콜로라도주 덴버(Colorado Denver)! 콜로라도주에서 가장 커다란 메인 도시인 덴버다. 로키산맥의 프론트산맥 동쪽과 하이 평원 서쪽 끝자락에 있는 시우스 플렉 리버 벨리에 걸쳐 있는 아름다운 도시다. 그 옛날에는 서부영화에 등장하는 금강촌도 있었고 천하 일경을 자랑하는 붉은 바위산이라든가, 부를 상징하는 금강의 물줄기 여러모로 우리들 교과서에나 볼 수 있고 들을 수 있었던 요소들이 덴버는 많이 갖고 있었다.

우선 급한 것이 집을 얻는 일이다. 한인타운에서 자동차로 25분 정도 걸리는 곳에 수영장이 딸린 원 베드룸(One bedroom)이 있었다. 지은 지 얼마 안 되는 곳이었는데 경관이 좋고 스포츠 시설이 완비되어 있고 우선 좋은 것은 수영장이 딸려 있다는 것이었다. 조건이나 여건, 환경이 우선 마음에 들었고 그 집부터 계약을 했다. 또 마음에 들었던 것은 아파트 사무실 로비였다. 한국의 호텔 로비 같은 분위기에 언제든지 자유롭게 마실 수 있도록 맛난 커피를 늘 배치해 놓은 것이다. 가끔씩 짓궂은 한국인이 친구들을 떼로 몰고 와서 커피숍으로 착각하면서 커피를 전부 다 마시고 가는 만행을 저질러서 성실히 예의 바르게 사는 사람들까지도 눈살을 받을 때도 있다. 공짜라면 썩은 고기도 먹는다고 한 이야기가 새삼스레 생각나게 하는 이런 한국분들 때문에 덩달아 잘못이 없는데도 아파트 로비를 가려면 나도 모르게 눈치를 보게 되는 일이다. 에이 슈발 젠장!

한국에서는 원 베드룸이라 하면 자세히 이해가 안 될 것이다. 방 큰 것 한 개에 거실이 무척 넓은, 때로는 침실이나 서재로도 쓸 정도로 혼자 살기에는 평수가 아주 큰 룸이다. 게다가 목욕탕 시설도 잘 되어 있고 모든 시설이 시스템으로 되어 있고 또한 한국에서는 쓰레기 문제가 분리하는 데도 신경이 쓰이지만 이곳 미국은 대형 트럭 안에 쓰레기 분류 시설이 갖추어져 있어서 갖다만 놓으면 알아서 분리하고 해결한다. 한국과 다른 점이 바로 이 점도 포함되는 것이다. 이래서 이 집은 아주 내게는 안성맞춤이 되었다.

자동차 역시 다행히 언니 집 앞에 주차되어 있었고 걱정은 그리 많이 한 것은 아니나 혹시 차에 이상이라도 생겼으면 어쩌나 걱정은 했는데 분명히 내 앞에 있는 차는 변함없는 내 차였다. 그런데 일주일 만에 키를 받고 차 안을 들여다보니 무슨 퀴퀴한 이상한 냄새가 나고 깨끗하던 내 차는 완전히 쓰레기 창고였다. '이건 또 무슨 일이지?' 바닥을 보니 바닥은 여러 사람이 탄 흔적이 있었고 산에서 내려온 사람들처럼 흙덩어리가 떨어져 있었으며 그야말로 말문이 막혔다. 더 이상한 것은 책 몇 권 중에 성경책은 어디로 갔는지 온데간데없고, 아니 두 부부가 덴버에 온다고 차 키를 내주었는데 두 부부가 아니라 왠 이상한 도적 떼들이 내 차를 몰고 왔구나 싶었다. 그렇다면 오렌지 카운티에 권사님도 몰랐던 일이었다고 생각해 두고 싶다. 어쨌든 차는 무사히 덴버에 도착했으니….

그렇다면 내 차에 떼를 지어 타고 온 사람들은 어떤 사람들일까? 가만히 생각해 보니 그들은 불법 체류자인 것 같았다. 미국에서 보장하는 시민 즉 거주하는 국민도 아니니 경찰이 이들을 늘 추적할 수밖에. 이러한 환경에 놓이니 이들은 행동반경에 신경쓰며 여러모로 조심스럽게 움직여야 하는 것이다. 미국에서는 마음대로 움직일 수가 없어서 비행기도 못 타고 타 주로 움직일 때는 나처럼 차를 맡기고 하는 사람의 차를 받아서 이주할 수밖에는 없고 또 지인이나 인척의 도움을 받는 일 외에는 딱히 방법이 없는 것이다. 대단히 위험한 일이나 자동차로 고속도로를 이용해서 가면 검문에 걸릴 일이 거의 없이 목적지에 도착한다는 것이다. 또한 사람에 따라서 데려다주는 사람에 의해서 수고료로 휘발웃값도 받는다는 것이다. 하지만 만약 걸리면 그날로 추방을 당하는 위험 부담도 있다.

아마 지금도 전 미국 50개 주에서 불법 한국인도 많은 것으로 안다. 그 정도로 영주권 얻기가 힘들다는 것일 게다. 도와주는 사람까지도 처벌을 받는다 하니 에구, 내 생각이 사실이라면? 모르고 지나가는 것이 약이다 약! 자동차를 청소하고 시트를 깔고 나니 이제사 전에 타던 내 차를 타는 듯하고, 볼일들을 보았다. 그런데 액셀을 밟을 때 느낌도 달랐지만 엔진에서 이상한 소리가 나서 자동차 바디숍도 다녀왔다. 후유증은 있었지만 깨끗이 잊고 긍정의 힘으로 달려 보기로 한다.

우선 사람들 소개로 여러 사람들을 만나고 먼저 한국에 전화를 걸어서 애꿎은 내 친구, 선배, 사촌동생 등에게 일을 다 맡겼다. 속으로는 투덜투덜댔겠지만 그래도 내 말에 이해를 하고 여기저기 찾아다니고 물건을 초이스해 주고 이들이 없었다면 나는 혼자 해내기 힘든 비즈니스를 끙끙대며 하고 있을 것이다. 한국 비디오 숍에 전화해 놓고 시디 가게 등 먼저부터 생각해 온 비즈니스 준비를 본격적으로 하는 것이다. 상호는 북카페, 이때에 북카페는 한국에서 조금씩 붐이 일어나고 있을 무렵에 내가 덴버에서 처음 시작한 책방 겸 차도 마실 수 있는 곳으로 비디오, 디비디, 액세서리, 그림, 여기에 골프 용품까지 여러 가지 종합적인 차원으로 기획을 하고 있었다.

덴버에 있는 중앙일보 지국에 지국장을 만나 보기로 했다. 이곳은 로칼(Local) 동네에 한인이 만들어 내는 신문이 몇 군데가 있었다. 한국일보 지도도 덴버에 있었는데 그리 큰 규모는 아니었고 그 당시에 한인은 총 4만, 이중에 한인타운에 모습을 드러내는 사람은 얼마 없지 않았나 생각된다. 그래도 활기가 있었던 시골 동네 한인타운이었다. 가게가 계약이 끝난 뒤 카페 인테리어를 시작하고 간판을 신청하고 사람들을 만나서 의논하고 이리저리 정신없이 바빠지는 과정에 도움을 주려고 어드바이스해 주시는 분도 더러 있었다. 모르는 것은 이분들에게 배워 갈 생각이다.

이렇게 저렇게 오픈 준비를 하면서 각계각층의 분들도 만나 보고 특히 덴버에서 사업자등록을 취득하면서 신고하는 절차와 택스(tax return, 세금 보고서) 등 여러 가지를 배워 가면서 자동차등록도 콜로라도 주 번호로 바꾸는 과정 등을 밟고 있었다. 그야말로 고행길에 들어선 전사인 것 같았고 하루하루가 오렌지 카운티가 아닌 이곳에선 정신이 없을 정도로 발품을 팔았다. 이런 등록을 하고 라이선스를 받을 때까지는 시간이 좀 걸린다고 했다. 그러는 동안에 한국에서 배로 보낸 책들과 그 밖에 많은 물품들이 한 달 걸려 온다고 했으니 체크해 보면서 기다리면 될 듯했다.

덴버에서 북카페를 오픈하기까지는 약 3개월 후에나 가능했다. 오래 걸리는 만큼 차분히 시작하련다. 지출하는 금액도 잔잔하게 지갑에서 나가기 시작한다. 미국은 자본주의 국가 체제에 따라 모든 것이 금전부터 시작하는 것 같다. 죄를 짓는 죄인들도 저지른 죄의 형태에 따라서 벌금으로 처리하고 벌금으로 물고 가는 것이다. 그래서 예전에 이슈가 되었던 어느 스포츠 스타가 자신의 연인을 살인까지 했는데도 증거 불충분이니 어쩌구저쩌구하면서 기막힌 거금을 내고 풀려난 적이 있을 정도로 미국은 철저한 자본주의 체제에 있는 나라이다. 우리나라 노래가 있듯이 돈 없으면 집에 가서 빈대떡이나 부쳐 먹지… 여기 미국에도 해당 사항이 된다. 아이구, 참! 난 부쳐 먹을 재료 살 돈도 없다. 젠장, 오늘도 이래서 웃는다.

이제 기다리던 책과 물건들이 도착할 것이고, 한국에서 선후배들과 사촌동생이 도와준 덕에, 그리고 이곳에서 만난 지인들과는 얼마 안 된 사람들이지만 북카페 오픈을 위해 도움의 손발이 되어 주었다. 비즈니스를 한다니까 인복이 넘쳐흘러 들어온다. 반갑고 기쁜 일이지만 은근이 걱정이 되는 부분도 있다. 이들에게 내가 잘해 줘야 하는데 생각은 하고 있지만 어떻게 이들에게 보답을 해야 할지는 생각은 차후로 천천히 하기로 했다.

며칠 후면 약 4만 권의 책이 들어오는데 이 책을 어떻게 셋업할 것이냐에 대해서도 걱정이 아닐 수 없다. 잠시 생각하다가 여기서 언니 소개로 뵙게 된 고려대학교 C.O 덴버 동문회장님께 자문을 구하기로 했고, 좋은 어드바이스도 받았을 뿐만 아니라 또, 알바 학생들까지 보내 주셨다. 이 학생들과 함께 나를 도와주는 지인분들과 한국에서 보내온 겉표지 쌓는 비닐이 총 가동되었다. 다른 집과의 차별을 두기로 한 것이고 책을 보호하고 싶은 마음에서였다. 사람들은 너무 과잉이라며 왜 힘들게 책을 싸느냐 말하는 분도 계셨고, 진짜 굿 아이디어라고 말해 준 사람들도 있었다. 하나 난, 내 고집대로 책을 일일이 싸는 방향으로 가닥을 잡았다. 도와주는 인원이 많을수록 책 싸는 시간도 빠른 시간 내로 끝냈고, 한국일보 기자로 근무하는 동생뻘 되는 사람이 와서 책 순번을 알 수 있는 바코드도 만들어 주었고, 책 셋업은 거의 마무리되어 갔다.

이제 신간 책 놓는 책꽂이와 액세서리 그림, 시디를 디스플레이(display)할 위치와 재료를 구입해야 하기에 또 한 차례 발품을 팔면서 다녀야 했다. 한국에서는 배로 부친 것, 빠른 우편으로 부친 것 등 쉴 새 없이 물건이 들어오고 있었다. 혹시 책 중에서는 정치, 사회, 문화, 경제, 근현대문학, 철학, 정치학, 종교 등 골고루 배치하고 싶어서 밤새도록 가게에서 새벽까지 체킹을 했고 모자라는 부분, 꼭 있어야 하는 책들은 LA에 있는 알라딘에 다시 주문을 넣었다.

그런데 나중에 알게 된 일이었지만 덴버에는 리틀 도쿄타운이 있다고 하는데 이들이 가끔씩 한인타운 책방에 들러 애니메이션(animation, 일본 만화) 등을 본다고 한다. 거기에 미국인들까지 만화를 많이 보고 좋아한다는데 미국에 온 지 그다지 짧지는 않은 나의 성향으로 봐서는 미국인들과의 인연은 원래 영어와도 인연이 없는 것 같다고 생각은 했지만 더해서 옛날 박정희 대통령이 한 말 중에는 팔자는 지 스스로 만든다고 했다나?

별로 대인관계 하기 싫은 미국인과도 지 스스로 가깝게 만들어서 자신의 할 일에 쓰여져야 되며, 아니면 그래야 일용할 양식, 팔자를 내 것으로 만든다는 것인가? 그나마 일본 사람과의 대화는 별 크게 걱정은 없었다. 나는 일본어는 자신이 있었기 때문이다. 그런데 왜 미국인들은 그렇게 마음이 가지 않는 것이냐? 미국에 살면서 미국인과 오래 이야기해 본 경험이 전혀 없을 정도로 미국인 친구가 한 명도 없었다. 오히려 그들이 다가오면 내 스스로 슬그머니 꽁무니를 뺀 기억 밖에는….

여기서 한참 지나간 이야기지만 우리 카페 오픈 후 처음부터 단골이었던 내 또래 여자 손님이 있었다. 후에는 친구가 되었지만, 이 친구 영어 실력이나 내가 쓰는 영어 실력이나 거기서 거기였다. 한 1년 넘게 우리 카페에서 책을 열심히 보면서 수양을 쌓는 듯싶더니 어느 날 갑자기 한동안 보이지 않는 거다. 하도 궁금해서 전화를 몇 번 시도한 끝에 드디어 전화를 받았는데 한다는 말이 '헬로우' 하면서 초등학교 학생처럼 전화를 받더니 "은조야, 나 지금 비지여!" 전라도 친구였는데 뒤에 오는 억양이 아주 재밌다. 나도 같이 맞장구치며 "시방 뭐라고 그랬냥?" 했더니 "나, 시방 매우 비지랑깨?" 그래서 나도 그랬다. "뭐시라고? 콩비지라고?" 이렇게 장난을 치고 했던 이 친구가 한 2년 즈음에 웬 키가 육 척 같고 비쩍 마른 전어같이 생긴 미국인과 함께 와서는 나를 깜짝 놀라게 했다. 많이 발전된 영어를 구사하고 있었다. 도대체 이건 무슨 일이냐? 했더니 그동안 타 주에 가서 이 남자와 함께 사느냐고 이곳에 못 왔다는 것이다. 아, 그랬구나. 결론은 베갯머리송사가 사람을 이렇게 놀라운 언어 발전을 가져오는구나. 몇 년을 영어만 쓰는 남자하고 사니 이렇게 영어 발전을 위해서, 능력을 키우다니 놀랄 일이다.

그런들 어떠하리 저런들 어떠하리 갑자기 조선 시대 이방원의 시 한 수가 떠오르는 순간, 그러나 그렇다 해도 한 개도 부러워하는 마음이 들 수가 없었다. 그 느낌이 잘 됐다고 언뜻 판단이 서질 않는 것이다. 하긴 이래서 미국에 햇수로 20여 년 살면서 영어의 일익에 동참하지 않은 죄로 지금까지 눈 멀거니 사는 것이 아닌가? 하는 생각이 들면서도 내 목에 칼을 들이대고 "은조, 너 미국 사람하고 결혼해 볼래? 안 할래?" 이렇게 나오면 단연코 죽으면 죽었지 미국 사람은 싫다는 것이 나의 강력한 지론이다.

세월 흐른 지금도 마찬가지일 게다. 사람들은 나를 보면서 가장 현대적인 글로벌 외모를 가지고 있는 사람 같아 보여도 내면은 커튼을 바로 내리는 유교적 성향이 분명해 보이니 그들의 눈에는 답답해 보일 수밖에. 그럼, 우리 집안 중에 유교 학교에서 문지기한 분들도 계셨다는데 그 핏줄이 어디 갔겠어, 암!

북카페의 대박난 백김치와 팥빙수,
그리고 연하남의 순애보

이렇게 좌충우돌하면서 덴버의 북카페는 오픈을 했고 주위 분들의
도움으로 카페는 책 대여, 비디오, 디비디, 시디, 그림, 액세서리, 골프
용품까지 종합적으로 판매하는 곳으로 거듭날 수 있었다. 그동안 티
(茶)에 관해서도 전혀 몰랐던 내가 찻집까지 겸하면서 제법 뭔가를 갖
추어 가는 카페로 거듭났다. 오렌지 카운티 플러톤에서 베짱이 같은
삶은 플러톤에 버리고, 덴버에서 나를 충실히 찾아가고 있었다.

아침 9시면 가게에 나와서 준비를 하고 저녁 10시면 문을 닫는 규칙
적인 생활과 함께 일요일은 오후 1시에 문을 여는 시간을 가졌다. 하
루가 어떻게 가고 있는지 내가 나를 모를 정도의 시간이 갔고 가게에
서 할 수 없는 물품은 자동차에 싣고 집에까지 가지고 가서 일일이 수
작업을 했던 것이다.

어느 날인가? 팥빙수 만드는 일에 도전했다. 내 인생에 있어 팥빙수
가 됐든, 아이드가 됐든, 라떼가 됐든 이런 먹는 음식 식품류에 있어
서는 최고의 용탁에 있는 수준이었지만 내가 직접 만든다는 것은 개
가 웃다가 이빨 빠질 일이다. 남이 해 주는 음식만 정성스럽게 받아

먹은 적은 많았지만 내가 누군가를 위해서 정성스럽게 만들어서 더군다나 소비자에게 판매를 한다는 생각은 한번도 아니 꿈에서조차도 없는 일이었다. 내 자신이 음식을 할라치면 내 방식대로 순 엉터리로 해 먹었던 사람으로서 이런 거대한 프로젝트 앞에 내 멘탈이 탁탁 털리고 있는 것이다. 담대한 용기와 자신감을 갖고 도전해 볼 일이었다.

내게 사람들은 말한다. 아니 이때까지도 숱하게 들어왔던 말, "은조 씨는 공주님 같아서 음식은 전혀 못할 것 같다."는 말. 그러나 이를 어쩌나? 그때까지는 그랬다. 그 후에 나의 놀라운 변화에 주목해 보시라. 공주님 진짓상 받는 사람에서 무수리과로 거듭나고 있는 나. 게다가 조금 괜찮은 셰프 아줌마로 변하고 있었으니 덴버에 오길 잘했네. 암, 잘했구 말구!

한번은 백김치와 갈비를 열심히 만들어서 정말 대박난 적도 있었다. 사람들은 놀라움을 금치 못했다. 그 순간 잠깐 생각해 보기를 '내가 아직 나를 몰라서 그렇지 내 안에 잠재되어 있는 그 무엇인가를 들여다보고 그것을 한 개씩 꺼내다 보면 더 많은 달란트를 발견할 수가 있을 거야. 한 개씩 꺼내 보고 다시 집어넣지는 말자!' 다짐을 한 날, 어느 분이 내게 말했다. "은조 씨 백김치, 갈비 주문 안 받아요?" 아이구, 이제 음식까지 섭렵하려나 보다. "아고, 거기까지는 생각 안 해 봤는데요. 드시고 싶으면 공짜로 해 드릴게요. 그대신 재료비만 내세요."

그날 이후, 메뉴 중에서 북카페 팥빙수가 준박을 쳤다. 한인들의 숫자에 비해 우리 집 카페는 바쁘다. 팥빙수의 신선한 과일과 미숫가루가 옛날 한국에서 먹던 팥빙수의 입맛을 자극한 것이다. 사람들은 팥빙수를 먹기 위해서 일부러 자신들의 운동을 마친 뒤 단체로 예약을 해 두곤 했다. 물론 이런 단체 중에는 일부러 장사 초년병인 북카페를 도와주시려고 오는 사람들도 있었으니 여러모로 고마운 사람들이다. 그럭저럭 북카페는 계속 운영되어 가고 있었다. 가끔씩 마씨^(사탄)가 나타나서 그 귀찮니즘이 도래할 때에는 정신 바짝 차리고 온전히 나의 처해진 현실을 받아들이자고 다짐을 하기도 하고….

　카페에서는 크고 작은 일들이 소소하게 일어나곤 했었는데 또한 어느새 세월이 가고 있었고, 어느 날인가? 점심 마치고 조금은 껄쩍지근한 오후였다. 손님이 오셨는데 조금 뚱뚱하고 범상치 않은 분이 책을 대여해 가셨다. 책을 대여해 가려면 신상 정보를 주셔야만 대여가 가능하다. 컴퓨터에 입력시키고 난 후 또 한 분이 오셨는데 덴버 도요타자동차 지점에서 일하고 있는 키가 훤칠하고 잘생긴 젊은 남성이었다. 지금은 이름도 기억이 나질 않는데 이 멋진 남성이 훗날 내게 구애를 했고, 난 받아 주지 못했다. 받아 주지 못했던 이유 중에 너무 잘생겼고, 나보다는 10년 연하의 남성이었으며, 그 당시에 내 마음은 심신이 많이 지쳐 있는 상태여서 마음과 생각이 가난했고, 모든 것이 다 가난해 있었던 때였다. 특히 10년을 커버한다는 것은 내겐 큰 부담이었다. 요즘에는 연상연하의 개념이 따로 없는 시대이긴 하지만 당시만 해도 한국 사람들의 생각과 관념은, 글쎄 내 생각은 적어도 그랬다는 것이다.
　미국 땅에서 살면서 그런 것 따진다는 자체가 좀 우스운 일들이었으나 적어도 내 생각은 그랬다. 그러함에도 불구하고 하루가 멀다 하고 카페에 드나들면서 뭔가 도와주려고 애를 많이 쓰고 정성을 많이 쏟았다. 그런데 이 남성의 정체가 궁금해졌다. 풍기는 외모나 분위기는 서울의 강남 포스인 것 같은데, 도대체 미국에 왜 온 것일까? 김은조의 예리한 추측은 시작되었다. 어느 날 이 젊은 아찌의 이력서를 알아보기로 했다.

부잣집 아들로… 그 문제라면 나도 만만치 않은 스펙을 갖고 있는데 이 아찌도? 그래서 미국으로 유학을 왔고 미국에서 멕시칸계의 예쁜 여인네를 만나서 정신없이 연애를 하고 앞뒤 돌아볼 시간도 없이 그저 청춘만 불태웠단다. 시간은 후딱 흐르고 덜컥 아이가 생겨 버려 진퇴양난의 위기를 맞이했고 이 여인네와 집안에서 반대하는 결혼식을 어거지로 치룬 후 그 열정과 호기심이 지나가 버리니 매너리즘과 짜증리즘이 밀려왔단다. 그리고 어린 나이에 결혼을 하고 보니 생활에 대한 것 모든 것이 뒤늦게 현실적으로 보이더라는 것이다. 가장이 됐는데도 가장 노릇도 못하고 그러니까 아직도 어두운 밤인가 봐 하면서 매일같이 검은 안경만 쓰고 있었으니 현실이 보일 리가 있었겠냐 말이다.

젊음은 용감하다. 감히 해내지 못할 일들도 용감하게 저지르는 것이다. 타국 땅에서 어린 나이에 준비되어 있지 않은 가장이 되고 아이에 대한 책임감 등 미처 생각지 못했던 일들이 현실적으로 다가오니 종달새들의 비상만 생각하고 있는 이 사람들에게는 어쩌면 당연한 일일지도 모른다. 한국에서는 부모님들의 기대치는 저버리고 갑자기 미국에 와서 바뀌어 버린 삶을 어떻게 감당해야 할지 몰라 한때는 대낮에도 영혼이 탈탈 털릴 정도로 술을 먹고 방황했단다. 그렇다고 무를 수도 없는 자신의 잘못된 판단과 후회의 날이 시작되면서 많은 고뇌를 겪어야만 했다고 한다. 시간과 젊음이 흐르기 전에 이 고단한 삶을 정리해야 한다는 마음으로 어느 정도 시간이 가고 아이가 6세가 되었을 때 아빠가 성인이 될 때까지 아이를 양육한다(raise a child)는 각서를 쓰고 이혼을 결정했다고 한다.

오, 불쌍한 젊은 아찌! 미국에서 이혼은 아무것도 아닌 것 같지만 어찌 보면 이혼은 어떤 면에서는 돈을 버는 일이라고 한다. 이러한 실과 득의 관계로 미국은 이혼의 잡(job) 시장이 되곤 한다. 특히 여자의 경우는 득이 되는 경우가 많다고는 하나 이런 일들을 무기 삼아 실리 추구를 한다는 자체가 마음에 안 든다. 인간의 마음을 사고팔고 쥐 흔들고 아무리 자본주의 국가라 해도… 도무지 이해가 안 가는 것이다.

드디어 이 아찌의 실체를 알고서는 동정보다는 어떻게 말을 해 줘야 하는 건지. 도무지 적절한 말이 생각나지 않아서 아무 이야기도 안 했던 날이 많았다. 한동안 보이지 않았던 이 아찌가 왔다. 애리조나를 다녀왔다고 하면서, 딸아이가 애 엄마와 애리조나에 산다고 했다. 얼굴 표정은 대체적으로 밝은 편이었다. 이렇게 이 젊은 아찌와 때로는 손님, 때로는 동생 그 이상도 이하도 아닌 인간관계를 유지해 나갔고, 반면에 이 젊은 아찌는 세월이 가도 언제까지나 기다리며 내 승낙을 기다리겠다고 순애보 같은 정신을 발휘해 보였다. 겉으로 풍겨지는 외모와 달리 성실하게 살아가는 이 아찌를 보며 나보다도 더 젊고 열심히 살아가는 여인네를 소개해 주고 싶은 마음이 굴뚝이었고, 그 당시 내 마음은 진정이었다.

도요타자동차는 한인들을 위시해서 그 당시에는 괜찮은 브랜드로 자리잡고 있어서인지 덴버에서 남다른 인지도를 갖고 있었다. 후에 들은 이야기는 한국의 현대자동차로 바꾸어서 승승장구한다는 이야기를 들었고, 미국을 떠나면서도 끝내 그 아찌의 구애는 받아들여지지 않았고 가슴에 상처만 주고 온 덴버… 그 대신 자신의 인생과 삶에 이제는 책임지고 자신 있게 살아가는 성숙한 중년으로 변신할 것이다. 그렇게 야멸차게 그래야만 했는지 세월 지난 지금 그때 일을 생각해 본다.

이유가 뭔고 하고 애써 말을 해야 한다면 지금에서야 허심탄회하게 내 마음과 내 생각을 표현해 본다면, 솔직하게 말해서 자신감이 없었고 더 정확하게 말한다면 감당할 여유가 없었던 내가, 위로해 주기보다는 내가 위로받아야 한다는 표현이 맞을 듯하다. 연상의 여인은 감수해야 할 일들이 많이 있을 듯하고 속앓이를 해야 하는 일들이 태산같이 많을 듯하여 10년의 연하를 가슴에 끌어안아 줄 수 있는 자신이 도통 없었던 것이다. 그때의 난 아직도 젊음을 가지고 있던 아줌마였다.

그런 일로 인해 그 아찌의 인생은 어쩌면 더욱 단단하고 마음의 고행도 다스릴 줄 아는 사람으로 성숙해 가고 있는 줄도 모른다. 그래서 남자든 여자든 승산 없는 짝사랑은 진즉에 접을 줄 아는 판단력도 필요하다는 것인지 모른다. 그런데 세월이 많이 흐른 뒤에도 아직까지 싱글로 있다고 하는 소식을 어렴풋이 들었다. 무슨 생각에서 여지껏 싱글로 있는 건지? 그렇다. 남자고 여자고 싱글로 사는 것이 어쩌면 만수무강에 지장이 전혀 없다는 옛날 어르신네들 말이 글쎄? 옳은 말인지 틀린 말인지 아직까지 정확한 해답은 없다.

덴버에서 만난 멘토 이 회장님

덴버에 다른 해와 달리 그해는 유난히 눈이 많이 왔다. 아파트 문을 열 수 없을 정도로 사람 허리까지 찰 만큼 눈이 많이 온 것이다. 갑자기 가게 나갈 일이 걱정이 된다. 어쩌나 해서 언니분께 연락을 드렸더니 콜택시를 부르라는 것이다. 콜택시를 불렀다. 바로 온다는 택시가 눈이 너무 많이 왔고 길이 순탄치가 않아서 그 시간대에 도착할 수 없다는 연락을 받았다. 긴장 속에서 택시를 기다렸지만 계속 연락이 없다. 할 수 없이 언니께 다시 연락을 했더니, 난감하다시며 기다려 보라고 했다. 조금 후에 언니에게 연락이 왔는데 이 회장님께서 나의 딱한 사정을 들으시고는 차를 갖고 오신다는 것이었다. 너무나 감사했다. 택시도 오기 머뭇머뭇하는데 선뜻 와 주신다고 하니 그저 감사할 따름이다. 택시 회사에 캔슬 전화를 해 주고 무작정 기다렸다. 한참 후에 전화를 주셨는데 아파트 길옆으로 나와 있으라 했다.

온통 이 덴버 땅이 아닌 눈의 왕국에 온 기분이다. 갑자기 눈의 요정이 된 듯한 착각은 무엇인가? 지금 같아서는 그런 착각조차도 할 수 있는 군번이 아닌, 생각과 꿈에서나 할 수 있었던… 그때는 젊은 시절이었다. 착각도 할 수 있는, 그런 착각도 예쁘지 않았나? 하는 생각이다.

하얀 길 저만치서 흰 눈을 가르며 구세주가 나타나셨다. 아직도 눈자락이 그치지 않고 오고 있는 길이었다. 자동차 와이퍼는 연신 바쁘게 움직이며 필사적으로 눈을 쓸어내리려고 안간힘까지 끌어내고 있었다. 차창으로 빨리 타라고 손짓을 주신다. 문을 열고 누가 쫓아오는 사람도 없는데 민첩하게 내 몸은 움직이고 있었다. 감사하다는 이야기를 연신 하고는 그 하얀 눈 오는 길을 가고 있었다.

눈이 두껍게 깔려 있는 도로를 굼벵이처럼 슬금슬금 간다. 만일 지금 현재 한국에서 이렇게 눈이 많이 왔다고 하면 당장 불평불만에 도로는 난장판이 되고 자칫 잘못하면 운전자끼리도 스트레스받고 큰 싸움이라도 날 일이다. 그러나 미국은 도리어 차분하다. 이럴 때일수록 교통 예절, 길거리 예절, 운전자 예절을 발휘한다. 한국 같으면 요란하게 클랙슨을 울리며 길 비키라고 고함을 치고 부끄러운 일들이 자유롭게 자행될 것이다. 또한 미국은 트레픽(Traffic jam, 교통체증)으로 차가 밀리게 되면 다 빠질 때까지 묵묵히 기다려 주는 예절을 발휘한다. 한국에서는 보기 드문 광경이다. 물론 지금은 좋아졌지만, 이것이 미국의 교통 예절이라고 한다.

콜로라도주에 흔하게 많이 오는 눈은 아니지만 그해 겨울은 몇십 년 만에 많이 온 덴버의 눈이라고들 했다. 처음 본 사람들도 있고 나역시 이런 눈은 처음 봐서 신기할 따름이다. 동부에서도 눈은 많이 오지만 이 정도로 많이 온 것을 본 적이 없기에 더욱더 신비하기까지 하다. 이럴 때일수록 운전자 예절, 길거리 예절을 지키려 미국 사람들은 차분해진다. 그리고 미국 사람에게 느끼는 교통 예절이 감동스럽게 느껴질 때도 있었으니… 여기에 살고 있는 난, 한국 사람이며 소리 지르고 싶은 심리가 항상 도사리고 있는 관계로 이들을 볼 때 이러한 예절이 경이롭게 보이는 것은 당연한 것 같다.

어쨌든 이 회장님 덕분에 가게에 잘 도착했고 난 감사한 마음에 저녁 식사를 제의했다. 회장님께서는 식사는 다음에 하기로 하고 오늘은 조금 일찍 들어가서 쉬는 것이 어떠냐고 말씀하신다. 아고, 속으로는 좋으면서. "아이구, 그럼 제가 죄송하쥬?" 했다. 그런데 오히려 갈 때도 데려다주겠다고 말씀하신다. '아고, 이건 왠 굿럭이냐!' 속으로 하면서 "전, 괜찮습니다. 택시 타고 가도 됩니다." 하고 겉치레의 말을 했다. 그래도 한사코 데려다주신다 하시길래 "그럼, 다음에 제가 식사 제의하는 것 들어 주세요?" 했다. 밝게 웃으시면서 승낙을 해 주시고 저녁에 다시 오시겠다고 하시며 돌아가셨고, 항상 환한 웃음을 웃으시고 긍정적인 말씀을 해 주시면서 이곳 덴버에서 나의 멘토(mentor) 역할을 해 주시기로 했다.

이 회장님은 콜로라도 덴버 고려대 동문 회장님 직함과 롱먼트(longment, 로키 마운틴 가는 방향의 시)에 모텔을 여러 개 갖고 사모님과 두 분이 운영해 나가고 있는 성공한 이민자 중에 한 분이다. 고향이 경북 대구이고 경북고등학교 출신이며 고려대학교에서 경제학을 전공하신 분이다. 처음에 미국에 이민 오셔서는 미국 공무원을 하셨다고 한다. 이처럼 젠틀한 좋은 분을 멘토로 소개해 주셨던 언니에게 지금 생각해 볼 때 감사하기 그지없다. 덴버에서 크고 작은 교통사고부터 회계사 선임, 택스 등 내가 감당하기 어려운 문제들을 그분의 경험과 샤프한 머리로 잘 풀어 주신 분이었다.

후에도 미국을 떠나 한국에 올 때까지도 마냥 아버지 같고 제일 무서운 오라버니, 또 때로는 자상한 스승으로서 내 인생의 덴버 생활에서 어리숙하고 미비한 것이 많았던 비즈니스도, 이분으로 하여금 슬기롭게 펼쳐 나갈 수 있었다. 그러게 누군가 이야기하질 않던가? 어딜가도 멘토를 잘 만나야 한다고. 또한 그분은 내게 바람도 없으셨고, 단지 젊은 여자가 미국에서 한번 살아 보겠다고 노력하는 모습이 좋아 보였더란다. 세상에는 가치가 있는 일, 보람이 있는 일, 의미가 있는 일, 이 몇 가지가 사람 사는 데 있어서 중요한 역할을 한다고 한다. 여기서 이 회장님이 생각하셨던 부분들이 조금은 내게도 있는 요소들을 발견하셨던 것 같다.

그렇다. 내 인생에 있어서 덴버로 이주하기 전까지는 글자 그대로 편리리즘을 선호하고 그렇게 살아왔다. 여기서 편리리즘은 편한 것, 또한 귀찮니즘은 귀찮은 것으로 아주 질색이며, 게을리즘은 게으른 것이다. 이렇게 미국에 와서 수년간 생각은 했는데 즉 미국에서 어떤 일을 하며 살 것인가에 대해서도 무수히 고민은 했으나 나의 낙천적인 성격과 자신이 없었던 나의 불활실성 탓인지 금세 잊어버리는 개념 없는 내가 되어 있었던 것이다. 다시 생각을 확고히 다지며 개념이 있는 내가 되기까지 덴버로 이주하지 않았다면 아니 어떤 주라도 나의 개념은 확고해졌으리라 생각한다. 이런 모습들과 생각들을 내게서 이 회장님은 읽으셨던 것 같았다. 내가 생각해 볼 때도 내 자신에게 놀라울 정도였다. 그 많은 책들과 100평이나 되는 큰 가게를 운영해 나가고 있으니….

비즈니스도 상상조차 해 본 적이 없었던 내가 미국에 와서 이렇게 생각과 행동이 바뀐 것이다. 덴버에서 좌충우돌하면서 자동차 사고부터 카페 전기, 세금 문제, 회계사 등 크고 작은 이런 모든 득 되는 일도 아닌 문제들을 대가 없이 시간까지 낭비해 가면서 해결해 주시고,

사고는 내가 내고 마무리 해결은 이 회장님이 해 주셨던 분으로 내 머리를 잘라서 짚신을 만들어 드려도 모자라는 그런 분이셨다. 지금은 LA의 베벌리 힐에서 사모님과 안락하게 보내시고 있다는 이야기를 지인으로부터 들었던 것 같다. 건강히 오래오래 사셨으면 한다. 아마도 이분은 골프도 싱글이었으니 지금도 소일 삼아 골프를 치러 다니시지 않을까 추측을 해 본다.

세월 지나 옛일을 추억하며 진정으로 소중한 분들을 생각해 낸다는 것은 흔치 않은 일이라 생각된다. 이분을 생각해 보면 갑자기 내가 좋아하는 미국 가수 앤 머레이(Anne Murray) 〈You Needed〉 노래가 생각난다. 가끔씩 흥얼거리며 떠오르는 분이다. 세상은 무섭다. 인간보다 더 잔인하고 독하고 못되고 동물만도 못한 인간들이 많다고 하지 않았나? 하지만 이러한 가운데서도 인간적인(humanism) 인도주의자(humanist) 이런 분들도 계신다. 난, 누군가에게 인간적인 상을 드린다면 이런 분들에게 드리고 싶고, 이런 분들 중에 한 분이셨다.

책을 사랑하는 모임, '책사모'

북카페의 새로운 운영 방침에 새롭게 추가할 문제가 생겼다. 친하게 지내는 동생과 지인과 함께 상의할 계획이다. 우선 북카페의 모임을 만들고 상호를 무엇으로 하느냐? 또한 한 달에 한 번 북카페에서 모임을 갖고 그때마다 발표할 주제를 정해 토론하는 방식으로 진행하고, 회비는 한 달에 얼마로 정할 것이며, 또 돌아가며 안내를 맡는 일 등이었다. 우선은 회장 선출과 총무부터 상의할 계획으로 토요일 오후 많은 분들이 모인 가운데 북카페에서 회의가 진행되었다.

여기서 상호는 '책사모' 또는 '예사모' 이렇게 나왔고, 총무는 친한 동생인 정아가 맡기로 했고, 제1대 회장님은 만장일치로 이 회장님이 선출되셨다. 부회장은 부동산을 하는 지인분이 맡기로 했고, 이로써 덴버에서 몇 년을 진행하는 로칼의 본보기가 되고 귀감이 되는 '책을 사랑하는 모임'이 결성된 것이다. 회원은 20명, 각자의 개성 있는 직업을 갖고 있을 정도의 자신들의 커리어가 있으신 분들로 덴버에서 오래 사시는 분들이고, 책을 가끔씩 접하며 보시는 분들, 다양한 계층의 분들로서 더 회원들을 입단시키고 합류할 수는 있으나 너무 회원이 많으면 진행하는 데 있어서 조금 부담되는 일도 생길 듯하여 20여 명에서 끝내기로 하고, 상호는 부담감 없는 '책사모'로 결정했다.

동네 신문들도 북카페의 '책사모' 모임을 아주 괜찮은 모임이라고 소개했고, 북카페 오너인 김은조 씨의 제안으로 만들어 낸 '책을 사랑하는 모임'이라고 일찌감치 소개했다. 여기서 북카페의 오너의 역할은 이분들을 어시스트하는 역할을 맡고 기획부터 진행, 총감독 역할이다. 비중이 있고 부담이 오는 직책이지만 내가 책을 사랑하고 음악을 사랑하고 시와 문학, 그림 등 종합예술과 모든 인문학을 사랑하니 아니 맡을 수가 있는가 말이다.

오늘도 바쁘다. 명찰도 만들고 티도 준비하고 약간의 간식도 만들고 드디어 첫 번째 모임이 시작되었고, 주제는 결혼이었다. 결혼에 대해서 한마디씩 이야기하며 상대방의 생각과 문제를 논리정연하게 토론하는 방식이었다. 어떤 분이 결혼이란 섹스를 허락받는 일이라고… 그러고 보니 어느 소설에선가 읽었던 감이 오는 주제였다. 여러 사람들이 신랄하게 자신이 생각하는 말을 꺼내 놓고 치열한 토론의 말싸움 파티를 벌인다. 이거 정말 재미있다. 또 어떤 분은 결혼은 틀니 같다고 하셔서 빵 터졌다.

이렇게 재미있는 말의 공방전이 끝난 후에는 맛난 티 한잔과 곁들이는 케이크와 함께 웃음꽃이 꼬리까지 물고 카페 바깥까지 이어 나간다. 이렇게 타국에서 같은 한국인끼리 모임을 갖고 보람되는 일들을 만들고 또 스트레스도 날려 버리고 또한 비즈니스 정보도 주고받고 하면서 한 달에 한 번씩 '책사모' 모임은 또 기다려지는 날이 되곤 했다.

5부

나의 추억 노트

난생처음 겪은 모험

그렇게 또 시간과 세월은 가고 덴버에서 몇 년째 카페 운영의 제법 경영자가 된 듯한 기분을 만끽하듯 마냥 좋은 날만 있는 것은 아니다. 여자 혼자 타국에서 카페를 운영하다 보니, 카페가 술을 파는 곳도 아니요 유익한 장소임에도 마냥 좋은 이야기만 들을 수는 없었다. 어느 날인가? 우리 카페에 '책사모'에서 총무를 맡고 있는 동생이 내게 말을 건네 왔다.

"언니, 요즘 한인타운에서 언니네 가게 가지 말라고 마눌님들이 남편들에게 당부한대요. 그래서 한국 비디오, 디비디, 영화, 드라마 등등을 어디서 헐값에 싸구려를 구입하다가 일 마치고 오면 남편들을 절대 바깥에 내보내지 않고 집에서 보게 한대요. 그러면서 북카페에 절대 가지 말라고 매일같이 교육시킨대요."

엥, 헐~ 왠 뜬금없는 북을 치고 있는 것이냐? 이야기를 듣고 보니 괜한 웃음이 나온다. "무슨 연유에서 마눌님들이 그런 이야기를 하더냐? 이유라도 알아야지?" 했더니 정아가 헤헤 웃으며 이야기를 한다.

"언니 되게 재미있는 일이 있었대. 글쎄… 먼저 주에 중앙일보에 언니를 인물탐구하는 콘셉트로 나온 사진과 언니의 경력 등 그런 기사가 있었잖아." "응, 있었지, 그게 왜?" 했더니 그 신문을 마켓에서 한인 부부 몇 팀이 쇼핑하러 나온 길에 휴게실에 앉아서 내가 메인으로 나온 사진을 보고 덴버 북카페 경영한다는 신문과 기사와 사진을 유심히 보더니 (그 당시만 해도 동네 신문 중에 그중에서도 중앙일보와 한국일보 위력은 과히 좋았다.) 남편들이 "야, 우리 북카페 한번 가 보자. 그래, 가자." 이렇게 남편들끼리 말하는 소리를 듣고, 아줌니들이 가장 질투의 신의 성스러운 필사적인 방어전이 시작되었던 것이란다.

정작 나는 그 아저씨, 아줌니들을 모른다. 당시 중앙일보 2면 메인에 '옛날에 배우, 가수했던 사람! 만화영화 주제가 〈축구왕 슛돌이〉부른 사람!'으로 나오면서 거기에 젊어서 한 미모한 사진을 크게 장식했다. 게다가 기자분이 한술 더 떠 북카페 사장님을 이영애가 닮았다고 칭송을 하질 않나? 그 당시에 덴버 김은조라는 사람이 한인타운에서는 사람들 입에 오르락내리락할 때였고 이영애가 나이 들면 북카페 사장님 같을 것이라는 둥 별 이야기가 많이 들리던 터였다.

그래서인지 카페의 사람들이 많이 온다 해서 신문의 위력이 이런 것이구나 알게 되었는데 그날 마트에 갔다가 신문을 보고 있던 지인에게서 들었던 말이라고 내게 전해 준 것이다. 정아는 툴툴대며 "그 아줌니들 그렇게 자신이 없나? 치사하게…." 아이구, 이래서 헐! 했던 적도 있었다.

이렇게 저렇게 덴버에서 변함없는 세월과 비즈니스하는 사람으로 거듭나고 있긴 하나, 뭔가 마음속 깊은 곳에는 울화, 화기가 끓고 있었다. 혼자 비즈니스하는 것도 서러운데 어떤 심보가 고약한 사람은 모함까지 한다. 여자도 여자지만 남자가 더욱 그러하다. 말을 하자면 어느 날 키가 크고 그리 늙지는 않은 여자 손님이 카페에 와서 한참을 이리저리 둘러보고 책을 대여해 갔다. 그리고 약속한 날짜에 따박따박 반환하고 또 빌려 가고 성실하게 반환하고, 우리는 제법 가까워지며 통성명을 주고받고 했는데 전라도 전주 사람이었다. 나이는 내가 한 살 위라 하니까 바로 언니라고 친절하게 말해 주었고, 그 후로 책 보는 횟수도 많아지고 차 마시는 횟수도 많아지며 한 가족처럼 친밀히 지내고 있던 어느 날이었다.

그날도 그 동생은 어김없이 카페에 와서 책을 보며 이야기하고 있던 날이었고, 카페에 어디서 본 듯한 남자분이 오셨다. 어디서 본 것 같은데 잘 구르지 않는 내 머리를 힘차게 기억을 굴려 보며, '아, 맞다 이분은 부동산 하는 아저씨인데….' 우리보다는 6~7세는 많으신 분이었고 동네 신문 부동산 광고에 매일같이 나오는 분이었다. 처음에는 험상궂은 얼굴 인상과는 달리 매너가 아주 좋으신 분이었다. 마침 손님도 없고 해서 함께 있는 동생과, 양쪽에 양해를 구해서 합석을 하고 인사 소개를 시켰다. 처음 뵌 분 같지 않게 말씀도 잘 하시고 서글서글하시며 성격도 좋아 보여 마침 이 동생도 혼자 사는 사람이니 좋은 친구 했으면 하고 정식으로 소개를 했다. 말하자면 중매쟁이 역할을 한 셈인데, 그 후로는 이 동생의 얼굴을 카페에서 보는 일이 점점 드물어졌다. 그러니까 즈그들끼리 바깥에서 만나고 데이트한다는 이야기다.

그렇게 시간이 가던 날, 그 동생이 오랜만에 카페에 왔다. "많이 바빴어?" 했더니 "응, 언니 요즘 괜히 바쁘네…." 그 부동산 아저씨 하고는 잘 되어 가냐고 물었더니 "참, 그분이 언니랑 셋이서 식사하고 싶다."고 한다. 그래서 그렇게 하자 하고, 다음 날 오후 알바생에게 가게를 맡기고 셋은 예약해 놓은 장소에 가서 맛있게 스테이크을 먹고 왔다. 그들이 잘 되었으면 하는 마음이 간절했고 나야 혼자 사는데 익숙해져 있는 사람이지만 이 동생은 이혼한 지 얼마 안 되었던 사람이었기에 이 매너 좋은 부동산 아저씨를 만나서 공허한 마음을 채워 주었으면 하는 마음이었다. 그리고 듣고 보니 그분도 고향이 전라도 광주라고 하니 같은 전라도 사람들끼리 좋은 일이 있었으면 좋겠다고 생각했다.

그 후로 한번 더 맛난 음식을 얻어먹었고, 그때는 중매쟁이에게 보답하는 차원에서 부동산 아저씨가 식사를 사 주었던 것으로 그렇게 알고 있었다. 그리고 자주 카페에 오지 않는 그 동생이 '아, 어떻게 잘 되어 가고 있구나!' 하고 그렇게 시간과 세월이 가고 있는데 누군가 카페에 와서 내게 뭔가 이상한 이야기를 들려주고 있는 것이다.

이야기는 참 어이가 없을 정도로 내 자동차에 자동으로 열리는 천장 크기에 몇 배나 큰 뚜껑이 열리는 소리였다. 여기서 나의 심리적 시련이 시작된 것이다. 자존심, 자존감 이 모든 것이 그나마 순수한 내 마음이 변하기 시작하는, 순 성질내는 아줌마로 바뀌게 된 것이다.

이 사람의 말은 덴버에 여러 골프 모임이 있는데 어느 날 여섯 사람이 골프를 하러 갔다고 한다. 골프 치고 점심 먹고 티타임에 북카페 이야기가 나왔는데 누군가 선창으로 말을 꺼내며 북카페 사장이 싱글이라고 하면서 즈그들끼리 외모가 어쩌니 뭐 어떻구 하면서 가만히 일 잘하고 열심히 사는 사람을 꺼내 내면서 이야기를 하더란다. 그러니까 또 한 사람이 말하기를 "누가 북카페 사장에게 깃발을 꽂았나?" 하면서 소주에 안주 대용으로 그렇게 이야기하더라는 것이다. "그래, 누가 깃발을 꽂았대?" 하니까 뭐 별명이 하이에나라고 불리는 그 부동산쟁이가 꽂았다고 하면서 그러더니 골프 함께 친 사람들의 표정이 재미있다는 듯이 "좋겠다!"고 각자 한마디씩 하더란다.

그 말을 듣는 순간 내 힘줄 속에 혈액이 거꾸로 역류할 것 같은 느낌을 꾹 참으며 난 차분하게 이렇게 이야기했다. "그분들 누구인지 알고는 계신가요?" 다행히 다 알고 있단다. "그럼, 부탁 하나 드릴게요. 저희 카페에서 주스 한잔씩 대접해 드릴 테니 그분들 좀 모시고 오셨으면 감사하겠습니다." 그분은 오케이 하셨다. 이번 주말 저녁에 다 함께 식사를 하신단다. 식사 마치고 우리 카페로 함께 오시기로 약속을 해 주셨다.

바로 정아에게 자초지종을 이야기했더니 나보다도 더 화가 나서 흥분하는 것을 달래고 또 젊은 자동차 딜러, 그리고 콜로라도 주립대학교 교수인 민 교수에게 이러한 일이 있는데 내가 이렇게 모함을 받아야 하나? 덮고 가야 하나? 따지고 가야 하나에 대해서 의논했을 때, 이것은 자존심 문제이고 조목조목 따지고 갈 문제이고 명예회복에 대한 문제란다. 아무리 작은 시골 한인타운이지만 여자 혼자 산다고 무대뽀로 있지도 않은 일들을 사실화하고 말을 함부로 한다는 것은 인격 모독에 명예훼손이다.

정아는 따로 어떻게 하이에나 부동산 아저씨를 안다는 분에게 연락을 해서 몇 날 몇 시에 차 대접한다고 오시라고 하니까 너무나 태평하게 온다고 이야기하더란다. '이 하이에나 부동산은 가끔씩 카페에 다니던 동생뻘 되는 여인네와는 어떻게 되었는지 즈그들이 그 여인네하고 좋아라 하고 지내놓고 카페에는 나타나지도 않고 어디다 대고 번지수도 못 찾고 누구를 모함을 해? 하이에나는 죽었다.' 그렇게 날마다 하이에나는 죽고 있었고, '이 금수만도 못한 하인배 같은 인간들

오기만 해 봐라 가만 있지 않을 것이다.' 벼르고 있는 난, 독기를 품은 여전사로 변해 가고 있었다.

이 모습을 지켜보던 내 가까운 지인들은 걱정이 되었는지 그 시간에 북카페에 모여서 돌아가는 상황을 보기로 한 것 같다. 다섯 사람이 만에 하나 혹시나 일어나게 될지 모르는 일에 나를 위해서 열혈 군사들이 모여 있는 것이다. 감사한 마음이다. 역시 의리 하면 최고의 멤버들, 책을 사랑하는 모임들! 우리의 호프! 이 사람들과 진정한 우애를 나누었던 시기였다.

시간이 다가오고 카페 안쪽 티테이블에 주스잔을 놓고 나는 이 사람들을 기다리고 있었다. 그런데 하이에나 부동산이 어떤 일식집을 한다는 사장과 함께 일찌감치 먼저 나타나 버렸다. 두 사람이 아무 일도 없었다는 듯이 보무도 당당하게 나타난 것이다.

들어오자 마자 테이블에 앉으려는 사람들을 향해 나는 큰 소리로 이야기했다. 하이에나 부동산 아저씨 말고 옆에 따라서 들어온 아저씨에게 "아저씨, 아저씨는 누구신데 여기가 뭐 하는 자리인 줄 알고 여기까지 따라왔느냐?"고 따져 물었다. 이 아저씨 말이 "친구가 가자고 해서 따라왔습니다." 난, 따라온 친구 아저씨에게 이렇게 말했다. "빨리 아저씨는 나가세요. 개망신당하고 얼굴 붉히고 나가기 전에 빨리요." 내 인상이 아무래도 독기가 묻어 있어서인지 꽁무니가 빠지도록 도망을 갔다. 남은 부동산 아저씨에게 물어봤다. 그 표정이 움찔움찔하면서 많이 긴장된 모습이다. 설마 이렇게까지 될 문제라고 생각을 조금도 하지 못했던 모양이다.

"그래, 이야기 좀 해 봅시다. 아저씨가 북카페 사장에게 깃빨 꽂았다고 말했던 사람들 누구인지 다 알고 있고 하니 누구에게 말을 그렇게 했는지 말해 보슈?" 추궁하듯이 따져 물었더니, 내가 그렇게 이야기한 것이 아니라 누군가 먼저 이렇게 물어와 보더란다. "너, 요즘 북카페 잘 간다며? 누굴 만나러 가냐?" 그래서 "북카페를 가긴 가는데 그래, 뭐 어쨌는데?" 이렇게만 이야기했다고 한다. "그럼, 그 영감님들이 그렇게 말하는 것을 앞서가면서 그 장본인이 북카페 사장인 줄 알고, 그렇게 단정 지으며 말을 한 것이네요? 미리 앞선 생각으로?" 부동산 아저씨 대답은 그럴 것이라고 한다. 주위에 우리의 북카페 동지들이 이 아저씨의 이야기에 귀 기울이고 혹여 싸움이라도 나면 열심히 응원을 해 줄 참이었다.

슬그머니 혈압이 쏴- 하게 올라오면서, 큰 소리로 고함을 쳤다. 그런데 "이 아저씨 참 경우가 없는 분이네. 아니 여자 혼자 산다고 이렇게 인권침해를 해도 되는 겁니까? 하필이면 왜 납니까? 먼젓번에 하이에나 부동산 아저씨 혼자라 하길래 우리 카페에서 여자분도 소개해 줬는데. 왜 북카페 사장인 것처럼 연막을 치면서 타인들의 입에 오르락내리락하게 하는 겁니까? 북카페에서 여자도 만나셨고, 여자도 소개를 해 주었으면 나한테 감사하다고 인사를 해도 시원찮을 판에, 또 같은 고향 쪽이라 좋아도 했는데, 왜 사람들에게 연막을 치고, 그 영감님들로 하여금 남의 자존심, 인격 다 망가트리고… 그 소개해 준 여자가 아닌 북카페 주인이라고 착각하게 만들고 말에 어폐가 있었던 그 말이 뭔지 아세요?" 하면서 눈을 부릅뜨는데 훗날 정아가 언니 눈을 보니 소름이 끼치더란다.

언니가 이렇게 무서운 사람인 줄 정말 몰랐다는 거다. 그 말에 정아에게 말해 준 것은 사람은 인정할 것은 인정하고 시인할 것은 시인하고, 아닌 것은 내 목에 당장 비수가 들어온다 해도 아닌 것은 아닌 거고… 다시 한 번 소리를 질렀다. "부동산 아저씨가 한 말이 뭐가 실수였는지 아시냐구요?" 내 언성은 점점 높아지고 다시 한 번 되물었다. 안다고 끄덕인다. 십분 이상의 실갱이가 벌어지고 있을 무렵 그날의 골프팀 주인공들이 약간은 상기된 표정으로 들어온다. 바로 표정 관리를 한 후, "예, 잘 오셨습니다. 주스 한잔 대접해 드리려고 오시라고 했습니다." 그러고는 테이블 위 주스 셋업을 해 놓은 것을 드시라고 했고, 거의 다 마셔 갈 무렵에 따져 물었다.

"사분이 이러저러한데 이런 말들을 어떻게 생각하십니까?" 했더니 하이에나 부동산과 함께 오신 골프팀 영감님과 실갱이가 벌어졌다. 니가 그렇게 말했네? 아니네. 어쩌구저쩌구 자칫 잘못하면 즈그들끼리 싸움질이 일어날 것 같아서 한 개씩 조근조근 물었다. 하이에나 부동산은 좀전에 말했던 이야기 그대로 이 영감한테 한 말밖에는 북카페 사장님이라고 말한 적이 없다고 단호히 이야기한다. "그렇다면 부동산 아저씨는 나에게 사과하세요. 말이란 것이 아 다르고 어 다르거든요. 말끝에 연막을 친 잘못입니다. 실수한 겁니다. 빨리 사과하세요." 했더니 "그래요, 내가 말을 잘못했나 봐요. 미안하게 됐어요." 이렇게 사과를 한다. "그럼 아저씨는 볼일 다 끝난 것 같으니 집에 가셔도 될 것 같습니다." 했더니 쭈뼛쭈뼛하더니 뒤도 안 돌아보고 쏜살같이 나간다. 이제 남은 사람은 네 사람인데 그중에 말 함부로 인격 모독을 한 사람은 딱 한 사람이고 나머지 사람은 소 팔러 가는데 개 따라가듯 갔다가 영문도 모르고 한마디 거든 영감들이다. 이제 골프팀 영감님 차례다.

다시 취조하듯 따져 물으니 "아니 그놈이, 북카페가 어쩌니저쩌니 하구 말하길래 난 북카페 사장인 줄 알고 그렇게 말을 했다."는 것이다. 그 순간 갑자기 혈압이 머리끝을 치고 올라가면서 나란히 앉아 있는 영감들 특히 말을 함부로 했고, 안주거리 삼아 입으로 양기가 올라서 떠들어 댄 영감 앞에 그 두꺼운 주스컵을 내리쳤다. 미국 유리컵은 단단하고 두껍고 여간해서 깨지지도 않는데, 그날은 그동안에 참았던 독기가 발산해 버린 날이었고, 어찌나 세게 내리쳤는지 유리컵이 산산조각이 나고 앞에 앉아 있던 사이드 영감님들은 놀라서 혼비백산다 도망가고 내게 말실수를 크게 하신 영감만 손에 유리 파편이 스쳐가면서 피가 나고 있었다. 이때 정아가 와서 휴지를 갖다 주며 닦으라고 한다. "영감님, 다치셨으면 내가 치료비 대 드리고 약값도 다 물어드릴 테니 안심하시고 말씀하세요." 하고는, 차분히 천천히 낮은 목소리로 이야기하기 시작했다.

"생각해 보세요. 내가 아닌 영감님 막내 여동생이 이런 소리를 듣고 똑같은 상황에 처해 있다면 제일 큰오빠로서 화가 나시지 않습니까? 입장 바꿔 생각해 보세요." 했더니 바로 자기가 말실수를 한 것 같다고 하면서 바로 시인을 하는 것이다. 잘못했다고 미안하다고 하신다. 카페 맞은편에서 쭉 지켜보고 있던 '책사모' 멤버들도 잘 되었다는 눈치다. 그리고 이어지는 영감님의 말은 북카페 사장님을 내가 잘못 보았고, 정말 미안하게 됐다고 하면서, 연세가 있는 분이 처량하게 젊은 사람에게 말 함부로 해서 모독을 했다는 죄로 젊은 여자에게 독하게 당하고 있는 것이다.

순간, 불쌍한 생각이 들었다. 이제 사과를 받아들여야겠다고 생각을 했고, 그 하이에나 부동산 아저씨가 여자를 북카페에서 만났고 내가 소개까지 해 주었다고 소상히 말을 해 주니, 그놈이 왜 하이에나인 줄 알겠다고 그렇게 연막을 치고 다녀서 북카페 이야기만 하는 것 같길래 북카페 사장인 줄 알았다는 것이다. 그렇게 말하면서 조용히 일어나서 "손 다친 것은 신경쓰지 마세요. 내가 약 바르면 돼요." 하면서 힘없이 가게를 나서는 것이다.

난, 끝까지 인사를 안 했다. 타국에서 처음 받는 모함이었기에 아무래도 후유증은 길게 갔다. 내 인생에 처음 있는 일을 겪고 보니 갑자기 덴버가 싫어졌다. 그러나 내 곁에는 책을 사모하는 책 멤버가 있으니 다시 생각을 바꾸어야겠다. 그날 우리 멤버들은 미국 바에 가서 데킬라 한잔씩 하면서 노래를 불러 댔다. 민 교수, 젊은 아찌, 정아, 모두 위로를 해 주며 "오늘 참, 잘 하셨습니다. 좋아요. 굿입니다." 했다.

속에 있는 울화 화기는 이제 날려 버리자 오늘이 가면 또 내일은 있는 것! 부라보하면서 우리는 술 좀 깨자 해서 맥도날드에 가서 커피 한잔을 마시며 수다를 떨고, '오늘 일은 깨끗이 다 잊고 다시 새롭게 가는 거야. 김은조 파이팅!' 이렇게 해서 마음에 응어리진 일들이 마무리를 깨끗이 끝내고 날려 버린 날이었다. 다행히 내일은 휴일이라서 카페는 오후 1시에 오픈하기로 했으니 그동안에 못 잔 잠이나 실컷 자자. 덴버의 낮과 밤은 오늘도 희로애락을 가슴에 안고 가고 있었다.

천태만상의 사람 사는 세상

오랜만에 늦잠을 잤다. 햇살은 화창하고 창문을 여니 바로 아름드리나무 위에 새들이 지저귀고 있다. 이럴 때는 클래식 음악이 최고다. 요한 스트라우스의 왈츠 곡이 좋을 것 같다. 이 음악을 듣고 있으면 오렌지 카운티의 백조가 생각난다. 물 위에서는 아주 황홀하고 고고하고 우아한 백조지만 물속에서 보면 열심히 자맥질을 하지 않으면 안 되는 나의 자화상! 연신 아무 일도 안 하면서 그냥 여기저기 몇 년의 젊음을 소비하고 덴버로 온 삶! 지금 덴버의 삶은 내가 상상하지도 못한 열정으로 열심히 살고 있다. 별의별 다양한 사람들과 부딪치며 악악대면서 이렇게 살아가면서 삶의 의미를 알아 가고 인생살이가 무엇인가를 배워 간다. 그런데 나의 아킬레스건인 셈하는 방법은 아직도 무디다. 악악하며 사는 것 같은데, 사는데 한 개라도 더 챙기고 내게 도움이 되는 악악은 아직까지 서툴다.

오랜만에 가게로 가는 발걸음은 상쾌하다. 우선 간단히 달걀 프라이 토스트를 먹어야겠다. 그리고 우유를 마시고 오늘은 경쾌한 클래식 음악을 계속 듣는 거다. 사실 우리 카페 시스템은 최고급 시스템은

아니나 그런대로 들을 수 있는 앰프와 괜찮은 스피커가 있다. 카페를 오픈하자 마자 제일 많이 들었던 곡들이 일본 곡인 엔카였다. 〈戀人よ(고이비도요, 연인이여)〉를 부른 이츠와 마유미(Itsuwa Mayumi)라는 싱어송 라이터로 피아노는 수준급이며 작사 작곡까지 해내는 탁월한 음악성이 있는 일본 여인네다. 또한 엔카의 여왕 미소라 히바리(misora hibari), 고바야시 사치코(Kobayashi Sachiko), 텐도 요시미(Tendo Yoshimi) 등 일본을 대표하는 최고의 가수들 몬다 요시노리(Monda yoshinori), 재즈의 달인 우에다 마사키(Ueda Masaki), 타니무라 신지(Tanimura Shinji) 그 외의 일본 음악을 많이 들었던 때가 덴버 북카페 시절이다.

카페에 손님이 오셨을 때에도 늘 엔카 음악을 틀어 놓으니 대다수의 분들이 일본 엔카 음악을 잘 모르고 있었고, 한국분들 역시 잘 모르는 것은 당연했다. 나야 일본에서 엔카 음악을 했던 사람이니 너무 잘 아는 일이고 후에는 손님들이 한두 명씩 일본 음악에 관심을 갖게 되는 놀라운 일도 있게 되었다. 저마다 이구동성으로 북카페 사장님이 일본 엔카를 가르쳐 주었다고 하는 이런 이야기도 듣게 되었고, 어떤 손님은 카페 사장님과 일본 음악에 대해 토론하기 위해서 공부도 해 오셨다는 말을 듣고 파안대소한 적도 있었다.

오늘은 상쾌한 날이니 클래식 음악을 계속 듣는 날! 아직 시계를 보니 아직 카페 오픈 시간이 30분 정도 남아 있다. 꺼내든 시디는 프란츠 요제프 하이든(Franz Joseph Haydn), 이 사람을 소개해 본다면 18세기 후반, 빈 고전파의 중심 인물 중 한 사람이며 고전이라는 말 뜻에는 모범적 예술, 균형적 형식, 누구에게나 쉽게 이해되는 성격, 시대를 초월한 성격이 포함되어 이미 질적인 가치를 함축하고 있다. 'Peace Music' 오늘 들을 곡은 〈트럼펫(Trumpet) 협주곡 3악장〉 바이올린 선율과 트럼펫의 하이 톤이 잘 융합된 경쾌한 음악이다. 그러나 여러분, 내가 클래식 마니아인 줄 착각은 마시라. 난 한국 가수 심수봉 선배님의 마니아이다. 오로지 〈사랑밖엔 난 몰라〉의 마니아다.

시간이 가고 또 새날은 오고 이렇게 가고 저렇게 가고 며칠 지나면 또 벌써 주일이 다가온다. 반복되는 시간 속에 세월은 잘도 가고 있다. 시간 가고 새로운 날이 가고 오던 날, 한국일보 동생뻘 되는 기자가 손님을 모시고 왔다. 느낌이 같은 직업에 종사하는 사람 같아 보였고 말솜씨 또한 중상급 이상으로 젠틀하기도 하다.

동생이 불렀다. "누님, 인사하세요. 타 주에서 오신 분들인데 덴버에서 살아 볼까 생각 중이라네요. 누님 생각은 어떠신가요? 먼저 이곳에서 오래 사셨으니 아실 것 아녜요?" 집요하게 물어본다. "글쎄? 잡(일)이 확실하고 덴버에 살고 싶은 마음이 정해져 있다면야… 잡 없이 시작하는 덴버는 조금 힘들지 않을까? 하긴 목적이 분명하면 뭐든지 해낼 수는 있을 거라는 나의 생각… 잘은 모르겠지만…."

그때 대여해 갔던 책을 반환하러 손님이 오셨다. 자리에서 일어나 책을 정리하고 주문한 차를 가져다 주고, 카운터 자리에 앉아서 그들을 바라봤다. 하는 일도 확실해 보이고 성실해 보이는 사람들이 왜 대한민국을 떠나 왔을까? 저마다의 사정과 사연은 있는 법, 이곳 덴버는 세 가지의 부류가 있었다.

한 부류는 미국으로 유학을 왔다가 미국에 주저앉은 케이스, 또 한 부류는 누군가 소개해서 미국인이 되었든 한국인이 되었든 결혼해서 함께 사는 케이스, 세 번째 부류는 1960~1970년대 한국의 소위 말하는 이태원파, 동두천파, 군산파, 평택파 등등 한국의 보릿고개 시절, 죽도 밥도 못 먹고살던 시절, 자의 반 타의 반에 의해 미군 클럽 기지 주변을 돌았던 사람들이 미국인을 만나서 미국에 들어오면서 형성된 사람들. 여기서는 유엔군 사모님(한국에서 미군을 따라 들어오신 분들)이라 부른다고 한다. 그 한 사람이 들어와서 언니 동생을 부르고 오빠도 부르고 나중에는 부모님까지 초청해서 여러 가족의 집성촌의 계기가 되었다는 것이다. 어떤 분의 이야기다.

그래서 그 한 사람 곁에는 연줄연줄 연결 고리가 되어 있어서 행여 한인들끼리 싸움이 나면 사돈의 팔촌까지 나서서 단체로 싸움을 한다는 웃지 못할 이야기도 있다. 그래서 당부해 준 말은 말을 항상 조심해서 해야 한다고 당부하신다. 잘못 실수라도 하는 날이면 국물도 없다 이 말이다. 특히 이 사람들은 물, 불 안 가리고 무대뽀로 단체로 덤벼든다는 무뢰배들이라는 것이다. 또 반면에 이들에 심리적인 것을 활용해 그래, 너 잘났다 하며 마음에도 없이 자신들의 목적을 위해서 껌뻑 죽게끔 사람 마음을 유린하고서는 있는 돈 없는 돈 다 뺏어서 타주로 도망가는 사람들도 있다고 한다.

이런 일들은 주로 유엔군 사모님들에게서 많이 일어나곤 했다는데 어떤 해에 일어난 일들 중에는 이 사모님들끼리 계모임을 수십만 불짜리를 했다고 한다. 처음에는 착실히 하더니 몇 구찌씩 들었던 계주 사모님께서 모든 일을 계획하에 수십만 불을 들고 덴버를 떠나 알래스카로 도망을 했다는 그런 이야기들도 있다. 이런 일들이 비일비재하게 일어나는 것도 한인타운 커뮤니티다. 그래서 오렌지 카운티에서 들었던 이야기 몇 개 중에 '절대 사람을 믿지 마라. 특히 한국 사람들은 요주의 인물이니 잘 기억해 두라.'고 한 말이 가끔씩 생각나는 부분이다.

동생과 함께 오셨던 분들이 다른 분과 약속이 있다고 인사를 한 뒤 먼저 가 버리고 한국일보 동생이 혼자 남았다. "누님?" 하고 부르는 소리에 "왜?" 했더니 "나, 누님께 할 이야기가 있어요." 했다. "응, 왜 그래?" 하면서 테이블 쪽에 가서 앉았다. "누님 뭣 좀 물어봐도 돼요?" 한다. "그래, 말해 봐?" 하면서 얼굴을 보니 처음 함께 오셨던 분들과 대화를 나누던 편한 모습이 아니었다. 뭔가 심각한 듯한 표정인데, "뭔데?" 했더니 "몇 주 전에 누님네 카페에서 무슨 일 있었어요?" 하며 넌지시 묻는다. "뭣 때문이냐?"고 물었다.

무슨 일 때문이라는 것은 다 알고 있다는 듯이 이야기를 한다. 그리고 또 하이에나 부동산 이야기가 나오고 내게서 한참 안 좋은 훈계를 듣고 가신 영감님이 이야기를 했는지, 아니면 그 주변에 왔다간 사이드에 있던 영감님들이 이야기를 했는지, 내가 모함을 받았다는 이야기며 장본인인 우리 카페에 드나들던 그 여자, 그 밖에 또 여자들이 많았던 모양인데 하이에나가 벌써 많은 스캔들로 욕을 먹고 있는데 하필이면 북카페에 대한 말, 또 누님이 아닌 키 큰 전라도 아줌마라고 진즉 알고 있다는 것이다.

그렇지만 이 동생 말은 "누님이 왜 혼자 살래요? 웬만하면 보통의 남자하고 살면 이런 말도 안 듣잖아요? 100평짜리 북카페 운영하죠. 젊고 미인이죠. 게다가 싱글이죠. 모든 남자들 특히 유부남이 되었든 싱글이 되었든 누님 같은 분 만나고 싶어하는, 솔직히 모든 남자들의 로망입니다. 더군다나 혼자 있으니 못 먹을 것 같은 봉이면 봉 날개라도 건드리고 싶어 하는 것이 남자들의 심리에요."

듣고 있는 내가 그저 나오는 말, 헐! "그리구요. 사람들이 누님네 가게 무서워서 못 오겠대요?" 나오는 웃음을 참으면서 "왜?" 하고 연신 물어대니 이 동생도 드디어 웃으면서 "누님이 무섭고 괜히 잘못 걸리면 주스 컵으로 박살날 것 같대요." 듣고 있던 내가 드디어 빵 터졌다. 그 동생도 빵 터졌다.

참 웃기는 인생사다! 그런데 이 동생이 이 말은 한다. "누님 어쨌든 이번에 큰일하셨어요. 커뮤니티에 말장난 버르장머리 확실히 기강을 잡았으니 이번 기회에 누님이 잘하신 것 같애요."라고 한다. '야, 이러다 김은조 미국에서 싸움꾼 되는 것 아닌가?' 완전 여자 조폭된 것 같은 기분이다. 하긴 혼자 사는 스님들도 조폭이라든데 아니, 스님뿐이 아니라 이 세상 혼자 사는 사람들은 조폭이 되어야 된다는 말이 있고 어쩔 수 없이 세상이 그렇게 만들어 가고 있다고 한다.

시장 주변을 가 보라. 그 주변에서 싸움 제일 잘하는 아줌씨들이 다 혼자 사는 여자들이란 걸 아실지 모르겠다. 그나마 혼자 사는 사람들은 이런 것에 반응하고 화내는 사람은 그나마 양심이 있는 거다. 나역시 혼자 사는 여자이니 말이다. 이런 말이 있다. '참사람이 준 기회는 통장을 채울 수는 있어도 영혼은 절대로 채울 수는 없다.'

세상에는 천태만상의 사람 사는 세상이 있다. 그들도 사람이라면 사람 사는 참기회, 자신의 영혼을 볼 줄 아는 참사람으로 거듭나길 바라보며 덴버의 하늘은 비가 한바탕 쏟아질 듯, 하늘이 온통 짙은 회색빛이다.

뜻밖에 사건

하늘이 맑고 조금 후덥지근한 날, 우리 카페 메뉴는 여전히 팥빙수를 하고 있었다. 점잖게 생기신 두 내외분이 우리 카페에 오셨다. "어서 오세요." 인사를 하는데 "혹시 김은조 씨세요?" 날 잘 아는 사람처럼 말을 건넨다. 아고, "어떻게 제 이름을 아세요?" 했더니 진즉 이야기를 듣고 오셨다 한다. "우선 팥빙수 세 개 주세요. 은조 씨 것까지." 아고, 제 것은 괜찮은데요. "아니에요. 갖고 오세요. 오늘 은조 씨 하고 이야기할 것이 있어요." 했다.

무슨 이야기일까? 궁금해지기 시작한다. 내게 할 이야기가 있다니 궁금증은 인내가 약한 나이니 빨리 듣고 싶었다. 팥빙수 만드는 손은 빠르게 움직이게 된다. 예쁘게 잘라 놓은 수박, 딸기, 블루베리 역시 신선한 과일 빙수를 연상케 하는 미숫가루를 한 움큼 올려놓는다. 벌써 빙수의 비주얼이 맛나게 보인다. 두 내외분은 이쪽으로 앉으라고 성화다. 뭔일일까? 하고 소파를 당겨 앉는다.

우선 내놓은 팥빙수를 칭찬해 주시며 맛있다고 해 주신다. 당연히 맛난 팥빙수일 게다. 다른 날보다 재료가 조금 더 많이 투입되었으니… 예전에 나 같았으면 맛난 것만 먹을 줄만 알았지. 이렇게 내가 만들어서 판매도 하고 카페도 운영하는 성실하고 열정적인 사람으로 거듭날 사람이란 걸 짐작이라도 했던가? 자, 이제는 이 두 내외분의 말씀을 들을 차례다.

남자분의 이야기가 이랬다. "혹시, 안양영화예술고 출신 아니세요?" 고등학교 이야기하시는 것을 보니 나의 관한 이야기를 많이 들으신 터였다. "예, 맞아요." 하니 본인은 서울 순복음교회 목사이고 이곳 덴버에 부흥을 하러 오셨단다. 그래서 이곳저곳 교회 자리를 보러 다니시는 중이라는 거다. 이곳에 사시는 권사님 한 분이 덴버의 순복음교회를 부흥하고 활성화시키고자 이곳에 목사님과 사모님을 초청하셔서 두 부부가 함께 오셨고 지금 옆에 계신 분이 사모님이란다. "아 예!" 다시 한 번 인사를 했다. 더군다나 이 목사님은 안양영화예술고 제1회 선배로 그러니까 대선배셨다. 1회 선배 중에 윤소라는 새까만 대선배님이 계셨던 것 같았는데 잘 모르겠고, 어쨌든 뜻밖에 사건이다. 그런데 더 궁금해진 것은 어떻게 해서 목사님이 되셨는지 알 수 없는 궁금증이다. 선배님이신 목사님은 이렇게 말씀하셨다.

교회에서 예술고 시절부터 찬양반에서 또 씨씨엠(CCM) 음악을 했고 오랜 믿음으로 신학대학을 가서 신학을 공부하게 되어 전도사부터 시작해 부목사까지 외국에서 주로 부흥시키는 사역을 맡아서 하셨다고 한다. 그러니 "은조 씨가 음악했다는 것을 아니 나와 같이 하나님께 찬양하고 복 받읍시다." 이렇게 말씀하시는 것이다. 순간 '아고, 참 난감하네 난감해! 이를 어쩌나? 일주일 내내 책꽂이에 꽂혀 있다가 탁탁 털어서 들고 가는(탁탁 신앙) 신앙인데 큰일났네. 믿음도 아직 모자라고 또한 음악은 손을 놓고 그쪽 계통에는 미련도 없는 사람인데… 어쩌쥬?' 한참 할 말을 잃고 있는데 목사님께서 재차 말씀을 또 하신다. 그리고 말 안 하고 있는 내게, 오늘은 약속이 있어서 빨리 가 봐야 하니까 잘 생각해 보라고 피드백(feedback)을 던져 주고 가셨다.

아고, 또 고민이 시작되는구나. 한 개가 해결되고 좀 평화로운 날이될 줄 알았더니 참 심적 고민이 생기네. 중요한 건 마음에서 진정성이 생기지 않는다는 것이다. 종교에 관한 신앙을 깊숙이 믿음을 갖고 간다는 것이 아직 내가 나를 확실히 모른다는 것이었다. 그리고 세상에서 음악을 포기하고 살아가는 것도 나하고 싸움인데 믿음이 약한 나로서 찬양 음악을 하면서 간다는 것은 그리 쉽지 않은 일… 진짜 고민이 생겼다.

밤새 생각의 강을 건너 결론을 못 내리고 그냥저냥 보내고 있을 때 이번에도 카페로 찾아오셨다. 그런데 어디선가 많이 본 듯한 중후한 몸짓의 남성분이 목사님 내외분과 웬 아주머니와 함께 오신 것이다. 자세히 보니 옛날 7080시대의 송골매에서 베이스 기타를 치던 분이다. 이제는 나이가 있고 지금은 미국에서 살고 있다고 한다. 하나님 섬기는 믿음이 어디까지인지는 자세히 모르겠지만 무에서 유를 만들어 낸다는 사역은 쉬운 일이 아니라는 것이다. 이곳에 있는 한인 교회는 무려 30~40군데가 넘는 것으로 알고 있다. 이중 부흥이 된 교회는 그리 많지 않다고 생각한다.

가끔씩 우리 카페에 오시는 권사님, 장로님, 집사님들의 말씀을 들어 보자면 거의 같은 말이다. 교회에 나와서 하나님께 기도하고 회개하고 복을 받읍시다. 우리 선배님이신 목사님도 처음 오셨을 때 같은 말을 했다. 머나먼 타국 땅, 기독교의 나라에서 교회 사역을 하고 교회를 부흥시키는 일은 고되고, 험하고, 고통이 동반되는 일이다. 그러함에도 불구하고 많은 한국인 목사님들이 미국을 선택하는 이유는 무엇일까? 우선 첫 번째 미국은 종교의 나라이며 누구에게나 종교의 선택권은 자유민주주의 국가에서 주어지는 특권이다. 이와 함께 하나님을 섬기는 교회 목사님들은 미국보다 여건이 좋은 곳은 없을 것이다. 또한 목사님들께는 전 아메리카 미합중국에 살고 있는 전 시민영주권자를 빼놓고는 세금의 혜택을 누릴 수가 있는 것이다. 이것 또한 하나님을 섬기는 사람에게 주는 미국의 특권이다. 지금 미국은 하나님을 섬기는 분(목사님)들에게 어떠한 혜택을 부여하고 있는지 잘 알 수가 없다.

카페에서 목사님의 말씀은 열변을 토하셨다. 특히 송골매 팀에서 베이스를 하셨던 김상복, 이분도 가끔씩 끼어들어 "우리 함께 찬양 음악 한번 해 봅시다." 한다. 덩달아 목사님, 사모님, 그리고 함께 오신 아주머니, 아니 집사님까지… 한데 내가 뵙기에는 목사님 내외분 빼놓고는 나와 같은 군번이라 해야 하나? 탁탁(책꽂이에 꽂아 놓았다가 주일 때 탁탁 털어서 가져가는) 신앙인인 것 같은데 우짤까? 참 또 난감하네.

난 아무 대답도 할 수 없었다. 교회 장소를 빨리 계약하러 가야 한다고 하시며 네 분이 함께 계약하러 가실 모양이다. 그러다 두 분이 갑자기 벌떡 일어서더니 서로 앞다투어 경쟁이라도 하듯 먼저 카운터로 달려와 테이프를 먼저 끊는 선수같이 팥빙수값을 지불하신다. 아고, 먼저 빨리 내시면 천국을 1등으로 가시나? 경쟁하듯이 먼저 와서 허겁지겁 내고 가시는 뒷모습을 바라보면서 안녕히 가시라고 부리나케 뒷전에다 소리쳤다.

그 후로 고민은 계속되고 그분들이 오시면 확실한 말도 대답을 못해 드리고 참 죄송하기 그지없다. 벌써 오래전에 미국에서 있었던 일들이고, 지금 현재 한국은 종교 문제가 어떻게 바뀌어 가고 있나? 또한 신앙인들이 어떻게 바뀌어 가고 있나? 궁금해지기도 하다. 한국에서 보면 한국 교회가 경영하는 것으로 변질되고 있다고들 말한다. 그렇게 본다면 모든 종교가 그렇게 변질되어 간다고 봐도 좋을 것이다. 각자 자신들이 추구하는 신앙을 하나님이 주신 최고의 신앙이며 주어진 사명이라 생각하고, 사람들과 말씀을 이야기할 때면, 저마다의 중요한 신앙 이론을 갖고 있다. 그리고 보니 신앙은 나 자신의 믿음이다. 무엇이든 하나님의 말씀은 믿음으로 가야 한다는 것이다. 예를 들면 콩이 까맣다고 하자. 그런데 하나님이 말씀하시는 것은 그건 까만 콩이 아니라 하얀 콩이라고 한다면 하얀 콩이다. 분명 까만 콩이어도 말이다. 이처럼 신앙은 믿음이라 한다.

우선 미국의 교회와 한국의 교회의 찬양 음악을 잠깐 비교해 보자. 먼저 처음 동부에서 있을 때 동생이 들려준 미국 찬양곡을 들을 수가 있었다. 처음 접해 본 미국의 찬양곡은 흑인들의 소울 템포에 또 힙합 장르 R&B 등 얼핏 들으면 이런 곡들이 찬양곡인지 그냥 미국의 팝송인지 무슨 장르의 곡인지 도무지 감이 빨리 오지 않을 정도의 리듬감이다. 미국에 있는 한국의 대형 교회 찬양곡들은 오케스트라 반주에 맞추어서 웅장한 사운드가 나오는 그야말로 커다란 극장에 콘서트에 와서 들어 봄직한, 그런 찬양 음악이다. 미국 교회는 맬로디 악기 브라스까지 포함 리듬 악기 몇 개 모두 5인조, 많게는 7인조로 구성된 가스펠 밴드지만 기가 막힌 사운드가 나온다. 절로 어깨가 들먹들먹거릴 정도로 이들은 즐겁게, 자유롭게 찬양을 한다. 이렇게 저렇게 몸도 흔들고 자유롭게 흥이 나는 대로 찬양을 하고, 아주 극히 자연스러운 모습이다. 이렇게 해야 하나님도 좋아하신다는 것이다.

반면에 한국 교회는 경건한 마음으로 찬양을 드려야 한다는 것, 그래서 보면 얼굴이 다 '경, 건!' 이렇게 써 있는 듯이 보인다. 그리고 또 엄숙하게 불러야 하나님께서 받아들이신다는 것이다. 표정부터 미국 교회의 찬양하는 모습과 현저히 한국 교회는 다르다. 예를 들면 미국 내, 한인 교회 중에서 대형 교회에 속한다는 큰 교회에서는 성악을 전공하신 교수님을 한국에서 초청해 수시로 단상에 올려서 찬양을 한다. 물론 생각에 차이겠지만 내 생각은 교회에서 특별한 일이 있을 때 그때 한국에서 한번 초대하는 것도 하나님이 싫어하지는 않으실 것 같은데… 교회 재정과는 상관없이 주일에 한 번씩 바꾸어 가며 찬양을 행한다는 것은 모순이 있지 않나? 나만의 생각이다. 어떤 분이 이런 이야기를 한 적이 있다.

이 지구상에서 가장 최고로 매력 있는 분이 예수님이시라고… 예수님을 다른 성인들과 비교를 해 본다면 소크라테스, 부처, 마호메트, 유교 공자님, 그중에서도 예수님만큼 매력을 가진 사람이 없노라고 말이다. 이중 예수님의 최고의 매력은 딴 사람들과 다르게 어린아이들을 좋아해야 한다고 말씀하셨고, 예수님이 어린아이들을 좋아한다는 최고의 매력이 있다는 것이다. 이런 말을 하는 본인도 어린아이들을 좋아하고 어린아이처럼 천진난만하기 때문에 천국은 제일 먼저 들어가게 되지 않겠나? 하는 말이다.

예수님은 겸손과 사람 됨됨이를 가르치고 있고, 다른 종교에서도 가르치고 있지만 실제로 자기 제자들의 발을 씻겨 주는 낮음, 위에서 가르치는 것이 아니라 밑에서 섬기면서 가르치는 것, 나는 내 발도 안 씻는다. 우리들은 너나 나나 다 똑같다. 요즘 사람들은 남의 발 씻겨 주면서 똑똑한 소리하는 사람 없다고 한다. 남한테 자기 발 맡기면서 똑똑한 소리하는 거지. 나부터도 그럴 것이다. 또한 어떤 목사님이 이런 이야기를 한다.

교회에 오는 사람들은 칭찬 들으려고 교회 오는 것이 아니고, 칭찬을 해 줄 수 있는 분은 이 세상 예수님밖에는 없다고 단호하게 이야기한다. 물론 틀린 말은 아니다. 우리는 예수님을 통해서 우리의 죄를 사함받았으니까. 우리의 모든 허물과 죄를 대신 지고 가셨으니… 하나 예수님은 휴머니스트(humanist)다. 언제나 예수님의 마음으로 살아야 한다고 말하지 않았던가? 예수님은 칭찬도 아끼지 않으셨고 채찍질도 해 주셨으며 배려도 해 주신 속 깊은 분이셨다. 에고이즘(egoism)을 가진 독단적인 분은 아니셨다. 교회 안에서도 인간에 대한 예의는 있는 법, 선만 지나치지 않는다면 우리는 누구나가 칭찬받을 권리가 있다고 본다.

아고, 그나저나 우리 선배 목사님 부흥 사역에 동참해야 하는데 도무지 마음이 내키지 않는다. 무슨 이유일까? 빨리 결정을 해야 하는데 생각은 함께 사역을 해 드려야 하고 가슴속은 쉽게 승낙을 용납하기 어렵고 어쩌란 말인가? 믿음이 탁탁인데 감히 부흥을 위한 사역을 동참할 수가 있느냐 말이다.

그 후 시간이 흐르고 세월이 가면서 선배 목사님께서는 한동안 소식이 없었다. 이미 내 생각을 읽으신 모양이다. 한편으로는 부담감이 털려 나간 기분이며 또 한편으로는 죄송하기 그지없는 마음이었는데 어느 날인가 친구처럼 지내는 한인타운 건물주를 통해서 들은 이야기는 자신의 건물 지하층에 교회가 들어섰다는 것이다. 순복음교회라고. 매일 음악 소리는 나는데 사람들은 그다지 없는 편이라고… 마음이 덜컹 내려앉는다. 그렇게 열심히 하셨는데… 꼭 내 잘못인 것 같았고,

함께 동참하지 않은 것에 대한 내 불찰에서 온 것 같은 죄스러움도 함께 동반되어서 마음을 산만하게 만든다.

마침 일요일인데 비는 처량하게 왔다. 조금 늦게 가도 되는 카페 시간을 틈타서 오전에는 살짝 선배님 교회를 가 보기로 했다. 건물을 들어서는 순간 주일이라서 그런지 지하층에서는 음악 소리, 1층에서는 찬양 드리는 소리, 또 2층에서는 성경 읊조리는 소리, 이 건물은 교회가 3개, 불교당 1개, 맨 위층은 중국 파룬궁! 자유민주주의 국가에서는 세입자가 기독교인이 되었든 불교인이 되었든 입주하고 싶은 사람들에게 무조건 세를 준다. 룰만 잘 지켜 준다면. 특히 한국 사람이 주인일 때는 혜택이 더 크다고도 볼 수 있다. 왜냐하면 미국인 건물주 같으면 이것저것 다 따지고 나면 할 수 있는 것이 별로 없고, 룰을 잘 따지기 때문이다. 그래서 주일이나 무슨 때가 될 때면 이 건물에는 괴이한 현상이 벌어진다.

예를 들자면 한 건물 안에 세 개의 교회에서 들려오는 요상스러운 화음과 각자 대로 표출하는 찬양 방법이 틀리기 때문이다. 거기다가 불교당에서는 목탁 소리까지 합세해서 재미있는 하모니 코러스가 연출된다는 것이다. 그래서 주일날 모르고 오전에 1층 상가에 오신 분들은 이 희한한 조합의 광경을 참 특이한 일이라고 고개를 갸우뚱하는 분도 계신다. 하긴 여기 건물주 또한 유머스럽고 괴짜인 듯한 분이다. 빈손으로 미국을 와서 무에서 유를 창조하신 분이니 말이다. 청소부터 시작해서 착실하게 돈을 모아, 그때 그 시기에 빌딩 건물과 모텔과 여러 사업체를 운영하면서 성공한 한인분이다. 부지런함과 근면함이 이분의 특기인 것이다.

처음에는 청소 사업체, 치기공, 프리마켓, 리큐어 스토어 등 안 해 본 것 없이 온갖 힘든 일을 하면서 성공한 입지전적인 인물이다. 후에는 부모님과 동생들까지 다 초청해서 다 함께 가족 타운을 만들기도 했고, 남동생은 멕시칸 사람들을 겨냥한 오디오 스테레오, 카센타, 헌집을 사서 새집으로 수리해서 되팔고 하는 비즈니스를 해서 동생 역시 성공을 거둔 형제분들로 덴버에서는 소문이 자자할 정도로 성실하고 근면한 사람들이다. 한국 신문에 실릴 정도로 미국에 이민해서 성공한 사람들로 사회면을 차지하기도 했으며, 불우한 한국 학생들을 위해 장학금을 기부하기도 하는 한인 사회의 알토란 같은 분이시다. 그러하므로 자신들이 고생하며 힘들게 일구워 왔던 과정들을 잘 알기에 한인들의 사정을 알고 배려해 준다는 것이다. 다행스러운 것은 이 건물에 입주해서 첫 출발을 목사님이 부흥 예배부터 교회 전반에 걸친 앞뒤 사정을 건물주분이 어느 정도 다 이해하고 갈 일들이고, 미국 건물주가 이해 못하는 부분들까지 진즉에 알아봐 주니 한인들은 이 건물에 입주하는 것까지 행운인 것이다.

이제 부흥할 일만 남았는데… 여기 베이스 소리는 웅장하고 목사님께서는 기타이다. 건반은 베이스 분의 아내이신 집사님께서 맡아서 하시고 있다. 하긴 싱어가 없는 것으로 보아 아직도 싱어를 구하시지 못한 모양이다. 그럴수록 더욱더 미안한 마음이 밀려온다. 더 이상 보고 있기가 참 내키지가 않는다. 바로 돌아서서 1층으로 지나가는 길에 들리는 찬양 소리, '죄짐 맡은 우리 구주 어찌 좋은 친군지 걱정 근심 모든 괴롬 우리 주께 맡기세….' 찬양 소리를 뒤로한 채, 걸음은 누가 잡을 세라 누라 볼세라 부지런히 발걸음을 옮기고 있었다. 아마도 목사님께서는 내가 다녀간 것을 까맣게 모르실 것이다.

카페에 도착할 때는 비가 본격적으로 내리고 있었다. 이런 날은 클래식 음악이다, 음악을 듣자. 재클린 뒤 프레 바랜보임(Jacqueline Daniel Barenboim) 브람스 첼로 소나타 1번, 2번! 마음이 우울하고 슬픈 날 이 첼로 연주를 들으며 가끔씩 솟구쳐 오르는 눈물을 감출 수가 없었다. 마음을 후벼파는 첼로의 선율이 독한 것 같았던 내 마음의 감성을 마구마구 끄집어내는 것이다. 카페 오픈 시간까지 울기로 한다. 시원하게 큰 소리로… 남이 내 마음까지 알 수 없겠지만 나는 내 마음을 조금은 알 듯하니 내가 나를 위로하기 위해 운다….

정아가 왔다. 우울해 보였던 모양이다. "언니, 어디 아프냐?"고 묻는다. "그래, 많이 아프다." "어디가?" "마음이 많이 아프다."고 했다. 마음이….

저녁은 정아가 쏜다고 한국 음식점 가서 식사를 하자고 한다. 그래 마음 전환할 좋은 기회다. 좀처럼 한국 음식점을 잘 안 가는데 오늘은 쾌히 승낙한다. 빨리 마음을 전환하자. 그리곤 스타벅스를 간다. 스타벅스 커피 향이 내 취향인 줄 아는 정아가 언니 우울한 마음을 풀어주기 위해 노력한 보람인지 그 향긋한 커피 향에 취해 깔깔 웃는 조석변이 되었다.

한번쯤은 들어 볼 만한 노래

세월과 시간은 소리없이 가고 그렇게 시간이 가고 있을 무렵, 난 선배 목사님의 일을 까맣게 잊고 있었다. 아니 어쩌면 솔직히 잊으려고 애써 외면했는지도 모른다. 순복음교회 소식은 가끔 듣기도 했지만, 일 년 만에 접고 떠나셨다는 이야기를 들을 줄이야… 함께 부흥시켜 보자고 애쓰셨던 덴버에 권사님께서 기브업을 선언하셨단다. 역시 자본주의 국가에는 종교와 신앙의 자유는 누구든지 주어지고 행해지고 있긴 하지만 금전에 관해서는 어느 누구도 이길 수 없는 참으로 알 수 없는 선택의 기로가 가로막고 있는 것이다. 이 문제도 마씨^(사탄)가 개입된 문제일까? 그 권사님의 심정도 이해가 가고 목사님 마음도 이해가 된다. 목사님 팀들이 떠나신 지 얼마 안 되었다고 한다. 갑자기 마음이 또 무거워진다. 한국으로 나가신 건지, 미국에 계시는 건지 그분들이 가시고, 하시는 일에 부디 하나님께서 관심을 기울여 주셨으면 하는 바람이다.

동부 동생네 집에 갔을 때만 해도 이런 부담감 같은 생각은 추호도 내게는 없었던 사람이다. 동부 필라델피아에서 오렌지 카운티로 와서 권사님들을 만나 처음으로 교회에 가서 내 동생 말마따나 사기꾼에게 사기 한번 당했다고 생각하고 성경 공부 좀 해 보라고 내가 왜 죄인인가에 대해서 그래서 한 달도 못한 성경 공부에서 얻은 결과는 60~70 프로인데 그 나머지의 해답을 아직도 못 찾고 있을 때였다. 내가 잘 아는 목사님 말씀이 생각나서 써 본다.

성경의 출애굽기에 물두멍(놋대야, 여인들의 손거울을 가져다가 쇠망치로 빻아서 놋그릇을 대야로 만들었다고 한다)이라는 하나님께 귀한 직분(축복받은 직분)을 받은 제사장들도 성소에 들어가기 전에 이 물두멍에 손발을 깨끗이 씻고 들어간다 하고, 성소에 들어가는 입구에는 언제든지 사탄의 역사가 있다고 한다. 이 사탄의 역사에 말려들게 되었을 때 형벌은 가혹하다고 했든가? 손발을 씻지 않고 들어간다는 것은 곧 죽음이라고 했다. 즉 하나님이 벌을 내린 결론의 종말이다. 즉 마씨가 중간 역할을 하므로 결국 가차없는 형벌… 그래서 우리는 물두멍에 비친 자신의 모습을 돌아보면서 겸손해지면서 순종하는 것… 내가 교만하고 높아지려 할 때 하나님이 내려 주신 진정한 마음의 물두멍이 있는가?

또한 사람도 급수가 있다고 한다. 1급수 제일 깨끗한 사람, 2급수, 3급수, 4급수, 5급수… 영적으로 봤을 때 5급수를 가진 사람들을 5급수 취급하면 내 명에 못 산다고 한다. 그런데 이런 분들을 1급수 취급해 주면 아주 기뻐하고 즐거워라 한다. 그래서 믿음으로 사는 삶, 진정한 하나님의 믿음은 어디에 두느냐가 관건이라 하는데 누군가의 말처럼 어디가 진짜인지 아직도 어떤 돌다리가 튼튼한 건지 두드려 보긴 하는데 아직 그 다리를 건너 본 적이 없는 나로서는 무엇을 잃어버리지도 않았는데 지금까지 뭔가를 찾으려고 헤매고 있다.

어제 저녁 카페에 친하게 지내는 권사님께서 내일 오후에 이른 저녁을 하자고 초대했다. 모두 초대한 분들이 나까지 20여 분은 될 것이다. 이 권사님께서는 덴버에 이주하신 지 꽤 오래된 분이셨고 남편 되시는 분이 어떤 사업을 하시는지는 정확히 알 수는 없으나 그런대로 사업이 어느 정도 괘도에 오르고 조금씩 번창할 무렵 한인타운에서 자동차로 약 40분 정도 걸리는 동네에 커다란 단독주택을 구입하셨다고 한다. 물론 은행론(대출)을 받아서 큰 주택을 구입하시고 집들이 겸 파티에 초대한 것이다. 말씀인즉 권사님께서는 남편 되시는 분이 노래를 좋아하시는데 매일같이 노래방을 두 분이 가시기도 그렇고 해서 이번 기회에 커다란 가라오케 시스템을 새로운 집에 들여놓으셨다는 것이다. 그래서 우리를 초대해 노래방 잔치를 벌이고 싶어 하셨다는 것과, 특히 나에게는 노래를 많이 불러 달라는 당부셨는데 이 계통을 은퇴한 지 오래되어서 목소리가 제대로 나올지 의문이다. 그래도 나를 생각해 주고 관심 주신다는 것이 감사해서 바로 승낙을 했다.

가끔씩 권사님이 "아니, 은조 씨는 그렇게 화려한 무대 생활을 오래한 사람인데 노래에 관심이 없어요? 진짜 미련이 없어요?" 하고 내게 묻는다. 이럴 때마다 생각한 것이, '그래 난 조금 독한 면이 있긴 있나 보다. 포기한 곳에 미련 두지 않고 눈 한번 팔지 않고 이곳 이역 만리 타국 땅에서 전혀 정반대인 비즈니스까지 하고 있으니….' 그러나 웬걸 어느 날은 감성님이 도래한 날은 내가 나를 주체못할 정도의 필이 용솟음칠 때, 정아와 함께 노래방을 간다. 마시지도 못하는 맥주 한잔을 먹고서는(지금도 여전히 술을 못함) 그때 당시 한국 가수 '보보'가 리바이벌한 노래 〈가을비 우산속〉(원곡 최헌)을 맛깔나게 재해석해서 부른 노래를, 내가 또 내 버전으로… 그렇게 술 한잔 먹고 최대의 필을 내며 노래를 부르곤 했다.

훗날 사람들을 통해 들은 이야기인데, 한참 내가 노래를 부르고 있을 때 단체로 회사 팀들이 회식 끝내고 뒤풀이하려고 그 노래방에 들어와서 내 노랫소리를 듣고는 "쉬잇!" 하면서 조용히 자리에 앉아서 내 노래를 감상하더란다. 그러고는 귀신에 홀린 듯이 신들린 사람처럼 가슴을 후벼파며 구슬프게 부르고 있는 내 모습에 그들도 숨을 죽이고 듣고 있었고, 갑자기 떠나갈 듯한 박수 소리에 깜짝 놀랐던 노래방 사건인데 "저 노래 한 사람이 누구냐?"고 전부들 물어보며 그 뒤로 어디를 가면 다른 사람들에게 이야기를 했다고들 한다.

북카페 사장 노래는 한번쯤은 들어 볼 만한 노래라고… 그러면서 전달해 주신 분이 권사님이셨다. 그런 예술적 끼를 두고 어떻게 포기하고 살 수 있나에 대해서 참 이상하다 할 정도로 독한 사람이라고 표현을 하신다.

한국인의 진돗개 정신

다음 날 이른 저녁, 덴버의 하늘이 뉘엿뉘엿 석양이 지고 있었다. 이루 말할 수 없는 판타지아 컬러가 내 얼굴로 다가오고 있을 즈음 권사님 밴이 우리 카페 앞에 섰다. 준비한 대형 회장지 그리고 티슈 등 한 보따리를 안고 권사님 옆에 앉아서 신나는 드라이브를 간다. 권사님 앞에 친언니에게 말하듯이 하루 일과를 조잘조잘 한참을 떠들어 대고 낄낄 웃고 하는 사이에 벌써 권사님 댁에 도착했다. 눈앞에 펼쳐진 장관은 커다란 미니 궁전에 도착한 착각을 일으킬 정도의 저택이었다.

'아고, 이런 대저택에 사시는 권사님은 얼마나 좋을까?' 하면서 현관을 지나니 대형 거실이 나온다. 미국 대형 주택이 이런 곳이로구나. 그런데 식구들이 많아야 하겠다는 생각이 든다. 작은 식구가 살기에는 엄청 큰 저택이며, 감탄을 하기보다는 너무 큰 웅장함에 내가 작아 보일 때, 거실을 보는데 커다란 가라오케 시스템이 센터를 떡 하니 차지하고 있었다. 미니 하우스 콘서트라도 열면 그런대로 어울릴 듯한 거실이다. 이때에 권사님의 목소리가 식당 쪽에서 들린다.

가까이 다가가니 맛난 냄새가 진동을 한다. 주방 바깥에서 바비큐를 굽고 있었다. 김치, 나물, 잡채, 나박김치 등 오랜만에 느껴 보는 제대로 된 진수성찬의 한국 음식들이 있었고, 막걸리, 소주, 맥주, 와인, 음료수 등 떡도 있었다. 와아, 음식을 먹기도 전에 포만감부터 온다. 20여 명이 1차 식사를 해도 될 정도의 넉넉한 주방 내부, 그리고 인테리어! 전형적인 미국식 저택이다.

저마다 화기애애한 분위기 속에서 맛나게 식사를 마치고 재미있는 덕담을 주고받으며 오늘 저녁 집들이 파티는 미국인이 없는 한국 사람들만의 즐거운 파티다. 자신들 집안의 아들이 이번에 육군사관학교를 갔다는 둥, 누구 집 딸은 결혼을 할 거라는 둥, 어느 집 아들은 LA에서 가게를 오픈했다는 둥, 어떤 권사님은 이번에 온 식구가 한국을 다녀왔다는 둥… 서로들 집안의 일들을 즐겁게 나누고 있는 것이다.

또한, 자신의 취향대로 막걸리를 좋아하시는 분들, 와인이나 소주를 좋아하시는 분들, 맥주와 음료수 등 거나하게 마시고 잠시 취기가 도는 듯하더니 누가 먼저랄 것도 없이 한국의 트로트 한 자락을 뽑아낸다. 다시 어느 분이 일어나서 옛날 한국 카바레에서 보았던 사교춤을 추기 시작했다. '와아, 한국인들이 이렇게 흥이 많을 줄이야…' 한국인들은 흥이 많다고들 이야기하는 것은 많이 들어 봤던 바, 오늘에서 그 실체를 본 것이다.

다시 넓은 거실로 자리를 옮겨 그야말로 숨겨 놓은 장기자랑 한 자락씩을 하는 코너가 만들어졌다. 저마다 각자의 특기를 발휘하는 노래자랑도 화려하게 시작됐고 레퍼토리도 클래식부터 다양하다. 너무도 재미있고 한동안 스트레스가 확 풀릴 정도로 열심이다. 그야말로 오늘 권사님이 집들이 파티에 초대하지 않았다면 이 끼들을 어디다 아껴 두고 썩히고 있을 것인지 참 안타까울 정도로 굉장한 진돗개 정신을 발휘하신다. 맨 마지막 즈음에는 민요 레퍼토리가 빠졌다. 이때에 내가 민요를 메들리로 몇 곡을 불렀더니 "아니, 민요도 하셨수?" 저마다 이구동성으로 말씀들 하신다. 어쨌든 불타는 집들이 파티를 치룬 것이다.

타국에서 한국인들은 용감하다. 이래서 전 세계 어디를 가더라도 한국인의 저력은 이러한 점에서부터 시작해서 모든 일들을 정열적 마인드와 진돗개 정신으로 살아가는 것이다. 이 미국 땅만 하더라도 우리가 상상 그 이상을 초월하는 엄청난 땅덩어리를 보유한 나라인데 이곳에서도 어디든지 지구를 반 바퀴를 돌고 돌아 사람들이 살고 있지 않은 오지에서도 한국 간판을 크게 내걸며, '한국분식점 라면 팝니다'라고 용감하게 장사를 하고 있다고 한다. 이런 것이 바로 진돗개 정신이지 무엇이겠는가? 잊혀지지 않는 덴버의 불타는 집들이 파티였다.

야외 원형극장 덴버 레드 락

덴버에 오면 관광 코스로 반드시 보고 가야 할 곳이 덴버 시내에서 10마일 정도 떨어져 있는 진 모리슨(Morrison) 마을에 있는 붉은 바위로 둘러싸인 자연 야외 원형극장 '레드 락(Red Rocks Amphitheatre)'이다. 이곳 근처에 살면서도 등잔 밑이 어둡다고 한번도 가 보지 않은 곳을 오늘은 용기 내서 '책사모' 몇 분과 함께 출발하기로 한 것이다. 승차감 좋은 밴 안에 혹시 쌀쌀할지 모르니 두꺼운 점퍼도 준비해서 만반에 준비를 한 다음 주유도 하고 사방이 로키산맥이 보이는 곳을 향해 미끄러지듯 달린다. 하긴 로키산은 언제든지 눈만 뜨면 볼 수 있는 곳이니 한여름에도 산꼭대기에는 늘 변함없이 흰 눈이 수북이 쌓여 있는 광경을 연출한다. 푸른 들판과 숲속을 지나 사방이 깎아지른 산벽을 지나고 깨끗한 1급수 고기 떼가 살고 있는 넓고 긴 강을 지나 자연의 섭리 앞에 탄성과 감탄을 내지르는 그런 길을 달려가고 있는 것이다.

나무숲 옆을 지나갈 때는 숲속에서 느낄 수 있는 피톤 냄새가 코를 찌른다. 나무들은 정갈하게 늘어서 있고 깨끗하게 정돈된 이 아름다운 환경에 그저 감탄만 나올 뿐이다. 미국 생활이 그리 짧은 세월이 아님에도 늘 신선하고 새로운 느낌이고 또한 저력이 있어 보이는 이 미국 땅은 가도 가도 끝이 보이지 않는 미지의 나라다.

한참을 달려 옛날 서부영화에 나온 것 같은 마을이 나온다. 이곳에서 잠시 내려 커피를 한잔 마시고 옛날 서부 시대 탄광촌 같은 분위기가 도는 이 마을을 잠시 어슬렁거리며 다니다 보니, 총싸움할 때 쓰는 것 같은 장신구며 서부 시대에 마을 사람들이 술 한잔하러 갈 수 있는 바(bar) 같은 호프집도 있고, 그 옆은 아마도 보안관 표시가 크게 붙어 있는 것으로 보아 경찰서 같기도 하고 이곳에서 잠시 그 옛날 과거를 거슬러 올리며, 여기저기 기웃대면서 다시 밴에 다들 올라타서 갈 준비를 한다. 지금은 그 장소가 어떻게 변했는지 알 수는 없다.

언덕 같은 곳을 조금씩 달려가서 보니 대형 주차장이 나타나고 확트인 언덕배기 빨간 흙 바위가 조금씩 보인다. 큰 운동장 크기의 주차장에 차를 세우고 우리 멤버들은 배낭과 가방을 메고 걷기 시작한다. 낑낑대면서 발의 움직임은 빨라지고, 빨간색의 바위와 빨간 수풀, 빨간 절벽 같은 것이 우리 앞에 서서히 윤곽을 나타낸다. 드디어 웅장하고 거대한 원형극장이 나타난다. 흡사 이탈리아 로마의 경기장 같은? 아니 그런 참혹한 경기장의 역사를 견준다는 것이 말도 안 되는 비교인 줄 알면서도 그 웅장함에 놀랐고, 단 다른 점이 있다면 이곳의 레드 락 원형극장은 거의 자연에 의해 만들어진 것으로 보아도 무방할 것이라는 거다.

레드 락 원형극장에 들어가는 입구에는 멕시코 출신의 전설적인 라틴 록의 기타리스트 카롤로스 산타나(Carlos Santana)가 이곳에서 공연을 마친 뒤 기증한 기타가 전시되어 있고, 1964년에는 비틀즈(Beatles)가 공연을 했고, 존 덴버(Henry John Deutschendorf Jr), 마이클 잭슨(Michael Jackson), 그레이트풀 데드(Grateful dead), 유투(U2), 브르노 마스(Bruno Mars) 등 음악가들, 뮤지션들이라면 이곳에서 공연을 해 보고 싶은 로망이 있었단다. 한국의 성악가 조수미도 이곳을 다녀갔다고 한다. 이처럼 이곳 무대를 서는 사람은 영광이요, 자존심일 것이다. 적어도 음악가로서 뮤지션이라면, 그들처럼 아무나 쉽게 설 수 있는 무대가 아니기 때문이다.

이곳을 보며 한없이 작아지는 내 모습을 느낄 수 있었다. 저만치 우리 멤버들은 추억을 남기기에 바쁘다. 지금 후회되는 것은 그 극장 앞 아니면 그 무대에서 기념사진이라도 한 장 찍어 놓지 않았다는 것이다. 맨 엉뚱한 곳에서만 사진을 찍었다. 가만 생각해 보면 난 그곳에서 멍하니 그 무대와 관객석만 바라보며 어떤 생각을 하고 있었는지… 참 묘한 그때의 그 감정이 되살아난다. 벌써 다녀온 지 20여 년이 흘렀다. 얼마나 많이 변해 있을까?

조금 오래전 한국의 교보문고에 있는 시디 판매장에서 스치면서 바라본 가수 박정현의 자켓 사진이 이곳 레드 락 빨간 바위 앞에서 찍은 사진이었다. 하긴 박정현의 집이 아마도 LA 아니면 오렌지 카운티니… 그리고 보니 연예인들이 제법 미국 출신이 많다. 박정현은 목사님의 따님으로 어린 시절부터 가스펠을 접하고 살아온 사람이었기에 기본기가 탄탄한 걸로 안다. 지금도 미국과 한국을 오가며 살고 있지만 한국에서 결혼했다는 이야기가 있으니 내가 예뻐라 하는 가수이니만큼 하늘의 축복 듬뿍 받고 건강히 잘 살았으면 하는 마음이다. 박정현의 레드 락 사진을 보며 미국을 떠나온 지 오래된 내가 새삼스레 레드 락의 추억을 더듬어 보고 있다.

우리 멤버들은 그때의 빨간 바위와 빨간 원형극장을 잘 기억하고 있으리라. 그 후 난 미국의 가까운 곳을 두루 다녀 보면서 미국을 떠나왔기에 지금의 미국은 어떠한 변화가 있었는지 잘 모른다. 그날 우리 멤버들은 불어오는 바람 소리를 음악 소리 삼아 쭉 오던 길을 걸어 내려오면서 그 장엄한 빨간 바위, 그 빨간 돌로 만들어진 극장 이야기를 계속하고 있었다.

그날 만큼 덴버 시내 맥도날드에서 거나하게 시켜 먹은 다음 한국식 호프집에서 간단하게 쿨스 맥주 타임을 하고, 한 사람 차로 라이드 해 주고 있었던 날… '쿨스'라는 맥주 공장이 덴버에 있다는 사실도 알게 되었고 쿨스 맥주가 콜로라도주의 최고로 유명한 맥주 브랜드라는 것도 알게 되었다.

참, 빨리도 알지… 이제야 알게 된 이유는 우리 멤버 친구 중에 쿨스 맥주 공장에 근무한다는 사실과 함께 맥주를 그다지 좋아하지 않는 나이기에 술 종류도 잘 모르지만 특히 맥주는 더욱 관심이 없었다는 것을 이제야 알게 되어 쿨스 맥주 회사의 내력에 대해서는 알콜에 관심도 없고 애주가가 아니니 몰라도 할 수 없었던 것이다.

요단강 건널 뻔한 사건

오래전 일들이지만 또렷하게 기억하고 있는 일이 있다. 덴버에서 자칫했다가 요단강을 건너 돌아오지 못할 뻔한 일이다. 그날은 다른 날보다 카페 끝나는 시간이 늦어졌다. 손님들의 대화 시간이 길어진 탓으로 아주 늦은 시간에 가게 문을 나섰다. 그러고는 빠른 속도로 건널목의 신호등을 무시한 채 순식간에 길을 건넜을 때 바로 콜로라도 스피링스(Spring)로 가는 군인차가 갑자기 비상이 걸렸는지 무서운 속도로 건널목을 건너자 마자 바로 몇 초 사이로 쏜살같이 지나가는 것이었다. 간발에 차로 무슨 마술사처럼 건너긴 했는데 머리카락이 쭈뼛쭈뼛 올라서며 심장이 갈아엎어질 지경이었다. 자칫 잘못했으면 정말 타국 땅에서 황천길을 갈 뻔한 것이다. 그 상대방 군인차 운전병은 얼마나 놀랐을까? 누가 볼세라 누가 올세라 자동차 액셀을 어디다 둘지 긴장이 되어 제정신인지 남의 정신인지 정신없이 슬금슬금 가고 있는데 심장 뛰는 소리가 쿵광쿵광 리듬을 타고 들려왔다. 그때 누군가 저만치서 내 차를 따라오기 시작한 것이다.

가뜩이나 크게 놀라서 심장과 생각이 불협화음을 내고 있는데 내 차까지 쫓아오고 있는 저들은 또 무엇이란 말이냐? 컴컴한 이 밤에 어쩌라고! '아이구, 하나님 살려 주세요!' 입에서 술술 기도문이 나온다. 그래도 정신을 가다듬고 '호랑이 앞에 가서도 정신만 차리면 된다.'는 속담이 있듯이 그래, 오늘이 가면 내일의 희망은 뜬다. 이 어둡고 컴컴한 야밤에 내 뒤를 미행해서 쫓아오고 있는 저 불청객들은 무엇이냐? 불안과 공포심에 제정신이 아님에도 어떻게 내 집앞 주차장까지 도착했다. 어랍쇼? 내 뒤를 열심히 쫓아온 이 사람들도 우리 아파트 주차장에 차를 대는 것이 아닌가? 오늘따라 주차장 불빛은 어슴푸레하고 밝지가 않았다.

차에서 내려서 나오는 순간 재빠르게 차를 대고 나타난 세 명의 검은 군인들! 행동도 민첩하게 내 가는 길을 막아서며 큰 소리로 떠들어대기 시작한다. 드디어 올 것이 오고야 말았구나! 도둑이 제 발 저리다고 내 잘못을 내가 알기에, 무엇보다도 컴컴한 밤에 검은 군인들 모습이 소리 지르는 것보다 더 무서웠다. 사실 그 검은 피부에 살짝 불빛 사이로 본 검은 아저씨들은 이빨만 하얬을 뿐이고, 그 외는 다 검었으니 무서울 수밖에….

내게 소리소리 지르면서 큰 소리로 아마도 훈계를 하고 있는 것이다. 영어를 몰라서 다행이지 알면 내 영혼과 내 자존심에 두고두고 사무치는 고통을 느끼게 되었으리라. 이럴 때는 영어 모르는 것이 약이다 약! 어쨌든 나는 계속 한 말만 반복했다. "아엠 낫 잉글리쉬! 마이 미스테익 마이 미스테익 베리 베리 쏘리!" 등등 손짓 발짓으로 온갖 해프닝을 벌여 가면서, 안 되는 영어를 하다 보니 그 검은 군인 아저씨들도 자기네끼리 어쩌구저쩌구하더니 나를 한번 쳐다보고 즈그들끼리 보면서 뭐라 하더니 그때서야 철수하려 한다.

영어도 안 되고 소 귀에 경 읽는 꼴이 들 테고, 콜로라도 스프링스 부대까지 가려면 시간 맞춰서 가야 하고 하니 뭐 지들이 답답하지 내가 답답한가? 아무튼 검은 아저씨들이 간다고 하는 것이 기뻐서 얼른 한국어로 "조심해서 가세요!" 깍듯이 인사를 해도 들어먹지를 않는다. 그래서 영어로 "해버 굿 나잇! 바이!" 하니까 억지로 검은 군인 아저씨들 "바이! 유투!" 이러는 것이다. 한바탕 푼수짓을 하면서 해프닝을 벌이고서야 불안감이 안심으로 돌아선 것이다. '그래, 김은조 잘했어! 정신만 차리면 돼!' 후들거리는 한쪽 다리를 쫙 펴고 그 옛날 태권도 품새로 다리를 쭉 뻗어 본다. 이 밤에 태권 품새라니 참 우스운 일이다.

잠자리에 누워 긴장된 심장을 안정시켜 보면서 나도 모르게 낄낄 웃는다. 그런데 심중에 남아 있는 말이 잠시 생각났고, 아무리 내가 히어링이 엉망이라도 조금은 들을 줄도 안다. 내가 살고 있는 집 주차장까지 쫓아왔을 정도로 화가 나서 훈계라도 실컷 하고 싸움이라도 하려고 했을 텐데 한국인에다가 여자이고 영어도 안 되는 사람이니 참 환장했을 거다. 그런데 그중 가장 험악하게 생긴 검은 군인 이야기가 "당신, 그렇게 운전하다가 죽으면 어쩌려고, 진정 죽고 싶어서 그렇게 운전한 거야? 목숨을 아껴라, 더군다나 미국 땅에서 죽을려고?"

내가 영어 토킹은 잘 안 해도 히어링은 좀 강한 편인데 듣고 보니 예사로운 말이 아니라 미국에 살려면 이런 명언은 평생 동안 두고두고 생각해 둬야 하는 말이고, 이러한 말들을 오렌지 카운티에서도 들었던 나 치고는 너무 쉽게 생각하고 잊어버리는 망각을 하고 사는 것이다. 이런 일들로 해서 또 한 번의 큰 내 인생의 고비를 넘김과 동시에 또 하나를 배워 가고 있는 것이다. 그 후부터 나의 교통법규는 엄격하게 지켜 나간다. 그 검은 군인 아저씨에게 가끔씩 감사함을 느낄 때가 있었다.

그런 일이 있고부터 내 정신은 한동안 제정신이 아니라 정신없이 살아가고 있었다. 정신을 차리고 살아도 시원찮은 마당에, 정아가 카페에 왔을 때 무슨 자랑이라도 되듯이 그날 있었던 일을 소상히 설명하고 있었다. 정아가 깜짝 놀라서 "아이구 언니, 십년감수했네. 언니, 그날부터 안 보이면 나는 어쩌라구. 그렇게 돌아가시면 얼굴 표정이 어떻게 하고 이 세상 가는 줄 알아 언니? 일그러진 얼굴로 돌아가시면 남 보기도 그렇고. 아이구, 생각만 해도 끔찍하다. 평안한 얼굴로 가셔야지 그렇게 가는 얼굴이 얼마나 험악한 줄 알아?"

엥? 그런데 가만히 듣고 보니 이야기가 이상하게 가는 것이 아닌가? 나보고 정아가 죽었다고 가정을 해서 말을 하는 건지, 아니면 앞으로 죽을 때 교통사고 나서 죽으면 보기 흉하게 되니까 교통사고 나서 죽지 말라는 이야기인지? 도무지 말의 핵심을 종잡을 수가 없었다. 은근이 부아가 나는데 확실한 핵심이 없으니 따질 수도 없고, 뭐라 말을 할 수도 없고, 아고, 진짜? 내 표정이 굳어진 것을 눈치 백단이 알아차리고는 "아이구 언니, 섭섭했구나? 내가 그렇게 말을 해서!" 낄낄 웃으면서 말을 한다.

"언니, 이제 진짜루 말해 줄게. 내가 언젠가 언니에게 말해 주고 싶었는데 잘 됐다. 언니, 언니는 운전을 너무 쉽게 생각하는 것 같애. 먼저도 언니 뒤로 백하다가 뒤에 대형 트럭이 서 있는 것도 확인 안 하고 그대로 가다가 뒷창문 해 잡쉈잖아. 그렇게 일을 당하고 또 건널목에서 그런 일이 있었다고 하면 내가 언니에게 무슨 말을 해 줄 것 같애? 언니, 요즘 망둥이처럼 사는 거 알아?"

그러면서 제법 언니처럼 훈계를 한다. 듣고 보니 요즘 내가 살아가는 일들이 진돗개 정신으로 살아도 시원찮을 판에 완전 망둥이 정신으로 살아가고 있다. 그래, 정아가 나보다는 어린 동생이지만 어떤 면에서는 사람이 살아가는 정서를 안다. 판단도 빠르다. 빨리 정신줄 챙겨야겠다. 어쨌든 잠시 부아가 날 듯 말 듯한 것은 내 마음에게 취소해야겠다. 머나먼 이국땅에서 친인척이 가깝게 살지 않고 같은 미국땅 먼 곳에서 살고 있는 친인척은 치지 않는다. 한국 같으면 가장 먼 곳이 제주, 부산인데 미국은 바로 옆동네 격이다. 그러니 혼자 살아가고 있는 내게, 이 넓은 땅에서 서로 의지하며 형제처럼 지내는 나이 어린 동생이지만 가끔씩 헤까닥 정신줄 놓고 살아가고 있을 때 따끔한 충고는 받아들여야 한다는 생각이다.

가만히 듣고 보면 절대 틀린 말이 아니기에 받아들일 것은 받아들이고 버릴 것은 버려야 내 정신 건강에도 좋을 듯싶다. 마냥 윗사람이라고 해서 자신의 주장과 아집과 자존심만 내세울 일은 아닌 것이다. 남의 나라에서 이러한 말들을 주고받고 할 수 있는 사람들이 더군다나 미국 땅에서는 흔치 않다. 인간적인 문제가 얼마나 삭막하게 살아가고 있는지는 타국에 살아 본 사람만이 느낄 수 있는 문제이기에 이러한 우정이 우리에게는 더욱더 소중한 것이다.

미국에서 사과 서리?

눈치 백단인 정아가 오늘 저녁은 가게 일 빨리 끝내고 어디를 함께 가자고 한다. "어디를 가는데?" 했더니 그건 가 보면 안다고 했고, "그래, 어디인지 가 보자!"고 했다. 부지런히 카페 마무리를 하고 우리는 정아 차로 바꾸어 타고 약 30분 걸리는 거리를 드라이브를 하며 갔다. 그런데 차도 많이 오가지 않는 드문드문 타운하우스가 있는 넓은 길 가장자리로 천천히 서행하며 가는데 길옆에 사과나무들이 줄지어 서 있는 것이 아닌가? 깜짝 놀라 다시 보니 분명 사과나무였다.

그런데 놀라운 일은 분명 사과나무이고 사과가 달려 있는데 제법익은 사과였고 나무는 작고 아담한 우리나라 사과나무나 미국 사과나무나 똑같은데 사과 크기가 좀 작다는 것이다. 그리고 누군가가 따가지를 않는다는 것이다. 미국에서 살만큼 살았다고 자부하고 어디에뭐가 있다는 것쯤은 잘 알고 있다고 생각했던 내가 금시초문이었고, 본 적도 없다. 이 낯선 전경은? 놀라움과 동시에, 여기서 잠시 생각난이야기를 써야 할 것 같다.

1986년경인가? 뉴질랜드를 친구와 두 번이나 다녀온 적이 있다. 남섬과 북섬이 있는데 그 당시 친구의 딸이 북섬 오클랜드 친척 집에 살고 있었다. 여러 군데 여행도 하면서 이곳저곳 기웃거리며 휘적거리며 다니는데 입국 당시에 재미있던 일이 있었다. 왜 갑자기 이야기가 뉴질랜드로 가냐는 읽다 보면 이해가 될 듯하다.

뉴질랜드 공항 심사관 심사 때 그 당시 뉴질랜드의 캐치프레이즈는 '선조들이 남겨준 공기를 깨끗하고 청결하게 후세에 남겨 주자!'였는데 대개가 공항을 통과할 때는 그때만 해도 전자 제품 밀수라든가 다른 나라에서는 이런 것을 위주로 심사를 강화하는데 이 나라는 정말 특이하게도 한국에서 가지고 가는 김치나 발효식품 등은 조금 제외시키고 생야채 등이나 빵에 발라 먹는 작은 미니 버터 속까지 샅샅이 뒤진다. 아예 전자 제품은 아무리 비싼 것을 가지고 가도 바로 통과다.

처음 본 이 광경에 웃음도 나지만 아이러니하다는 생각이 들어 뉴질랜드 지인에게 물어봤다. 대답은 위에 썼듯이 후세에 뉴질랜드의 공기를 깨끗함과 청결함이라는 말과 걸맞게 이 나라에서 요구하는 것이 다른 나라에서 오는 조그마한 개미 같은 벌레까지도 검사를 한다는 것이다. 그래서 공항에서 내가 가지고 빵 발라 먹던 아주 작은 치즈에 벌레가 담겨 있나 하고 무슨 작은 포크처럼 생긴 스텐으로 후벼파고 있는 것이다. 그런 취지는 이해가 갔지만 이 광경이 하도 낯설어서 두고두고 친구들에게 이야기해 준 경험이 있다. 자신의 나라에 후세에게 남겨 줄 깨끗한 공기, 맑은 하늘, 벌레 하나 없는 나라, 청결, 그야말로 지상 낙원이고 얼마나 가상한 일인지 모른다. 참 경외스럽다 못해 존경스러운 나라다. 그리고 무섭다.

또 한 가지는 미국에서는 사과였지만 뉴질랜드는 감귤나무였다. 동네 길옆에는 감귤나무가 줄지어 서 있다. 그런데 이 나라도 이상한 것은 감귤이 주렁주렁 달려 있어도 도대체 누구 하나 따 먹는 사람이 없어 지 스스로 지풀에 때가 되면 열리고 떨어져서, 길옆에서 굴러다니다가 썩어서 다시 흙으로 돌아간다. 그렇다면 한국을 비교해 보자. 한국은 길옆 동네에 사과나무가 줄지어 서 있을 일도 없거니와 한적한 과수원 사과밭이나 가야 볼 수 있고 어쩌다 동네 어귀 정원에나 사과나무 한두 그루 볼 수 있을 뿐 그런 풍경은 좀처럼 보기 힘들다. 자칫 사과라도 한 개 서리할라 치면 절도범이 되는 세상이 요즘 한국 과수원의 진풍경이란다. 그런데 뉴질랜드는 마냥 여유롭고 평화롭다. '누가 제발 나 좀 따 가세요.' 하며 귤나무가 기다리고 있는 듯하다. 누가 보는 사람도 없고 따든 말든 자신들 하고는 아무 상관이 없는 것이다. 사람들 자체가 여유롭고 평화롭다.

어느 날인가 식사를 마친 후 뒷동네를 산책하는데 광채가 나는 귀한 왕자님 한 사람이 나타났다. 아버지 신발인 듯한 큰 슬리퍼를 밥먹은 힘까지 보태서 신고 간신이 끌고 나온 모습으로! 한 다섯 살이나 됐을까? 갈색 눈동자를 가지고 있는 이 멋진 왕자님은 내게 손짓을 한다. 자신에게 와 보라고, 다가가 보니 감귤나무 앞이었다. "굿모닝!" 하며 인사를 한다. 나도 "모닝!" 했더니 뭐라고 쫑알쫑알 영어로 이야기를 하는데 나는 10분 정도까지 버틸 힘이 없는 영어였기에 무척 당황해하고 있었다. 천만다행인지 이 꼬마 왕자님은 아무리 봐도 같은 동향인이 아닌 것을 눈치챈 모양이다. 바로 손짓 발짓으로 말 대신 표현을 한다. 그 표현은 '저 나무에 있는 감귤 좀 따 주세요. 손이 잘 안 닿아요.' 하는 뜻 같았다. 나는 잠시 망설이다가 나도 다시 한 번 손짓을 했다. '저 위에 있는 감귤 따 달라고?' 그랬더니 강하게 고개를 끄

떡인다. 아고, 큰일났다. 저 감귤 따 주어도 되는 건지 고민이 되는데 에라 모르겠다. 따 주자 하면서 몇 개를 따 주었더니 이 귀여운 왕자님이 내게 "탱큐!" 하면서 고사리 같은 손으로 한 개를 주는 것이 아닌가? 얼마나 기쁘고 감사했는지 모른다. 귤을 받아서라기보다 요 귀여운 꼬마와 대화가 통했다는 것이 비록 바디랭귀지라도 말이다. 그것이 기뻤다. 나는 한국말로 "감사합니다!" 했더니 요 왕자님이 서투른 발음으로 "깐사합니다."라고 따라했다. 아고, 어쩌면 이렇게 귀엽고 예쁠 수가? 아이가 이렇게 꼬옥 안아 주고 싶을 정도로 예쁘고 귀여울 수가 있을까 싶게 느껴 본, 처음이자 아마도 거의 이런 감정이 마지막이 된 뉴질랜드의 동네 길옆 감귤나무 앞에서의 예쁜 추억이다. 뉴질랜드는 그림엽서와 한 치도 틀리지 않는 그림 같은 나라이며 아름다운 멋진 동네였다. 그곳을 여행하면서 많은 추억을 쌓았다.

정아와 나는 어스름한 밤에 엄밀히 따지자면 사과 서리를 온 것이다. 나도 모르게 사과 서리에 정아가 합류를 시킨 것이다. 정아는 어떻게 이런 곳을 알게 되었을까? 하긴 이 가시나는 가끔씩 차를 몰고 안 가 본 곳 없이 이곳저곳 구석구석을 샅샅이 뒤지고 다닌다. 내가 모르고 있는 곳을 귀신 같이도 잘 알아서 찾아다니곤 하더니 드디어 사과 길을 발견해 낸 것이다.

"언니, 여기 일단 가만히 있어 봐. 내가 차 트렁크에서 뭐 좀 꺼내 올게." 하더니 트렁크에서 미니 사다리를 갖고 나온다. "아고, 기가 막힐 노릇이네. 뭐야 서리할 준비 다 해 갖고 온 것이여? 완전 우린 사과 서리단이네." 우린 재미있다는 듯이 낄낄 웃어 대면서 뭔가를 정아에게 물었다. "야, 여기 사과 따다가 걸리면 어떻게 되는 거야?" 했더니 "언니 여기는 아직까지 사과 따다가 걸린 사람이 한 사람도 없어. 그리고 사과 따간다고 신고할 사람도 없고. 길에 떨어진 사과만도 하도 많아서 발로 밟고 다니는 것도 다 사과 천지인데 참, 언니는 별걸 다 걱정하고 있어, 걱정 마슈!" 하는 정아의 말이 미덥지가 않은 것인지, 잠시 혼자 앉아 있다가 사다리 놓고 한 개, 두 개씩 사과 따는 모습이 어째 영 불안해 보였다.

그냥 보고만 있자니 괜히 미안한 생각이 들어서 우선 떨어진 사과라도 주으려 하는데 이상하게 난 불안하기만 하다. 정아는 즐거운 마음으로 사과를 따고 있는데… 어쨌든 한국 방식으로 사과 서리를 하는데 불안하지 않은 사람이 어디 있느냐 말이다. 정아는 한 개 따서 바지에 문지르면서 "언니, 한 개 먹어 볼래?" 하는 여유까지 부린다. '아고, 사람 환장하겠네!' 그런데 어스름한 불빛으로 보는 자그마한 사과 빛깔은 어찌나 곱게 보이던지, "정아야, 그 나무에 있는 사과 한 개 따서 던져 봐!" 했더니 오케이 하면서 사과를 던진다. "마이 볼!" 하면서 얼른 받아 바지에 문지르며 한 입 깨무니 아고, 정아가 이 사과를 왜 따려는지 알 수 있었다. 그런대로 맛난 사과였다.

정아의 사과 자루가 반을 채우고 있을 때 우리 옆으로 벤츠 차가 다가왔다. 깜짝 놀라서 "정아야, 하고 부르니!" "왜 언니?" 하고 대답을 하곤 아무 일 없다는 듯이 계속 사과를 딴다. 하긴 사과나무에 사과가 넘치고 넘치게 열려도 누구도 사과를 따 가는 이 없으니 정아는 사과 서리를 하는 것이 아니라 미화 작업에 도움이 되어 주는 일이란다. 정당하다는 뜻이다.

벤츠에서 한국인인 듯한 분이 내리더니 갑자기 웃으면서 "야, 진짜 오랜만에 사과 서리하는 것 보니 옛날 한국 생각난다."면서 자신들도 동참해 주겠다는 웃지 못할 촌극이 벌어지고 있었다. 잔뜩 겁이 나 있던 나는 바로 정아에게 소리쳤다. "정아야, 이제 그만 하자! 그냥 가자!" 했더니 내 표정이 아주 불편해 보였던지 그만 포기하고 사과 따는 것을 마무리했다. 휴, 이제야 나는 속이 편해지는 것 같았다. 그 벤츠 아저씨들이 한마디한다. "더 따도 되는데 왜 그만 하냐?"고 내가 안 된다고 단호히 이야기를 했다.

그 아저씨들 말은 정아 말대로 사과를 따도 괜찮다는 것이다. 그런데 새 가슴인 나는 강심장도 못되고 아무리 생각해도 이런 일은 서리하는 일이고 합당치 않은 일이라고 생각했기 때문이다. 이곳에서 빨리 벗어나고 싶었다. 자동차에 먼저 들어와 앉아 있는데 정아는 그 벤츠 아저씨들과 뭔 밀당을 하고 있는지 아직도 이야기를 하고 있었다. 원래 정아가 아는 아저씨들이었나 보다. 물끄러미 바라본 사과나무는 사람 손이 훑고 간 뒤에도 그래도 건재하다. 다행이다.

정아가 차로 왔고, 함께 또 어디를 가자고 한다. 이번에는 벤츠 팀들이 한턱을 낸다고 노래방을 가잔다. 마음이 가뜩 개운치 않은데 또 어디를 간단 말인가? 정아에게 우리 카페까지만 데려다 달라고, 오늘은 컨디션이 별로여서 다음 기회에 그때 함께 가자고 했다. 빨리 집에 가서 쉬고 싶었다. 내게 설득하는 정아를 오히려 내가 설득해서 보내고 집으로 왔다.

참 고되고 지친 저녁이었고, 무슨 큰 노동을 한 것도 아닌 데도, 뭔지 모를 모험을 한 것 같은 그런 정신적 스트레스라 할까? 결코 사과 서리는 재미있는 스트레스 푸는 일은 절대 아니다. 그런 일은 강한 심장과 백두 철판을 가진 이들이 즐기고 재미있는 일로 치부하는 일이다. 덴버에서 있었던 일들 중의 기억에 남는 베스트에 들어간 사과 서리 사건이다. 역시 난 거나한 일들은 해내지 못한다. 다들 괜찮다고 하는 일들이었는데 내가 판단하기로는 결코 합당한 일이 아니라는 고지식한 봉건적 사고방식이 아직도 내게는 잠재해 있는 것이다.

이로써 이 동생은 나를 즐겁게 해 주려다가 오히려 생각을 많이 해 봐야 하는 일이 되어 버린 결코 그다지 재미있는 일이 아니게 되었고, 후에 난 정아에게 차분하게 말을 했더니 내 이야기를 바로 알아듣고는 무슨 큰 죄나 지은 사람처럼 "언니, 미안해! 언니, 즐겁고 재미있게 스트레스 풀라고 한 일이었는데…." 하긴 사람마다 생각, 성격이 다르듯이 장난기 많고 선머슴 같은 성격을 지니고 있는 사람이니 이런 일들을 오죽이나 좋아하랴. 나와는 달리 익사이팅(exciting)한 일들을 좋아하는 호방한 기질을 가지고 있는 정아는 언니와 함께 즐기려다가 오히려 언니에게 핀잔만 들은 꼴이 되었던 것이다.

로키 마운틴의 잊을 수 없는 베스트 음식 문화

그렇게 시간은 흐르고 흘러 또 새로운 날은 다시 오고 책을 사랑하는 '책사모' 일과 카페 일도 이제는 서서히 순조롭게 안정을 찾아가고 있다. 고정 손님들도 생겨나서 이제 슬슬 고객분들을 위한 세일 준비를 하기로 한다. 책부터 시작해서 비디오, 시디, 디비디, 그림, 액세서리, 골프웨어까지 여기는 한국을 자주 다녀오시는 분도 없고, LA를 자주 다니시는 분들도 드물다. 더군다나 필요한 물건을 사려고 일부러 가지는 않는다. 그래도 한국 물건은 우리 집의 상품이 제법 많은 편이다. 이번 기회에 덴버 한인들께 헐값에 드릴 생각이고, 이렇게 하다 보면 더 좋은 희망이 생겨날 수도 있고 또 새로운 아이템도 생겨날 것이고 돈에 대한 애착과 욕심만 조금 버린다면야 그보다 더 마음 편한 일이 어디 있으랴. 내 성격이 많은 변화는 가져왔지만 욕심을 더 이상 갖지 말자는 내 철칙이다.

바보 같은 생각이라고 모두들 이야기할지 모르지만 건강히 살아가고, 본인이 하고 싶은 일을 할 수 있다는 것이, 그보다도 더 행복한 일은 없을 것 같다는 내 생각이다. 어쨌든 나는 욕심이 없는 사람이다.

하나 이제 나는 나에게 시간을 내서 다녀오고 싶은 곳 여기저기를 다녀야겠다. 그 역마리즘이 다시 도래할 것 같은 예감이다. 오랜만에 한국도 다녀와야 할 것 같고 로키 마운틴 공원 안에 있는 근사한 레스토랑에 가서 가까운 분들과 식사도 하고 싶다.

로키 마운틴에는 한여름에도 온도가 한참 떨어져 파카 점퍼를 입고 가야 할 정도다. 그런데 어느 분에게서 들은 이야기인데 로키 마운틴 공원 내에 있는 유명한 레스토랑의 주인 되시는 오너가 한국분이신데 한인타운 내에서 로칼 신문사도 함께 운영하신다고 했고, 그런데 그분을 잘 알고 지내시는 분이 이곳 이 회장님이라고도 했다. 쉬는 날쯤 이 회장님께 전화를 드려서 여쭙기로 하고 이왕 내친김에 콜로라도 스프링스까지 가 보기로 한다.

스케줄은 이러할진데 잘 진행이 되어 갈지는 모르겠다. 왜냐하면 내가 길을 잘 모르니 길을 잘 아는 사람을 함께 대동하고 가야 고생을 덜 하는 법이라 우여곡절 끝에 간신이 이 회장님께 승낙을 받아서 친하게 지내는 권사님과 함께 가기로 했다. 회장님은 먼저 쓴 글에서도 언급을 했듯이 나의 멘토이신 분이다. 또한 책을 사랑하는 모임에서도 초대 회장직을 맡아 주시기도 한 분이다. 이 회장님의 차로 한참을 달리자 숲길이 나타나고 그 길을 계속 달린다.

항상 느끼는 일이지만 미국이라는 나라는 어디를 가도 자연의 섭리 앞에 감탄하게 된다. 인간의 힘으로는 도저히 해낼 수 없는 거대한 자연의 힘이 이렇게 인간들 앞에 가장 두려운 존재로 나타나기 때문이다. 미국은 어떤 주를 가든, 놀라우리만치 희한하고 거대한 역사적인 메시지로 다가온다. 가끔씩은 깜짝 놀랄 만한 일이 여기저기 나타나기도 하고, 문득 스쳐지나가듯 생각난 것이 다윈의 진화론(Darwin's theory of evolution)이다. 과연 진화론을 부정하는 창조론자들은 어떠한 이론을 내놓아야 하는지 하나님을 믿는 사람은 굳이 다른 생각을 할 필요성이 없는 것이다. 갑자기 이런 생각을 하는 것은 인간의 힘으로는 아무것도 할 수 없는 신적인 존재인 하나님이 계셔서 하는 생각으로 생각이 기울어질 수밖에 없겠구나….

숲길을 지나 마법의 성에 나오는 괴상한 나무들을 지나 도착한 곳은, 아주 오래된 나무들, 썩은 나뭇잎, 묵었던 낙엽들이 아무렇지도 않게 굴러다니는 모양이 깊어 가는 가을 풍경인 그대로를 보여 주고 있었다. 산속 안 오롯이 있는 목재 레스토랑은 신기해 보일 정도로 오래된 나무로 지어진 통나무집이다. 그래도 이곳을 찾는 이들이 있어서 운영이 가능하다고 한다.

와 보고 싶던 곳을 와 본 탓인지 내 눈길은 여기저기 눈에 담기 바쁘다. 회장님께서 예약을 해 둔 덕으로 햇살이 살짝 비치는 창가 쪽에 앉았다. 특으로 된 스테이크를 주문하고 앉아서 창밖을 바라보니 깊은 산중에 덩그라니 한 채 있는, 속세를 떠나 살기를 포기한 사람처럼 심한 외로움이 밀려온다.

권사님과 이 회장님은 천주교와 개신교에 대해 이 회장님의 자상한 대화법으로 논리정연하게 대화를 하고 계셨다. 살아 있는 이 순간에 좋은 분들과 인생살이 공부하며, 유익한 정보를 듣고 하는데 무엇이 외롭고, 무엇이 슬프단 말인가? 내 내면에 늘 잠재해 있어도 말 못하고 있는 그런 것들이 분위기가 바뀌고 지금 현재 평안한 분위가 나를 반겨 주는데, 아니 감성이 200인 내가, 이건 순전히 평상시 내가 갖고 있던 것들을 합리화시켜 본 최고의 사치다.

'김은조 너처럼 행복한 사람이 어디 있나? 너를 다시 한 번 되돌아보고 생각해 봐. 너처럼 행복한 사람이 있는가?' 자꾸 내가 나에게 주문을 건다. 그래 난 행복한 사람이라고. 이런저런 제멋대로 생각을 하고 있을 때, 주문한 스테이크와 수프, 신선한 야채 등 맛난 음식이 줄줄이 나온다.

음식은 보기에도 좋은 근사한 색감, 식감, 멋진 셋업! '와, 멋지다!' 이 조합이 멋들어지게 사운드를 대변해 주고 있다. 음악 역시 클래식부터 내가 좋아하는 에릭 클랩튼(Eric Clapton)의 노래까지 정말 오랜만에 취해 보는 만찬의 즐거움이다. 우선 이 자리를 만들어 주신 이 회장님께 감사를 해야겠다. 아, 참 먼저 하나님께 잘 먹겠다고 인사를 드려야 옳을지도 모르는데, 난 아직도 누구 말마따나 어떤 돌다리가 진짜 돌다리인지 어떤 돌다리가 진짜 튼튼한 건지 아직도 반신반의할 때가 많을 때였다.

아무튼 멋진 식사를 마치고 돌아오는 길에 자동차 안에서는 내 콧노래가 나오고 있었고, 철딱서니 백 배, 어린아이가 배고플 때 맛난 음식 먹고 만족해했을 때의 아기들 표현, 물개박수 치면서 콧노래하는 것 딱, 이 표현이 맞을 듯하다. 그때의 미국에서의 로키 마운틴 레스토랑의 식사는 내 인생에서 잊을 수 없는 베스트에 들어가는 음식 문화였다.

비 오는 콜로라도 스프링스 공군사관학교

    카페에서 '책사모' 회원이셨던 분과 대화를 나눴는데 이분은 홍대에서 그림을 전공한 분으로서 그림에 역시 조예가 깊다. 내게 아이템을 주셨는데 카페 공간 활용을 하자고 하신다. 우리 카페는 한국 평수로 약 100평 정도로 책이 6만 권 정도 있는 대형 종합 공간이고 찻집까지 겸하고 있는 복합적인 요소를 갖고 있다. 단점이 있다면 가게가 일직선으로 되어 있다는 점이고, 어찌 보면 그림 전시하기에는 좋은 조건일지도 모른다는 생각이 들었다. 또 이런 제안을 해 주시는 '책사모' 회원분도 어느 정도 가능성이 있다고 본 것이다. 그렇다면 한번 시도해 보는 것도 나쁘지 않을 것 같고 해서, 이렇게 처음으로 그림 전시회를 개최하게 되었고 처음 시작한 일이 수월하게 되기까지는 잦은 노동력이 기다리고 있었다. 이런 모든 것을 '책사모' 여러분들이 도와준 결과이다.

    비교적 운이 좋았고 인복이 있었던 때가 바로 그 시기가 아니었나? 생각해 보는데, 결정적인 것은 나의 삶을 내가 책임져야 한다는 확고한 신념이 약했던 때, 그 낙천리즘이 도래가 될 때가 심히 있었던 터라, 유비무환이 정착되고 있지 않았음을 이제 생각해 볼 때, 게다가 귀까지 얇았던 것, 미국에서 사람을 믿지 말라고 그토록 누군가가 부르짖었던 그 말들도 곰 모가지 비트는 소리로만 들렸을 때니 지금에 와서야 무슨 소용이 있으랴. 지나간 날들에 대한 회한과 후회는 소용없는 것, 그때의 순간, 그 시간, 그 시기가 가장 중요하고 마인드 컨트롤을 잘해서 자신의 삶을 유리하게 만들어야 한다는 것, 이런 셈법을 모르고 사는 즉 말하자면 어떤 미래지향 측면에서는 전혀 생각이 없이 사는 사람이 아니였었나? 그 좋은 조건에 그 시기에 운이 좋고, 좋은 사람들과 함께하는 환경도 있었음에도 불구하고 한 계단 한 계단 쌓아 갈지 몰랐던 나이기에 그래서 나의 테마 곡으로 사랑과 평화에서 베이스를 담당했던 이남이 씨의 〈바보처럼 살았군요〉, 그 노래다. 맞구요, 맞구요.

그런데도 사람들은 나를 보고 참 똑똑하게 산 줄 안다. 왜일까? 흔히 객관적으로만 봤을 때 갖춰진 조건과 환경, 외모만 봐도 손에 물 한 방울 묻히고 살지 않았을 것 같은 분위기, 그래서 모든 사람들이 이구동성으로 공주처럼 살았을 것 같단다. 보여지는 조건만 그렇게 보이지, 실상은 가끔씩 나를 피력할 때 쓰는 말이 암만해도 난 무수리과다. 예술 계통에 있을 때는 공연예술을 하는 사람 입장에서도 이런 무수리라는 단어는 적합하지 않은 단어들이었다. 그 당시에는 전혀 맞지 않았을 뿐더러 실지로도 난 물 한 방울 묻히지 않고 해 주는 음식, 아니면 맛난 음식을 찾아 헤매는 식도락가였다. 일찌감치 음식은 용탁, 패션은 용포, 보는 눈은 최고의 경지에 올라 있었던 나였다. 하나 정서가 없었으며 나를 진정으로 사랑해 줄 부모 형제는 없었고, 있었지만 늘 애증의 강을 수없이 건너갔던 슬픈 가족사를 가진, 푸른 호숫가에 혼자 노니는 한 마리 백조라고 표현하면 적합할지도 모른다.

누군가에게도 지금껏 심도 있는 이야기를 해 본 적이 전혀 없었던 나였기에 누군가가 이야기했듯이 내공이 난 아주 쎈 사람이었고, 어찌 보면 항상 밝고 환한 사람으로 비쳐졌으니까… 실지로도 난 항상 긍정적이고 밝다. 내면에 깊숙이 자리잡고 있는 인간 본연의 심리는 항상 외롭고 슬픈 사람이었다. 물론 그렇지 않은 사람이 어디 있느냐고 누구나가 다 그렇다고 반문하신다면 그렇게 누구나가 다 그렇듯이 치부할 수 없는 만화 같은 치명적인 것의, 결코 평범하지 않은 것에 대한 것이 태어날 때부터 있어 왔다. 그러나 어린 시절부터 사춘기가 되고 오춘기가 넘어갈 때까지 보통의 평범한 가정집 여자아이들보다 더 성실하게 극복할 수 있었던 것은 내 안에 있었던 밝고 자존심 강하고 순수한 긍정적 사고방식이 있지 않았나? 생각된다.

얼마든지 방황의 길을 갈 수 있었던 환경은 충분했지만, 그런 환경을 극복할 수 있었던 것은? 우스운 이야기지만 지금 잠깐 생각났는데 어린 시절에는 피부가 백옥처럼 하얗고 먹을 것만 주면 하루 종일 우는 법이 없다 했을 정도로 순둥이었다고 들었다. 어린 시절부터 성격이 밝고 긍정적 사고방식으로 상대에게 민폐 끼치지 않는 성격으로 형성되어 온 것이 아닌가? 잠시 웃자고 한 이야기고… 지금에서야 생각이지만 가끔씩 하나님께 감사하다는 생각을 해 본다. 여기저기 기웃거리고 한국을 떠나 역마살을 허락해 주신 것에 대해, 자유로운 영혼(소울)에 대해, 먹을 것에 대한 것을 끊임없이 먹을 수 있도록 해 주신 것에 대해… 모든 것이 다 감사하다. 아주 싫은 것 빼고….

덴버에서 카페 운영도 욕심만 부리지 않는다면 그리 나쁘지 않다. 혼자 사는 여자가 돈을 많이 번들 그 어떤 기쁨의 즐거움을 채워 주는 것도 아니고 모든 일이 많지 않고 욕심만 내지 않는다면 무탈하게 사는 것이며, 그런데 사람들한테 정에 약한 나는 잘해 주고도 역이용을 당한다는 것이다. 사람이 너무 좋다 보면 상대는 내 맘 같지가 않아서 또 다른 생각을 할 수 있는 곳이 한인 사회다. 특히 여자들은 더 무섭다.

우리 카페 단골손님이었는데 하는 일은 없고 매일같이 우리 카페에 드나드는 여자분이 있었다. "일은 안 해요?" 했더니 "요즘 쉬고 있고 남편이 일을 하니까 괜찮다."고 한다. 그런데 이야기를 듣고 보니 남자가 미국 사람인데 나이가 이 여자분보다 어리다. 하긴 미국이라는 나라는 우리나라의 고지식한 봉건적이고 유교적 통념의 사고방식으로 볼 때 절대 안 돼! 이런 말 자체가 없는 나라이고, 요즘 한국도 점점 안 돼!가 사라지고 있는 과정이다 보니 뭐라 말하기도 그렇고 미국에 살고 있는 한인들의 군상들이 다는 아니지만 이런 추세인데, 잠자코 듣고 있는 것이다.

그놈의 약자에 한한 동정심이 폭발해서 식사 때가 되든 저녁이 되든, 때가 되면 이 여자분과 식사도 함께하며 우정을 키워 나갈 때 즈음, 평상시 빌려 가는 책의 세 배로 빌려 가면서 그것도 신간인 책을 빌리겠다는 거다. 타 주에 좀 다녀오려고 한다며 본인의 언니가 산다고 한다. 가서 책도 보고 한 일주일만 있다 오겠다고 하면서, 이어서 "언니 죄송한데 돈 천 불만 꾸어 주세요." 했다. 천 불이면 백만 원이 넘는 돈이다. 참, 이 돈 이야기만 나오면 누구나가 그다지 반가워하지 않는 일이고, 특히 미국 한인 사회에서는 돈거래를 조심해야 한다는 결론이다. 그러함에도 나는 또 망설임 없이 돈 천 불을 꾸어 주기로 덜컥 약속을 한 것이다.

그렇게 약속한 다음 날 나는 친절하게도 책도 포장을 잘해서 가져

가기 좋게 가방에 챙겨 주고 돈도 봉투에 넣어 책과 함께 챙겨 놓고
는 약속한 시간을 기다리고 있었다. 약속한 시간보다 한참 뒤에 나타
나 미안하다면서 준비해 둔 책과 돈을 갖고는 일주일 후에 다시 오겠
다며 뒤도 안 돌아보고 쏜살같이 떠났다. 어째 뭔가 찜찜한 이 기분은
무엇인가? 찾으려고 했을 때는 이미 때가 늦은 시점이었다. 카페 밖에
대기해 둔 차에 타서 어디론가 자취도 없이 사라지고 없었던 그 시간
이다. 그리곤 그것이 마지막이 된 사건이다. 이렇듯이 미국의 한인 사
회는 살벌하다.

내 생각만 갖고 대인 관계를 했다가는 내 코가 뒤로 빠지는 사건이
발생한다. 누가 누군지 신분이 어떤 사람인지 똑바로 알지 못하고 사
람을 사귀다가는, 바로 가슴에 상처를 얻는다는 것, 다행히 난 그 쇼
크에서 빨리 헤쳐 나올 수 있었다. 후에 안 일이지만 그 여자분은 그
런 방식으로 여러 군데에서 내게 했던 똑같은 수법으로 돈이나 물건
으로 가져갔다는 것이고, 그런데 아이러니한 것은 다른 곳에서는 보
통 몇 천 불씩 가져갔다는 것이다. 아고, 이런 일들을 고맙다고 해야
하는지, 오히려 내게는 동정을 베풀었는지 알 수 없다. 액수만 적을
뿐이지 사기는 다 똑같다. 입으로만이 아닌 행동으로도 여러 사람들
에게 완벽한 사기를 친 것이다.

한인타운에서는 각 주에다 신문에 내고 경찰에 신고한다고 야단법
석이 났다. 그렇게 시끌벅적할 때에 문득 내가 몹시 부끄럽고 자존심
이 상해서 누군가에게도 말 한마디 안 했고, 그냥 사그리 잊어버리는
거다. 그렇게 잊는 듯 마는 듯 세월이 흘러 지금에서야 생각해 보건대
그 여자분은 이 모진 삶을 슬기롭게 잘 헤쳐 살아가고 있을까? 잘 먹
고 잘 살며 두 다리 쭉 펴고 살고 있을까? 하긴 따지자면 그보다 더한

일들도 일어날 수 있는 혹독한 세상에, 내게 있었던 그 당시의 일들은 아무것도 아닌 지나가는 먼지 같은 일일지도 모른다. 그때에 한인타운에서 사기당했던 그분들도 그 후로는 그 여자분을 본 적이 전혀 없고 한 푼도 못 받았다는 이야기를 지인으로부터 들은 바 있다.

미국 들어오기 훨씬 전인 어린 나이에도 개포동 아파트까지 해먹고도 별로 요동을 치지 않고 끔찍하지 않았던 내가 아무래도 나 자신을 자꾸 달래 보려고 하는 심리는 이제 세상과 돈의 가치를 알아 가는 증거, 즉 세상 보는 눈이 성숙해 간다는 일이다. 이로 인해 술렁이던 동네는 이제 잠잠해지며 일상이 평안한 날을 보내고 있을 때, 난 또 바람을 쐬고 와야겠다는 생각을 했고, 이럴 때마다 나의 구세주 멘토인 이 회장님께 부탁을 드렸다. 한번도 내가 부탁드리는 일을 거절한 적이 없으신 분이었다. 이번에도 쾌히 승낙해 주셨다. 감사하고 또 감사해야 하는 우리의 회장님 이번에도 먼저 함께 동참했던 권사님과 함께하기로 했다.

하필이면 가는 날이 장날이라든가? 날씨가 영 심술이다. 비가 축축하게 오고 있는 폼이 장대 같은 비도 올 것 같다. 그래도 갈 길은 간다. 날 잡아서 휴일날 가는 날인데 날씨조차 도움이 안 되네. 아고, 어쨌든 한 시간이나 걸리는 비 오는 고속도로 길을 달려, 덴버 남쪽에 있는 콜로라도 스프링스(Colorado Springs)에 소재하고 있는 미국 공군사관학교(United States Air Force, Academy USAFA)를 간 것이다. 이 공군사관학교는 1954년에 설립했고 4년간의 교육 과정을 거친 뒤 졸업생은 학사 BS학위를 받고 미 공군 소위로 임관한다.

하필이면 날씨가 우중충한 날 스프링스 공군사관학교에 가게 된 것이다. 한인들의 자랑이요 이곳을 입학하게 되면 조선 시대 장원급제 문과에 수석으로 합격한 것만큼의 플래카드와 타운과 신문에 광고가 나갈 정도로 한인들 자녀의 로망인, 자랑스러운 학교에 온 것이다.

한인들의 자녀도 너댓 명 재학하고 있는 것으로 안다. 한국에 있는 공군사관학교 시스템이 어떻게 다른지는 아는 바가 거의 없다. 다만 이곳 미국의 공군사관학교는 선진국 답게 체계적인 군사 이론과 과학적인 근거에 입각해서 모든 시스템이 앞서간다는 추측일 뿐이다. 또 사실이 그렇다고 볼 수 있다.

비는 뿌려 대고 바람까지 분다. 학교 운동장을 걸으며 이곳을 거쳐서 스프링스에 유명한 탄산수 나오는 장소는 못 가 볼 것 같다. 우리나라에 초정리 탄산수가 나온다는 장소와 같은 곳을 오늘 가 보기는 조금 어려울 듯하다. 그 희망까지 갖고 왔는데 이놈의 날씨 덕에 많은 스케줄이 변경된 것이다. 넓디넓은 대운동장 이것을 군인들은 연병장이라고 부른다고 하던가? 생도들이 체육복을 입고 운동장을 한 바퀴 도는 모습을 상상하기도 한다. 구령 소리와 함성 소리가 들려올 듯하다.

우선은 학교 내 매점으로 걸음을 옮긴다. 매점 커피숍은 예상 외로 생도들이 많이 있었다. 비가 오니까 매점에서 공부를 하고 미팅을 하기로 했나 보다. 비가 오니 나가 볼 수도 없고 그저 매점에서 바라다보는 것이 전부일 듯하다. 교정은 넓고 깨끗했고 학교 운동장에 걸려 있는 성조기는 유난히 비바람에 잘 견뎌 내고 있었다. 또한 그 옆에 있는 공군사관학교 교기도 잘 견뎌 내면서 미국의 거대함을 또 한 번 느끼게 하는 광경이었다. 커피맛은 비가 와서 그런지 우리 집 커피맛은 아니지만 대충 맛난 커피였다.

회장님과 권사님께서는 날짜를 잘못 잡았다고 화창한 날씨에 와 본다면 볼 수 있는 것이 많으니 다음 기회에 다시 오자 하시면서 나를 조금이라도 위로해 주고 싶은 마음의 말씀을 하신다. 그전부터 이곳에 와 보고 싶다고 몇 번 말씀을 드렸던 터여서 아마도 그 말을 기억하고 있었던 것 같았다.

한참을 미국에 대한 말씀을 하시더니 이 회장님께서 권사님과 내게 말씀하신다. 스프링스에 생맥주가 아주 유명한데 그중에 흑맥주가 아주 유명하니 그곳에 가서 식사를 하고 맥주 한잔하면 좋을 듯하다 하신다. 우리는 두말 필요 없이 "예스!" 했다. 미국에서 맥주 한잔이란? 한국과는 의미가 다르다. 한국의 맥주 한잔은 대개가 술집을 연상시키는데 미국은 레스토랑, 바, 호프, 커피숍에서 식사하면서 언제 어디서든 맥주는 식사 후 또는 커피 대신 마실 수 있는 디저트 음료 대용인 것으로 맥주를 마구 마신다는 의미가 아니다. 이러한 문화는 일본도 미국과 같은데 선진국으로 갈수록 이런 문화는 거의 비슷하다. 한국도 많이 달라지긴 했지만 아직까지 한국의 문화는 예전 그대로를 고수하고 있는 것 같다.

학교를 나와 비 오는 길을 자동차로 약 20분 정도 걸려서 찾아가 본 집은 옛날 기차를 개조해 놓은 객차 안 레스토랑이었다. 옛날 서부 시대를 그대로 재현해 놓은 풍경, 먼젓번 레드 락 가던 길에서 잠시 본 듯한 광경이며 누군가가 객차 안에서 권총을 들고 나와서 다 쏴 버릴 듯한 리얼감을 준다. 아고, 잠시 그런 상상을 하다가 권사님이 나를 부른다. 흑맥주가 큰 드럼통같이 생겨먹은 곳에 파이프로 연결해서 맥주가 가지런히 쏟아져 나오고 있는 것이 아닌가? 아, 감탄사가 절로 나오고 있을 때 이 회장님이 그 모습을 보시며 조용히 웃고 계셨다. 아고, 내가 늘 부르짖는 촌빨의 표현을 너무 강하게 표현했나 보다. 나도 모르게 나오는 웃음을 참아 가며 두리번거리고 있을 때 이 회장님과 권사님은 자리를 잡고 주문을 하셨다.

이 집에서 잘하는 바비큐 통닭 같은, 그러니까 한국으로 말하자면 기름기 쫙 뺀 통닭이라고 보면 좋을 듯한, 아니 그보다 더 업그레이드된 부드럽고 쫄깃한 것, 또 국수 같은데 국수는 아닌 듯한, 스파게티도 아닌 무슨 면발이긴 한데 잘 모르겠고, 식사와 함께 어우러져서 맥주와 함께 곁들여도 되는 음식, 또 수프와 빵도 함께 그 옆에는 라이스도 한 움큼, 접시는 금세 꽉 차 버렸다. 비가 와서 오늘 스케줄이 다 망가졌었는데 이것으로 전화위복이 된 셈이다.

커다란 접시에 놓여 있는 맛난 통닭과 여러 가지의 다채로운 음식의 비주얼이 차지하는 효과가 사람 마음을 만만찮게 즐거운 쪽으로 유도하는 것이다. 어린아이가 배 고플 때 우유를 주든지 맛난 것을 줄 때에 아무 생각 없이 받아먹는 그런 사람의 본능, 이 본능이 여기서도 유감없이 발휘되고 있는 것이다. 역시 먹는 것이 최고야! 그려, 역시 먹는 것이 퇴직금이랴, 먹고 죽은 귀신은 때깔도 좋다고 하더라.

아, 사람이 먹고 싶은 것 실컷 먹고 죽을 때 세상에서 가장 행복하고 만족해하는 표정은 어떤 표정일까? 그럼 동물 표정은? 어떤 분 말마따나 실컷 먹고 배불러서 죽은 돼지는 표정도 밝아 웃는 표정의 돼지 머리가 더 비싸다고 한다. 반면에 먹지도 못하고 죽은 돼지는 가격도 싸고 국밥집 신세밖에는 안 된다는 것이다. 아고, 난 원래 먹성도 좋고, 땡칠이랑 뱀순이, 쥐돌이 등등 이상한 것 빼놓고는 다 먹을 줄 아니, 죽기 전 얼굴 표정 하나는 좋겠다 싶다.

그러고 보니 먹는 음식과 사람의 죽음이 연결되는 것이 참 신기하다. 어떤 다큐에서 보면 미국이나 중국이나 사형 날짜 하루를 남겨 놓고 먹고 싶은 음식을 주문해 주는 것을 허락해 준다고 한다. 이런 일들은 왜 생겨나는가? 그들 중에서는 거의 마지막 음식을 주문해서 먹고는 저세상으로 간다고 하는 반면, 마지막 음식임에도 주문도 않은 채 아무것도 먹지 않고 다시 못 올 곳으로 간다고 한다. 과연 어떤 숨은 의미가 있는 건지 잘 알 수는 없으나 죽음에 임박해 본 일이 없는 한, 어떠한 결론이 내려질 수 없는, 알 수 없는 미스터리다.

만족스러운 식사를 한 뒤에는 콧노래가 나온다. 오리지널 흑맥주 그 통(설명되어 있는 내용) 안에도 들여다봤고, 알 수 없는 면발 음식, 쫄깃한 빵, 기름기 없는 통닭 등 완전히 포식을 통째로 한 셈이다. 바깥을 내다보니 여전히 비는 주룩주룩 뿌리고 있었다. 시간도 어느 정도 되었고, 근처에 있는 공원까지 가 보고는 싶지만 오늘 스케줄은 여기서 접어야 했다.

지금 생각해 보면 오래된 일들을 특별한 일이 없는 한, 소상히 기억하기는 힘들다. 내 기억 중에 별로 기억에 없었던 일들 중에 콜로라도 스프링스 공군사관학교에 다녀온 일들은 그다지 기억에 남지 않은 일들이다. 그저 비 오는 흐린 날의 연병장? 아니 운동장? 학교 매점? 커피? 비바람에 나부끼던 성조기, 교기? 오히려 서부영화에 나올 법한 그 레스토랑과 흑맥주, 통닭! 비주얼이 참으로 어울렸던 곳, 비가 많이 와서 다른 곳으로 이동할 수 없었던 날들… 세월은 흘러가고 아주 오래된 추억들이 되었지만 공군사관학교에 대한 기억은 그리 많이 남아 있지는 않다.

거스를 수 없는 자연의 이치, 회자정리(會者定離)

다시 시작되는 일상생활 북카페 그리고 집, 다시 일터인 카페. 여전히 시간과 세월은 흘러가고 있었다. 제법 쌀쌀한 바람이 불고 있을 무렵 가끔씩 찾아오던 젊은 아줌마가 왔다. 한동안 카페에 얼굴을 보여주지 않아 어디가 이픈가? 하고 궁금해하던 차였다. 웬일인지 얼굴빛은 좋아 보였다. 하긴 안 좋아 보이는 얼굴보다는 좋아 보이는 얼굴은 친근감이 간다. 처음 본 인상의 느낌을 갖고, 상대방을 판가름하는 세상인데 이 아줌마의 환한 얼굴이 좋아 보인다.

웬일로 이렇게 카페를 다 방문해 주시고 그동안 무슨 일이 있었느냐는 궁금함에 그동안 많이 바빴단다. "왜?" 하고 물으니 "언니, 우선차 한잔 주세요, 언니 것도요." 빠른 속도로 커피를 빼고 찻잔을 놓고는 부리나케 이야기를 들었다. 이 아줌마는 고향이 전라도인데 그곳에서 미국 남자를 만나서 이곳까지 온 사람이었다. 즉 미국 군인으로서 한국에서 근무하다가 만난 사람들인 것이다. 언제 어디서 어떻게 만났는가에 대해서는 내 알 바는 아니나 본인의 이야기로서 대략 추측이 갈 뿐이다. 이야기는 이러하다.

미국 군인을 만나서 스프링스에 왔단다. 몇 년을 살고 영주권을 취득하고 그런대로 사는 것 같았는데 어느 날 이 남자가 집을 안 들어오더라는 이야기다. 왜인가? 수소문을 해서 찾았는데 산(카지노를 여기서는 산이라 부른다)에 가서 밤이나 낮이나 붙박여 있다는 것이다. 그러고는 생활비부터 일절 끊겨졌다고 한다. 거의 수개월을 그렇게 보내고 난 뒤 조금 더 기다리면 들어오겠지 했는데 1년이 다 되도록 함흥차사였다는 것이다. FBI 요원이 되어서 이 남자의 뒤를 밟아 보니 아예 산 근처 어귀에서 다른 미국 여자와 살림을 차리고 살고 있더라는 것이다. 그 집 근처를 살펴보니 제법 사는 타운이었고 그 집 앞에 주차장에는 벤츠와 BMW가 주차되어 있었다는 것, 두 대의 번호판과 집 주소를 알아서 그때부터 추적이 시작되었고, 다행스러웠던 것은 이 아줌마의 지인이 콜로라도 연방경찰에서 일하고 있었던 한인의 덕을 많이 봤다는 것이었다. 그 아줌마의 말은 이랬다.

우선 자동차 명의가 누구 앞으로 되어 있느냐? 함께 사는 여자와의 관계가 어떤 관계냐? 또한 이혼이 성립되는가? 이것저것 걸려 있는 문제들 이런 것들을 해결해 갈 수 있는 핵심적인 것을 알아봐 주고 함께 협력해 준 덕에 결과가 좋게 매듭지을 수 있었다고 한다. 아무튼 다행이다. 이곳 미국에 살고 있는 한인 여자분들은 항상 이 아줌마처럼 이런 문제가 있을 때 다 해결되는 문제가 아니다. 몹시 복잡한 문제다. 더군다나 아이까지 있을 때는 더욱더 복잡해진다. 그래도 이 아줌마의 대처법이 매우 흥미가 간다. 여기서 본 사람들은 그러한 문제를 해결하지 못해 매일 울상 짓고 천리 타국 남의 나라에 와서 그러한 모습을 보자니 나까지도 마음이 상할 때가 많다. 아무튼 이 아줌마의 이야기를 듣고 나니 뭔가 후련해지는 기분을 느낄 수가 있었다.

미국 한인 사회에서 흔히 볼 수 있는 이러한 남녀 문제들 게다가 아이까지 있는 여자들의 삶은, 더욱 고달프다. 특히 혼혈아를 둔 여자들의 삶도 만만치 않게 힘들다. 그 어린애들을 그대로 방치하고, 거지처럼 방황하게 하고, 얼굴은 미국 얼굴을 하고 언어는 한국어를 유창하게 쓰고… 그리고 이 집 저 집 갔다 맡기고 그리고 어떻게 시간 가고 세월 흘러 그렇게 성장 과정을 거쳐온 아이들은 어떤 심성으로 성장해 왔을까? 가끔씩 타운뉴스에 게재되는 탈선하는 10대들의 앞머리를 장식하는 헤드라인 뉴스는 보기가 민망할 정도로 거북스러운 뉴스 일색이다. 선진국인 미국, 자유의 나라인 미국, 국민의 주권을 존중해 주는 나라 미국, 그 가운데 한인 사회의 정서 불안과 아슬아슬한 인간 군상들은 어느 곳에서든지 한인 사회에서 찾아볼 수 있었다.

이러한 정서를 볼 때 이 전라도 아줌마는 나름 현명하게 일을 대처해 나간 것 같다. 미국이라는 나라에서 제대로 법의 통로를 찾아 정석으로 해결을 했으니. 도와주신 그 지인분도 같은 한인의 공감되는 입장에서 이 아줌마를 배려했으리라. 이 세상 다 산 사람처럼 울상 짓고, 맥 놓고 있는 아줌마들보다는 훨씬 더 수월하게 가는 삶이 아닌가? 자기 인생 뒤도 안 돌아보고 현실에 입각해서 살아가는 방법도 꼭 지혜가 동반된다는 것을….

한참을 아줌마하고 대화를 나누다가 아줌마가 내게 눈짓을 한다. 바깥을 내다보라고… 나는 내다볼 게 아니라 아예 바깥을 나가자고 했다. 함께 나가 보니 그 당시 그다지 신형은 아닌 벤츠450이 우리 카페 앞에 주차되어 있었다. 인간이 잘못해서 빼앗긴 자동차, 또한 그 잘못에 대한 대가로 받은 치유의 자동차. 그 자동차를 바라보며 자유 민주주의 국가에서 행할 수 있는 부르주아식 대가를 지불해서 상처

입은 마음을 대신 치유해 준다는? 그런데 이 아줌마는 이대로 만족할수 있을까? 그런 것보다는 양쪽 다 얼마나 진실했느냐가 가장 중요한 관건인데 진실하면 할수록 더욱더 상처가 깊다고 하는데 이 아줌마의 얼굴 표정은 아무렇지도 않은 표정이다. 카페로 먼저 들어간 이 아줌마를 뒤로 두고 다시 한 번 자동차를 바라보고 있었다. 지금까지 이 아줌마가 미국 남자와 살아온 대가로 받은 치유의 자동차는 어떤 책 제목이거나 훈장처럼 카페 앞에 우뚝 서 있었다.

그 이후 이 아줌마의 소식은 알 수가 없었다. 다른 주로 간 것 같다. 쉽게 만나고 쉽게 끝내고 그래서 한국의 사자성어 중에 회자정리(會者定離)는 만난 사람은 반드시 헤어진다는 거스를 수 없는 자연의 이치라는 의미를 담고 있다는 말, 그런데 이 사자성어가 어떤 때인가? 모순으로 들릴 때가 있다. 그렇다면 이 세상 부부의 연을 맺은 사람들 중에 검은 머리 파뿌리 되도록 살아가는 사람들도 많은데 이런 인연들은 어디에 속하는 인연들이냔 말이다. 인연으로 이루어진 이 세상, 모든 것이 빠짐없이 귀착되나니 은혜와 애정으로 모인 것일지라도 언젠가는 반드시 이별하기 마련이다.

이렇듯이 속세에서 인연을 맺고 부부로 한평생 살아가는 사람들에게는 이런 사자성어는 맞을 듯 안 맞는 듯하고, 맞으면 맞고, 아니면 말고. 깊게 파고 들어가면 어떤 깊은 진리의 말씀이 되려는지 아직까지 깊이가 얕은 나로서는 긴가민가 아니면 말구 식으로만 간주된다. 어쨌든 미국에서의 남녀 관계는 끝까지 잘 살아가는 사람들 빼놓고는 쉽게 만나고 쉽게 끝내고, 기면 기고 아니면 말고! 이런 사람들의 세계를 본 사람이기에 지금까지 난, 혼자 살고 있는지 모른다.

꼭 만나 뵈야 할 사람

-김 교수님과 주 선생님

한국이 슬슬 궁금해진다. 가끔씩 유선으로 보내지는 TV 뉴스로 통해 바라보는 한국은 몰라볼 정도로 발전해 있었다. 2002월드컵 열기가 절정에 이르렀고 대한민국은 명장 히딩크 감독에 힘입어 한국 축구가 세계만방에 떨칠 수 있는 발판을 마련하였고, 세계 4강이라는 놀라운 성과를 이루어 냈다. 이곳 미국 한인 사회에서도 적잖이 놀라운 눈치다.

LA 지바(jobber), 전 세계에서 상인들이 오는 도매시장 이곳을 가 보게 되면 그 당시 팔려나가던 대한민국의 붉은 악마가 입었던 티셔츠 하며 선수들이 입었던 유니폼 등이 유명한 캐릭터 상품이 되어 전 세계 시장에 빅히트를 치고 있는 것이다.

그 후에도 한국의 패션 사업, 모자 등 가능한한 대한민국의 상품이 캐릭터 상품으로 변해서 상당한 부의 효과 시장성을 장식하게 해 주었던 덕이다. 특히 LA에서 의류 사업을 하던 사람들의 기회였던 시기라 생각된다. 참으로 조그만 나라에서 가끔씩 깜짝 놀라게 하는 마력이 있나 보다. 이를 계기로 해서 서울의 동대문시장이 사라지고 그 대신 패션 전문 타워가 생겨나고 대기업에서도 이곳을 중점적으로 개발해서 지금까지 패션 인 서울의 타운이 된 것 같다.

한국이 그리워진다. 미국에 살면서 그동안 몇 개 주를 다녀 보면서 잠깐씩 살다가 그래도 오랫동안 정착한 곳, 덴버에서 세월이 얼마나 흘렀나? 그러고 보니 오랫동안 난, 한국을 떠나 있었다. 내가 태어나고 자란 그리고 삶의 여정을 거쳐간 곳. 한때는 나를 가슴에서 밀어낸 사람을 수습하느라 애썼던 한국. 정작 나를 가슴에서 밀어낸 사람은 어떻게 내가 밀려나와 있었는지도 모른다. 어쩌면 자신만의 편견의 잣대로만 생각할 수 있는 오해도 있을 수 있었다.

뉴스로 보는 대한민국은 몰라볼 정도로 발전해 있었고, 미국에 살고 있는 한인분들은 오랜 세월 동안 한국을 잊고 살다가 죽기 전에 한번 다녀온다고 한국을 가셨던 분이 집을 못 찾아 한참을 동네 거리를 배회하며 찾아다녔다고 한다. 인척이 소상하게 가르쳐 주었음에도 불구하고… 하루가 다르게 변모해 가는 한국이니 오죽이나 했으랴. 1년에 한두 번씩 다녀오는 한인분들은 한국의 발전에 크게 놀라지는 않는다. 가끔씩 다녀오는 한국에 늘 익숙해져 있으니 말이다.

어느 날 한국 TV를 보는데 한국 기행인지 고향을 소개하는 프로에 마산이 나오고 또 그 옆 창원이 보인다. 불현듯 꼭 뵙고 싶은 분이 계셨다. 나에게 있어서 마산과 창원이란 곳은 빼놓을 수 없는 노스텔지어다. 아주 오래전 후배로 인하여 1980년대 공부하고 싶다는 열망이 있어서 그 당시 마산에 있는 경남대학교를 찾아보기로 한 것이다.

마산에 도착한 날씨는 비가 많이 왔고, 바람도 세차게 불었다. 후배 형부가 마침 경남대 서무과에 근무하셨는데 후배가 전화를 하니 마침 점심시간이라 통화가 안 되었고, 그 사이에 후배가 돝섬이란 곳이 있는데 돝섬에 가서 식사를 하자고 한다. 여기서 가까운 선착장에서 배를 타면 10분도 안 걸리는 바닷길을 지나면 작은 섬 안에 돝섬 유원지가 있다는 거였다. "그래 가자!" 후배와 의기투합이 되었다.

역시 비바람이 부니 기우뚱대면서도 배는 잘 달린다. 눈 깜짝할 사이에 도착해서 식당을 찾았고, 마침 점심시간이라 다른 손님들도 삼삼오오 들어간다. 깨끗하고 조금은 커다란 식당으로 우리도 들어갔다. 식당은 길고 넓은 곳이었는데 저쪽 맞은편 정면에 앉아 있는 손님들이 눈에 띄었다. 남녀 학생과 복학생으로 보이는 학생들이 교수님으로 보여지는 분을 모시고, 화기애애하게 식사를 하며 대화를 나누고 있었다. 우리는 우선 음식을 주문하고 그쪽을 바라보고 있는 내게 후배가, "언니, 저쪽에 있는 사람들 대학생 같지 않나? 저 남학생 두 사람은 복학생 같아 보이고 여학생과 교수님 같지?" 난, 그런 것 같다고 대답했다. 식사를 하다가 잠깐 그쪽을 바라보니 그쪽에서 복학생이 내 눈과 마주쳤다. 안경을 쓴 샤프해 보이는 복학생이었다. 그쪽 팀들도 아직까지 식사 모임을 하고 있는 중이었다.

맛나게 식사를 마친 후 커피를 마실까? 어쩔까? 하고 있던 차에 잠시 내 눈과 마주쳤던 복학생인 듯한 사람이 우리 테이블로 와서 인사를 하며 "실례합니다!" 본인들은 경남대 사범대학 영어교육과 학생들이라며 같은 과 여학생과 교수님을 모시고, 본인은 군대를 마치고 복학했으며 오늘 단합대회 겸 식사를 하고 있던 중이라고 했다. 어디서 오셨냐고 묻는다. 서울에서 왔으며 우리들도 경남대를 왔다고 했더니 "먼길 오셨네요. 잘 됐습니다. 저희 테이블과 합석하시면 어떨까요?" 하고 물어온다. 후배와 나는 좋다고 말하고 함께 합석을 했다. 모두들 잘 오셨다고 반가워해 주었고, 내 인생에서 빼놓을 수 없는 존경하는 교수님을 뵙게 될 줄이야… 그야말로 경남대에서 손꼽으라 하는 경남대 영자신문 담당 교수님과 제자들이 모임을 갖는 장소였던 것이다.

우리는 커피를 마시고 교수님과 학생들의 화기애애한 대화와 분위기에 짓궂게 쏟아붓는 비와는 아랑곳하지 않고 즐거운 덕담을 나누고, 교수님께서 비가 조금 그치면 대학 신문사와 연구실을 안내해 주겠다고 말씀하셨다. 시간이 지나면서 비가 조금씩 그치기 시작했다. 우리는 좋아라 하며 왔던 길을 다시 또 돌아서 경남대 캠퍼스를 향해서 용감하게 여기저기 눈으로 집어넣으며 걷기 시작했다. 그 당시 내 생각에는 경남대가 마산에 있는 지방대학이라 좀 자그마하고 조촐한 대학이려니 생각했던 것인데 그 생각은 한순간에 무너져 버렸다. 내 눈앞에 펼쳐진 본관의 위용을 드러내는 학문·탐구·진리의 콘셉트를 유감없이 드러낸 탓이었다. 분위기로 보나 학생들을 보나 영롱한 그들의 눈빛에서도 읽을 수 있었다.

학생들과 교수님의 친절한 안내와 학보신문에 한국어를 영어로 번역해서 내보내는 영자신문에 실로 박수를 보내지 않을 사람은 없을 듯하다. 적어도 내게 영어에 있어서는 상당한 아킬레스건이 있어서인지 딜레마가 있어서인지는 모르겠으나, 한참을 떠듬거리며 그 신문을 읽은 적이 있었기 때문이다.

교수님은 경남대 가이드북, 또한 영문으로 된 영자신문 학보 등 이런저런 유용한 책들을 선물로 아낌없이 내어주셨다. 날씨는 흐려 있었지만 교수님 연구실은 화기애애하고 환한 웃음소리로, 순수하고 발랄한 학생들과 교수님의 유쾌한 유머가 퍼지고 있었다. 그에 힘입은 탓인가? 비는 그쳤고, 교수님께서 "혹시, 약속이 없으시면 마산까지 오셨으니 식사 대접을 하고 싶다."고 하신다. 우리는 "그저 황송할 따름이죠. 다른 약속은 없습니다." 하며 얼른 대답했다.

복학생 한 사람과 교수님, 나, 내 후배 이렇게 네 사람은 소박한 한식집으로 갔다. 주인아주머니는 경상도 말씨를 차분히 쓰시는 말솜씨 그대로 마산 아지매였다. 식탁에 오른 반찬 가짓수는 얼마나 많고 정갈하게 나오는지 교수님이 오셨다고 더욱더 신경을 쓰신 모양이다. 교수님 제자분이 말을 건넨다. "마산에 오셨으니 맛난 음식 많이 들고 가이소. 그리고 다음에 마산에 꼭 한번 더 오이소. 그때는 더 맛난 것 사 드릴 테니!" 아고, 지금도 맛난 것이 홍수를 이루는데 이보다 더 맛난 것 먹으면 고마 우리는 그냥 여기 살란다며 함께 온 후배가 한 수 더 뜬다. 이래서 또 빵 터지고 그렇게 비바람 불고 찬바람 나고 온통 하늘이 검은색인 마산의 그날은 교수님을 모시고 화창한 봄날씨처럼 밝고 유쾌했던 그날의 기억이다.

몇 달 후 후배와 다시 한 번 마산을 갔고, 그 후로도 몇 년간은 친구와 후배, 언니와 함께 마산과 창원이 새롭게 스캔되던 시절이다. 두 번째 내려갔을 때, 그때에는 대학원 제자분이셨던 창원중학교 영어 선생님이신 주 선생님을 함께 대동하셨다. 풍기는 이미지도 밝고 상당한 유머를 지닌 분이었다. 교수님과의 이런 인연으로 교수님의 제자분인 주 선생님까지도 알게 된 것이다. 이로 인해 마산과 창원 인근에 있는 관광지는 이분들의 도움으로 많이 다녀보고, 조선 시대 임진왜란이 발발했을 때 우리의 희망이고 성웅이셨던 이순신 장군이 열전을 펼치시던 마산 인근 고성 당황포까지 많이 알아 가고 있었다.

특이하게 스승과 제자는 닮는다고 했는지? 두 분의 유머는 대한민국 유머계를 휩쓸 정도의 재능을 갖고 계셨다. 그래서 이분들과의 추억은 거의 웃음으로 행복한 시간들로 채워져 있었다는 것과 또 마산과 창원 지리를 어느 정도 알게 되었다는 것, 하지만 경남대학교 하고는 인연이 조금은 멀어져 있었던 것 같았다. 왜인지 그 후부터 공부할 기회를 놓치고 있었다는 것인데… 그날도 마침 인사를 나누고 우리는 마산에 있는 로얄호텔에서 여장을 풀어 쉬고 있었고, 바깥의 호텔 정원에서는 화려한 듯한 파티가 열리고 있었다.

이 호텔은 그 당시 무궁화가 다섯 개인 최고급 호텔에다 외국인들이 휴가철이라 많이 오는 호텔이기도 했다. 호텔 앞 정원은 푸른 잔디에 의자들이 셋업이 잘 되어 있었고 파티를 할 모양이구나 했더니 아니나 다를까? 프랑스 샹송 노래가 나오고 독일 가곡이 나오고 각 나라의 노래들이 다 나오고 있고 그것도 그 나라 사람들이 라이브로 노래를 하고 있는 것이다. "아, 이거 재미있겠는데?" 하면서 후배와 나는 열심히 보고 있노라니 어디에선가 갑자기 익숙해진 목소리가 나오고 있는 것이다. "어, 이 노래 목소리는? 김 교수님과 같은 목소리 주인공인데?" 의아스럽게 바라보고 있는 내가 눈을 의심하지 않을 수 없었다. 이분이 독일 가곡을 부르고 계셨다. 깜짝 놀라 귀 열고 눈 확대하고 열심히 좌우로 스캔한 결과, 분명 저기서 노래하고 계시는 분은 김 교수님이셨다. "완죤 샤킹!" 그 자체였다. 성악을 전공해도 충분히 해낼 수 있는 테너의 목소리를 가지고 계셨다.

이내 내가 부끄러워지기 시작한다. 실용음악? 내 재능이 그분에 비하면 쨉도 안 되는 내 음악 실력을? 단지 예고 시절 담당 선생님 말씀에 의하면 타고난 음악적 끼, 그 타고난 것 빼놓고는 노력을 안 한다고… 노력을 해 본 적이 없는 나로서는 김 교수님의 사건은 그 당시 내게는 경주의 황룡사가 불타고 있다고 표현을 하면 적절하지 않았을까? 그 이후에도 내가 노래를 하는 사람임에도 불구하고 김 교수님

노래를 들으러 그 마력에, 그리고 그 인격에 더한 그 로맨틱함에 빠져 마산과 창원을 다녀간 적이 많았다. 그런데 더 재미있는 것은 그 스승에 그 제자라 했던가? 제자 분이신 주 선생님의 따님도 중학교 음악 선생님이라 들었는데 아버지인 주 선생님도 교수님을 닮아서 노래를 좋아하고 잘 한다. 장르가 틀린 것뿐이지, 주 선생님의 특기는 트로트 분야이다.

이렇게 좋은 분들을 만나서 많은 시간이 흘러가고 미국에 오랜 세월을 왔다갔다 살다 보니 연락도 끊기고, 내가 다시 한국을 나와서 정착을 할 무렵 가스펠 노래를 하고 있을 때 2012년경이던가? 한국의 배재고와 연세대 기악과를 나와 미국 얼바인 재즈학교에서 공부하셨던 정 목사님과 마산·창원 제42차 극동방송에 지금은 작고하신 정애리 권사님(《애야 시집 가거라》 대표곡)과 함께, 마산 제일교회 극동방송, 그리고 창원 창신대학 공연에 참가하는 스케줄이 있어 내려가기로 결정한 것이다.

내려가기 전에 실로 오랜만에 김 교수님 연구실을 힘들게 찾아내서 전화를 하니 조교가 전화를 받았고, 김 교수님은 아직 계시다는 것이었다. 너무나 반가웠다. 퇴직하셨으면 어쩌나 내심 걱정을 했는데 말이다. 내 전화번호 이름을 남기고 전화 오기만을 기다렸다. 마침 통화는 되었고 아직까지 탄탄한 교수님의 목소리는 예전이나 지금이나 그대로였다. 참으로 반가웠다. 몇십 년 만에 목소리로 인사와 안부를 묻고 창원을 내려간다고 말씀드리고 그날 공연에 와 주실 수 있나를 여쭈어봤다. 오실 수 있다고 했고 주 선생님과 함께 오신다고 경쾌하게 이야기하신다. 드디어 뵙고 싶었던 김 교수님과 주 선생님을 뵌다고? 생각만 해도 재미있을 것 같고 좋았다.

오래된 세월을 더듬어 가 본다. 김 교수님이 내게 주셨던 다디엘 스틸(Steel, Danielle)의 책과 그 당시 영국에 교환교수로 가셨을 때 보내 주신 학교 북, 배지, 필통 등 작으면서 소소한 예쁜 그림엽서 등 그리고 일본 공연이 있을 때 일본으로 학교 엽서로 글을 써서 보내 주신 좋은 글 등 더욱이 가끔씩 유머로 내게 이야기하시는 특유의 고사성어 등등….

한번은 교수님께 여쭈어보고 싶은 말이 있어서 운을 띈 말이 "교수님네 집안에서 가장 내놓을 만한 잘 알려진 사람들이 있습니까? 있으시다면 누구십니까?" 이렇게 말씀을 드리니 잠깐 생각을 하시더니 이내 "가장 내놓을 만한? 그것보다, 객관적으로 볼 때는 사람들에게는 충격이고 무에서 유를 만든 일, 터졌어야 될 일?" 어떤 말씀인지? 종잡기는 어려워서 더 이상 여쭙지는 않기로 포기할 즈음에 "또한, 개인적 입장으로서는 안 된 일이다."라고 이야기하시는 말씀이 즉 가슴 아픈 일이라는 뜻인 것 같았다. 이 안 돌아가는 머리로 해석을 해 봤자, 포기해야 할 듯했다. 그런데 "그분이 누구십니까?" 그 궁금증을 감추지 못한 채 집요하게 다시 한 번 여쭈었다. 그리곤 그분이 교수님과 사촌인 김재규였다. 바로 사촌형님이셨던 것이다. 암울했던 시대의 비극을 다시 꺼낸 듯해서 죄송한 마음 금할길 없었다. 오히려 위축되어 있는 내게 교수님께서 활짝 웃으시며 "혹시 은조 씨는 애인 있어여?" 하고 물어보신다. 분위기가 반전되며 살짝 우울해지려던 때 역시 교수님은 분위기를 잘 타시는 분이다. "없어요." 하고 웃었다. 이어서 교수님의 한 잔소리가 시작되는 순간이다.

"젊음은 한곳에 머무는 것이 아니며 천금을 줘도 못 사는 것이 젊음이며… 누가 붙잡지도 않는 것이 젊음이며, 그러니 한 살이라도 젊을 때 좋은 사람 만나서 시집가라."는 것이다. 하긴 교수님을 처음 뵐 때

꽃다운 나이었는데 벌써 그즈음에는 30을 보고 있었다. 그때의 교수님의 이야기는 내게 형식적인 강의를 하고 있다고 생각했는데 지금의 나이가 되고 세월 흘러 보니 철학적인 이야기처럼 생각되어지는 이유는 무엇일까? 류시화라는 시인의 시집 제목처럼 '지금 알고 있는 것을 그때에 알고 있었더라면?' 이렇게 좋은 덕담을 해 주시던 그 옛날에 뵈었던 김 교수님을 몇십 년 만에 뵙기로 한 것이다.

창신대학 채플관 무대는 어마어마하게 크고 넓었다. 기독교 대학이라 그런지 음악 채플관은 일반대학 공연장보다 크다. 공연 전 교수님의 전화를 받고 바깥으로 나오니 저기서 교수님과 주 선생님이 예쁜 꽃다발을 들고 오시는 것이 아닌가? 머리는 두 분 다 백발이신데 얼굴과 피부는 청년의 피부 같다. 다만 변한 것은 머리 색깔뿐이었다. 바람결에 흩날리는 하얀 색의 머리 색은 좋게 표현하면 무슨 신선들이 내 쪽으로 오시고 있는 것 같았다. 여전히 그 목소리 여전한 유머가 넘친다. 아고, 보자마자 얼싸안고 재회를 만끽한다. 회자정리(會者定離)라는 말이 머리에 맴돈다. 두 분 다 아직까지도 변한 것이 없다. 그저 감사할 따름이다. 공연을 마친 뒤 함께 따라와 준 동생 뻘 되는 이와 교수님과 맛난 식사를 하고 누가 먼저랄 것도 없이 노래방을 갔다. 여기서 맥주 한잔씩 하면서 재회의 파티를 했다.

주 선생님이 말의 포문을 열었다. 그 당시 젊었을 때도 주 선생님은 가끔씩 김 교수님을 놀리곤 했는데 이때도 여전했다. "에구, 마 이 영감쟁이 은조 씨 왔다고 그리 좋아하는 기라!" 여기서 영감쟁이는 김 교수님을 가리키는 말이다. "꽃 가게를 가야 하는데 즈그 혼자 못 간다꼬 내를 불러 대고 꽃 가게를 같이 갔는데 주인장한테 얼굴을 붉히면서 이쁜 꽃으로 주이소!" 하면서 얼굴이 빨개지더란다. 특유의 사투리를 써 가면서 손짓 발짓 표정까지 지어 가면서 말을 하시는 술을 아주 좋아하시는 술 주, 선생님. 우리는 여기서 또 빵 하고 터졌다. 그 모습이 어찌나 정겨워 보이는지 두 분께 감사하다고 정중히 인사를 드렸다. "그러고 보니 은조 씨도 많이 안 변했어요?" 하면서 그동안 어떻게 지냈느냐 하는 취지의 이야기며 이런저런 세상 사는 이야기며, 그리고 김 교수님의 노래에 목말라 있던 내가 꼭 듣고 싶었던 노래를 커밍순! 이때 노래는 그 당시 지난 노래였지만 이민우라는 가수가 부른 〈사랑일 뿐야〉를 클래식 버전으로 열창해 주셨다. 역시 노래도 녹슬지 않았고 음성도 변하지 않았고… 주 선생님의 트로트 버전도 녹슬지 않았다. 우리는 잠시 복잡한 세상 속 소용돌이치는 세상을 벗어나 너무나도 순수하고 정겹던 사람들과 잠시나마 일상을 할애했다.

　존경해 마지않는 김 교수님과 그의 제자분 주 선생님(그 후에 승진하여 창원중학교 교감 선생님이 되어 있었다)과는 몇 년 후 경남대학교를 퇴직하실 김 교수님의 캠퍼스를 다시 한 번 방문하여 마지막으로 인사를 드리고 떠나왔다. 교수님의 대학원 제자이셨던 주 선생님은 실용음악을 좋아하시니 퇴직하시면 혹시 색소폰 동호회에서 색소폰으로 트로트를 열심히 연주하고 계시리라. 또한 평소에 원예에 취미가 있으셨던 김 교수님은 싱그런 식물들과 햇살을 접하시며 매일 새롭게 태어나는 신비로운 식물과 마주하고 계시리라 추측해 본다. 그러고 보니 세상에는 인연이 되어 만나야 할 사람이 있는가 하면 만나지 말아야 할 사람을 보게 된다는 괴이한 이론도 있다. 여기 이분들은 세상에서 꼭 만나 뵈야 할 사람들 중에 베스트다.

정 권사님, 정 권사님!

창원 일정을 하루 남겨 놓은 날 나와 함께 숙소를 쓰고 있는 정애리 권사님, 이 권사님 이야기를 안 쓸 수가 없다. 함께 잠을 자야 하는 숙소에서 낮이나 밤이나 술을 먹고 몇 날 며칠을 지치지도 않으신지 곤드레만드레, 이 정도는 참을 수 있다. 그나마 낮에는 덜한데 저녁만 되면 어디를 다녀오시는지 어디 가서 술을 드시고 오시는지 인사불성, 그래도 숙소까지 찾아오시는 것을 보니 그나마 다행이다. 그런데 가장 커다란 관건은 정 권사님 코에서 매일같이 고사포 터지는 소리와 담배, 술 냄새 진동에 코 고는 소리가 귀청을 찌르는지 밤에 잠을 못 이룰 정도의 대폭탄이 작렬된다는 것에 문제가 있었다는 것이다. 함께 있었던 동생이 도저히 참지 못하고 화가 나서 건의하겠다는 것을 억지로 말리고 하루만 더 참자 했다.

이날도 꾹 참고 잠을 청할려니 잠이 안 오는 것이었다. 이 동생과 나는 약속이라도 한 듯 24시간 하는 편의점으로 발걸음을 옮기며 그곳에서 시간을 보내다가 숙소로 들어가려는데 이 동생이 의아스럽다는 듯이 "언니 저분은 지금 활동 안 해요?" 내게 묻는다. "응, 안 하는 것

같애." 하니까, "왜요?" 하고 묻는다. "글쎄, 다 이유가 있겠지." 다시
재차 돌아오는 말은 "아니, 언니 저분은 교회 권사님이시라며 왜 저렇
게 술만 먹고 저러는 거야?" "왜? 저분이 너에게 술주정했니?" 했더니
히히 웃더니 "그건 아닌데 저렇게 사람들한테 민폐 끼치는 걸 보니 저
런 것도 시비 거는 것하고 뭐가 달라요? 진짜 처음 봤어. 교회 다닌다
면서 회개도 안 하고 매일같이 술이나 퍼먹고 이 갈고 코 고사포까지
쏘아 대니 옆에 사람이 붙어 있겠어요? 언니는 화 안나요?" 한다. "하
지만 어떡하겠니? 대선배님이시고 하나님 섬기는 분인데." 바로 동생
이 말을 나꿔챈다. "언니, 하나님 섬기는 사람이 저렇게 하는 걸 보니
하나님 몇 분 모시다가는 큰일 나겠다! 도대체 왜 저러는 건지 모르겠
다?"는 것이다. 어쨌든 동생 되는 사람의 불만 섞인 속내하며 겉으로
드러내지는 않았지만 내 성질에 제법 인내를 보이고 있는 자신이 애
써 참 대견했는데 미워하지 말자고 수차례 다짐을 해도 그 미운 마음
이 가셔지지 않는 것이다.

　다음 날 마지막 공연지인 극동방송 제일교회 대기실에서 정 언니가
나를 부른다. "너, 가서 나 물 좀 떠다 줄래?" 하신다. 나는 "예." 하면
서 물을 떠다 드리니 옆에서 지켜보는 동생의 눈이 매섭다. 그러면서
"애, 너 어젠가 언제 창신대학 공연 때 그 꽃다발 갖다 준 사람들이 누
구냐?" 이렇게 묻는 것이다. 그래서 "제가 잘 아는 교수님이세요." 했
더니 "그래?" 하면서 살짝 불만 어린 표정이 스쳐가는 듯했다. "그 꽃
다발 받은 것 어쨌니?" 하며 묻는다. "예, 제가 서울 가지고 가려고 숙
소에 갖다 놨어요." 이때 정 언니의 말이 "꽃다발을 받았으면 목사님
부터 갖다 드려야지, 왜 혼자 꽃다발을 받고 갖고 가느냐?"는 것이다.
조금은 일방적인 생각으로 내게 이야기하신 것 같았지만 이럴 때는

뭐라고 설명을 해야 할지 참 곤란한 때였던 것 같았는데, 이때 구원투수처럼 등판한 동생이 정 언니 말을 듣고 이렇게 말을 내 대신했다. "이런 일들 하고는 상관없는 것 아닌가요? 그 꽃다발은 몇십 년 만에 뵙는 사람에게만 주는 의미 있는 꽃인데 그것도 미국에서 오래 있다가 오랜만에 나온 사람에게 주는 것인데요. 여기 은조 언니 하고 상관 있는 꽃다발을 왜 목사님에게 드립니까?"라고 딱 부러지게 이야기하니 바로 정 언니께서 "아, 그래!" 하시면서 꼬랑지를 내린다.

하지만 나는 안다. 신앙적으로 봤을 때 하나님 찬양하는 사람, 또 리드하는 사람이 우선이란 것을. 하나 그들이 하나님이 맺어 주셨든, 인간 세계에서 맺어 주셨든 그 누구이더라도 다 하나님이 만드신 세상이라면 그 상황에서는 꽃다발도 내게만 주시게 하셨음을… 여기서 그렇게 받기를 원하셨다면 받을 수 있도록 교인의 베이직과 본분을 지켜 가는 교인이었더라면… 하는 아쉬움과 더불어 정애리 언니를 생각해 본다. 나 역시 믿음이 없는 사람으로서 긴가민가 탁탁 치면서 다니는 사람 중에 한 사람이지만, 신앙인으로서 지켜야 할 도리는 다 알고 지킨다.

자, 그렇다면 정애리 권사님을 보자. 압구정동에서 술집을 운영하고 슬하에 딸아들을 두고 있다고 했다. 아들은 장가가고 딸도 시집을 갔다고 했던가? 그런데 왜 연예인들은 나이 먹고 막말로 퇴물이 되면 술집을 하는가 말이다. 수입이 제일 좋아서인지 뭔지 아무튼 알 수 없다. 술을 좋아해서 다른 술집에 가서 매일 사 먹는 것도 귀찮으니 내 집에서 술장사하면 술은 실컷 마신다? 하는 괴변을 늘어놓는 사람도 있다고는 하지만 어째 이 언니는 이렇게 하셨어야만 했을까? 내가 봤을 때 정말 안타까운 분이다.

왜인가 보니 그 당시에 정애리 언니의 가창력도 좋았고 밤무대도 꾸준히 일을 했고, 자신의 히트곡도 서너 곡 정도 되어 있었다. 어디 히트곡 나기가 쉬운가? 외모도 후리후리한 키에 그 당시 그 시절에 거의 170 정도 되는 키라면 어디든지 무대를 휘젓고 다닐 수 있는 여건이다. 하지만 난 개인적으로 키 큰 여자를 별로 안 좋아한다. 대중성에 입각해서 말을 하고 있는 것이다. 난 그렇게 큰 키는 아니었지만 그렇지 않아도 그 이전에 벌써 무대를 휘젓고 다닐 때였다.

어쨌든 정애리 언니의 자기 자신의 마인드 컨트롤이 턱없이 부족하지 않았나? 하는 안타까운 생각에 자신을 업(up)시켜서 마인드 컨트롤 하고 잘 살렸더라면 저렇게 술장사하고 낮이나 밤이나 술 퍼먹고 고사포 안 쏴도 되고 남에게 민폐 안 끼치는 사람이 되어 있고, 선배로서 후배에게 본보기가 되어 줄 수 있지 않았나 하는 선배를 아끼는 마음에서였을 것이다.

반면에 심수봉 선배님 같은 분은 어떤가? 그분은 열심히 활동해서 자신의 단독주택 지하에 멋지게 녹음실을 만들었다는 후문이다. 두 분의 상반된 세상 생활사… 하긴 태어날 때부터 사람이 다르고 생각이 다르고 취향이 다르니 업시킬 줄 아는 마인드만 있다면야 세상 사람 걱정은 없겠지만서두. 그런 마인드 컨트롤을 잘 해내는 사람들이 드물다는 것이다. 아무나 하랴….

그 후에 서울에서 정애리 언니에게 전화가 왔다. 딸이 예담교회에서 하는 〈지저스 크라이스트 슈퍼스타(Jesus Christ Superstar)〉 뮤지컬에 출연한다고 한다. 주인공이 김사랑, 연출 총감독이 허준호란다. 꼭 오라고 전화기 너머로 언니의 목소리가 진동을 한다. 노래할 때 목소리가 나오질 않고 박자도 틀려서 늘여 부르시는 분인데 전화 목소리 또한 잘 전달이 되지 않는 것이다. 아무튼 그 날짜가 되어서 지금은 그 위치가 어디인지 가물가물거리는 교회를 친구와 찾아가니 정애리 언니가 잘 왔다고 활짝 웃으시면서 그 공연 로고에 주인공인 미스코리아 진 김 사랑이 그려져 있는 머그잔을 한 개씩 챙겨 주었다. 지금도 그 잔은 간직하고 있다. 오랜만에 뮤지컬을 보면서 다시 한 번 하나님의 아들 이신 예수님을 점검하기 시작했고, 돌아오는 길에는 뭔가 내가 잘못 한 것이 없는 데도 나 자신을 되돌아보게 된 계기가 되었다. 그 후에 는 한동안 언니와는 소식이 없었고 목에 이상이 생긴 이후 나의 행로 가 바뀌게 되었다.

당신의 노래는 없습니다

강원도 동해시 바다가 있는 곳으로 나의 삶의 터전을 옮기게 된 일이다. 가끔씩 정애리 권사님은 교회를 잘 다니시고 있나? 술집 운영은 잘하고 계시나? 아직도 술을 많이 드시고 계시나? 별 오만 가지 생각을 하면서 그래도 정애리 언니를 여전히 가슴속 한가운데에서는 미워하고 있는 나를 발견해 낸다. 절대로 존중해 주기 싫은 선배, 절대로 존경할 수 없는 선배! 이유가 무엇일까? 조금 알 듯한 것은 그 언니의 욕심, 그 욕심이 싫었던 것이다. 그리고 교회에서 권사라는 직분이 불교로 이야기하자면 머나먼 고행의 길을 연마해서 내공이 강하신 분들에게만 주어지는 권사의 직책을 받았음에도 불구하고 하나님 말씀대로 살아온 것 같지 않은 의아심? 본받아야 할 구석이 한 곳도 보이지 않는, 세상 속에 때가 잔뜩 묻어 있는 행동과 얼굴… 너무나 실망스러웠고, 이런 모든 것들이 내 마음에서 정애리 권사님은 떠나 있었다. 그러고는 가끔씩은 궁금해지기도 하는… 그랬다.

그렇게 세월이 가고 있기를 반복하던 날, 들려오는 슬픈 이야기가 정애리 언니 권사님이 저세상으로 가셨다고 한다. 우려했던 대로 저

수지 앞에 세 살짜리 애가 기우뚱하며 걸어가는 모습으로만 내 눈에는 그렇게 비춰진 애리 언니가 반포 앞 강변에서 죽음을 선택한 것이다. 그날도 술을 진탕 먹고 그 강가를 헤매며 백이고 신발이고 다 벗어 팽개치고 뛰어들었던 것이다. 세상에 증오를 하며 넘지 못할 강을 기어코 건너고 만 것이다….

난, 거의 몇 날 며칠을 끙끙 앓았다. 그 언니의 삶이 결코 나와 다른 삶이라고 단연코 말할 수는 없었기 때문이다. 음악의 연줄과 세상의 사람과 부딪치며 살아가는, 상대하는 사람들 그 무게만 달랐을 뿐… 자기 자신의 커다란 욕심, 욕망 이런 것들을 컨트롤하지 못한 것의 대가! 후에 들은 이야기는 술집을 운영하면서 수억의 빚을 지고 그 돈을 갚을 길이 없어 죽음을 선택했던 것이다. 왜 수억의 빚을 져야만 했을까? 그리고 꼭 술집을 운영해야만 했을까? 술 담배에 쩔어서 목소리도 나오지 않는 삶을 살아야 했나 말이다. 자신이 스스로 자신을 업(up)시키면서 살았다면 죽음의 길로 가는 일보다 더 보람찬 일이 많았을 텐데….

자신의 자존심 자존감마저 저버리고 떠났다. 그리고 더 화가 난 것은 교회의 권사님의 책임도 못 지고 떠나 버린 언니가 더더욱 화가 났다. 분명 하늘에서 내려다보시리라. 난, 이렇게 말하고 싶다. 연약한 인생 하늘에서 하나님이 보시기에는 벌레만도 못한 인간이라고 치부할 수는 있겠지만 그 벌레만도 못한 벌레도 다 하나님이 만드신 벌레인데 그마저도 왜 내치셨느냐고 따지고 묻고 싶다. 그렇게 가게 했어야 했냐고….

시간이 가고 세월이 흘러서 이젠 하늘나라에서 세상에 굴곡진 모든 것 잊고 편히 잠들고 계실 권사님! 살아생전 함께 찬양했던 정애리 권사님! 목소리가 안 나와도 최선을 다했던 애리 언니! 세상에서 함께했을 때 왜 당신께 따스한 말 한마디 못해 드렸는지, 당신께는 모든 것이 불만이었던 나! 쌀쌀한 바람 불고 구세군 냄비 종소리는 들려오고… 머지않아 크리스마스 캐럴이 울려 퍼질 때에 당신의 목소리 노래는 없습니다. 그리고 변함없이 시간은 가고 세월은 흘러갑니다. 그때 저도 정 권사님 만나 뵈러 갈게요… 안녕!

만나고 싶던 친구와 회자정리

이렇듯 희로애락을 듬뿍 안고 살아온 우리의 고국을 오고 싶어 왔다. 실로 오랜만에 오는 한국… 옛날의 김포국제공항이 아닌 인천국제공항으로 바뀌었다. 신비하게 보일 정도로 신세계에 온 인천공항이다. 개항한 지 몇 년 안 되었던 때였다. 개항과 동시에 서울특별시 강서구 김포국제공항의 국제선 노선을 일괄 이관받았다. 영종도와 용유도 바다를 메워서 만든 해상 공항이기 때문에 내륙 공항인 김포국제공항하고는 달리 24시간 운항이 가능한 공항이란다. 그런데 워낙 생각하지 못했던 새로운 신공항은 예전의 김포공항만 생각했던 나로서는 설렘 반 호기심 반 그 자체였다.

친절하게 설명되어 있는 안내 표지판 대로 입국 수속을 밟고 아주 편안하게 직접 오는 버스를 타고 하남시까지 왔다. 역시 국력이 강해지면 공항에서부터 변화가 시작되나 보다. 나라가 부흥된다 하니 공항의 위력으로 봐서 세계에 내놓아도 손색이 없는 공항으로 탈바꿈이 되어 있었다. 공항버스 안에서 이리저리 바깥 풍경을 바라보며 변해 있던 공항 바깥 풍경과 옛날의 공항 풍경을 연신 대조해 가며 뿌듯해지는 기분을 느낄 수가 있었다.

한국에서 난, 바쁘게 다녀야 할 것 같다. 우선은 인척과 친구, 선배분들을 만나 보기로 하고, 그중 이번에는 꼭 한번 만나고 싶은 친구를 만나야 했다. 우선 그 옛날 서울에서 미용실을 하던 자리에 건물주를 찾아가 만났다. 건물주 말인즉 안양으로 이사를 했다는 것이다. 아마 안양에서 미용실을 하고 있을 거라 한다. 그동안 연락이 안 되고 있던 이 친구와 연관이 있던 사람들을 발품 팔아 열심히 찾아다닌 결과 간신히 연락이 닿을 수가 있었다. 이 친구에 대해 조금은 설명이 필요할 것 같다.

젊은 날, 그 당시에 밤무대라는 곳이 있었고 대한민국의 일류 가수가 되었든 이류 가수가 되었든 수입의 공급처는 다 밤무대라는 곳에서 성행하고 있을 때였다. 공연예술이라고 표현을 해야 하나 아니면 연예인 밤무대 공연이라고 해야 하나? 나도 예외일 수는 없을 터.

그 밤무대를 오락가락 누비고 다니면서 잠이 부족해서 스스로 운전하다가 차가 옆으로 엎어질 정도로 사고를 크게 낸 적이 있었다. 그래서 그 여파로 인해 미국에서도 로컬 길만 운전하고 다니지, 고속도로 운전은 절대 하지 않는 사람임을 내 스스로 인정한다. 소위 말하는 딴따라 계통 사람들은 자신의 미래를 알 수 없기에 마냥 좋은 세월만 가지고 넉 놓고 살다가 그냥 불우하게 저세상으로 가는 일이 많다. 미래에 뭔가를 대비한다는 차원에서 새로운 목적과 희망을 갖고 좀 더 다른 삶을 대비하고자 내 분야가 아닌 다른 분야로 눈을 돌리면서 열심히 도전을 하고 있었을 때였다.

그래서인가? 공연예술계 사람들은 그때에 내게 한 이야기들이 있었다. 내가 제일 많이 앞서가는 사람이라고… 이렇듯이 그때에 난, 참

부지런한 사람이었고, 그 당시 수원에서 아침 새벽, 수원역에서 기차를 타고 4시간 정도 눈 붙이고 서울로 통학을 할 때였다. 서울 서소문에 있던 학교였는데 한국에서 제일 오래된 미용학교였고 대한민국에서는 제일 오래된 미용연구기관이 아니었나 생각된다. 무궁화미용학교에서 지금은 무궁화미용전문학교로 바뀌었다.

그 당시 안산에서 마지막 무대를 마치고 나면 새벽 2시 반이었는데 통행금지가 없었던 시절이어서인지 밤무대의 활동 범위가 비교적 늦게까지 공유되고 있었던 시절이었다. 피곤한 몸을 이끌고 눈을 비비며 오며 가며 몇 시간을 전철에서 잠을 자다가, 내려야 할 역을 지나쳐 가기를 수없이 반복하던 시절에 본의가 아닌 지각을 수차례나 하기도 했지만 담당 선생님께서 내 사정을 아시고는 오히려 배려해 주시고 도와주셨던 시절이었다.

가장 부지런했고 열심히 살았던 시기가 아니었나? 할 정도로 그때는 젊었다. 이 학교에서 우린 만났고 절절한 친구였다. 그 당시에는 이 친구가 결혼을 해서 다섯 살인가 하는 아들을 두고 있었고, 남편도 성실하게 일을 하는 회사원이고 아주 평범한 집안의 사람들이었다. 그때 봤던 이 친구는 세상물정 모르고 집하고 남편과 아이밖에 모르는 순진무구한 성격을 지닌 그런 친구였다. 이때에 화려하고 반짝이는 무대에서 노래한다는 것 빼놓고는 순수했던 내 마음이나 이 친구나 거의 같았다고 보면 된다. 하지만 한 가지 현저히 틀린 것은 있다고 봐야 하겠다. 셈하는 것은 단연 선두다. 이러한 반면에 난, 예전이나 지금이나 셈에 있어서는 아직도 오리무중이다.

그런데 특이한 것은 내가 받아야 할 것에서는 셈이 무지 약하다. 물론 웃자고 하는 이야기일지는 모르겠으나 이 친구가 여상을 나왔다고 하면 숫자의 개념이 나보다는 훨씬 빨랐다는 것인데, 아무튼 셈하는 점수는 나보다 후하게 줄 수 있는 점수다. 이 친구 말에 의하면 나의 부지런하고 성실하다는 점과 또 화려한 예술계에서도 소탈하고 밝고 긍정적인 나의 성격, 또한 미래를 생각해서 미용 공부를 하고 있다는 것과, 자신이 생각했던 연예인들의 편견이 깨어졌다는 것이다. 누구 말마따나 공주인 줄 알았는데 알고 보니 무수리였다는 것이고 그러한 내게 아마도 정감을 더욱 느끼게 되지 않았나 하는 생각이다.

그로부터 우리는 서로가 서로를 배려해 주고, 도닥여 주고, 위로해 주는 그런 친구로 거듭나게 되었다. 또한 나의 일터인 장소까지 두 부부가 와서 응원도 해 주었고, 자신들의 자동차(내 차는 쉬게 하고)로 초저녁부터 새벽 2시까지 라이드를 해 주었다. 피를 나눈 형제는 아니지만 우리는 서로를 형제 이상의 우애를 느끼게 하는 진한 우정을 나누고 있었다. 또한 추석 명절 때면 혼자 있는 나를 위해 먹을 것을 싸들고 찾아온다든가, 친엄마나 형제간에 느끼지 못했던 어머니의 깊은 정이 었다고나 할까? 유안진 시인의 지란지교의 우애를 절실히 느끼면서, 이 친구와 나는 서로를 의지하고 살아가고 있었다. 그리고 1년이 지나 미용학교를 졸업했다. 그러고는 각자의 일터로 돌아갔고, 난 수원(송죽동)에 커다란 미용실을 오픈했다.

낮에는 미용실 일, 저녁에는 밤무대, 사람들은 나를 보며 저마다 가마니에 돈을 쓸어 담고 다닌다고 했다. 그 친구 역시 여러 미용실을 거치면서 실력을 쌓아 몇 년 후에는 자신이 이루고자 하는 미용실을 자그마하게 오픈했다. 세월이 흘러서는 발전해 나가는 모습을 보이며 아이도 잘 커 나갔고, 또 넓고 새로운 미용실을 도전해 나갔던 친구였다. 그 친구가 서울로 미용실을 옮기고 잘 나가던 무렵, 난 미국으로 왔고, 오랜 세월을 얼굴은 보진 못하고 살았지만 가슴과 마음에는 늘 그 친구를 생각하고 있었다.

아주 오래전 한국에서 보았던 그 친구의 얼굴은 좋아 보였고 세월이 흐른 후에 이 친구는 어떻게 변해 있을까? 궁금해할 즈음에는 연락도 끊겼고 전화도 안 되었던 때였다. 난, 불현듯 이 친구를 만나야 했다. 무엇 때문에 전화도 안 되고 연락도 없는 것인지? 서울을 거쳐 안양을 한참의 발품과 그리고 불나는 전화, 연락 못하고 살던 연관되는 사람들까지 죄다 소환 동원을 거쳐서, 만나고 싶던 친구를 만날 수 있었다. 이렇듯 힘들었고, 가장 열정적으로 살았던 시기에 함께 마음을 공유하고 짠 눈물까지 공유했던 친구였으니 말이다….

사람 팔자, 특히 여자 팔자, 된박 팔자라고 하더니 만난 장소가 그 당시 안양에서도 구석진 외곽 동네! 한번 살아 볼 것이라고 청춘을 불살랐던 젊은 날의 그 순수했던 열정들은 아무 흔적도 없이 고스란히 지워진 친구의 얼굴과 외모는 이상하리만치 달라져 있었다.

오랜 세월 못 보고 살았던 흔적들이 얼굴로 사정없이 나타나고 있는 것이다. 무엇을 하고 어떻게 살아왔을까? 이 친구가 궁금해진다. 지금쯤은 커다란 미용실에서 미용사 직원을 몇 명씩 두고 경영인이 되어 있어야 할 그 자리에 지금 내가 보는 이 친구의 모습은 피부가 검어진 주근깨의 여왕이 되어 있었고, 원장님이 아닌 여유롭지 않은 여인네 표로, 보여지고 있는 이 사람은 누구인가? 예전의 그 순수하고 성실했던 그 친구가 맞기나 한 건지? 말투까지 변해 있는 이 친구를 보며 왜 이렇게 변했을까? 가슴이 아려 오기 시작했다.

하긴 옛날에 이 친구의 이야기를 간간이 들어 볼 때면, 어쩌다가 가정사 이야기를 꺼낼 때가 있었다. 이렇게 스쳐지나가듯 남편과 자식

이야기 등 그때마다 듣는 둥 마는 둥 워낙 두 부부가 성실하고 가정적인 사람들이니 스쳐지나가는 이야기가 태반사였고 별 관심없이 지나간 이야기들이 많았다. 그런데 남편에 대한 불만은 딱 한 가지 돈을 못 벌어다 준다는 것이었다. 반면에 이 친구는 돈에 대한 애착심은 무척 강했다고 기억되는데 또, 중요한 일들은 그 당시에 미용실 드나드는 아가씨들, 도우미 등 술집 운영하시는 분들이 주로 다니는 집이 친구 미용실을 단골로 다니는 사람들이었다. 그래서 이 사람들과 친분을 쌓게 되고 친구도 되고 하다 보니 이 사람들과 대인관계가 어떻게 되어 갔는지는 그 후로는 내가 미국으로 갔으니, 또한 오랜 세월 모르고 살다시피 살아온 것 같은데, 그때에 떠오르는 이야기도 있었다.

친구 말로는 "여기 오는 여자들 너무나 편하게 쉽게 돈을 버는 것 같다고, 본인은 하루 종일 힘들게 일해도 이 사람들 삼분의 일도 안 된다."고 탄식하고 있었던 것을 나는 기억한다. 그때 내가 "친구야, 모르는 것은 아니나 그럴 때마다 더욱더 크게 되어 나가야 하는 과정이니 미래를 보고 참고 노력해야 되지 않겠니?"라고.

그런데 세월 가고 시간 흐른 이 마당에 내가 보고 있는 이 친구는 옛날에 봤던 그 친구가 아닌 세상의 안 좋은 때가 다 묻혀 있었고, 게다가 술이라는 병까지 들어 함께 동행하고 있는 것이었다. 더욱 쇼킹한 것은 남편과 이혼까지 했다는 것이다. 그렇게 열심히 살려고 애쓰던 부부였는데 왜였을까? 듣고 보니 이러했다.

남편이 갑자기 뒤늦게 학교를 간다고 하더란다. 그것도 골프학과를 간다고, 그때만 해도 각 대학에 골프학과가 우후죽순으로 생기던 시기였다. 한참을 설득당한 끝에 학교에 진학하는 것으로 합의를 봤으며, 미용실을 운영하면서 자식 남편 뒷바라지가 시작된 것이다. 그런데 남편은 학교를 다 마치지 못하고 나와서 골프 연습장을 차려 달라 해서 여기저기 돈을 빌리고 해서 연습장을 차려 주었단다. 그런데 중요한 것은 힘들게 차려 준 골프 연습장에서 만난 여자와 눈이 맞아서 소위 말하는 유부남이 궁둥이를 흔들고 다닌 것이다. 이 친구가 겪었고, 바라본 감정은 원한 그 이상이었다.

그 작은 월급에 자식 키우고 열심히 살면서 미용실 차려서 조금 살만한 것 같으니 학교 간다고 해서 뼈빠지게 돈 벌어서 케어해 주었고 아무리 힘들어도 '오늘이 작으면 내일은 크다.'라고 생각하며 허리 질끈 매고 희망 속에 살아왔는데 그것도 제일 큰 장타 배신타를 단숨에 맞은 꼴이 되었던 것이다. 바로 두말할 것도 없이 이혼을 했던 것, 애는 성인이니 본인은 아직 젊고, 남은 인생 자신이 못한 일이라도 해보고 살겠노라고 인연의 강은 악연의 강으로 끝을 맺었다고 한다. 그렇게 끝이 났고, 그렇게 힘들게 쌓아 온 미용실도 그 악연과 함께 멀어지게 만들었고, 미용실 원장에서 이제는 술장사의 훈장이 얼굴에 묻어 있었던 것이다.

그래서였는지 무수한 세월이 갔음에도 연락 한번 안 하고 살아야만 했던 이 친구의 심정은 이해가 가지만 왠지 내 눈에는, 당당하고 샤프한 기질을 갖고 있고 가정주부로서 커리어 우먼으로 평탄한 길을 가고 있을 것이라고 기대해 왔던 이 친구가 왜 그리 초라하고 세상을 오기로 사는 듯한 50대의 아줌마로 변해 있는 건지? 또한, 기대라는 것은 내가 미용을 포기하고 미국을 가야 했기에 이 친구에게 내가 해낼 수 없는 것을 친구가 해낼 수 있을 것 같은 기대감이랄까?

그런데 내 앞에 보이는 친구는 그 많은 직업 중에, 그 많은 일들 중에 왜 하필이면 술장사인가? 힘들게 일구어 놓았던 치열한 삶의 기술

현장을 떠나 안정이 될 법했던 날들이, 결국은 이 친구가 선택한 길이 훗날 후회하는 일이 되지나 않을까? 왜였을까? 술장사가 돈을 많이 번다고, 많이 남는 것 같아서? 내 생각에는 남편도 남편이고, 아내인 친구도, 주위 사람들을 제대로 된 사람들을 못 만났던 요인이 있었다고 생각한다. 이 사람들의 속사정을 정확히 알 리는 없겠지만 인간들의 욕망과 그들의 가슴속에 내재되어 있었던 욕심이다. 그 욕심 속에서 막연히 욕망을 보고 있었던 것이다.

그 언젠가 아주 오래전 이 친구가 가지고 있었던 욕심과 욕망을 어렴풋이 난 느끼고 있었다. 어쩌면 친구는 욕심과 욕망을 은근히 동경하고 있었는지도 모른다. 또한 전 남편도 아내에게 채울 수 없는 욕심과 욕망을 갖고 있었던 것은 아닐까? 그런 것들이 어떤 계기로 해서 한꺼번에 박살이 난 것이다. 주워 담을 수도 없이, 난파선이 되어 낙동강에 노도 없이 돌아볼 겨를 또한 없이 마냥 떠내려가는 것처럼 그런 사람들이 되어 버린 것이다.

두 부부가 처음에 만나서 연애를 하고 결혼을 하고 결심한 바에 의하면 '우린 사랑으로만 살아갈 거야. 욕심, 욕망 다 버리고… 그렇게 열심히 살다 보면 반드시 좋은 일이 있게 되겠지!' 했을 것이다. 그러나 인간은 살면서 이것저것 부딪치며 살다 보면 어느 드라마 대사처럼 "사랑이 변하니?" 하는 명대사처럼 변해 간다고 한다. 살아가며 점점, 가슴 한구석에 독버섯처럼 늘 도사리고 있다가 욕심, 욕망이라는 독버섯을 잘라 내야만 하는데 미적거리다 결국에는 치고 올라와 양쪽 다 같은 독이 전이되어 다 잘라 버려야 하는 망극을 이뤄 낸 것이다.

가끔씩 부부싸움할 때에도 주제가 이랬다고 한다. "그래, 헤어지자 살 만큼 살았으니 이제 그만 살고 헤어지자!" 했다. 어느 코미디 풍자극에나 나올 법한 주제가 드디어 말에 씨를 뿌린 것이다. 이런 말들이 입버릇처럼 헤어질 예고를 했으니 말이다. 나야말로 가장 기대했고, 가장 아끼고 좋아했던 친구로 말미암아 그 뒤로 몇 날 며칠을 마음고생하며 힘겨웠던 날들이었다. 기대라는 것은 그만큼의 관심과 그 사람이 잘 되었으면 좋겠다는 것과 내가 해내지 못할 것 같은 것을 이 친구가 해낼 수 있겠다는 기대가 있었기에 몇 번씩 반복하며 글을 쓰는 나, 그만큼의 실망은 아픈 마음으로 내 앞에 덩그러니 있었다.

그동안에 내게 연락 한번 못하고 인연을 끊으려고 한 까닭은 "이혼도 했고, 더군다나 술장사까지 하는데, 뭐가 좋아서 연락을 했겠느냐?"는 친구의 말이다. 내게 그런 모습 보이고 싶지 않아서였다고도 한다. 이렇듯이 한국의 사람 사는 곳은 이렇게도 흘러가고 있었다. 서로를 애물단지 취급하며, 도움이 안 되고 가치가 안 되면 토사구팽시키거나 당하게 되는 이러한 사람들이 얽히고설켜 살아가고 있었다.

설렘으로 왔던 한국은 이렇게 커다란 방망이에 얻어맞은 듯한 멍한 가슴이 되어 있었고, 미국으로 돌아가는 마음 한편으로는 그 무게의 중압감이 나를 짓누르고 있었다. 한국은 나날이 발전되어 가고 세계 12위 베스트에 드는 나라는 되었지만, 한국인 인성과 품성은 아직 베스트에 들지 못하고 있는 것은 무엇일까? 물론 갖추고 계신 분들 빼놓고 말이다. 나 혼자 고민해야 할 일은 아닌 듯하다. 한국인 전체가 고민해야 할 일인 듯!

덴버의 월남 국수 맛집

돌아오는 비행기 안에서 은근이 걱정되었던 내 지병인 심장의 고통은 그나마 준비해 간 약으로 무난히 올 수 있었다. 게다가 잘 맞지 않는 와인까지 일부러 마시면서 고군분투하며 온 보람은 있었던 것이다. 그다지 튼튼하지 않은 심장을 갖고 지금까지 살아온 것이 참으로 용하다. 도착 후 시차를 거치면서 다시 일상생활에 복귀한다. 맡겨 놓고 간 카페는 잘 아는 지인과 정아가 정리정돈을 잘해 주었고, 이역만리 타국 땅 남의 나라에서 살아간다는 것은 그것도 혼자가, 도전 정신이 없으면 안 된다는 것, 혼자서 해결해야 되는 것 인간관계 등 더군다나 비즈니스하는 사람에게는 더 필요한 처세술일지도 모른다.

미국에서 살아간다는 것은 그것도 친인척도 없이 혼자 살아간다는 것은 아무나 쉽게 할 수 없는 일이다. 그러고 보니 난, 무척 용감한 사람임에는 틀림없는 것 같고, 플라톤이 "용감하다는 것은 무지에서 오는 용맹함이다."라는 말을 한 것 같은데, 잘 해석해 보면 "무식하면 용감하다!" 이 말이 더 잘 어울릴 듯하다. 어쨌든 용감이라는 단어가 나올 때는 이상하리만치 삼국지에 나오는 몇몇 사람들 중에 유난히 장비가 떠올려지는 것은 무엇인가? 내가 아는 장비는 이름 그대로 장하고, 의리도 있고, 불의를 보면 못 참는 성격임에도 불구하고 장비를 생각하면, 불같고 거침없는 그의 성격에서 인간적인 면도 찾아볼 수가 있는데, 거기서 다른 형제들과 다른 점은 참을성이 없고, 직선적이고, 정서가 약간 불안하며, 차분하지 않고 술을 좋아해서 늘 술독에 빠져 살며, 또한 의로 맺어진 형제들과는 차별이 되는 즉 논리정연하지 않다는 것이다. 어찌 보면 논리보다 행동이 빨랐던 사람으로 추측이 된다.

왜 이런 이야기가 대두될까? 그런데 어찌 보면 악악대고 살아가고 있는 내가 가끔씩 장비 아저씨를 닮아 가고 있다고 생각해 본다. 물론 전부 다 장비 아저씨를 닮은 건 아니다. 가끔씩 난, 논리정연하다. 단 나의 아킬레스건인 욕심의 원동력인 셈, 셈이 약할 뿐인데, 말하자면 돈이라는 단어가 나오면 약해진다. 돈은 우리가 부리는 삶은 될 수가 있지만 돈에 노예가 되는 삶은 아니지 않은가 말이다. 옆에서 지켜본 미국이라는 나라 속에 한인들, 호모 이코노미쿠스(homoecononlicus) 인간상! 그 욕심과 욕망의 테두리 속을 계속 맴돌고 있었다.

물론 자본주의 경제 위주로 살아가는 미국이라는 나라는 그 예를 여실히 보여 주고 있지만, 예를 들면 장사하는 사람이 목적한 곳에다 얼마를 투자했다고 보자. 그렇다면 투자 한 사람은 그 몇 배를 뽑아내는 투철한 장사의 목적이 달성되어야 됐다고 보는 것이다. 그렇게 하기까지는 수단과 방법을 가리지 않고 욕심과 욕망의 불을 뿜으면서, 아귀다툼을 하면서 그렇게까지 하면서 살아야 하나? 하는 생각과 적당히 큰 욕심 안 부리고 장사를 해도 되는데, 이런 생각이 지배적이다. 잘 모르시는 분들은 배부른 소리 한다고 질책을 할지도 모른다.

하지만 나의 성격상으로는 이런 일들은 애초에 용납이 안 되는 일이다. 이런 일들이 나하고는 맞지 않는다는 것은 어릴 적 환경이 성격에 반영되어 온 탓인가? 비교적 여유롭게 살아온 집안 탓에 내가 무엇인가 꼭 해내야 한다는 개념이 없었던 것이다. 그것도 경쟁하듯이 남을 짓밟고 서서 돈이라면 노예적 근성을 보이면서, 행하는 그런 일들. 그저 욕심 안 부리고 성실히 열심히 살아야 한다는 것은 내 지론인데, 꼭 돈을 개입시켜서 돈에 대한 애착과 집착을 갖는다면 그것은 적어도 욕심, 욕망이 될 것이 뻔하기 때문이다. 하지만 이 세상에 성실하게만 산다고, 순수하게만 산다고 장사 잘하는 사람은 없을 것이다. 내가 바로 덴버에서 이렇게 장사를 하다가 거덜이 날 것 같다는 위기를 여실히 느끼면서도 여전히 잘 굴러가고 있었다.

점심시간이 될 쯤 정아가 왔다. 월남 국수집에 가자고 한다. 이곳 덴버는 베트남에서 온 사람들이 주로 월남 쌀국수집을 운영하고 있었다. 처음에는 월남 국수 먹는데 적잖이 애를 먹었다. 왜냐하면 여기에 들어가는 냄새가 고약했기 때문이다. 맛나게 먹는 한인들과 미국인들을 보면서 저 사람들은 도대체 저렇게 냄새나는 국수를 왜 먹고 있느냐에 대해 궁금증이 생겼다. 첫째는 국물맛이 구수하면서 들어가는 고기가 뭔가 부드러우면서 한국 음식과도 그다지 거리가 멀지 않다는 것이 이유였고, 두 번째는 그 이상한 향내 나는 것이 사람을 끌어들이고, 마초 같은 맛이 혀끝과 코끝을 자극하기 때문이라는 것이다. 사실은 월남 국수를 먹기 싫어한 이유는 이 고약한 냄새 때문에 한동안은 먹고 싶어도 못 먹고 있을 때, 정아 이야기로는 "글쎄 언니, 조금 있어 봐요. 이 냄새 적응하다 보면 이 냄새 안 나면 월남 국수 안 먹게 될 걸?" 했다. 그래서인지 저래서인지 웬일인지 지금은 월남 국수 마니아가 다 되어 있었다.

특히 덴버는 오리지널 월남 국수집이었기에 한국에서 그런 오리지널을 찾았다간 그날 국수 먹기는 어렵게 되지 않을까? 싶을 정도로 국수도 짝퉁 장사가 한국은 판을 치고 있다. 다행이다, 덴버에서 월남 국수집을 거의 원형대로 먹고 있으니. 정아가 월남 국수집에 오면 놀린다. "뭐, 냄새나는 음식을 왜 먹느냐는 둥 불만이 많던 언니가 좋아하는 음식이 될 줄 누가 알았겠느냐고?" 그리고 보니 우리 아버지가 국수를 그렇게 좋아하셨다는데 국수 좋아하는 것을 비켜 가기가 힘들었나 보구나! 나도 그 아버지의 딸이라는 것이 이 국수를 통해서 알아 버린 순간에 "정아야, 내일도 이 국수 먹으러 오자." 했다. 오늘도 해가 가고 있는 덴버의 오후다.

네바다주 라스베이거스를 가다

한국에서 조카에게 연락이 왔다. 이모가 직접 해결해야 되니 잠깐 나와서 일을 마무리하고 가라는 것이었다. 한국 다녀온 지 반년도 안 되는데 또 나가야 하는 부담도 있고, 그렇다고 안 나갈 수도 없고 해서 과감하게 결정을 내린 뒤 한국을 나가서 이왕 나간 김에 일 마무리하고 카페 물품도 주문해서 덴버로 먼저 부치고 일정을 다 마칠 즈음, 라스베이거스(las vegas)에서 액세서리 비즈니스를 하고 있는 잘 아는 후배하고 통화를 했다.

그곳 사정도 궁금했고 가 보지 않았던 곳이라 가뜩이나 역마리즘(역마살)을 안고 살아가는 내게는 기회가 아주 좋았다. 우선 콜로라도를 가기 전 네바다의 라스베이거스로 가서 거기서 덴버로 들어갈 생각이었다. 한국 온 지 열흘 만에 나는 인천공항에서 네바다 라스베이거스 가는 비행기를 탔다. 참으로 또 용감한 투어를 하는 것이다.

네바다주(State of Nevada), 미국 서부에 있는 주이다. 2005년 기준의 인구는 약 2,414,807명으로 2000년 인구조사에 1,998,257명에 비해 21% 이상 늘었다. 네바다주는 미국에서 가장 빨리 발전하고 있는 주이다. 인구의

3분의 2는 라스베이거스 대도시권에 살고 있고, 네바다주는 관광업이 중심 산업이다. 다행히 후배가 있어서 무작정 내 역마리즘 발길이 라스베이거스로 향했다. 라스베이거스 공항에서 우왕좌왕하면서 공항을 눈에 담기 시작했다. 미국 서부의 맥커런국제공항(Mccarran Internationl Airport)이 현재는 해리리드국제공항(Harry Reid Internationl Airport)으로 이름이 바뀌면서 건물도 리모델링했다고 한다.

서부와 동부의 공항이 잠시 비교가 되었다. 동부 존에프케네디국제공항(John F. Kennedy Internationl Airport)은 뉴욕시 퀸스구 자메이카에 있는 국제공항이다. 미국 공항은 한 가지 똑같은 콘셉트가 있다. 커다란 글씨로 각 공항의 인사말은 그 글씨체까지 같다. 특히 국내선 공항은 더욱 그렇다. 미국이 얼마나 큰 나라인지 국내선 공항을 이용하다 보면 더욱더 실감하게 되는데 국제공항은 오죽하랴! 오래된 공항의 커리어(career) 건물 자체가 살짝 오래된 웅장함을 보인다. 미국 주 어느 공항을 가도 같을 것이다.

이리저리 둘러본 사이 마중나온 후배와 라스베이거스 근처의 집으로 향했다. 장시간 비행기 안에서 내 제일 약한 심장이 속을 썩이면 어쩌나 했는데 무사히 목적한 곳까지 잘 와 주었다. 다음 날부터 무척 바빠지기 시작한 라스베이거스다. 낮에는 잠깐 후배가 운영하는 액세서리 숍에 들러 커피를 마시면서 이런저런 이야기로 꽃을 피우고, 숍을 나와서 혼자 라스베이거스 거리를 기웃적대면서 걸었다.

이 후배 액세서리 숍은 주변이 카지노 기계들이 즐비하게 늘어서 있는 곳이고, 관광객들이 삼삼오오 떼를 지어 기웃적거리는 거리이다. 그러니까 젊은이들도 쇼핑도 즐기고 여기저기 눈 쇼핑과 간단히 카지노를 즐기고 다니는 거리다. 그런데 밤이면 불야성으로 바뀐다는 이

거리는 한산하고 조용했다. 왜인가 곰곰이 생각을 해 보니 밤새워 도박판에서 도박을 하고 낮에는 잠을 자야 하질 않나? 그렇다. 그래서 후배의 액세서리 숍도 오후에 문을 연다고 했다. 오늘은 나를 위해 숍을 구경시켜 주기 위해 일찍 나온 것이었다.

저녁이 되어야 라스베이거스의 메인 거리는 휘황찬란한 판타지의 거리를 볼 수 있는 것이다. 저녁 시간쯤 되니 여기저기서 휘황찬란한 불빛이 빛을 발하기 시작한다. 심의 발동을 가동시킬 것이다. 햇살이 환하게 비쳐지고 하늘색이 푸르른 네바다주 라스베이거스 오후! 하긴 콜로라도주의 하늘은 얼마나 아름다운가? 특히 덴버 스프링스 하늘은 손만 갖다 대도 만져질 듯한 낮은 하늘이고, 네바다에 비교한다면 덴버 하늘, 스프링스 하늘이 더더욱 아름답다. 하지만 오늘 라스베이거스의 하늘도 곱게만 비쳐지니 이곳 또한 멋진 곳임에는 틀림없다. 난, 후배에게 "네 일 하라고 굳이 나를 데리고 안내 안 해도 된다."고 말했다.

한참 바쁜 시간에 숍을 비우고 다닌다면? 저녁에 손님들이 드나드는 숍에 도움이 안 되는 것이고, 나 때문에 민폐를 끼치고 싶지 않아서였다. 그냥 혼자 호기심이 발등에 불이 붙었고, 이곳저곳을 보고 다니고 싶었던 거였다. 그러기에 우리 조카가 내게 늘 이야기한 말, "이모는 영어가 안 돼도 어디든지 데려다만 놓으면 기가 막히게 적응 잘하는 글로벌 이모죠!"라고….

이 말이 칭찬인지 걱정인지 도무지 해석이 안 되는데 하기야 영어가 안 통하면 내 특기인 일본어로 일본 사람하고 이야기하면 되니까 일본 사람은 공항부터 시작해서 작은 타운을 형성하고 살기 때문에 미국 전역 어디를 가도 부딪칠 수 있는 사람들이 일본인이다. 그 덕에 영어로 말을 하다가 잘 안 통하는 듯하면 바로 일본 사람과 대화를 하면 된다. 특히 공항에서 일본 사람에게 도움을 제일 많이 받았던 것으로 기억된다. 일본 사람은 사무라이 정신이 비즈니스하고 연관되는 체질을 갖고 있는지 무척 친절하고 나이스(nice)하다. 그래서인지 저래서인지 미국에서의 언어에 관한, 일본인들이 있어서 많은 이야기가 통할 수 있었다. 영어가 잘 안 통한다 싶으면 일본어로 국내공항, 국제공항 할 것 없이 참 잘도 누비고 다녔다. 지금 생각해 보면 참으로 용기가 가상한 젊음의 번죽이었다.

환상의 불빛이 터져 나오는 이 거리는 어떤가? 하며 오늘은 작심하고 라스베이거스의 거리를 기우적대며 걷는다. 저녁 시간이 되니, 여기저기서 누가 먼저랄 것 없이 번쩍거리는 불빛이 새어 나오고 갑자기 기분이 좋아진다. 또 그 감성리즘이 도래된 것이다. 일단 살짝 배가 고프니 바로 보이는 버거킹 햄버거 가게로 들어가서 햄버거와 커피를 마시고 판타스틱(Fantastic) 거리를 또 걷는다. 저만치 먼 곳을 보며 휘적거리며 걷는데 어디서 많이 본 듯한 환상의 불빛이 비춰 주면서 나를 유도한다.

아고, 이렇게 반가울 수가 그것은 다름 아닌 한국의 자랑스런 현대, 삼성, LG 로고의 네온사인이었고, 또 가깝게 다가서니 그때 당시 한화에서 미니 불꽃축제를 하고 있었던 것이다. 휘황찬란한 한국 기업의 멋진 로고와 함께 불꽃축제까지… 아고, 그런데 왜 이렇게 가슴이 뛰고 뿌듯하냐? 이것은 내 지병인 심장병이 아니라 애국심에서 불타는 자랑스러운 한국인의 긍지였다. 외국을 나와 봐야 애국자가 된다고 하더니 바로 이런 것이로구나. 미국에서 그리 짧지 않게 보내는 동안 이런 가슴 뿌듯한 일은 아마도 처음이지 않을까 싶다. 아, 하나 생각났다. 뉴욕이나 또 LA에서 대한민국의 네온사인에서 빛나는 기상을 느낄 수가 있었다. 하지만 이곳 라스베이거스에서 느끼는 감정과는 차원이 다른 뭐랄까? 뿌듯함이랄까? 막 자랑하고 싶은 내 나라, 내 조국! 이제 대한민국은 세계에 내놓아도 손색이 없는 그런 가치와 격이 다른 나라가 된 것이다.

사람들의 함성 소리가 들리고 불꽃이 튀어나올 때마다 아름다운 꽃 무지개로 변하는 화약 기술도 대단했다. 어디서 한국말 하는 소리가 들려서 뒤돌아보니 한국분인 듯한 분들이 놀랐다는 듯이 함성을 질러 댄다. 정말 기대도 안 했는데 이런 일들이 거리 공간에서 있다니⋯ 역시 세계적인 도시 그것도 라스베이거스의 메인 도시에서 일어나고 있었다. 또 거기에 내가 있었고⋯ 한국분들과 누가 먼저라 할 것도 없이 먼저 인사를 나누고 기뻐했다.

불꽃 튀는 거리를 지나 한적한 곳의 카지노(파친코) 같은 분위기의 카지노를 들어가 봤다. 바깥에서 볼 때는 그리 커 보이지 않는 카지노 장이 들어와 보니 무지 큰 도박장이다. 일본에서 파친코를 해 봤던 경험으로 파친코는 자신이 있었다. 누가 보면 파친코를 잘 하는 사람인 줄 착각하겠지만 선무당이 사람 잡는다는 말이 있지 않은가? 운이 좋아서인지 어째서인지 난, 한번도 잃어 본 적이 없는 무적이었다. 이곳 미국 라스베이거스도 같은 시스템이 아닐까? 생각해 본 뒤 쭉 둘러보니 파친코 게임이 아닌 한국 사람인 듯한 딜러가 앉아서 사람들에게 카드를 베팅하고 있다. 저만치 보니 파친코 자리가 비워 있길래 그리로 가서 앉아 자리를 잡고 코인을 바꿨다. 딱 30불. 요것 갖고 조금 하다가 가야지. 욕심을 내면 더 힘들어지니 마음을 다 내려놓고⋯ 그러면서도 인간의 욕심이 어디 그러한가? 나도 예외는 아닌 뭔가 기대를 갖는 듯한 구석이 자리잡고 있을지도 모른다.

그러고는 에라 모르겠다 하면서 기계를 잡았다. 아고, 처음엔 따는 듯이 코인이 배로 나오더니 가면 갈수록 본전도 못 찾고 약 30분도 채 못되어서 툭툭 털고 과감하게 일어섰다. 결국 기계한테 진 게임이었다. 그러니까 인공지능 알파고 기계하고 누가 이기나 격돌을 했던 바둑의 이세돌처럼 결국 기계가 이겨 버린 게임이었던 것이다. 그래도 한국의 이세돌은 끝까지 머리 굴린 게임으로 한번은 승리를 거머줬지만 난, 초장에 기계한테 박살 난 것이다. 기계한테 졌다는 실망감이 괜히 화가 나서 그냥 나와 버렸다.

돈보다는 자존심도 상했고, 지금 생각해 보면 무척이나 단순한 사람이 아니었나 싶은데, 그 당시 순간에는 키우던 개한테 귀싸대기 한 방 맞은 기분이랄까? 라스베이거스 카지노에서 30불 넣고 기분 좀 만끽할려다 일어난 일이다. 결론은, 기계를 이기면 밥 먹고 사는 희망이 보인다? 그래서 사람들이 이곳에 몰려드는가 보다. 그냥 내 생각이다. 가끔씩은 기계도 져 주는 날도 있겠지.

한국은 강원도 정선이란 곳에 강원랜드 카지노가 있다. 그만큼 한국은 개발도상국가를 지나서 카지노라는 큰 업체를 만들었다는 것도 국가의 위력이라고 볼 수 있는 건지는 몰라도 한번도 가 본 적은 없지만, 내 생각은 외국의 전문성을 띤 카지노의 기본 규율, 법률 규제, 시행 법령을 따라가려면 아직도 멀었다는 결론이고, 다녀온 사람들의 말을 듣자 하니 경영자부터 종업원들, 딜러 등 이 업계에 종사하는 사람들이 아직도 미숙하고 체계가 안 잡혔다는 말이다.

참 안타까운 이야기다. 이럴 때 순전히 내 생각인데 전 세계 카지노 종사자의 본보기가 될 수 있는 라스베이거스에 연수라도 보내서 선진

카지노의 진수를 배워 갖고 간다면 어떠하겠나? 하는 내 생각이다. 수박 겉핥기로 하지 말고, 이런 일도 그리 나쁘지 않을 듯한데… 이런 생각 저런 생각으로 조금 무거운 걸음으로 발길을 옮기고 다음 날을 기대해 본다.

네바다주 공군 비행쇼와
라스베이거스 셀린 디온 공연

오늘은 어쩐지 라스베이거스에서 흥미진진한 일이 일어날 것 같다. 후배가 아는 지인이 선배 언니가 왔다 하니 공군 에어쇼를 초대했다. 잘 알고 있는 지인분 남편 되시는 분이 미국인인데 공군이었던 것이다. 자동차로 그리 멀지 않은 곳에 세계에서 알아주는 미국 공군 에어쇼를 보게 되는 영광을 안게 되는 것인데 군인 가족들만 초대받는 자리에 운 좋게 참석했던 것이다.

한국에서도 볼 수 없었던 진귀한 비행쇼를 바로 코앞에서 보게 되는 기쁨, 라스베이거스에 와서 휘황찬란한 불꽃쇼와 LED를 본 것과는 또 다른 감탄사가 절로 나오는 공군 에어쇼! 비행대대 이름은 기억이 나진 않지만 뾰족하고 날쌔게 생긴 비행체 6대가 나란히 줄 한번 틀리지 않고 낮게 떠서 일직선을 이루는가 하면 또 희한하게 생긴 검은 전투기 같은 비행체가 수평으로 갔다가 갑자기 하늘 위로 치솟았다가 또 똑같이 편대를 이루어서 조금 떨어진 거리를 날다가, 다시 똑같이 일렬로 줄을 맞추고 일사불란하게 움직이는 그야말로 장관을 이루는 곡예쇼였다.

옛날에 한국에서 국군의 날에 잠시 TV로 중계될 때 그냥 스쳐지나가듯이 날아가 버린 그때의 비행기를 기억해 본다. 그때의 기억은 도무지 남아 있지 않고, 지금의 네바다주 공군 비행장에서는 미국의 제일 큰 공군 전투부대에서 행하고 있는 비행쇼를 보고 있는 것이다. 네바다 공군 에어쇼는 세계의 첨단을 걷는 비행대대이며, 최고의 기술과 최고의 비행사들이 속해 있는 축제의 향연장이었기에 못내 한국의 공군에 대한 아쉬움과 미국 공군에 관한이라는 전제하에 큰 나라와 작은 나라의 저력, 길고 짧은 것은 종이 한 장 차이라던데… 하지만, 현재의 대한민국 공군은 옛날의 공군은 아니다. 상당한 공군력을 갖추었고, 여기에 덧붙여 말할 것은 미국은 잘 알다시피 특히 장교인 사람들은 거의 최고의 대우다. 한국도 마찬가지겠지만 아무래도 예우에 있어서는 아메리카 미합중국을 따라가기에는 역부족인 듯하기도 하고, 작은 나라의 비애를 느끼고는 있어도, 그래도 자부심을 갖는 대한민국 국민이며, 공군이다.

아무튼 라스베이거스에서 난, 운 좋게 특별한(special) 쇼를 보게 되는 기막힌 기회를 갖게 된다. 며칠 후에는 마침 이곳에서 장기 공연 중인 내가 가장 관심 있게 듣는 노래 중 하나인 '타이타닉(titanic)' 주제가 〈My heart will go on〉을 노래한 캐나다 출신 가수 셀린 디온(Celine Deon)의 라이브를 들을 수 있게 되었다. 물론 이런 스케줄을 짜 놓은 내 후배에게 이제야 감사하다는 말을 쓴다. 라스베이거스에서 제일 감명 깊었던 것이 한국의 불꽃축제였다면 라스베이거스 무대의 진수를 맛볼 수 있는 셈인 그 무대의 조명과 음향 시설인 것이다.

콘덴츠 차원에서 디지털 기계와 오묘한 궁합을 자아내는 여기에는 비상한 기술을 가진 만능 엔터테인맨들이 참여해서 세계적인 디바의 재능을 맘껏 뽐내지게 만들어 내고 있었다. 무대와 조명, 음향 시스템 등 셀린 디온의 보컬을 마음껏 들을 수 있는 이 시간, 난 이 시간을 만끽하려 한다. 드디어 막은 올랐고 잔잔하게 울리면서 그의 두성부터 6옥타브를 넘나드는 화려한 기교와 테크닉, 특히 그의 낭랑한 비음의 소리, 난 정신없이 몰입되어 있었다. 좋은 목소리를 내는 3요소는 바로 호흡, 발성, 발음이다. 이 3요소를 거의 완벽하게 갖추고 있는 셀린 디온의 타이타닉 주제가를 들으며 깊은 탄성과 탄식이 절로 요동을 치고 있는데, 갑자기 일본 엔카(Enka)를 셀린 디온 목소리와 리듬 멜로디에 대입을 시켜 봤다. 셀린 디온이 엔카를 부른다면 어떤 느낌이 날까?

디온이 갖고 있는 보컬 음색이 일본의 엔카에서 들어가는 비음과 잘 연결될 것 같은 느낌이 이따금씩 들 때가 있었다. 가끔씩 엉뚱하다는 반론을 사람들에게 곧잘 듣곤 하던 때였는데, 일본 엔카는 일본의 고유 악기 샤미센(Shamisen)이라는 5개 줄(음계)에서 유래된 4분의 2박자, 4분의 4박자의 트로트(Trot). 한국은 4분의 4박자라는 리듬과 멜로디로 융합시켜 만든 곡들이 많다. 전문가가 아니라서 잘은 모르겠지만 한국의 근대 시기에 독일인이 만든 행진곡부터 시작이 되었다고 했고, 그 외에도 변형된 형태의 곡들도 나왔다고 하는데, 자세히 들으면 한국의 트로트와 일본의 엔카가 서로 닮았다고나 할까? 아니면 일제 강점기에 한국인과 일본인이 독일인에게 음악 패턴을 같이 사사받았던가? 그래서 닮아 있는 리듬이 나오고 멜로디가 나오고 하는 것을 보면, 그러나 좀 더 자세히 알고 보면 다른 구석도 더러 있는 듯하다.

한국의 트로트는 일본 엔카 음악을 좀 더 깊이 있게 연구하고 따라 가려면 갈 길이 먼 것 같은 느낌이다. 확실히 편곡부터 그 선율도 다르기 때문이다. 하긴 공연예술을 했다고 하는 나도 잘 모르는 문제이니, 하나 일본 엔카는 아티스트 그리고 엔카를 전문으로 하는 가수들은 어린 시절부터 이론으로 시작해서 엔카의 발성까지 개인 레슨 선생님께 지도를 받는다 하니 얼마나 체계적인 시스템인가 말이다. 그래서 일본의 엔카 가수들은 기본이 튼튼하다. 또 다른 예외적인 사람도 있다.

일본 쇼와 시대(Showa period)의 가희로 불릴 정도로 한 시대를 풍미했던 일본의 국민가수이며 일본인들에게는 쇼와 시대를 통째로 상징하는 인물로 여겨질 정도의 데뷔 때부터 타계하는 1989년까지 약 45년 동안 대단한 인기를 누렸으며 현재까지도 일본인들에게 회자되고 있는 가수다. 일본 엔카 가수 중 가장 유명한 가수이고 지금도 일본에서 엔카 가수라고 하면 미소라 히바리(Misora Hibari)가 부른 노래는 지금도 각 중고등학교 또는 음악대학 재즈학교 등 메인 곡으로 멋지게 편곡해서 연주를 하고 실용음악과에서는 늘 연구하고 연주하고 있는 명곡이자 대곡인 셈이다. 그런데 더 아이러니한 것은 미소라 히바리는 악보보다는 청음 감각이 다른 사람에 비해 5배나 뛰어넘는 감각을 갖고 있다고 한다. 그리고 또 하나 이 가수는 아버지가 한국 사람이다. 결론은 미소라 히바리는 한국 사람인 것이다. 한국인은 한이 많아서일까? 목소리로 한을 푸는 청을 잘 낸다. 아고, 나중에 다시 얘기하기로 하고⋯ 또 이야기가 안동으로 빠졌다.

셀린 디온 노래를 들으면서 일본 엔카를 접목시켜 여기저기 목소리 궁합을 맞추어 보았다. 셀린 디온의 여운이 서서히 식어 갈 무렵, 마지막으로 엔딩곡 〈파워 오브 러브(The Power of Love)〉를 들으며 마지막 장식을 멋지게 박수로 답례를 하고, 어둠이 퍼져 있는 광장으로 나오니 갑자기 팡파르가 울리면서 컨벤션센터 앞에 분수대의 불빛이 요란하게 춤을 추기 시작한다. 아고, 이건 또 뭐지? 오늘 너무 신나는 일만 생기니 뭔 일이라냐? 조금 있으니 빠방~ 하고 빵파르가 또 울리더니 화려한 조명과 함께 하늘로 치솟고 올라가는 물줄기를 넋 나간 듯이 열심히 바라보며 있자니 갑자기 분수 양쪽에서 캐리비안 해적 떼가 배를 타고 나타났다. 아이구, 이건 또 뭐냐? 오늘 계속 깜짝야 하는 일들이 마구 생기다니 마침 오는 날이 라스베이거스 특별 분수쇼에 캐리비안 해적쇼까지 물 위에서 보니 정말 하나님도 부러워할 진귀한 아름다운 쇼를 보게 해 주시고 이때 블랙 조명과 함께 칼을 꺼내서 싸우고 있는 이들까지 분수에서 뿜어져 나오는 각양각색의 색깔을 비춰 주니 그 리얼함이란 말할 것도 없고 신기하기까지 하다.

네바다주 라스베이거스 분수쇼의 캐리비안 해적쇼까지 그 환상 같은 쇼에 내가 서서 보며 기쁨 충만, 놀라움 배로 느끼며 물길 위에 파도가 올라오며 그 위에 해적들이 떼지어 올라오고 서라운드 시스템까지 한몫을 차지하며 특수음향효과의 단단한 위력까지 느끼며 어느샌가 행복한 환성을 지르고 있었다.

이후로 한국에 다니러 와서 친구가 멋진 분수쇼를 제법 큰 호수공원에서 한다고 기대가 큰 목소리로 나를 초대했다. 그런데 사실 속으로는 별 기대를 안 하고 호수공원을 갔다. 역시 라스베이거스에서 본 분수쇼 삼분의 1도 양이 차지 않고 있는데 친구는 좋아 죽겠단다. 별 호응을 보이지 않고 있던 내게 친구가 묻는다. "어때? 재미있지?" 아고, 뭐라 대답해 줄까? 진짜 재미 없었다고 솔직히 말해 주기도 그렇고, 엄청 난처했던 날도 있었다. 그래서 이야기가 있지 않은가? 내가 아니라 친구가 가 봤던 곳이 아니기에 나로서는 친구와 이야기가 잘

통하지 않을 것이라는… 어떤 것이든지간에 내가 경험해 보고 체험해 본 적이 없는 일들을 이해하고 논한다는 것이 얼마나 어려운 것인가를….

그다음 날 하루는 쉬기로 했고, 라스베이거스에서 마지막 여행이 되는 종합적인 미니 테마파크를 가 보기로 했다. 세계적인 카지노 관광도시 라스베이거스에 오신 관광객을 위해서 만들어 놓은 종합쇼핑센터. 또 그 안에 입점해 있는 세계 여러 나라 음식점, 또 하나 놀라운 것은 이탈리아 북부에 위치한 베네치아와 산 마르코 주변에 있는 카페와 레스토랑, 또 카푸치노 커피와 맥주 등 또한 그 옆으로 배가 다닐 수 있게 수상도시의 느낌을 주는 운하, 모형을 본떠서 멋지게 모방을 해 놓았다. 다 세계에서 오는 관광객을 위해 눈요기, 또 느낌이라도 가져 보라고 서비스 차원에서라면 매우 큰 후덕한 인심을 쓰신 라스베이거스 시청 관광과다.

지금은 어떻게 변해 있는지는 잘 모르겠지만 벌써 많은 세월이 흘렀다. 그때 기억으로 그 자그마한 배를 타 봤다. 약 5불인가 하는 돈을 지불하고 5분도 채 안 되는 물길을 탔는데 멕시칸 사람이 노를 저으면서 노래를 열심히 부르던 그 멕시칸 청년을 기억한다. 지금 생각해 보니 그 당시 스페니쉬 노래로 한국의 패티김 씨가 번안해서 부른 노래 〈사랑은 불타는 것 태양처럼, 사랑은 뜨거운 것 불길처럼〉이란 노래를 어찌나 청아한 목소리로 불러 대는지 기억에 남는다. 잠시 미니 운하 배에서 내려 여러 나라 음식점이 즐비한 이탈리안 스파게티집을 찾아서 들어갔다.

식당 종업원은 이탈리아계 사람인 듯한 한 사람과 검은 아줌니가 있었다. 여기서 검은 아줌니는 흑인이다. 처음 미국에 와서 맨 처음 동부에서 부딪쳤던 검은 아줌니! 내가 지어 준 그들의 별명은 '왓쌈 아줌니! 왓(what?, what was that?) 아저씨!'다. 왜냐하면 내 영어를 못 알아먹었던 것이다. 툭하면 왓? 왓? 왠지 그들과의 감정은 그닥 좋을 리는 없다. 하지만 이 왓 아줌씨, 왓 아저씨들 중에서도 친절하고 순박한 검은 분들도 있으니, 그래도 친구 하라고 이들을 소개해 준다면? 난 집에 볼일 있다고 빨리 그 자리를 떠나고 말 것이다. 가끔씩은 장난기가 발동하면 이들에게 마구 장난하고 농담하고… 아고, 그런데 결론은 왠지 거리가 먼 껄쩍지근한 왓 아저씨와 왓 아줌씨다. 아마도 이 집에 알바를 하고 있는 모양이다.

스파게티를 주문하고 이리저리 둘러보니 일본인 관광객, 독일, 이탈리아 등 전 세계 사람들이 다 모여 있는 것 같았다. 그러고 보니 식당 천장에는 세계 여러 나라 국기들이 쭉 걸려 있었다. 그중 대한민국 태극기가 걸려 있었다. 국기야 안녕? 너를 보니 안심되고 뿌듯해진다. 속으로 가만 생각을 하고 있는데 또 검은 왓 아줌씨가 와서 소스를 어떤 것으로 하겠느냐고 묻는다. 갑자기 토마토소스만 생각이 나서 그냥 토마토소스 해 버렸다. 왓 아줌씨가 가고 난 뒤 바로 후회를 했다.

갑자기 왓 아줌씨를 보면 괜히 뭔가 딜레마에 빠진 것 같은 느낌이 드는 것이다. 정서불안같이 말이다. 메뉴판을 미처 볼 수도 없을 정도로 괜히 왓 아줌씨를 보고 바로 생각난 토마토소스라고 한 것이다. 아고, 드디어 후회 막심 스파게티에 뭔가 알 수 없는 오리지날 스파게티는 좋았는데 그날 그 식당에서 먹고도 남을 토마토소스를 할 수 없이 투고(order togo)해서 집으로 들고 가야만 했다. 후배의 말, "언니 이런 걸 뭐하러 투고해 와요? 슈퍼 가도 햄버거집에 가도 많고 많은 것이 토마토소스인데." 아고, 또 망했다.

그 빌어먹을 이탈리아 스파게티! 검은 왓 아줌씨 때문에 긴장해 가지고, 뉴욕에서부터 이상한 인연 때문에 검은 아줌씨, 아저씨들 때문에 후유증 오래가네… 영어를 못 알아먹는다고 그 이상한 악어 같은 눈동자를 큰 눈으로 굴리지를 않나? 또 목소리는 세상 성능 좋은 라스베이거스 스피커 열 개는 갖다 놓고, 마이크에 대고 떠드는 것처럼 그야말로 목소리 상장군이다. 밤에 보면 하얀 이만 보이는 무서운 사람들… 아고, 이런 트라우마(trauma)가 이들에게 내가 갖고 있었던 게다.

또 이 사람들은 이상하리만치 체격만큼이나 보이스가 좋다. 거기다 덩치는 어떤가? 우리나라 옛날 코미디언 백금녀, 최용순 아줌니는 저 리가라인 분들이 그들에게 있어서는 보통의(usually) 체격이다. 어떤 왓 아줌씨는 히프 옆에 또 비상용 히프가 또 달려 있다. 이런 체형들을 가끔씩 볼 수 있었는데 미국에 처음 와서 이런 낯선 풍경에 참 경의롭다고 생각해 본 적이 있다.

지금은 이런 분들을 봐도 못 본 척하지만 처음에 이 낯선 환경에 적응이 되지 않았고 그 후에는 호기심이 생겨서 그 왓 아줌씨 뒷모습을 바라보면서 참 신기하다 하면서 잠시 뒤따라가 보며 관찰한 적도 있다. 그런데 이 검은 아줌씨, 아저씨뿐이 아니라 여러 나라 사람들도 눈에 띄었는데 그중 멕시칸 사람도 많이 있었다.

라스베이거스에서 그레이 하운드 버스 타고

-유타주 와이오밍주 지나 콜로라도주 덴버까지 가기

다시 네바다주 라스베이거스에서 콜로라도주까지 가는 일정을 이 야기해야겠다. 원래부터 호기심이 있었던 차에 마침 미국에서 몇 주를 걸쳐서 갈 수 있는 버스가 이곳에서 있다고 한다. 그 옛날 한국에서 그레이 하운드(grey hound BUS)가 있었을 때 아쉽게도 그레이 하운드 버스는 타 보지는 못했다. 그 버스를 지금 미국에서 탈 수 있는 기회가 있고, 어린 시절 호기심의 대상이었던 화장실 딸린 차를 타 보기로 마음먹었다. 사실은 콜로라도주 덴버 가기에는 버스로 시간이 많이 걸린다. 비행기로 가면 단 2시간이면 갈 수 있는 곳을 굳이 버스로 가려고 함은 비행기 비용의 문제도 아니고, 뭔가 해 본 적 없는 경험을 해 보고 싶었다. 이 심사가 나를 자극해서 선택한 일이다.

네바다에 살고 있는 이 후배에게 이래저래 그레이 하운드 버스 타고 간다고 했더니 위험하다고 만류한다. 또한 많이 힘들다고 하면서… 그렇다면 뭐가 위험하고 뭐가 힘드냐고 물어보니 언니가 초행길이고 영어도 서툴고 또 여자 혼자 장거리 여행을 한다는 것도. 미국은 언니도 잘 알다시피 한국과는 또 다르다는 것부터 시작해서 열심히 내게 이해와 타협을 해 온다. 하긴 이 후배의 미국 짬밥도 그리 만만치 않다는 것을 잘 알고는 있다마는, 그러나 나의 쇠심줄 같은 근성을 후배는 이기질 못한다. 한번 결정한 일은 끝까지, 신라 시조가 된 옆구리에서 알이 튀어나오는 신화적인 이야기가 되든, 이슈가 되는 문제가 되든, 죽기 아니면 끝까지 살아남는 정신으로 가는 거다. 으쌰! 하면서 강경함을 고수하는 내게, 끝까지 만류하려던 후배가, 한축 양보하며 "정, 언니 마음이 그렇다면 내가 하는 말 잘 듣고 가슈!" 엄청 걱정스러운 얼굴로 그 옛날 고려 시대 태조 왕건이 남긴 훈요십조 같은 이야기로 당부를 한다.

거의 "24시간 걸리는 거리를 버스로 이동해야 되며, 네바다주는 그당시 더운 여름이니 거치는 주마다 날씨가 다르니 파카까지 준비하고, 먹는 음식 등 조금씩 준비해 두고, 뒤에 메는 가방은 꼭 앞으로 안고 타고, 그리고 자리는 꼭 운전석 바로 뒤에 앉을 것, 뒷자리는 절대 가지 말 것!" 이런 지시사항 훈요 약 5개를 받고서는 "응, 알았어. 걱정 마라!" 하면서 그레이 하운드 네바다주 버스 정류장에서 버스를 탈 수 있었다.

지금 생각해 보면 참 용감한 발로였다. 무엇이 이처럼 나를 그 어떤 것이? 하긴 미국에서 헤집고 다닌 주가 적진 않다. 하나 이런 버스로 네바다에서 버스로 시작된 용감성의 근원은 호기심의 발로이지 않았을까? 그 역마리즘과 함께 네바다 그레이 하운드 버스 정류장에서 버스를 기다리며 정류장 근처를 열심히 두리번거리며 들여다봤다. 주변을 보니 우리나라에 시골 버스 터미널 같은 곳, 그러니까 미국에 살고 있는 각계각층의 인종들이 살고 있고, 이 사람들이 타고 가는 버스는 무지무지하게 저렴한 버스였다. 하긴 네바다에서 덴버까지 가는 비행기값 3분의 1도 안 되는 가격이니 얼마나 싼 것인가 말이다. 이 버스를 타고 동부에서 서부까지 돌아서 경제적인 것을 줄이고자 그 머나먼 곳에서부터 타고 온 동남아시아인을 비롯해서 러시안, 스페니쉬, 멕시칸, 동부 할렘가(Harlem) 흑인, 젊은 왓 아저씨와 왓 아줌니들까지… 참, 머나먼 여정의 길(차마고도)이 아닐 수 없다.

라스베이거스 후배의 말을 꼭 귀담아 새기며 난, 맨 앞줄 운전석 뒷자리에 앉았다. 내 옆자리에는 러시아 여자분 아주머니가 앉아 있었다. 속으로는 다행이라고 안심을 하면서 버스 안을 스캔하는데 버스에 소독약을 뿌렸는지 이상한 냄새가 풍겨 온다. 기분이 좋을 리가 없을 뿐더러 초조한 마음에 처음 해 보는 열악한 환경에서 장거리 여행을 하는 것이니 아무리 깡다구 몇 단이면 뭐하랴 나도 연약한 여자인데… 불안한 마음이 쏴 하게 몰려오고, 버스 안 환경은 맨 뒤에 단체로 앉아 있는 왓 아저씨와 왓 아줌니들, 중국인, 러시안, 멕시칸, 동남아시아인 집결판에다가, 유럽인 몇몇도 눈에 띄긴 했지만, 그들은 눈에 들어오지도 않고 바깥은 아직도 훤한 대낮인데 검은 흑인들로 둘러싸인 버스 안 뒤쪽은 온통 아직도 어두운 밤 형색을 하고 있었다.

사실, 이 버스는 한국에서 멋지게 이야기로 듣던 그런 버스가 아니었다. 지금 미국에서 아주 오래된 구닥다리 무슨 달리는 개인지 뭔지 하는 글자 그대로 그레이 하운드(grey hound), 명사로 동물학 동물명, 개의 한 품종, 몸이 가늘고 길며 털은 매끈하고 짧음, 주력과 시력이 발달한 사냥개로 이집트 원산임. 이 버스는 붙여진 이름만 거창할 뿐 그 옛날의 전설일 뿐이고, 퇴색되어 가는 아주 오래된 버스이며, 저임금을 받고 미국에서 힘들게 살아가는 사람들의 교통수단이었던 것이다. 또 어찌 보면 불법 체류자들이 몰래 피해 갈 수도 있는 장거리용 버스

일 수도 있고, 지금도 이 버스가 미국에 존재하고 있는지 그것은 아주 오래전의 일들이라 잘 모르겠다.

약 한 시간 지나 두 시간 접어들면서 버스 안은 와자지껄 떠드는 소리가 시작되는데 흑인들 특유의 청을 섞은 슬픈 노랫소리까지 들린다. 버스는 대체적으로 긴 버스다. 뒤에 흑인들, 왓 아줌씨와 왓 아저씨들이 있는 곳까지는 제법 지나가야 한다. 또 그 맨 뒤에는 화장실이 딸려 있는데 거의 사용을 안 하는 편이다. 약 3시간씩 가면서 버스가 휴게소에 정차하면서 화장실을 다녀오라고 한다. 그리고 나갈 때와 들어올 때 티켓 검사, 아니 점검이라고 해야 될 것이다. 무슨 점검이 그리 많은지 휴게소에 설 때마다 점검을 하니 또한 특이한 것은 운전기사가 6시간마다 바뀐다. 몇 사람을 바꿔야 목적지인 덴버에 도착하는 것이다.

다시 출발하면서 시작된 본격적인 긴 시간 뒤에, 앉아 있는 사람들 중에는 왓 아저씨와 왓 아줌니들 빼놓고는 거의 조용한 편이다. 흑인들, 그들은 단체로 왔기 때문에 그 인원수에도 기가 밀린다. 또한 어디서 사 왔는지 준비한 건지 와인, 맥주 심지어는 보드카까지 등장해서 수많은 시간들을 그렇게 떠들고 간다. 짜증이 나고 화가 났지만 어떡하랴 그들 앞에 쨉도 안 되는 내가 큰 소리쳤다가는 수명에 지장이 있을 것 같다는 웃지 못할 예감을 느끼면서 다른 사람들도 그렇듯이 숨죽이며 조용히 고꾸라져 있는 것이다. 일부러 잠을 청한다거나 자는 척을 한다거나. 참 고단하게 사는 인생들이다. 술 한잔 마시고 이젠 노래까지 큰 소리로 장난을 치질 않나. 제멋대로 인생을 즐기는 패거리 상장군들이다.

조금 있으려니 어떤 왓 아저씨가 런던 보이즈(London Boys)의 〈할렘디자이어(Harlem Desire)〉라는 노래를 박수를 치며 부르니까 그 단체가 다 따라서 손뼉을 치고 발바닥을 구르면서 한 콘서트의 진목을 보여 준 다. 역시 흑인들은 청이 좋다. 특히 영혼(Soul)이 가미된 그들의 특이한 감정적인 표현이 대체로 좋다. 이 노래 저 노래를 불러 가며 시간을 보내고 있는 그 사람들의 입장에서 잠깐 생각해 본다면 그들보다 더 슬픈 역사가 어디 있으랴. 최악의 역사를 가진 미국의 잔재들이다. 그 래서 범죄도 많고, 교육열도 약하고, 열악한 환경에서 살아가는 사람 들이 많은 반면 이들과는 반대로 알토란처럼 살아가는 왓 아저씨와 왓 아줌씨도 많다. 하나, 아직까지 미국에서 인종차별을 받으며 살아 가는 저 사람들, 지금 저들의 행동거지 하나 이해 못한다면 역사를 모 르는 사람일 수밖에….

그런데 흑인 친구는 왜인지 누가 소개해 준다면 얼른 핑계대고 줄행 랑을 치고 싶은 것은 무엇일까? 가뜩이나 미국에 그렇게 살았어도 백 인을 소개해 준다고 해도 거부했던 나인데 오죽할까 마는 갑자기 어 떤 흑인 왓 아저씨가 락(rock) 비슷한 노래를 불러댄다. 무슨 노래인지 는 모르겠지만 갑자기 이 사람 노래에 민감해지면서 영국의 락(rock) 그룹 퀸(Queen)이 생각났다. 〈보헤미안 랩소디(Bohemian Rha Psody)〉, 이 노 래 가사는 몹시 슬프다. 왜인지 이들이 사고를 치고 뉴욕을 떠나 다른 주로 떠나는 사람 같아 보였고, 자신들의 부모에게조차 왜 떠나야 하 는지 그 어떠한 이유도 설명 못하고 떠나온 사람처럼 느껴진다.

내가 너무 예민한 것일까? 이 노래를 자장가 삼아 듣고 있던 내가 커튼을 젖혀 바깥을 보니 칠흑 같은 어두움의 세계를 가고 있었다. 아 무도 없는 길 양옆엔 산과 큰 돌석 그리고 무슨 애리조나주에나 있을 법한 산채 같은 야자수 나무, 가도 가도 끝이 없을 듯한 이 굴곡지고 외로운 컴컴한 사막 산길을 버스 라이트 빛에 의존해서 달리고 있는 것이다. 그야말로 적막한 산길 그 옛날 조선의 이야기를 비추어 본다면 도적 떼, 강도 떼가 출몰했다는 으슥하고 산세가 있는 길을 통과해 가면서 그 머나먼 유라시아 사막길처럼 아무도 없는 곳에 불빛에 의존해서 끝도 안 보이는 이 길을 밤새 달리는 것이다. 세 시간 만에 한 번씩 쉬는 휴게소가 기다려질 정도로 무섭고 외롭다는 생각을 했다.

한참을 그렇게 달리고 있을 즈음 드디어 화장실을 갈 수 있는 휴게소가 나타났다. 바로 가방을 앞으로 꽉 매고 화장실로 달렸고 다른 사람들도 볼일을 보느라 정신이 없다. 이곳 휴게소는 유타(Utah)주의 진입로인 듯한데 그새 달려 여기까지 왔다. 한참을 떠들어 대던 왓 아저씨와 왓 아줌씨 팀들도 15분간의 시간을 열심히 활용하면서 담배 피워 대고 음료수와 맥주를 마셔 대면서 뭐라 궁시렁궁시렁 떠들고 있고 다른 사람들은 조용히 그들을 바라보면서 묵묵히 쳐다만 보고 있었다. 이제 시간이 되어 기사 아저씨의 티켓 점검을 받으면서 다시 버스에 올랐다. 또 머나먼 길을 가야만 하는 것이다.

차 안에 있는 사람들은 벌써 잠에 골아떨어져 코 고는 소리는 버스 안에 틀어 놓은 음악 소리처럼 들려온다. 웬만하면 미국 내에 살고 있는 사람들도 기피하는 교통편을 선택한 나의 의도가 하나씩 베일이 벗겨지고 있는 일들이었다. 그렇게 많은 생각을 하면서 좌석에 몸을 맡기고 잠시 버스 뒤를 돌아보니 맨 뒤에서 떠들고 노래 부르던 흑인들마저 지쳤는지 곤한 잠에 빠져 있었고, 옆에 함께 타고 가는 러시아 아줌니도 많이 피곤했는지 곤한 잠에 떨어져 있다. 잠든 얼굴을 한 번 보고, 앞에서 묵묵히 검고 검은 대지 위에 자동차 불빛을 등대 삼아 달리고 있는 흑인 기사 아저씨를 뚫어져라 바라보고 있다. 시끄럽던 버스 안이 갑자기 적막하기 그지없는, 궁 안에 들어와 앉은 공방살을 낀 여인 같은 느낌이다. 생전 누가 찾아오지도 않을 곳에서 누군가를 평생 기다려야 하는 공방살… 에구, 제일 싫어하는 뭐 명리학 계통의 너저분한 이야기들….

난, 안 믿기로 한다. 그리고 다시 생각의 세계로 들어간다. 내 인생사에 외국에서 살면서 또 다른 나라를 다녀 보면서도 마음이 이렇게 외롭다는 감정을 처절하게 느껴 보기는 처음인 것 같았고, 소름 끼치도록 외롭고 고독한 이 길… 게다가 무섭다는 생각도 든다. 지금 내가 쓰는 글은 '버스 타고, 먼 길 가면서 느끼는 인간이 이렇게 외로울 수가 있었다.'는 것에 대해 말하고 싶은 것이다. 혹시 다른 분들이 보아도 아무런 감흥을 느낄 수가 없을 것이다.

언젠가 그의 꿈이 야무지다고 생각했던 한국의 김승진 선장이 있었다. 국내 첫 3무 요트 세계 일주를 성공한 김승진 선장. 김 선장은 요트 한 척에 몸을 의지해 바다를 항해하는 과정에 불편함과 외로움에 비로소 행복을 느끼고 외로움의 끝자락에 인간이 보였다. 끝도 없이 펼쳐진 망망대해! 항해는 그에게 지독한 고독함과 외로움과 지루함을 받아들이는 과정이었을 거라고, 그저 견딜 수밖에. "그 자체가 제일 힘겨웠어요!"라고 말한 어느 신문 기사를 기억해 내며 버스 안에서, 한없이 끝없이 가야 하는, 망망대해를 끝없이 달려가고 있는 처절하고 외로운 길을 간다는 것은, 어쩌면 바다의 외로움과 육지에서 느끼는 외로움이 어찌 보면 같은 동질감을 느낀다는 맥락에서, 김 선장을 생각해 낸 것은 이닐런지… 물론 그분의 지독한 고독과 외로움을 비추어 본다면 내게 있어서는 사치의 외로움에, 택도 안 되는 말이 되겠다. 조금만 더 참고 가면 늘 거치는 휴게소가 나타날 텐데… 이제 날이 밝아오는 아침을 맞을 것이다.

이제 유타주를 지난다. 유타주는 서부에 있는 주이며 북쪽으로는 아이다호주와 와이오밍(Wyoming)주, 동쪽으로는 콜로라도주, 남쪽으로는 애리조나주, 서쪽으로는 네바다주와 접하고 있다. 주도는 솔트레이크시이다. 유타는 유트 인디언족의 말로 '산에 사는 사람'이라는 뜻이다. 이곳의 또 다른 특징은 몰몬교(Mormonism) 교도들이 중심이 되어 이뤄진 주라는 점이다. 이제 날씨가 슬슬 추워지기 시작한다. 점퍼를 꺼내서 주섬주섬 입기 시작했다.

한참을 달리고 또 달려 와이오밍주를 지난다. 미국 서부의 주이며 미국 주에서 인구가 가장 적은 주이다. 잭슨은 서부 와이오밍주에 있는 도시이다. 인구는 8,647명으로 와이오밍주 서북부, 티턴군의 군청 소재지이며, 읍으로 지정되어 있다. 로키산맥의 산간지대의 표고 1,900m 지점에 위치하며, 잭슨홀로 불리는 험준한 산으로 둘러싸인 지역의 중심지다.

뿌옇게 안개가 낀 길을 계속 달리면서 네바다 라스베이거스에서 반팔 티셔츠 옷이 어느새 파카 점퍼로 바뀌어져 있었고, 버스 안에는 그나마 히타가 소리 없이 안간힘을 쓴 채 돌아가고 있었다. 외로움을 심히 느낄 수 있는 환경으로는 충분한 거리였으며, 어쩌면 아침 햇살을 받아 달리는 버스 안의 스산함을 포근히 녹여 주지는 못했고, 많이 춥고 외로웠던 시간을 끝내고 드디어 종착지인 콜로라도의 덴버 어느 갱단 사무실같아 보이는 주차장에 닿았다. 친구가 그 주차장 앞에 서서 내 이름을 부르며 손짓하는 걸 본 후에야 안심이 되었다.

몰골이 말이 아닌 상태로 친구가 나를 보며 한마디한다. "열심히 투쟁하며 살아왔네. 어때 살 것 같니?" 대답조차 힘들고 피곤하다. 열악하기 짝이 없는 버스 안에서 투쟁이라니? 지치고 지쳐서 친구의 자동차에 몸을 의탁하고, 따스한 온기가 온몸으로 느끼는 순간, 지나간 옛일이 살며시 떠오른다. 방송 출연 전날 생방송을 앞두고 매실주 먹고 심하게 후유증이 있었던 날, 또 일본의 무대의상 찾으러 시모노세끼 항까지 일부러 호기심에 배 타고 부산에서부터 밤새도록 파도와 싸우며 멀미로 치를 떨었던 일, 그날들을 떠올리고 있는 나. 지금 처해 있는 그 후유증과 별반 다르지 않은 듯하다.

그때나 저때나 삶을 포기하고픈 얼굴이더란다. 친구의 말이다. 아고, 죽겠다. 내 팔자야! 팔자는 스스로 만든다고 했던가? 왜 팔자는 스스로 파고 나서는 이런 개고생을 하는가 말이다. 아고, 그 후 하루는 순전히 모든 시름을 잊고 잠에 빠져들었다. 그놈의 도전정신, 호기심 한 번 더하면 도전이 아니라 객기가 아닌가? 그래도 아직 오래 살지 않았기에 요만큼 양호할 때 여기저기 기웃대고 다니지, 60 지나 봐라 말 세지고, 입맛 세지고, 정신까지 세지기 전에, 누가 뭐래도 다녀 볼란다. 어떻게 보면 쓸 데 없이 사는 것 같지만 이렇게 살면서 가치와 의미를 찾는 시간을 만들어 볼란다.

6부

나의 오래된 노트

이제 덴버를 떠나고 싶다

또 세월이 가고 시간이 흘러 많은 날들이 가고 있었다. 이제 슬슬 덴버를 떠나고 싶다는 생각이 들었다. LA의 장조카님과 통화, 또한 친구와의 통화에서 덴버를 떠나야겠다는 생각이 마음에 자리잡기 시작한 것이다. 그동안 내 인생살이의 한몫을 지탱해 주었던 곳이지만 이곳을 떠나야 한다. 그 기가 막힌 역마살이 도래한 것이다. 하지만 이번만큼은 역마살이 아닌 어떻게 보면 한참을 가슴 한가운데 묶어 놓았던 것을 이제는 꺼내 봐야겠다는 생각이다.

거의 20여 년이 지난 그 대중문화 공연예술계, 소리도 나오지 않을 뿐더러 오랫동안 잠재되어 있었던 묵은 것을 꺼내 목소리의 때를 벗겨야 할 것이다. '어떤 것에 집중은 했는데, 집착을 하지 않았던 죄로 그리스 신화에 나오는 시지프스(Sisyphus)의 벌을 받고 수십 년 동안 그 굴레를 벗어나지 못했던 죄인과 같았다.'는 생각을 해 본다.

높은 언덕 꼭대기까지 올려야만 했던 그 무거운 바윗덩어리가 다시 올리던 길을 거쳐서 제자리로 다시 굴러 내려온다는 사실과 같이, 집중만 했지 집착도, 노력도 그저 취미로만 일관했다는 것이 아마도 내게는 언제나 그 자리, 또 봐도 그 자리. 그것이 죄라면 죄일 게다. 대중예술을 한다는 것은 융합과 함께 자신의 자아까지 버려야 한다는 것임에도 불구하고 그 세계에 적응하지 못했던 그 시절이 언젠가부터 그 계통을 외면하고 있었다.

'이제 가슴에 가라앉고 잊혔던 일들을 LA로 가서 다시 뭔가를 만들어서 한국을 나가는 거야.'

그리 정리하자니 덴버에 두고 가는 인간적인 인연들과의 정 끊기 연습을 해야 한다. 하는 동시에 카페도 정리하고, 자동차도 동식이 사장 동생 항식이 사장 딸내미에게 넘기고, 아파트도 다 정리해서 관리실에 넘기니 마침내 그날은 찾아왔다. 덴버를 떠나기 전 베스트 친구인 동식이 사장의 눈물겨운 격려와 정아의 정성어린 편지, 그리고 여러 인간적인 우정을 나누었던 사람들에게 덕담과 응원을 받으며 다시 LA행 비행기에 몸을 실었다. 2008년 7월 말경쯤으로 기억한다.

LA의 생활이 다시 시작된다. 내 전 직업이 뭐였냐에 대해 늘 물어오던 우리 인척 되는 김영균(장조카님) 선생께서는 예전 60~70년대와 80년대 초반까지 대한민국을 주름잡았던 최고의 그룹사운드 '검은 나비' 팀원으로, 이 팀의 메인 싱어가 〈앵두〉, 〈가을비 우산속〉 등 최고의 히트곡을 낸 최헌과 함께 이 팀의 건반과 재즈 피아노 또 편곡까지 담당했던 분이다. 이 양반이 LA 한인타운에 이민 와서 살고 계셨던 것이다. 이 양반은 덴버 시골에서 책방을 하고 있던 내게, 내가 무엇을 했던 사람인가? 정체성을 나 자신 스스로가 찾아보라고 하셨다.

처음엔 내 일하느라 예전에 음악 계통은 접어 두고 싶어서 시간이 갔고, '아! 내가 뭐 했었지?' 거의 20여 년이 넘도록 예술 계통에 손을 놓고 있었고, 수십 년이 지나도록 이 계통의 일과는 무관한 사람처럼 그렇게 젊음은 가고 있었다. 하지만 '많이 늦었지만 용기를 내 보자!' 그렇게 무언의 결심을 하고 그동안 긁적거려 놓은 글들을 모아서 조카님께 드렸고, 이 양반이 그때만 해도 쓸 만했던 내 목소리에 맞추어 내 특기인 엔카 스타일의 대중성이 있을 법한 곡을 만들어 주셨다.

멜로디 악보를 내게 건네주신 뒤 이런 이야기를 하신다. "어렸을 때부터 나에게 음악 레슨을 받았더라면 대한민국 최고의 실력 있는 가수 두 사람 중 한 사람이 되었을 텐데… 네가 가지고 있는 장식음이라든가, 비음, 또한 야시로 아키가 와서 네 앞에서 장식음에 한한 이야기를 했다가는 너에게 따귀 한 대 맞고 갔을 거다." 할 정도로 타고난 음악성은 있다 하시는 건데… "그런데 지금은 늦었다. 무리이긴 한데. 그런데 어떡하나? 늦었지만 해 보는 거다!" 하시며 피아노로 멜로디만 정리해 주신 뒤 나 혼자 연습을 하라는 거였다.

난감했다. 그렇다고 조카님의 집에 가서 연습을 할 수 없고 오랫동안 쉬고 있었던 목소리를 끄집어내는 것도 쉽지는 않을 터인데, 어떻게 할까? 이리저리 생각해 보다가 좋은 생각이 났다. 볼일을 보러 갈 때 자동차 타고 가는 길을 걸어서 가는 것이다. 그 길은 빠른 지름길이었는데, 사람도 별로 없는 조용한 동네였고, 가끔씩 멕시칸들이 오고 가는 길이었다. LA 한인타운 외곽 멕시칸 동네 발렌시아라는 동네에서 출발하면 목적지까지는 약 1시간 반 이상이 소요된다.

난 모자를 쓰고, 선글라스를 쓰고 가방을 메고 또 손에는 악보를 들고 그 거리를 오며 가며 소리를 질러대고 미친 듯이 악악대고 다녔다. 그러다가 어느 정도 안정된 목소리가 돌아오기까지 많은 시간이 소요되었는데, 그렇게 주택가 길거리를 한국말로 된 노래를 큰 소리로 부르고 다녔는데도 누구 한 사람 쳐다보고 시끄럽다고 항의해 오는 사람도 없고, 예를 들자면 '어떤 정신이 조금 왔다 갔다 하는 여자가 소리를 지르고 다니나 보다.'라고 그들의 눈에 비친 나는 미친 여자가 되어 있었을 게다. 그도 그럴 수밖에 없다.

미국이란 나라는 다양한 인종들이 살고 있어서인지, 별의별 우스운 일들이 벌어지고 있는 곳이 이곳 미국 땅이고, 그중 내가 다니며 고래고래 소리 지르는 이곳은 유난히 그런 사람들이 많이 살고 지나다니는 곳이기에 누구 하나 신경쓰면서 시비를 거는 사람도 없다. 한국하고 다른 점이 바로 이러한 점인 것이다.

그러던 어느 날인가? 그날도 한참 구성지게 한국 노래인 내 오리지널 곡을 열심히 부르고 가는데 누군가 내 뒤를 따라오는 분들이 있어서 언뜻 뒤돌아보니 한국인 노부부셨다. 눈이 마주친 상태에서 반가운 마음으로 "안녕하세요!"라고 인사를 하니 두 분이 아주 반갑게 인사를 받아 주시면서 "아이구, 어쩌면 그렇게 노래를 잘하우?" 오랜만에 산책을 나왔다가 어디서 구수한 한국 노랫소리가 들려서 소리가 잘 들리는 곳까지 내 뒤를 따라오셨다고 한다. '아이구, 내 노래를 듣고 여기까지 따라오시는 분도 계시는구나.' 속으로 흡족해하면서 그것이 아마도 이랬던 것 같다.

그분들도 이역만리 타국에서 고향이 무척 그리우셨을 것이다. 게다가 그 정겨운 한국의 대중 노래를 들으시니 자신들도 모르게 노래에 빠져들어 감상하시면서 뒤따라오신 모양이고, 오랜만에 한국 노래를 들으시니 무척 반가웠다고 하시면서 좋은 덕담도 해 주시고 노래 잘 들었다고 인사까지 해 주신다. 이때 듣고만 계시던 할아버지가 한마디 거드시며 "혹시, 옛날에 가수하셨수? 가수 맞지?" 하시면서 환하게 웃으신다.

이것이 이역만리 타국에서 뵙는 어떤 같은 민족에게 느끼며, 공유되는 본질이랄까? 모처럼 같은 동질감을 느끼는 감정이야말로 소중하다는 것과 한인이 사는 동네가 아닌 멕시칸 동네에서 한국인을 뵙는다는 것은 어쨌든 느껴지는 힘과 더불어 자신감까지 죄다 동원된 느낌이다.

'그래, 열심히 하자. 한국 가서 잘 해낼 거야!'

그날의 그 여운의 연장으로 지금도 그분들의 기운이 늘 내 곁에 있고, 내 마음에 남아 있다. 지금은 그분들이 생존해 계시는지 가끔 궁금해지기도 한다. 이역만리 머나먼 미국 땅에서 나의 방황과 갈등과 번민을 거듭하고 있을 때 한국행을 확실히 결정짓게 한 그분들의 격려의 말씀들, 큰 힘을 주셨던 그 덕담들이 몇십 년을 묻고 있었던 나를 꺼내 볼 수 있는 계기가 되었다.

LA 발렌시아, 월셔 거리

　　LA 발렌시아, 이 동네를 말하자면 멕시칸 동네이고 가끔식 미국인과 유럽계, 아시아 사람도 눈에 띄는 동네다. 보통 100년에서 70~80년된 노후된 구옥들이 많이 있는 동네인데, 조금은 열악하게 보이는 듯해도 겉으로 보이는 집들은 디자인이 예쁘고 멋들어지게 보이기도 한다. 대체적으로 보이는 것과는 달리 집안의 내부는 문이 삐걱대고 주방은 오래되어서 낡아 있고, 조금은 지저분하다.

　　이 동네 주변에는 아주 오래된 이름 모를 나무들과 수십 년을 버텨온 크고 울창하고 튼실한 수목들도 많이 있다. 그리고 사람들의 직업도 천태만상의 멕시칸계의 보통의 동네… 이런 주택가 동네 길을 고래고래 소리 지르고 미친 사람처럼 다녔던 것이다. 물론 낮에 다녔다. 밤에는 아무래도 위험할 것 같으니, 조금 고사성어 같은 말을 쓴다면 '천둥에 개 뛰듯이 돌아다닌다.' 뭐 이런 뉘앙스랄까? 말하자면 개가 하늘에서 천둥을 치니까 놀라서 날뛰면서 뛰어 돌아다니듯 했다는 것이다. 사실 그때 당시에는 연습 장소가 마땅한 곳이 없어 어떻게 할까? 고민 끝에 이 희귀한 방법을 선택한 것이다.

자, 그렇다면 한국 같았으면 어땠을까? 참 재미있을 것 같은 이 예감은 무엇일까? 당장 주위 사람들의 눈총과 핀잔과 야유와 경찰 아저씨가 와서 조용히 하라고 하든지 아니면 사람들이 신고를 해서 고성방가 죄로 파출소에 연행해 가라고 하든지 또 벌금을 내라고 한다든지. 뭔가 한국 문화에 적합한 벌칙을 받았을 것이 분명했다.

한국이라는 나라는 어떤 면에 있어서 관대해야 할 때 가서는 관대하지 않고, 관대하지 않아도 될 때에는 관대하다. 하지 않아도 될 때 묘한 법과 규제가 있다. 예를 들면 성폭행, 특히 아동을 대상으로 하는 무슨 변방인지 무슨 알 수 없는 방송, 또 운전과 교통법규 등 모두 어느샌가 세월과 시간이 지나면 파렴치하게 또 나타나서 또 같은 죄를 범한다. 한국과 미국은 법에 있어서도 정반대이며, 정확하다. 다시 한번 예를 들자면 한국과 미국의 음주 검문 차이점을 말해 보고 싶다.

한국은 음주 검문을 할 때 바리케이드로 차도를 다 막고 통제를 하고 지나가는 운전자에 대한 음주 검문을 한다. 뒤에 차가 막히든 말든 무조건적이다. 미국에서는 주행 차량 중에서 음주 운전이 의심되는 차량에 한해서 그 차량의 운전자에 대한 검문을 실시한다. 비교적 차분하고 교통은 지체되지 않고 물 흐르듯이 진행된다. 이런 음주 검문 방식에서 가장 큰 차이는 한국에서는 일단 모든 운전자를 음주 운전자로 가정해 검문하고 음주 운전자를 적발하면 범죄의 추정에서 범죄로 확정되는 것이고, 뒤에 기다리고 있던 다른 일반 운전자들은 그 안에 진짜 음주 운전자가 있음에도 불구하고 그 추정에 의한 반박 사실로 인해 운 좋게 이런 혐의에서 빠져나가며 줄행랑을 치는 것이다. 앞에 있는 사람이 제물이 되었기에 뒤에 있는 사람은 얼결에 혐의에서 해방되는 것이다. 이러한 한국식 방식이 만약 미국에서 벌어진다면 어떤 반응이 나타날지는 상상하기 쉬울 것이다.

또 하나 재미있는 것은 애완견을 항상 개 줄에 묶어 키우는 것이 한국에서는 그리 잘못된 행위로 인식되지 않지만 미국에서는 그 이웃이 보기에는 중대한 범죄로 보이며 미국의 사법 당국도 체포해야 하는 범법 행위로 간주하며 법 집행을 했던 것이다. 애완동물 학대 혐의로 한인이 체포된 경우다. 이러한 미국의 법적 차이점을 잘 이해해야 당황스러운 결과에 대비할 수가 있는 것이다.

한번은 LA 한인타운에서부터 윌셔 거리를 걷고 있는데 길옆에 어찌 보면 존 레논같이 생긴 홈리스 같은 사람이 갈색 머리와 푹 들어간 눈으로 지나가는 나를 보며 애타게 손짓을 한다. 그 눈빛이 무엇인가를 갈구하는 애절한 눈빛이었는데, 눈 쪽만 바라보느라 전체를 안 보고 있다가 전체를 보는 순간 아쿠, 하고 난 올림픽 신기록을 낼 정도로 내달렸다. 숨을 헐떡이며 어디까지 뛰었는지 제법 먼 곳까지 간 것 같다. 가까스로 안정을 취한 후, 그 홈리스를 머리와 눈빛만 보다가 그 아래 다리 쪽을 보면서 헉, 하고 내달린 것이다.

그 다리는 한쪽은 바지가 조금 걷어 있었고, 양쪽 다리는 피고름이 흐르고 있었던 것이다. 그것도 심하게 피고름이 나오는데 그것을 본 순간 그 놀라움이 어릴 적 내가 좋아하는 제일 맛난 것 뺏길까 봐 죽어라 들고 뛰었던 것 같은, 그리고 누군가 나를 죽이자고 쫓아올 것만 같아 냅다 내달렸던 것처럼 도망을 쳤던 것이다. 내 자신이 우스우면서도 그 존 레논 같은 홈리스를 생각해 보게 했다.

미안한 마음과 복잡 미묘한 감정 이게 뭐지? 가만히 생각해 보니 그 존 레논 닮은 홈리스는 생긴 모양도 번듯했고, 그렇게 길바닥에서 나뒹구는 사람 같아 보이지는 않았는데 어쩌다가 가만히 생각해 보니 아마도, 그 사람은 에이즈 환자 같았다. 초점 없는 눈으로 애타게 손짓하던 한 인간이 이렇게 처절해 보일 수가? 마음 약한 나는 결코 기분 좋은 날은 될 수 없었다. 많은 것을 보면서 다져 온 나이지만 그날의 그 홈리스의 눈빛은 잊을 수는 없을 것 같다.

친구에게 물어봤다. 윌셔 가는 길 옆 존 레논같이 생긴 홈리스인지 뭐인지 본 적이 있느냐고? 친구의 말로는 본 적이 있단다. 늘 그 자리에 그러고 있단다. 경찰에서도 잡아가지도 않고 본인 하고 싶은 대로 그러든 말든 그냥 상관을 안 한다는 것이다. 참 어처구니없는 일들이다. 한편으로는 동정이 물밀듯이 밀려오고 안쓰러운 일이지만 저렇게 될 때까지 자신 스스로에게 전혀 신경을 안 쓰고 산 것일까? 저들 삶에는 모름지기 자신에게 그런 일들도 올 것이라는 것도 못 챙길 정도로 힘들었던 것일까?

그냥 존 레논의 슬픈 눈, 갈색의 흐트러진 머리 때문에 미국 문화에 대한 이질감을 잊을 뻔했다. 이것이 땅이 넓고, 인구가 많고, 많은 세계인이 모여 사는 최고의 도시라는 곳에서 생기는 일들이다. 이것보다 더 많은 이상한 일들도 일어나는 곳이 미국이라는 거대한 땅덩어리가 품어 준 대가로 늘 일상 속에서 받아들이고 있는 것이다. 그러고 보니 하나님은 공평하지 않은 것 같다는 생각을 잠시 해 본다.

먼저 뉴욕과 LA 윌셔에서 만난 홈리스의 이야기였지만, 한국과 다른 것은 미국 같은 환경에 홈리스들이 계신다면, 벌써 어딘가에 갇혀서 망원경으로 천국이 안 보이는 길을 성경을 통해서, 천국 가는 길을 보고 있을 것이다. 홈리스들도 교회에 가는 일은 수족이 멀쩡한 한, 어디든지 갈 수 있기에 한국도 미국 못지않게 환경이 만만치 않았을까? 한다. 난, 여기에서 살고 있는 미국 홈리스들의 거동을 알아보기로 했다.

친구와 LA 외곽 커다란 공원을 갔는데 그 공원 옆에는 커다란 호수가 있고 그 호수를 끼고 푸른 잔디에 나무들 그리고 깨끗한 화장실 또한 사계절이 따스한 나라이고 동네다 보니 사람들 옷차림이 반바지에 티셔츠다. 친구와 운동 삼아 주위를 둘러보며 걷다 보니 군데군데 텐트가 쳐 있고, 텐트 앞에는 야외용 티테이블도 있고 제법 캠핑 분위기를 자아낸다. "저 사람들은 뭐니?" 했더니 친구가 저 사람들이 주거하는 곳이란다. "주거라니?" 그러자 "홈리스 집이야."라고 했다. "아, 그렇구나. 날씨가 따뜻하다 보니 그렇구나!"

사실 홈리스는 집이 없다. 특히 LA는 공원 근처나 공원 옆, 특히 화장실이 딸려 있는 곳이면 어디든지 홈리스의 전체 공원과 정원이고 화장실은 샤워실이 되는 것이다. 이것이야말로 한국의 홈리스들, 아니 노숙자들이 귀 기울여 들어 봄직하고 또 한편 미국에 계신 이분들의 모든 환경을 부러워하게 되는 계기가 된다.

그런데 궁금한 것은 미국 경찰 아저씨들이 연행을 안 해 가는 이유가 이해가 되지를 않는다. 친구에게 또 물었다. "아이구, 얘야. 여기 미국 홈리스들 부자다." 이러는 거다. 왜냐구? 미국 홈리스들은 비록 저소득이지만 사회보장성(Social Security)을 인정받는 미국 시민이다. 물론 주마다 다른 지역도 있지만, 이곳 LA는 특히 연금도 받고 세금도 내고 또한 홈리스들의 사회보장이란 미국 내에서 지켜야 할 룰만 잘 지켜 준다면 살아가는데 아무 문제가 없다는 것이었다. 자신들이 할 도리만 지켜 준다면 만사 해결이란 것인데, 그래서인가? 그들의 표정은 한국과는 달리 여유가 만만하고 자연스럽다. 참, 천국이 따로 없네. 또한 이들에겐 유목민 정신이 있어서인지 아무때고 날씨가 늘 사계절이 있는 곳, 그곳을 찾아서 떠나는 것이다. 참, 어찌 보면 부러운 그들의 일상이다.

그들의 얼굴에는 수심은 찾아볼 수 없고, 편안함으로 충만된 얼굴이니 이보다 더 좋은 현상이 어디 있으랴. 게다가 LA보다 더 환경 조건이 편한 하와이(Hawaii)로 비행기를 타고 떠난단다. 주거에 필요한 텐트 장비는 현지 하와이에서 구입하고 비행기표를 구해서 비행기를 타고 가며, 하와이에 먼저 이주해 온 동료 홈리스를 만나서 함께, 하와이 교통도 좋고, 목 좋은 공원 옆 화장실 딸린 곳에 주거할 집(텐트)을 만들고 유목민 생활이 시작되는 것이다. 이들의 일상은 잠자고 싶으면 자고 거리에 나가서 동냥하고 싶으면 동냥하고 먹고 싶으면 얻어먹기도 하고, 아무 거리나 계단이나 누워서 자든 말든 서커스를 하든 말든 하와이도 이들에게 관심이 없다. 하와이를 두 번이나 다녀온 나의 눈에 비친 홈리스는 거의 대부분 이런 식으로 살아간다.

그들은 나름 그들의 생활을 만족해하고 욕심도 없는 것 같다. 걱정도 없다. 모든 것을 초월해서 살아가는 초인들 같아 보였다. 게다가 세트(Set)로 부부인지 연인인지는 알 수 없으나 그들과도 합류해서 아무렇지도 않게 살아가는 삶이 누구를 의식하지 않고, 하루하루가 평온하다. 이런 광경을 보고 있자니, 문득 LA 윌셔 거리 존레논 같은 갈색머리 아저씨는 지금도 잘 살아가고 있는지 가끔씩 궁금해진다. 그리고 그 아저씨에게 미안한 생각이 든다. 누구 말마따나 운동화 끈 꽉 졸라매고 아이구, 나는 간다. 워메, 무서워하면서 내달렸던 나를 생각하면서 부끄러워지기도 한다. 그 아저씨의 갈구하던 눈빛을 잊을 수 없다. 하지만 어쩌랴! 내 힘으로는 아무것도 할 수 없다는 것을….

미국의 어느 한인 신문에서 본 이야깃거리 중에 내가 쓰고 싶었던 글을 어떤 분이 대변해 주셨다. 미국은 세계 최고의 강대국이자 또 빈부 차이도 많이 나지만, 그 빈부를 부익이 갈궈 먹는 행위는 절대 없다. 그리고 치열한 경쟁도 없는 나라다. 남을 부러워하지도 않고, 서민도 골프를 치고, 자연이 파손되지 않고, 노력한 만큼 거둘 수도 있고, 남을 따라하지도 않고, 나 좋으면 내가 하는 나라! 부자든 가난한 사람이든, 함께 어울려서 식사하고 친구가 된다. 급하지 않고 소소하게 싸우지 않고 여유롭다. 나이가 많고 적고, 누구나가 친구가 될 수 있다. 미국은 이런 나라다.

한국은 이제 베스트에 진입한 나라다. 이제 한국 사람들은 고쳐야 할 것은 고치고 시인할 것은 시인해야 된다고 본다. 미국은 총기 사고도 많고 동양인 혐오, 밤 문화도 무섭다. 강도에 노출될 확률이 많은데도 불구하고 지구상에서 살기 좋은 나라로 손꼽히는 까닭에는 이유가 분명 있을 것이다. 더 많은 애깃거리들이 있지만, 여기까지만 쓰련다.

LA 윌셔 에벨(Wilshire Ebell)극장 공연

　미국 LA에 있는 윌셔 에벨(Wilshire Ebell)극장을 소개해 보기로 한다. 윌셔 에벨극장은 약 1,300석의 객석을 마련해 1927년에 개관된 이탈리아 양식의 화려한 극장이다. 극장 건물 오른쪽에 '에벨여성클럽'이 자리잡고 있다. 이 회관은 미국의 선구적인 여성교육운동가 아드리안 에벨(Adrian Ebell, 1840~1877)의 주장을 실천하기 위해 1894년에 결성된 여성운동단체 로스엔젤리스 에벨의 하우스다. 주소 4401 W 8th Los Angeles CA 90005.

　윌셔 에벨극장은 개관부터 지역문화예술의 중심지 역활을 해 왔다. 아멜리아 이어하트(Amelia Earhart, 1897~1937)의 강연과 전설적인 여배우 주디 갈랜드(Judy Garland, 1922~1968)의 오디션이 이곳에서 개최되었고, 피아니스트 글렌 굴드(Glenn Gould, 1932~1982)가 바흐와 베토벤을 연주했던 곳이기도 하다.

　이 극장에서 한국의 최승희 선생이 83년 전 조선무용 공연을 개최했던 곳이다. 그러나 공연 당일 이 극장 앞은 소란스러웠다. 루선 불러바드를 가득 메운 시위자들이 수십 개의 피켓을 들고 공연 보이콧

시비를 벌이고 있었던 것이다. 이로 인해 많은 관광객이 발길을 돌렸고, 최승희 선생의 LA의 초연은 비평가들의 극찬에도 불구하고 흥행은 저조했다고 한다. 이러한 역사와 전통을 자랑하는 LA 윌셔 에벨극장은 미국 사람들의 전설 같은 곳이었다. 한국에서는 조영남, 심수봉, 이미자, 최진희 씨 등 대중음악을 하시는 분과 김동건 아나운서도 출연하셨고, 소프라노 조수미 씨 등 기라성 같은 분들이 이 극장을 다녀갔다.

그런데 뜻밖에 내게 어떤 놀라운 일이 생겼다. 미국 윌셔 에벨극장은 모든 이들(예술을 하는 사람들이라면)의 로망으로 한번쯤은 이 무대에 서고 싶다는 그런 소망을 갖는 무대였다. 이 무대에 내가 설 기회가 주어진 것이다. 2008년 겨울로 기억한다. 이곳 LA 한인의 밤 가을 음악회에 한국의 유익종 씨가 초대되어 내가 게스트로 출연하게 된 것이다. 물론 밴드(band) 음악 담당은 내게 곡을 만들어 준 김영균(장조카님) 오케스트라로 대한민국 최고의 실력 있는 그룹으로 거듭난 '검은 나비' 팀이다.

김영균(작곡가, 1970~1980, 1990년대) 씨는 피아노를 전공하셨고 러시아에서 클래식 음악 박사학위까지 갖고 있고 한국에서 조용필 씨 등 기라성 같은 가수들의 편곡을 맡고 계시는 분이었다. 예전 서울음반 스튜디오에서 편곡 담당을 하셨고, 한국에서는 이연실 씨와 '그대'라는 듀엣도 함께하실 정도의 가창력도 좋으신 분이다. 물론 내가 이 무대를 설 수 있게 된 것은 순전히 조카님의 덕분이기도 하다. 내게 곡을 만들어 주시기도 했고, 한국 나가기 전 처음 나의 노래를 발표하는 자리를 만들어 주시는 것이니 만큼 잘 해내야 할 텐데… 그 많은 세월 손놓고 있었던 기나긴 시간들이 누구 말마따나 너무 길었던 탓이다.

드디어 그날은 찾아왔고, 만감이 교차되는 가운데 전통과 역사를 자랑하는 윌셔 에벨극장, 이역만리 머나먼 이곳 극장 무대를 선다는 것이 감회가 남달랐다. 거의 20여 년이라는 세월을 접어 둔 채 이제야 나래를 펴 보는 것이다. 가슴이 벅찬 감동의 무대에서 LA 한인 여러분들과 큰 박수 소리를 들으며 김영균 곡인 〈그 슬픈 미소처럼〉, 〈회오리〉를 실로 몇십 년 만에 열창을 했다. 물론 듀엣까지….

그 많은 세월 동안 예술의 세계를 떠나 평범하게 생활해 왔던 내게는 처음 시작하는 기분으로 임했고, 게다가 이 계통에 미련을 두지 않고 살아온 나였기에 그 감회는 참으로 어떻게 표현해야 함인지 그 참 오묘했다. 그러기에 옛말이 하나도 틀리지 않는다는 것, "송충이는 솔잎을 먹고살아야 한다."고. 그렇다면 송충이는 솔잎만 먹어야지, 다른 것 먹으면 죽는다는 것일까? 그런 옛이야기가 맞는 것일까? 자꾸 머릿속과 가슴에서 맴돈다. 그런데 아직까지도 그런 이야기들이 맞는 것인지는 아직도 확신이 안 선다.

무대에서 전 출연자 인사를 하면서 MC를 보던 전 SBS 방송국 PD 출신인 사회자가 내게 이런 말을 해 준다. "아니, 은조 씨! 그 끼를 어떻게 두고 여지껏 활동도 안 하고 살았느냐?"고. 그 말을 듣고는 한참 생각을 해 봤다. '무엇일까? 왜였지? 아무래도 집중 부족, 집념 부족, 노력하는 걸 싫어하니? 그 귀찮니즘과 함께 역마살? 언제나 그 자리에 못 있는 것 방랑벽 등등 하지만 얼굴이 많이 알려지지 않아도, 방송을 많이 안 한 가수였음에도, 커리어가 있기에 젊은 날 일본 공연예술 활동에도, 일본의 쟁쟁한 가수들과 함께 당당하게 노래했던 그 배짱도 무시 못함과, 또한 한국의 소위 일류 가수라는 사람들이 일본에서 역사와 유래가 있는 무대를 서 본 가수들이 몇 명이나 될까?' 이런 점으로도 볼 때 노래하는 인생으로서는 남들이 서 보고 싶은 최고의 로망인 무대를 다 설 수 있었다는 것이 내 자부심의 한 부분이다.

물론 미국 무대에서도, 한국에서도 꼭 서 보고 싶은 무대가 있었지만 애석하게도 연이 닿지가 않는다. 그도 그럴 것이 한국의 세종문화회관은 그 거대한 이름만큼이나 아무나 쉽게 설 수 있는 무대가 아니기에, 클래식 음악 팀만 세우는 곳인데, 좀 오래전에는 조영남 씨, 이미자 씨, 패티김 씨가 무대를 설 수 있었다니 다행이다. 글자 그대로 세종문화회관이라는 이름답게, 세종대왕은 백성을 마음 깊이 사랑하사 신분과 관계없이 애민정신, 민본정신으로 그 극장을 다 활용하게 하셨다면? 그런데 처음에는 아주 하이클래스적인 예술들만 공연하게 하심은 못내 불만이었지만 지금 현재는 모두 다 전천후로 예술 공연을 하고 있다.

이제 나는 그 대신 벌써 1990년대 대한민국에서 제일 멋있고 아름다운 테마파크인 부곡하와이에서 공연을 해 봤으니 더 이상 원은 없을 듯하고, 그 후로는 방송 활동을 일찌감치 포기하고 책하고 접하는 북카페를 운영하면서 외국을 오가며 살다가 그나마 결국에는 젊음을 미국에서 탕진하고 원기를 다 쏟아 버렸지만 내게는 그나마 가치와 의미는 있었다고 생각된다.

혹시 외국에 살지 않고 한국에서 계속 실용음악을 계속했더라면 이 세계에 대해서 무수한 말거리와 역사가 터져 나왔을 것 같다. 그래서 이런 이야기들은 많은 시간과 말이 길어지고 그다지 긍정적인 것이 아닌 불필요한 스토리가 많아질 것 같아 피하고 싶어 여기서 접어 둘란다.

설상가상으로 목에 이상이 생기다

어쨌든 한국을 나온 지가 벌써 15년이다. 2008년 겨울에 나와서 햇수로 그렇게 되었다. 15년 전에는 옛날의 공연예술계와 또 새로운 시스템이 지난 세월의 흔적을 주워 담을 수도 없었고 너무나도 바뀌어 버린 이 예술계에 난, 벌써 이방인이다. 나의 입지적 조건도 안 맞아 떨어졌다. 미국에서의 혼란스러운 인간적인 문제, 거기에는 금전 문제도 포함되어 있었고, 줄 사람은 코 골면서 아무 일도 없다는 듯이 태평하지만, 준 사람은 다리 한번 편히 펴고 있지 못한다고 이젠 모든 것이 다 바뀌어져 있었다.

그리 조건이 편하지 못한 상태에서 한 가닥 정체성을 꺼내 보려 한국을 나왔지만 간신히 꺼내 본 결과 내게 닥친 것은, 설상가상으로 목에 이상이 생겨서 녹음하는 문제가 1년 이상 딜레이가 되었고 간신히 시간이 지나 녹음은 무사히 마무리는 되었지만 병원에서 담당 선생님의 말씀은 "쓰면 쓸수록 목은 좋아지지는 않습니다. 그렇다고 노래를 그만두시라는 것은 아닙니다." 하면서, "공기 좋은 시골에 가서 요양하시면서 슬슬 사세요." 하는 말이다. 그럼 슬슬 살지 않으면 불도저처럼 살기도 싫으니 그냥 어쨌든 살 곳은 찾아야겠다. 그렇게 해서 다시 한 번 살아 볼 것이라고 찾은 곳이 바다가 있는 곳(동해시)을 선택했던 것이다. 이곳을 찾기 전에 서울서 4년을 살기까지 그 전에는 영주권을 그대로 유지하고 있었기에 혹시나 하는 마음으로 바람도 쐴 겸 하와이를 다녀오기로 했다.

하와이에서 맺은 인연들

하와이는 처음 가는 것은 아닌 두 번째인 것 같다. 하와이는 어떻게 변화가 되고 있는지 궁금하기도 했고, 젊음이라는 것은 어찌 보면 자신의 객기를 마음껏 발휘할 수 있는 뻔뻔한 용기가 있어야 하는 것이다. 그냥 자연스럽게 나오는 철모르는 사람들의 무지함에서 나오는 것이 용기가 아닌가 싶다. 그렇다고 타인에게 민폐를 주고 뻔뻔스러운 행동을 한다는 의미는 아니다. 즉 예를 들자면 별로 준비된 것 없이 막연하게 누군가에게 의지함이 없이 내 스스로 행해야 한다는 즉 계획 없이 시작하는 일이라든가? 한국에 있으면서 그렇게 시작된 여행이다.

그다지 젊지는 않은 나이에 하긴 지금의 나이로 봐서는 그때는 무척 젊은 나이다. 서울의 이것저것 해야 할 일들을 다 외면하고 무작정 하와이행 비행기를 타고 떠났다. 하와이 도착 후 우선 하와이 한인 신문을 보며 우선 내가 살아야 할 곳을 찾았다. 아파트부터 단독, 원룸, 많이도 나와 있다. 첫날을 관광객을 위한 미니하우스에서 잠을 잔 뒤, 미리 메모해 둔 아파트에 전화를 했다.

경상도 사투리를 쓰시는 연세가 있으신 분들이 전화를 받는다. 통화가 끝난 후 약속한 장소로 나갔다. 내가 살 아파트 앞에 두 내외분이 나와 계셨다. 인사를 나누는 순간 왠지 처음 뵙는 분이 아닌 것 같은 정감이 느껴 온다. 한국인들이 느낄 수 있는 제일 큰언니, 큰오빠 같다는 그런 정감을 주시는 부산분들이셨다. 잠깐의 말을 마친 뒤 안내해 주시는 아파트 방을 보면서 내가 있기에는 딱 적합한 방이라고 말씀드렸더니 이 주인 내외분들도 반가워하는 눈치다.

바로 계약을 한 뒤 이분들과 근처의 세탁방(loundry room)과 슈퍼마켓(Supermarket) 등을 다녔다. 자상히 안내도 해 주시고, 또 돌아오는 길은 두 내외분이 매일 산책하는 수목원과 식물원이 있는데 조깅하기도 좋고, 여러모로 건강에 도움이 된다는 것이었다.

수목원을 바로 들어가 봤다. 그야말로 엄청나게 큰 수목원이었다. 오랜만에 피톤치드 냄새가 코끝을 자극한다. 알 수 없는 식물류 그중에서도 희한한 냄새를 풍기는 나무가 있었는데 무슨 나무인지 이름은 잘 모르겠다. 이러한 계기로 가끔씩 이곳을 혼자서 다니게 되었고, 걸어서 다니기에는 그렇게 가까운 거리는 아니었지만 그렇다고 먼 거리도 아니었다. 여러 나라를 가 보았지만 하와이 수목원 겸 식물원은 정체를 알 수 없는 별의별 나무들이 즐비하게 서 있었고, 크고 작은 나무들이 제멋대로이긴 하지만 나름 질서정연하게 잘 자라고 있었다. 잠깐, 내가 살고 있는 아파트 이야기를 해 보자.

이 아파트는 우리나라 말로 하자면 미국의 서민들을 위한 사회보장성 케어(Sociai Care)를 받고, 이에 연관되시는 분들이 배정받은 아파트였다. 원룸 형태의 13평 정도 되는 아파트를 하와이 정부에서 받으신 것이다. 그나마 다른 분들은 몰라서 못 받고, 영어가 안 돼서 못 받고,

도움받을 사람이 없어서 못 받고, 이런 일들이 허다함에도 불구하고, 이 두 내외분은 미국 시민권자로의 권리를 제대로 받고 계셨다.

나중에 알게 된 이분들의 학력을 보자면 그 당시 최고의 엘리트들이셨다. 아저씨 되시는 분은 부산에 있는 초창기 한국해양대학을 나오셔서 전 세계를 마도로스로 일주를 하셨던 분이고, 아주머니는 부산에 부산여고를 나와서 부산은행에 근무도 하셨고, 교사 임용고시를 거쳐 중학교에 재직하셨던 선생님 출신이셨다. 나하고는 스무 살 이상이 위인 분들이셔서 그 세대를 확실히는 알 수 없어도 이해가 된다. 방에서 잠시 말씀을 나누고 돌아가시는 두 내외분은 꼭 부모님 같은 뒷모습이다.

왜 이런 생각을 하나 생각해 보니, 내 어린 시절의 사랑과 정에 목말라 있던 내 모습을 기억해 내며, 저분들이 내 부모였더라면 하면서 끊임없이 보상받고 싶다는 내 여린 심리에서 온 것일 게다. 나의 어릴 적 아킬레스건인 부모와 형제의 사랑과 관심이 없이 산 사람에 있어서는 더욱 절실하게 받고 싶었다는… 왜 이런 말이 있잖은가? '정을 못 받고 살아온 사람은 정감을 갖고 있는 사람들에게 친근감이 빨리 온다.'는 속설이 있듯이 이런 감정을 난, 피해 갈 수 없었나 보다. 가뜩 정에 약한 단점을 갖고 있는 사람이니, 어쩌!

다시 하와이 이야기를 해 보자. 하와이 마운틴 호놀루루(Hawaii Mauna Honolulu)는 미국의 50번째 주인 하와이주의 주도이다. 하와이어로 보호받는 곳, 쉼터(Place of She lter)를 의미하게 된다. 사실 하와이는 이번이 두 번째로 지금으로부터 27년여 년 전에도 다녀갔던 곳이고, 그 당시에는 고등학교 동창이 있어서 잠시 여행을 와서 이곳저곳을 살펴봤던 기억이 난다. 그 당시에는 하와이 전쟁기념관부터 진주만 공격을 당했던 곳, 그 전시관서부터 원주민들의 마우리 민속쇼(Show)하는 동네까지 가서 관람을 한 적이 있다. 잠깐의 짧은 여행을 했던 길이라 하와이를 잘 몰랐다. 이왕 하와이를 또 왔으니 이제 이 동네를 알아야할 것 같다.

오늘은 마우나(mauna) 동네에서 하와이 메인 로컬(local neighborhood) 동네까지 걸어서 가기로 작정을 하고 운동화에 배낭을 메고 무슨 탐험대 일원인 듯한 폼으로 동네를 어기적대고 걷다가, 옆을 보니 한국 교회가 보인다. 사람들이 줄을 서서 있기에 무슨 일인가 하고 가 보았더니 역시 한국분들과 간간히 눈에 띄는 원주민들이 보였고, 안을 들여다보니 책상 위에는 각종 식품들이 올라와 있었으며 빵, 라면, 국수, 사탕, 음료수 등 이런 물건들을 나누어 주고 있었다. 한국 교회에서 이분들에게 봉사 차원으로, 또 교회를 알리는 홍보 차원에서 행사를 하고 있었다. '아, 그렇구나!' 하고 이내 발걸음은 한 바퀴 획 둘러본 후 다시 가던 길을 돌려 호놀루루까지 걷는다.

얼마를 걸었을까 한참을 걷다 보니 다리가 아프다. 옆을 보니 그닥 작지도 크지도 않은 커피숍이 눈에 들어왔다. 문을 열고 들어가니 특유의 하와이 코나 커피 향이 코를 찌른다. 그때만 해도 하루에 커피를 몇십 잔을 마셔도 소화가 잘 되었던 시절이었다. 젊음이란 모든 무지, 무리도 얼마든지 방패가 되고 복구하기도 좋은 시절이었다. 모든 것을 다 케어하고 수용해 낼 수 있는 그 무엇인가가 있었는가 보다. 설사 몸 상태가 안 좋은 상황이 있더라도, 하루만 지나면 언제 그랬느냐는 듯이 번쩍 일어서는 그 원동력은 젊음에서 있지 않았을까? 하는 생각을 해 본다.

맛난 커피를 마시고 걷고 또 걷는다. 또 벤치에 앉았다가 다시 걷다가 드디어 호놀루루 바닷가에 도착, 참 용감하게도 먼 길을 왔던 것이다. 몇 시간에 걸쳐서 온 탐험이었다. 즐비하게 늘어서 있는 고급 호텔 너머에 차도가 있고 그 너머에 태양이 반사되는 빛과 합해, 무지개색으로 빛나는 하와이의 모래사장이 있다. 이 광경은 오래전 하와이에서 봤던 전경과 그리 변하지 않은 모습을 발하고 있었다. 내 옆을 지나가는 키가 장대같이 큰 아저씨, 아주머니, 게다가 대항아리 몸매를 가진 하와이 아줌마의 비키니 자랑, 그 옆에 히프가 있음에도 불구하고 그 옆에 스페어로 달린 하와이 아줌니 궁둥이! 또 일본과 한국에서 온 귀여운 아가씨들… 또한 피부색이 온통 갈색으로 선탠을 한 것 같은 청년들의 모습들도 보이고, 어찌 보면 하와이의 호놀루루 바다는 하늘이 내려준 천연의 보석 같은 곳이다. 아니 하와이 전체가 다 보석이다. 자연의 힘이란 이루 말할 수 없는 신비로운 곳, 장엄한 곳! 하와이의 검은빛을 띤 푸른 바다색을 보면, 거기서 해답을 찾게 될 것 같다.

　이런저런 생각을 하며 여기저기를 힐긋힐긋 쳐다보면서 다니는데, 아니 차라리 탐닉하면서 라는 표현이 훨씬 더 맞을 듯하다. 생전 처음 와 보는 세상처럼 여자 혼자 기우적거리면서 말이다. 그런데 나무라고는 내 주변에는 없는 것 같은데 그나마 나무 그늘이라도 찾아 앉아서 생각 좀 해 봐야겠다. 역시 둘러봐도 그늘이 없다. 사방이 넓고 넓은 모래 백사장이니 모자는 썼지만 후덥지근한 이 바람은 과히 나쁘지도 그렇다고 좋지도 않았다. 이 시원찮은 바람이 내 얼굴을 또 스쳐간다. 이때 느꼈던 감정, '몹시 외롭다!' 가끔 외롭다는 표현을 잘도 울궈먹지만 여기서 외롭다는 건, 내가 본토 여행지에서 느끼던 그 외로움과는 사뭇 다르다. 머나먼 곳, 이국땅 하와이! 혼자 텅 빈 충만을 더

꽉 채우려는 것은 역부족이고, 나의 영역은 아닌 듯싶다.

저만치서 젊은 부부인 듯한 사람들의 쌩쌩한 웃음소리들과 손에 손을 잡고 즐거움을 만끽하고 있는 연인들을 두 눈으로 바로 코앞에서 보고 있는 내 모습과 느낌을 헤아려 주신다면 말이다. 이럴 때 누가 되었든 간에 말을 걸고 싶은데 내 곁에는 아무도 없었다. 하긴 영어의 아킬레스건이 있던 나이니 누가 와서 영어로 말을 걸어온다면 '소리(Sorry) 미안합니다. 나는 바쁩니다(I am busy).'라고 하면서 빨리 가야 할 군번이고, 또한 미국인이든 누구이든 외국인을 그리 관심 없어 하는 내 성격으로 미루어 봐서도 그렇다.

그러나저러나 이런 영어를 하면서도 미국 천지를 돌아다니는 내가 가끔씩 웃긴다. 그렇지만 내게는 감추어 놓은 비장의 무기가 있는 것이다. 나는 일본어를 좀 한다. 일본어 2급의 실력인 내가 가장 힘들고 고난의 길에 빠져 있을 때는 영락없이 이 일본어가 무기로 쓰여지곤 한다. 미국의 본토를 가든 어디를 가든, 이가 없으면 잇몸이라고 했던가? 역시 오래전부터 한국의 종로 시사일본어학원에서 수년간 일본어 공부를 해 왔던 내공이다. 물론 일본 엔카 음악을 좋아하고 노래를 해 온 탓에, 가사, 의미, 간지, 일본어를 알아야 했기에 계속 공부를 해 온 덕에 이렇게 빛을 발할 때가 많았다.

아고, 야, 히힛, ㅋㅋ! 감성이 3백단, 정이 2백단, 거기에 로맨틱함 2백단! 아이구, 철딱서니 없는 낙천주의자 아줌마 김은조! 하루 종일 몸으로 부딪쳐 노동을 지불하고 그 대가로 많은 돈을 받은 사람처럼, 뿌듯한 감정에 젖어 그 먼 길을 다시 걸어서 마우나 아파트 방에 들어서기 무섭게 먹는 것도 잊어버린 채 잠이 들어 버렸다. 그러나 강자에게는 무지 강하고, 약자에게는 무지 약한 나의 개념은 아직도 변하지 않았고, 죽는 날까지 변하지 않을 듯싶다. 그날 밤 꿈속에서조차 불의를 보면 못 참는 내 성격이 다시 도래되어서 계속 씩씩대며 잠에서 싸우고 있었다.

다음 날 오후쯤이다. 문 소리가 나서 문을 여니 주인 내외분이 오셨다. "에구, 이제 일어나서 세수도 못했어요." 했더니 두 분들께서 "괜찮아요. 세수 안 해도 이뻐요!" 하시면서 빨리 먹어 보라고 싸 가지고 오신 샌드위치를 내놓으신다. 도시락에 정성스레 담아오신 것이다. 그것을 보면서 이 감성이란 애가 갑자기 도래한다. 나의 아킬레스건인 치명적 약점, 감정이 복받쳐 올라 어쩔 줄 몰라 했다. 이런 것을 보더라도 얼마나 인간의 감정에 굶주렸으면? 하고 이해가 되실 수 있을까마는 어렸을 때부터 경제적으로 어려움을 모르고 부잣집에서 자라온 내가 그런 경제적인 면이 아닌 인간의 정서적인 면, 즉 인간의 사랑과 정이 뭔지 모르고 살아온 까닭에 이런 일들이 있을 때는 보통의 충만함을 겪고 살아온 사람과는 달리 이 느낌이 과격하게 큰 감정으로 온다.

자칫 잘못하면 눈물까지 쏟을 뻔한 것을 애써 참았다. 가족 간의 정, 형제들 간의 정, 이런 것을 모른 채 슬픈 가족사를 가지고 있는 나는 이런 감정이 들 때는 주체를 못한다. 어쩌면 나의 트라우마 같은 큰 딜레마다. 그 표현을 감추기가 어렵다. 이렇게 하면서 인간의 정을 조금씩 느껴 가면서 난, 이 두 내외분을 엄마 같은 큰언니 라고 부르고 또 아버지 같은 큰오빠 라고 부른다고 농담까지 해댔다. 사실 샌드위치의 위력은 매우 컸고, 이렇게 해서 하와이에서 끈끈하게 맺여진 큰언니와 큰형부의 인간관계였던 것이다. 이 두 내외분은 내가 하와이에 정착하길 바랐다. 그래서 이것저것 보러 다니기도 했고, 여러 면에서 도와주시려고 애를 써 주신 분들이다.

　어느 날은 두 내외분이 다니시는 교회에 초대해서 맛난 식사를 하게 끔 해 주셨고, 목사님도 소개해 주시곤 했는데 그 당시에는 하나님과 나와의 관계가 어떤 것이 참 신앙인지 그 주제도 잘 모를 때가 많았다. 큰언니, 언니라 표현해야겠다. 내가 한국으로 다시 갈 때까지 나를 데리고 교회를 비롯하여 맛난 레스토랑, 식물원과 수목원, 공원 등을 함께하셨다. 또 언니의 친구분들까지 소개해 주셨고, 언니의 친구분들은 부산분들과 동창분들이 많이 살고 계셨다. 물론 큰형부 되시는 분도 전 세계를 다니셨으니 여기서 정착하신 동창분들과 지인분들, 그리고 친구분들도 많이 계셨음은 물론이다. 그 옛날 부산의 동주 여상 농구부가 유명했을 때 그 팀의 농구부 주장을 맡았던 이름은 잊어버렸는데 아무튼 유명한 선수였다. 그 언니 아시는 친구분을 만나면 따님 자랑에 시간 가는 줄 몰랐다. 나도 농구를 좋아했고 관심이 많았던 터였다. 여기에 계신 지인 양반들도 나를 설득하신다. 하와이에서 함께 살자고⋯ 선뜻 대답을 못했다. 우선 다음을 기약해 두기로 하고⋯.

　이 두 내외분은 어디고 가든 간에 자신의 친구분들에게 꼭 나를 소개를 시킨다. 내가 부모같이 살뜰이하고 또 이 양반들도 딸내미처럼 잘 챙겨 주신다. 그러시면서 영감님과 친구분들이 모여 있는 자리에서 내 소개를 폭발시키듯이 부어 버린다. 그 억센 사투리로 "야 야, 이 동생이 옛날에 뭐했던 동생인 줄 아나? 방송을 안 해서 알려지지는 않았지만, 옛날에 외국에서도 노래했고, 어떻게 보면 더 유명한 가수인기라!" 이렇게 뜬금없이 친구들 앞에서 말문을 열면서 자랑을 하신다. 당사자인 나는 괜스레 부끄러워지는 것이다.

일류 가수로 활동한 적도 없고, 그렇다면 결국 2류 가수였던 내가 내세울 수 있었던 것은 무엇이었을까? 대한민국이 잘 알고 있었던 만화영화 주제가였나? 정작 내 자신은 내세울 것이 없는데 이 언니분께서는 당당하게 내 자랑을 하시면서, 유튜브에 나온 내 사진과 영상을 보여 주시면서 더욱 큰소리로 소리 높여, "야 야, 봐라 봐, 이 동생이다. 가수다 가수!"

이것은 용감하시다기보다는 자연스럽게 나오는 순수성에 더 가까울 수가 있다고 생각했고, 본인 자신이 나에 대한 감정, 느낀 그대로를 친구분들에게 전달을 하고 계시니 이것저것 재고, 올리고, 따지고, 표현 못하는 것보다는 무대뽀가 아닌 이상 순수, 그 이상이었고 자랑을 해 주어서 고마운 것이 아니라 무명으로 살았지만, 커리어로 본 점에서 방송을 많이 해서 알려진 가수는 아니지만, 그렇게 해 왔던 가수보다는 어떤 면에서는 알토란일 수도 있다는 객관적인 생각을 이분들에게 말하고 싶었을 것이라는, 아니 더 나을 수가 있다는 메시지로 이해해 본다면 언니가 많이 고마운 것이었다.

왜냐하면 많이 알려지고, 방송을 많이 한 가수가 타국에서 그 나라의 유명한 가수들만이 설 수 있는 로망의 무대를, 한국의 많이 알려진 가수들이 서 보았느냐는 거다. 일본과 미국에서 역사와 전통을 자랑하고 나름의 베스트 스테이지(best Stage), 수준 있는 무대를 서 봤다는 자부심을 갖고 있는 나였을 테니… 언니가 친구와 지인분들에게 잘 전달해 준 것이다.

그때 이후로는 언니 친구분들이나 형부 친구분들께서도, 더 친절히 대해 주시고, 뭔가 대화를 나누고 싶으신 모양이다. 어찌 보면 호기심이랄까? 뭔가 평범하게 살아온 자신들의 삶보다 좀 더 다른 세계에서 살아온 삶을 들여다보고 싶으신 것일 게다. 그래서인지 저래서인지 언니, 오빠분들 친구집에 초대받는 시간도 자주 있었고, 식사도 함께 하면서 여러분들의 친절 속에서 언니 덕분에 잠시나마 뿌듯한 생각과 보람찬 날들을 보내며, 여러 사람들과 정감을 나누게 되었다. 그리고 그 이후에는 이 두 내외분(언니, 오빠)의 인연으로 하와이를 몇 번씩 드나들었다.

어느 날은 공항을 마중나오셨는데 뜬금없는 환영 퍼레이드를 해 주셨고 하와이를 대표하는 예쁜 꽃목걸이를 공항에서 두 내외분이 걸어 주셨다. 진한 꽃향기는 이분들의 마음을 내게 전달해 주기에는 충분했다. 피를 나눈 형제도 서로 마음이 닿지 않아 못하는 판국에 이렇게 하와이에서 맺은 인연들은 그 당시 잊어버릴 수 없는 내 인생사의 한 부분이었고, 잊지 못할 인간의 감동사였다. 또한 재미있는 것은 그 당시 언니, 오빠, 지인분들, 친구들은 내가 온다고 저마다 예쁘게 화장을 하고 "동상한테 잘 보일 거야!"라고 하면서 갖가지 예쁜 모자에 한껏 멋진 옷을 입고, 레스토랑에 나오셨다. 그러고는 내 옆에 앉아서 식사를 할 거라고 좌석 쟁탈전까지 벌어졌다. 이 모습을 그윽하고 환한 모습으로 바라보고 계셨던 언니, 오빠의 모습이 생각난다. 연세가 있으신 분들의 귀여운 질투심을 유감없이 발휘하시면서 그런 모양새가 참으로 순수하고 맑은 삶의 한 부분이 아닌가 싶었다.

그렇게 잘난 것 없고, 보잘것없었던 내가 하와이에서의 인연으로 어찌 보면 이 언니, 오빠의 눈에는 꽤 괜찮은 동생으로, 멋진 동생으로 거듭나게 해 주신 그런 하와이었다. 또한 그만큼의 인간적인 우애, 위아래를 존중해 드릴 줄 아는 나의 긍정적인 성격에서도 인간적인 관계는 계속 지속될 수 있었던 그 어떤 원동력에서도 있었다고 볼 수 있었던 일들이다. 지금은 그 양반들(언니, 오빠, 그 외 지인분들, 친구분들)은 아마도 이 세상 사람들이 아닐 거라고 생각한다. 아주 오래전의 일들이었으니… 자, 그럼 이야기를 제 위치로 옮겨 보자.

이제는 호놀룰루 쪽이 아닌 정반대로 그러니까 마우나, 우리 동네에서 먼저는 왼쪽이었지만 지금은 오른쪽 방향이다. 배낭 하나 메고 운동화 조여매고, 누가 보면 돈벌이하러 나가는 사람 같아 보인다. 계속 걸어가 본다. 그런데 가는 길목 양옆으로 한인 교회가 줄지어 서 있다. 참으로 대단한 대한민국 사람들이다. 하긴 미국이라는 나라가 처음 청교도들이 들어와 교회의 신화가 펼쳐진 곳이 이곳 아닌가? 이곳 하와이도 피해 갈 수는 없을 터. 어떤 나라 사람보다는 신앙 정신이 강한 나라 사람들인데 그중에 둘째가라면 서러워할 한인들이 이곳에 있다.

터덜거리며 걷다 보니 조금은 한가해 보이는 한적한 곳까지 와 있었다. 또 슬슬 걸어가고 있는데 어디선가 마이크에 나오는 목소리가 나고, 사람들 소리가 웅성웅성 나기 시작한다. 슬금슬금 가 보니 하와이 원주민들과 동남아시아계, 러시아, 멕시칸 등 또, 한국인도 있었다. 연세가 있어 보이시는 분들이다. '이건 또 무슨 일이지? 교회에서 부흥회를 하나?' 하면서 이 무슨 호기심의 발로인지, 참지를 못하고 발동을 건다.

사람들과 소리 나는 쪽으로 부지런히 따라갔다. 웬 자그마한 학교 운동장이었는데 커다란 푸드 트럭(food truck) 한 대가 화장지, 식빵, 우유, 물, 음료수, 밀가루, 설탕, 사탕, 비스켓, 심지어 쌀까지 가득 싣고 마이크에다 떠들어 대기 시작한다. 처음에는 영어로, 다음엔 하와이 말로, 가만히 보니 공짜로 나누어 줄 심산이었고, 여기서도 질서정연하게 줄을 서고 있는 것인데, 나도 확실히 잘은 모르지만 뭐 하나 없을까 하고 무작정 줄을 서 봤다. 뒤를 돌아보니 줄 서고 계신 분이 한국 할머니와 비교적 연세가 있는 분들이 줄에 서 계셨다.

그런데 젊은 사람 같아 보이는 사람들도 어딘가 불편한 모습 같아 보였는데, 알고 보니 이 줄 서 있는 곳이 이곳에 살고 계신 저소득층의 사람들이었다. 그리고 보니 무슨 표를 들고 있었는데, 한국 할머니께 물어봤다. 할머니 말씀으로는 자신들에게 한 사람의 몫으로, 티켓을 받고 본인이 필요로 하는 식품 등을 타서 먹는다는 것이다. 그러니까 이분들을 위해서 푸드 트럭에 생필품을 싣고 와서 나누어 준다는 것이다. 하와이 정부에서 기획하고 또 이 생필품들은 하와이에 거주하고 있는 경영 단체에서 유통기간이 조금 지난 것들을 잘 정리해서 하와이시에 기증하면 일주일에 한 번씩 나누어 준다는 것이다. '아! 이제야 알겠다.'

바로 한국 할머니께 묻고 말했다. "할머니, 할머니가 받으신 물품 중에 이 빵 조금만 얻어먹고 싶은데 조금만 주시면 안 돼요?" 했더니 두말도 안 하시고 꺼내 내어 주신다. 나는 이 빵의 정체를 알고 싶었다. 얼른 한 조각을 떼어서 먹어 봤다. 설탕이 많이 묻지 않은 비교적 먹을 만한 빵이었고 이제서야 나는 안심이 되었다. 역시 미국이라는 나라는 식품제도에 있어서는 세계 제일의 나라라는 것을 인정하지 않을 수 없었다. 난, 바로 할머니께 말했다. "할머니, 이 빵 먹기 괜찮네요." 했더니 할머니도 고개를 끄덕인다. "참, 할머니 여기 우유는 어때요?" 할머니 대답은 우유도 괜찮다고 말씀하신다. 아이구, 이것도, 안심이 된다. 그리고 보니 무슨 식품관리청에서 나온 사람이 된 것 같다.

갑자기 사람이 애국정신이 발동하니, 한국 사람이 이곳까지 와서 먹는 음식까지 이상한 음식을 먹고 이 땅에서 살 것이라면 도루 한국으로 돌아가야 한다는 생각을 했던 것이다. 참으로 다행이다. 난, 할머니께 잘 먹었다는 인사를 건네고 돌아섰고, 발걸음은 평상시 때보다 가볍게 걸어왔던 것은 사실이다.

추억 속에 있던 친구들

-영숙이 · 준영이 · 재선이 · 미경이 · 정환이

고등학교 때의 이야기다. 그 당시 우리나라에 하나밖에 없었던 특수 고등학교인 안양영화예술고는 종합예술, 영화, 연극을 전문으로 공부하는 학교다. 우리 반에 영숙이라는 친구가 있었다. 곱상하게 생긴 외모만큼이나 마음도 고왔던 친구다. 단점이 있다면 학교를 잘 안 나오고 그때 당시 땡땡이꾼에 속했다. 영등포가 집이었고, 어쩌다 학교에 나오면 학교 매점에서 함께 라면을 먹거나 하는 간식빨이 대단한 두 소녀들이었다. 그렇게 먹는데 급급할 때도 땡땡이는 거의 안 친 것 같다.

가끔씩 기억나는 또 한 명의 친구가 있었다. 이 친구는 합기도에 태권도까지 하는 액션 영화배우였는데 이 친구야말로 시딱^(후딱)하면 학교를 잘 안 나오는 친구였다. 내가 맨 뒷자리에 앉다 보니 약간의 문제성을 갖고 있는 친구들은 돌아가면서 내 짝이다. 그러니까 영화를 찍는다든지, 방송 출연을 한다든지 하는 친구들이 꼭 내가 앉아 있는 뒷자리에 스페어 의자도 몇 개가 있었는데 그중 내 옆자리에 앉는 것이다.

그날도 그중 한 사람인 영숙이가 옆자리에 앉아서 무엇인가 꼼지락 꼼지락 손으로 노트를 가렸다가 다시 또 열심히 뭔가 쓰고 있는 것이다. 책상 위에 손길이 바빴다. 호기심 발동, 그 친구 몰래 살짝 뒤에 서서 바라보니 분명히 남학생에게 연서를 쓰고 있는 것이다. 일부러 내 얼굴을 친구가 쓰고 있던 편지에 들이밀면서 보니, 화들짝 놀라며 편지를 감추길래 "뭔데 왜 그래?" 하면서 편지를 **빼앗았다.** 눈에 띈 깨알 같은 글씨에는 '준영에게 뭐가 어쩌구저쩌구–' 하면서 그다음부 터는 편지를 도루 빼앗긴 탓에 잘 모르겠는데 그 후부터는 이 친구에 게 마구 놀려 댔다. 영숙이 이 친구는 얼굴이 붉은 짬뽕 같은 얼굴을 하고는 내게 마구 짜증을 냈다. 장난기가 많은 나는 그 모습이 재미있 어서 더더욱 놀려 댔더니 "그만해, 알았어!" 하면서 스스로 자백하겠 다는 것이었다.

점심시간에 매점에서 이야기를 나눈 즉슨, 그 당시의 남자 친구가 경기고등학교를 다니고 있었고, 둘이 사귄 지는 얼마 안 되었던 것 같 다. 그래서 친구를 도와준다는 의미로 이들의 연서를 내가 대신 예쁘 게 써 주었고 몇 차례 주고받고 하는데, 가만히 나를 생각해 보니 알 맹이 없는 땅콩 껍질이 된 것 같아서 살짝 심술이 났다. 게다가 이 친 구가 사귀는 남자친구 사진을 갖고 와서 자랑까지 하는 것이다. 물론 잘 생겼고, 미남에다 공부도 잘해서 경기고등학교 다닐 테고, 그 당시 만 해도 마지막 시험으로 들어간 두뇌들이었으니 자부심을 갖는 것도 당연한 것이고, 그다음 해부터 소위 말하는 **뺑뺑이**가 되는 것이다.

부럽기도 하고 뭔가 껄쩍지근하고, 이런 기분이 쏴 하게 밀려올 때 이 친구에게 제안을 했다. "야, 부탁하나 하자? 너만 멋진 친구 만나 지 말고 나도 친구 좀 소개해 주라? 그러니까 너의 남자친구의 친구를 소개해 달란 말이다." 그런데 조건이 있다면서 계속 이야기를 해 나갔다. 영숙이는 웃으면서 "무슨 조건인데?" 하면서 되묻는다. 비교적 허심탄회하게 솔직히 직선적으로 말했다. "조건은 어려운 것은 아니고 얼굴은 준영이처럼 잘 생기지는 않아도 그 대신 공부를 아주 잘하는 친구를 소개해 주라. 네 남자친구에게 말 잘해 주라?" 심각하고 진지하게 말하는 내 표정에서 어떤 심오한 기를 발견해 냈는지는 알수는 없으나 알았다고 하면서 "꼭 그렇게 말해 줄게!" 친구도 사뭇 진지한 표정으로 받아들여 주었다.

얼마 남지 않은 졸업반인 3학년 가을로 기억하고 있다. 창문 밖으로 떨어진 나뭇잎을 보면서 내 책상 위에 오 헨리(O. Henry)의 「마지막 잎새」 책이 놓여 있었던 것도 기억한다. 사실 많은 기대는 안 했지만 공부 잘하는 범생이 남자친구를 만나고 싶었다. 얼굴은 미남이 아니어도 좋았다. 그 당시 남학생을 보는 눈은 최고의 경지에 올라와 있다고 말을 해도 과언이 아닐 정도에 내 자신이 생각해 봐도 불가사의하다. 세월이 수없이 흘렀어도 지금도 변함은 없을진대… 이럴 때 플라톤의 스승인 소크라테스의 명언이 생각난다. 어찌되었든 기다리던 날짜가 다가왔고, 영숙이가 반가운 소식을 전해 왔다.

준영이 친구가 자신의 친구에게 잘 설명을 했고, 영숙이랑 함께 찍은 사진을 보여 줬다고 한다. 처음에는 아무 말 없이 있더니 시간이 지나면서 준영이에게 만나자고 전해 달라고 했다. 친구로 통해 들은 이야기는 그 친구 이름은 '백정환', 58년생으로 인천이 고향이며, 아버지가 인천 큰 병원 원장으로 내과 의사셨고, 제물포중학교에서 전체 1, 2등을 했던 친구로 경기고등학교에서도 전체 1, 2등을 다투는 친구란다. 아, 그런데 웬일이란 말이냐! 기분이 좋은 듯하다가 갑자기 다운되는 기분 말이다. 엄밀히 말하면 그 당시 나에 비하면 정환이의 엄청난 스펙에 약간의 비애를 느꼈다고나 할까? '아, 이게 아닌데!' 하고 자책감이 들었던 것이다.

내가 너무 과한 친구를 소개해 달라고 한 것은 아닐까? 내 깐에는 그저 범생이 공부 잘하는 친구를 만나고 싶다는 것 그뿐이었는데, 게다가 그 당시에 난, 그 외에는 아무 생각도 없었고 또 대학을 간다는 계획도 없었을 때였다. 아마도 영숙이 친구는 내가 연예인이 될 것이라는 생각을 어렴풋이 했던 것 같았고, 굳이 대학을 가려면 그 당시 한양대 연극영화과 생각은 해 봤던 것 같다. 뭔가 괜한 부탁을 했나? 내게는 조금은 부담감이 밀려오는데 어쩔 수 없이 약속은 했고, 광화문 빵집에서 보기로 했는데 일단은 약속을 지키기 위해서라도 정환이라는 친구를 만나야만 했다.

빵집은 사람도 거의 없었고, 분위기도 그리 환한 분위기는 아니었다. 10분 전에 먼저 도착해서 이 생각 저 생각을 하며 정환이를 기다렸다. 정확히 약 3분 남겨 놓고 교복을 입고 그 당시 경기고 로고가 있는 책가방과 모자를 쓰고 특유의 경기마크 이름표가 붙은 교복을 입고 유유히 나타나서 여기저기 누군가를 찾는데, 이 친구가 백정환이라는 걸 바로 알아볼 수가 있었다. 영숙이가 말한 대로 키는 자그마했고 여드름 딱지가 다다다닥 붙은 얼굴에 비교적 뚱뚱한 얼굴이었다. '범생이표 같은데?' 생각한 그대로였다. 정환이도 나를 금방 알아봤다. 교복도 인문계 하고 다르게 특이한 폴티에 브이자 라인을 한 교복을 입었으니 바로 알아보는 건 아주 쉬운 일이고 게다가 얼굴도 알고 있을 테니 말이다.

바로 내 옆자리로 와서 인사를 한다. "나, 정환이야! 이야기 많이 들었어." 우리는 아주 처음부터 처음 만난 사람 같지 않게 자연스럽게 이야기를 나누고 있었다. 자신의 집은 인천이고, 중학교는 제물포중학교를 나왔고, 그리고 서울대 의대를 진학한다고 말을 이었다. "너는 어느 학교를 진학할 꺼야?" 단도입적으로 물어오는데 바로 나온 말이 "응, 나는 아무래도 연기 쪽인 것 같아. 그래서 한양대 연영과를 갈 것 같애." 궁여지책으로 이렇게 말을 했다. 내가 물었다. "공부는 어떻게 하는데?" 학원은 일체 가지 않고 혼자 공부한다고 한다. 속으로 '와아, 대단한 친구다!' 했다. 곧이어 정환이 말은 솔직히 수학은 재미있고 잘 풀리는데 영어, 독어, 불어를 할 때 잘 안 풀린다고 한다. '아, 그렇구나!' 잠깐 생각을 해 볼 때 수업하고 있는 과목이나 수업 내용, 진도 등 학습하고 있는 과목들과 또한 대화 내용들이 예술고와 인문고에서 공부하는 장르가 전혀 다르고 정환이가 말하고 있는 것이 매우 생소하고 나하고는 가까운 말이 아닌 것 같았다. 이것이 각자의 다른 수업에서 오는 갭(gap)이라고 했던가? 내가 느끼기엔 동일성이 없는 것 같았다.

잠시 나갔다 오겠다며 주머니를 주섬주섬 뒤지더니 곧 안심한 얼굴을 하면서 약 10분 정도 돼서 들어왔다. 내 옆에 다시 앉은 정환이에게서 무슨 냄새가 스물스물 나기 시작한다. '이 냄새가 뭐지?' 하고 있는 내게, 내 표정을 벌써 알아버리고는 "나, 담배 피워." 하고 고백을 했다. 아, 그렇구나. "그런데 담배 피우면 공부하는데 지장이 있는 것 아냐?" 하고 물어보니 이 친구의 말은 다른 과목은 몰라도 영어나 주로 어문 쪽 공부할 때는 담배가 꼭 필요하다는 말을 한다. 나와 정반대의 공부를 하고 있고, 비교 안 되는 공부를 하고 있으니 공부하는 방법도 많이 특이하다. 일치되는 대화는 그다지 많지는 않았지만 또 다른 인문계의 두뇌적인 공부의 방법이랄까? 머리 좋은 애들은 다 이렇게 공부하나? 별 생각을 다 해 본다. 다른 평범한 인문계 학생들과의 비교되는 지식과 그 많은 인문 과목, 더군다나 그 당시 서울대 의대 간다는 것은 결코 쉬운 일이 아니었음은 틀림없는 사실이다.

많이 남달라 보였다는 것이 호기심의 발동이 걸려와서 이 친구를 소개받았고, 대화도 비교적 잘 되었다. 한데, 다른 한쪽이 환경이나 스펙이나 그 어떤 면에서 밀리는 기분을 내 자신이 스스로 느끼고 있었지만, 다만 차분하고 지적인 범생이표를 만나서 마음은 즐거웠던 것은 사실이다. 다음의 약속을 한 뒤에 우린 시청까지 걸은 후 그 친구와 나는 각자 다른 노선을 타고 집으로 향했다. 가는 내내, 내 머릿속은 뭔가 기분이 좋고 '참 괜찮은 친구다!' 하면서도 나 자신의 자격지심 같은 뭔가 비애감이 드는 그 시절의 마음이었다.

다음 약속도 그 자리였는데, 그날따라 학생잡지 모델로 화보로 찍어 둔 학생잡지, 학원 출판사에서 책과 함께 사진을 찾으러 오란다. 그 당시 출판사는 사무실이 충정로에 있었는데 정환이와 만날 시간과 아슬아슬하게 시간이 예약되어 있었다. 급하게 볼일을 본 후 부리나케 가방을 들고 정환이와 만날 장소로 뛰었다. 헉헉대며 도착했을 때는 30분이나 지난 후였다. 저만치 앉아서 기다리는 정환이를 발견하고는 우선 사과를 했고, 전후 사정을 말한 후 얼굴 표정을 봤더니 차분하게 웃음 지으며 괜찮다며 바로 이해를 했다. '아고, 범생이표 고마워!' 속으로만 말했다. 빵과 우유을 시켰던 것 같다. 열심히 먹어 가며 또 대화를 나누기 시작했다.

정환이 말이 "요즘 예술계는 어때?" 하며 질문을 계속해 댄다. 그 당시 고등학생이 예술계를 알면 뭐 얼마나 알겠냐만은 난, 뭔가 많이 아는 사람인 양 차분히 듣고 있는 그 범생이 두뇌표 앞에 희희낙락대면서 요동을 떨었다. 빙그레 웃는 그 친구! 지금 세월 지나 생각해 보니 아버지표 같은 자상표 그 자체였다.

그렇게 그 친구 앞에서 내 명랑성을 드러내다가 물컵을 툭 치는 바람에 탁자에 올려 둔 책과 학원잡지 화보 사진이 책갈피에 끼어 있던 것까지 물과 함께 탁자 밑으로 떨어지는 일이 발생했다. 물과 함께 책갈피에 끼어 있던 사진이 물에 젖을까 봐 보고 있던 이 친구가 얼른 책과 사진을 들어올렸다. 다행히 책과 사진은 물기가 없었고, 자신의 손수건을 꺼내서 사진에 조금 남아 있는 듯한 물기를 닦으며, "이 사진, 나 주면 안 돼?" 하며 물어왔다. 아고, 어쩌지 그 사진은 기념사진이기도 하고, 조금 중요한 사진이라 생각해서 분명히 딱부러지게 안 된다고, 그러니까 단호하게 거절을 한 것이다. 정환의 얼굴이 조금은 섭한 얼굴 표정이었지만 이내 표정 조절을 잘 했다. 잠깐 생각했다. '내가 너무했나?' 하긴 세월이 많이 지나고 익어 가는 마당에 지금 같았으면 백 장이라도 주었을 텐데… 많이 미안했다.

그렇게 가을이 지나고 겨울이 가고 다음 봄 초입, 우린 졸업을 했고 서로를 위해서 각자의 목적한 길을 가기 위해서 연락은 대학교 들어가서 연락하자고 했다. 그 후 친구에게 소식을 듣기로는 재수를 한다고 말을 들었고, 그다음 해에 소망하던 서울대 의대를 갔다는 이야기를 들었다. 서로의 주어진 각자의 길이 바쁘고, 일을 하고 있을 때는 지나간 추억들을 잊고 살아가고 있었다. 수많은 시간과 세월이 지나 그 사람도 머리가 희끗해진 나이가 되었을 때, 미국에서 그 친구의 소식을 들을 수가 있었다. 그동안도 그 친구는 미국으로 유학도 했고 수차례 드나들기도 했을 텐데… 한번도 볼 기회가 없었고, 너무나 오래된 어린 시절의 잠깐의 잊혀지지 않는 범생이표 친구였던 정환이를 기억해 냈다.

한국의 서울 삼성병원 이비인후과 과장, 성균관대학교 의대 교수라는 직함이 있었던 그때, 어느 날인가? 미국에서 한국 삼성병원으로 한 통의 그림엽서를 띄웠다. 아무것도 기재하지 않았고 전화번호도 쓰여 있지 않은 엽서는 한 달 후에 도착되어 있으리라… 다만 그 친구가 잘 되어 있고, 그 범생이 두뇌표가 성공이라는 걸쭉한 자기 목표에 정확히 명중시킨 결과를 축원해 주고 싶다는 그 그림엽서에 어릴 적 친구의 소망의 글과 그리고 다 잘되기를 기도하는 글… 오늘날의 백정환이라는 박사의 타이틀을 거머쥐고 환자들의 웃음을 찾아 주는 의사 선생님으로 거듭나기에는 충분한 사람이었다.

그 당시 안양예술고 하면 학생들의 포스가 다른 일반 고등학교 애들과는 달랐다. 영화예술고라는 학교는 그 당시에 하나뿐인 특수학교였으니 교복 자체도 타 학교 교복과도 다른 점이 있었고, 뭔가 세련된 분위기를 풍기는 학교? 서울 광화문 거리를 어정거리고 걸어다니다 보면 경기, 경복, 서울 그 외에 여학생들까지도 한 번 볼 것을 두 번 이상을 본다는 것이었다.

세월은 흐르고 얼굴들도 많이 변해 가고 있을 무렵, 미국 LA에서 마지막 신곡 발표회를 마친 뒤 한국을 나와 생소하리만치 달라진 공연예술계를 접하며, 새롭게 한번 시작해 볼 것이라는 희망은 목에 이상이 생김으로써 서서히 쉬는 방향으로 가고 있었다. 고등학교 시절의 친구였던 백정환 박사를 삼성병원에서 만나기로 하였다.

경기고 시절 약간 풍풍한 몸짓에 여드름이 덕지했던 이 친구! 매끄럽지 않은 피부에 담배 냄새, 어마하게 풍겼던 범생이 두뇌표는 진정 옛날의 그 친구였나 의심을 했을 정도의 아주 슬림하고 매끄러운 피부에 깨끗하고 단정한 중년의 박사님으로 변해 있었다. 그 어렸던 학교 시절에도 다정다감하고 차분한 성격의 이 친구는 지금도 다정다감한 매너 있는 아저씨였다. 이 친구도 한마디 거든다. 미국에서 보내온 엽서 이야기랑, 나에게 아직 옛날 그 모습이 남아 있다고 하면서….

벌써 지금으로부터 한국 나와서 10년 전이니 오래도 됐다. 가장 아름답던 황금 같은 시기. 심장 뛰던 젊은 시절의 추억 속에 있었던 친구. 그 시절에 뭔가 이 친구에게 비애를 느끼며 돌아오던 그 시절이 새삼스레 떠오르는 것은 무엇인지, 직접 보고도 나의 옛날의 감정이 이랬었다는 말 한마디 못하고 혼자 웃음 지으며 집으로 돌아오면서, 마음으로 소망하는 건, 살아 있는 동안 건강히 평안한 나날 보냈으면 하는 소박한 기도, 이 친구나 나나….

한문 선생님과 모파상 책

예고 시절에는 특히 졸업을 앞두고 있을 즈음에는 창문만 바라보고 하라는 공부는 안 하고 지가 무슨 센치한 소녀라고, 프랑스 상징주의 작가 구르몽(Remy de gourmont)의 '시몬 너는 좋으냐? 낙엽 밟는 소리를….' 이런 시만 읊조리고 있었다. 수업 시간에도 수업 내용은 머리에 들어오지 않고 그날도 맨 뒤쪽에 앉아 있는 내 책상 한편에는 프랑스 사실주의 대표 작가 기 드 모파상(Guy de Maupassant)의 「여자의 일생」을 열심히 읽고 있었고, 어느 날 한문 시간이었는데 한문 선생님이 갑자기 내 쪽으로 오셔서 갖고 있던 책으로 내 머리를 탁 하고 내리치는 것이었다. 가끔씩 내 옆에 앉은 친구가 장난을 쳐서 그날도 내게 장난을 치는 줄 알고, 눈은 열심히 책을 보면서 손으로 손짓하면서 "야, 왜 그래? 그만해!" 했다. 그런데 갑자기 반 애들의 웃음소리가 온 교실을 울린다. 깜짝 놀라 이건 또 무슨 일이지? 하고 돌아보니 그야말로 무서운 한문 선생님이 웃고 계셨다. 기가 막히다는 표정이시다. 하긴 나도 기가 막히는데 선생님께서는 오죽하셨겠나?

그때 이후로 모파상 책은 압수를 당했고 졸업 후에도 찾지 못했다.

세월이 많이 흐르고 40대가 되어서 총동문회 때에 한문 선생님을 뵐수가 있었는데 "그때 그 시절 모파상 책 안 주실 겁니까?" 하고 농담을 건넸는데 처음에는 기억을 못하시더니 한참 후에 기억해 내셨다. 그 책 찾을려면 동국대학 연구실로 오라는 것이었다. "오면 줄게!" 하시면서 크게 웃으신다. 우리 학교를 끝으로 한문 선생님은 중국으로 유학을 가셔서 박사학위를 따셨고, 동국대학교 교수로 계셨던 것이었다. 그 책은 진즉에 포기했고, 그 후로는 뵌 적이 없다. 지금은 살아 계시는지 돌아가셨는지 알 길이 없다. 살아 계시다면 건강하게 밝은 웃음 지으시며 장수하셨으면 하는 바람이다.

미경이와의 추억

그 당시만 해도 안양예술고는 현역에서 일하고 있는 예술인들이 많았다. 그들은 학교를 밥 먹듯이 빠지면서 수업은 무조건 실습에 속하고, 결석 처리는 되지 않았다. 그래서인지 졸업을 앞두고는 학교에 안 나오는 학생이 많았던 것 같다. 하긴 나도 특별한 메이저에서 활동한 것이 아니고 가끔 땡땡이도 치곤 했는데 자주 치는 땡땡이꾼은 아니었다. 졸업을 앞둔 시점에는 다른 학생들과는 달리 열심히 학교를 다녔다.

어느 날인가 이날은 이상하게 반 애들이 등교를 많이 했다. 수업 1교시가 지나고 난 뒤 2교시에 그것도 바로 수업이 시작된 시각에 앞문이 아닌 뒷문이 열리면서 서미경이가 나타났다. 미경이는 항상 전속 지각생에 지 맘대로 수업에 들어오는 학생이었는데 교장 선생님께 인정을 받고, 담임 선생님의 허락하에 학교를 오는 특수학생이었다. 누가 뭐라 하는 사람도 없었고, 온갖 혜택을 누리고 다녔으니 별 걱정을 안 해도 되는 학생이다. 미경이도 학교에 오면 늘 내 옆에 앉았고, 내 짝이었다. 물론 자주 오지 않을 때는 다른 친구가 앉을 때도 있지만 거의 늘 빈 의자였다. 미경이가 어쩌다 학교에 올 때는 매점에도 가고, 스튜디오에도 가고, 또 미경이 어머니가 오시는 날은 학교 매점에서 맛난 것도 얻어먹고 신나는 날이었다.

그날도 영어 시간이었는데 뒷문이 살짝 열리면서 미경이가 빼꼼 고개를 내밀고 교실로 들어와서 내 옆에 앉았다. 그날따라 수업하던 애들이 미경이 쪽만 바라보고 있었다. 교탁에 계시던 영어 선생님이 도수가 아주 높은 안경을 들어올리며 "미경이 왔구나!" 하시더니 돌아서서 칠판에 열심히 영어로 쓰고 계셨다. 그날따라 나도 열심히 미경이의 가방과 책과 얼굴을 두루 살펴보고 있었는데 아고, 이게 무슨 일이냐? 미경이가 입은 교복도 새것, 책가방도 새것, 교과서도 한번도 읽어 본 적이 없는 듯한 새것이었다. 영어책을 꺼내 놓고 수업 준비를 하고 앉아 있었는데 그때 마침 영어 리딩을 한다고 하시면서 선생님께서 한 말씀을 하신다. "오늘은 영어 21과를 오랜만에 온 미경이가 읽어 봐라!" 하시는 것이 아닌가? 갑자기 얼굴이 빨갛게 변해 버린 미경이가 어쩔 줄 몰라했다.

나를 보며 어떡하냐? 난처하면서도 불쌍한 얼굴을 하고 있는 미경이에게 난 의기충천해서 우리는 맨뒤에 앉아 있고, 영어 선생님은 눈이 많이 나빠 도수 높은 안경을 쓰시고 그대로 교단에 서 계시는 스타일이고, 그리 예민하지 않은 분이신 데다 수업하는 스타일을 잘 알고 있기에 조그만 목소리로 미경이에게 얼른 책을 들고 일어서라고 했다. "책 들고 일어나 빨리! 내가 밑에서 읽을게. 책으로 얼굴 가리고 들고 있어!" 그러고는 잽싸게 미경이 목소리 흉내를 내면서 차분히 읽어 갔다. 조금 읽고 나니 반 애들이 책상을 두드리면서 웃기 시작했다. 미경이는 읽는 척을 하고 책을 가리고 있었고 그 옆에서는 미경이 목소리로 영어를 읽어 대니 그야말로 코미디 같은 해프닝을 벌이고 있었던 것이다. 그리고는 영어 선생님이 미경이를 보며 "아, 이제 그만 읽어." 하시면서, 그윽한 눈빛으로 말씀을 하신다. "미경이가 영어 공부 안 하는 줄 알았더니 공부 좀 했네?" 이렇게 말씀을 하시니 미경이 얼굴이 귀까지 빨개지고, 아이들은 웃어 죽겠다고 난리다.

지금에 와서 되돌아 보니 그렇게 하라고 해도 못할 일을 젊음의 객기로 표출한 시기였고, 그 시절에는 확실히 용감했다. 자신감과 장난치는 기질 등. 뻔뻔스러운 젊음이었다. 지금 생각해 보니 영어 선생님의 생각의 깊이가 참으로 존경스럽다. 알고도 속고, 모르고도 속아 주시는 아버지 같은 영어 선생님….

그날 이후로 가끔씩 보는 친구지만 더 가까워진 것 같은데 미경이 어머니께서 가끔씩 칭찬도 해 주시고 잘 지내라는 말도 잊지 않으신다. 미경이 어머니를 생각해 보면 우리 어머니와는 아주 다른 면이 보인다.

미경이가 물론 막내딸이라서 신경을 많이 써 줘야 하는 것도 사실이고 또한 어린 나이에 연예계 일도 해야 하는 상황이고 미경이가 집에서 가장 같은 탓도 있었기에 어머니가 옆에서 매니저 역할을 해야 하는 것도 당연한 일이다. 그런 점들을 떠나서라도 세상 부모들이 자기 자식에게 관심 주고 사랑을 듬뿍 준다는 것은 이치에 맞는 일들이 아닌가? 그런데 왜? 하고 반문을 한다면, 부모가 자식에게 주는 사랑과 관심의 방법에 따라서 그 자식한테 가는 영향력도 클 수밖에 없다고 생각되는 바, 대개의 부모들이 사랑을 주는 방법을 터득하고 사랑을 주는 것은 아닌데도 왜인지 미경이의 어머니와 나의 어머니가 비교가 된다.

예를 들면 내가 뭘 잘하고 있는지, 공부는 어떡해하고 있는 건지, 예능에는 소질이 있는 건지… 이런 기본적인 것도 잘 모르고 계셨다는 생각이 들 정도로 내게 있어서 어머니의 사랑과 관심은 머나먼 강 건너에 있었던 것 같았다. 예민했던 그 시절에 늘 잠재해 있던 애정결핍 증세, 그러므로 미경이 어머니와 미경이를 부러워하고 있었는지도 모른다.

또 미경이를 보면서 생각해 본다. 누군가를 보면서 그때나 지금이나 정말 예쁘고 미인이라고 생각해 본 사람이 없었다. 그런데 아이러니하게도 유일하게 미경이가 예쁘다고 느껴질 때가 많았다. 요즘 말로 그 흔한 수술의 도움을 받지 않은 타고난 얼굴에, 그중에 피부가 흰 백도자기 피부를 하고 있었다. 동양적인 분위기보다는 서양적인 모습에 가까웠고, 정말 참 다행이라고 생각했던 부분은 어머니의 돌출된 큰 입을 안 닮았다는 것이 천만다행이었던 것이다. 어머니의 피부와 코까지는 좋았다. 하지만 내가 아는 미인의 기준을 보면 돌출되어 있는 입은 페이스 균형도에서 아웃인 것이다.

어쨌든 30% 모자랄 뻔한 기준을 잘 피해 간 셈이다. 게다가 미경이는 타고난 외모만큼이나 마음까지 고왔다. 그냥 순수한 친구였다. 계산도 잘 할 줄 모르고 따지려 하지도 않았고, 욕심도 없는 착하고 순한 친구였다. 적어도 내게는 그랬다. 하긴 아차피 계산은 매니저인 어머니가 모든 것을 다 관리하시니… 환경의 지배를 받았는지 안 받았는지는 내 알 바 아니지만 홀어머니 밑에서 여러 남매의 한 가족의 가장처럼 살아가는 것만은 틀림없었다. 누가 보면 영락없는 공주인데 그 나름 무수리과의 비애가 있었던 것 같다.

아무튼 극성스러운 어머니 노력과 미경이의 타고난 외모 덕에 활동을 열심히 했고, 그 대가로 미스롯데에 선정되고 그 후에는 롯데 하고도 많은 교류가 있었고, 졸업 후에도 롯데호텔 커피숍에서도 만날 수가 있었는데, 그 당시 갑자기 일본 유학을 간다고 하는 것이다. "유학? 가면 좋지!" 하긴 그때만 해도 대통령 정책이 바뀌어서 각 학교에서도 교육 방침에 의해 일본어가 선택 과목에 들어가 있던 시기였다. 그 시기가 다들 일본 유학을 선호하는 편이었고 가고 싶어 하던 때였다. 미경이도 일본 유학을 간다니 하고 싶은 공부도 하고 마치고 돌아와서 다시 활동도 하면 좋을 것 같았다. "그래, 좋은 생각이야!" 하면서 축하했다. 그 후 몇 달이 지난 즈음에 3개의 주간지와 신문 등 언론 매체에서 일본에 있는 신격호(롯데그룹) 총수의 초청으로 미경이가 일본을 간다는 둥, 어떤 매체는 신격호 씨의 셋째 부인으로 간다는 둥, 또 어떤 곳의 잡지에는 미경이 어머니가 거의 40세나 차이나는 사람에게 딸을 팔아먹었다는 둥, 그 당시에 별의별 이야기가 떠다니고 톱뉴스로 장식될 정도의 큰 이슈였다.

주간지와 신문의 뉴스가 온통 미경이로 도배를 하다 보니 웬일인지 난, 미경이에게 배신당한 기분이 들었다. 첫째는 순수하고 성실했고, 내가 듣기로는 적합한 절차를 밟아서 유학을 간다고 하길래 있는 그대로를 존중해 줬고, 열심히 할 것 같은 결의가 보였었는데 이것은 유학이 아니라 대한민국 베스트에 들어가는 대기업 총수에게 그것도 정식도 아닌 비공식적으로 들어가는 모양새는 좀 그랬다. 기대보다는 실망의 화살이 내게 오고 있었다. 그랬다. 그때는 세상 물정 모르는 20대이지 않은가? 어디 본인의 의지대로였겠는가? 지금 같아서야 '남의 인생 내가 사는 것이 아니고 미경이가 알아서 잘 살아 주면 되는 것'이라는 생각이지만 그 시절의 난, 실망보다 분노에 가까웠다. 내

고지식한 성격으로 많이 예민했던 젊음이 넘치던 시기였기에….

그 후에는 미경이와의 인연은 거기서 끝이었다. 가끔씩 옛 추억이 생각나고 그립고 보고 싶지만 가지 말라는 세월은 수없이 흘러가고, 저 멀리 까마득하게 잊혀져 가는 이제는 중년의 여인들이 다 되었다. 꽃다운 나이에서 저물어 가는 꽃이 된 것이다.

아주 오래전 미국에서 나와 한국에서 살 때이다. 롯데그룹의 법정 싸움이 일어나서 모든 롯데 일가들이 총출동할 때, 미경이도 모습을 나타냈다. 미경이에게 딸이 하나 있었는데 한동안 호적에도 올리지도 못하고 살다가 결국에 호적에 뒤늦게 합류하는 사건들도 있었다고 한다. 지금은 미경이 딸도 롯데 임원이 되어 있었고 법정에 나왔을 때 이름은 서승희라고 나왔다.

마침 미경이가 YTN 뉴스에 나온다고 동창 중에 한 친구가 전화가 왔다. 빨리 뉴스 좀 보라는 것이다. "그래, 알았어." 하면서 빠르게 채널을 돌리니 웬 중년의 조금 뚱한 아주머니가 획 지나간다. 자세히 못 본 탓에 친구에게 전화했더니 나중에 동영상 유튜브를 보내 왔다. 오랜만에 동영상에서 보는 미경이의 얼굴은 많이 변한 것은 없는데 글쎄? 맛난 음식을 너무 많이 먹어서일까? 나이가 들어서일까? 살이 많이 올라 있었다. 옛날의 순수하고 맑은 미경이의 얼굴은 사라지고 세상에서 때가 많이 묻은 중년의 미경이의 모습만 보일 뿐이었다. 미경이와의 젊은 날의 추억은 끝이지만, 이제 살아온 날보다 살아갈 날이 더 길지가 않을 테니. 인생 무애무덕하게 건강하게 잘 살아 주길 기도해 본다. 우리 순수했던 예고 시절을 기억하며, 바이!

이철희 씨를 회상하며…

오래전 미국에서 나와 한국에서 TV를 보고 있는데 어떤 채널을 보면서 "어, 이것 재미있겠는데?" 하고, 시선이 고정된 채널이 바로 JTBC 〈썰전〉이라는 프로였다. 가만히 듣고 있자니 목소리도 그렇고 얼굴 모습도 언젠가 보았던 낯익은 얼굴이, 논리정연하게 상대편과 설전을 벌이고 있는 것이다. 저만치 바라봤던 TV 시선에 바짝 다가가서 열심히 귀 기울이며 낱낱이 스캔을 했다.

역시 내 예감이 맞았다. '이철희 씨! 이 사람이구나.' 그런데 TV에 보이는 철희 씨의 모습은 80년대 말(1989~1990년), 그때의 모습이 아닌 아주 세련되어 보이는 중년의 멋진 신사로 바뀌어져 있었다. 그 당시 처음 보았던 철희 씨의 모습은 얼굴에는 장난기가 한가득 담겨 있었고 폭탄 맞은 사자 머리를 하고 있었던 때이며 총각님들의 트레이드마크인 여드름을 볼에 쟁이고 있을 때였다. 피부색 역시 안 좋을 때였다. 하지만 매너 좋고, 나이스한 모습과 행동은 아! 젠틀맨(Gentleman)이라는 인상을 주었던 사람이었고, 질서 정연하게 사람들을 인솔하며, 많은 사람들을 차분하게 관리했었다. 뭐냐구 왜이냐구요? 궁금하실 것이다.

조금 오래된 일들을 꺼내 보려 한다. 젊은 시절에 우연한 계기로 만화영화 주제가를 부르게 되었고, 그 무렵에는 일본 도시바레코드사와 계약 건도 있었고, 많은 바쁜 시기를 보냈던 때였는데, 만화영화 주제가는 그 당시 아이들에게는 조용필 씨의 노래만큼이나 잘 알려져 있었지만 실리가 없었던 때였다. 명분도 좋았고 어필도 좋았지만 내가 활동의 영역을 넓히는 것에는 한계가 있었다. 마침 아세아레코드사에서 대중가요(트로트)를 취입하는 일들이 있었고, 일본어로 번역해서 일본 공연에도 많은 도움이 되었던 것이다.

그때 그 시기에 맞추어 곡을 주신 작곡가 선생님, 그 당시에는 만화영화 주제가 전문가로서 이름을 떨치시고 오래전 MBC 악단장을 역임하신 작곡가 마상원 선생님이 계셨다. 참고로 이분의 친여동생 되시는 분이 원로 정치인 김상현 씨의 부인이 되신다고 한다. 거기까지밖에는 모른다. 마상원 선생님도 그 이전 시기까지는 MBC에서 그 나름대로 변웅전 씨가 진행하는 〈명랑운동회〉라든가 굵고 작은 프로에 터줏대감이셨다.

1989~1990년 사이인지 연도는 정확히 기억은 안 나는데 마 선생님께서 부산 영도구 공연에 초대를 받았으니 그 공연에 참석하라고 연락이 왔다. 그 당시에 사실상 김은조는 거의 무명에 가까웠고, 경력만 있던 가수였다. 꾸준히 방송 활동을 해서 얼굴을 알렸어야 하는데 해외만 다니느라 국내는 그만큼 신경을 못 썼던, 명분보다는 실리를 선택했던 때였다.

부산에 내려가서 도착하면 이철희를 찾으라고 말씀하셨다. 부산에 있는 영도구 구민을 위한 잔치에 초대 가수로 출연 섭외를 받은 것이다. 국내선 비행기를 타고 김해에서 마중나오신 분과 함께 어느 초등학교 운동장이었는데 제법 큰 운동장에 커다란 무대가 마련되어 있었다. 이때 출연진은 한참 한국에서 방송을 하고 있었던 인기 가수들이었다. 정수라, 변진섭, 김지애, 현철, 무슨 듀엣인데 가물가물 이름이 생각 안 난다. 그러고 보니 내가 제일 무명이었다. 하지만 이들에게 절대 밀리는 나는 아니었고 악보부터 무대의상, 송(Song)으로 카리스마를 발휘하기로 했다. 단 한 가지, 방송을 많이 안 한 탓에 만화영화 주제가만 부른 가수라고 소개를 했고, 또 상당한 미모의 가수라고 촌빨날리는 멘트를 날리는 것이다. 하지만 무대와 가수들은 대체적으로 하이 클래스 무대다운 구민 잔치로 기억되어진다. 이 무대는 그 당시 지역구인 부산 영도구 국회의원이셨고, 전 국회의장이셨던 김형오 의원의 구민 위안 잔치였다.

우리를 사무실(분장실) 같은 곳으로 안내하면서 서류를 들고 왔다 갔다 바쁘게 다니는 사람이 눈에 띄었다. 이철희 씨였다. 혹시 김은조 씨 맞냐고 해서 그렇다고 하니까 누가 먼저랄 것 없이 인사를 했다. 우선 커피 한잔씩 하고 웬 서류에 사인을 하라고 내놓는 것이다. 일단 커피를 마시면서 이 얘기 저 얘기 나누다가 천천히 안내해 주는 이철희 씨 얼굴 한번 보고 서류를 보니 주소, 전화번호, 사인 등등이 기재가 되어 있었다. 기재되어 있는 개런티 액수를 보면서 조금 놀라운 감정은 감출 수가 없었다.

그 당시에 거의 히트곡을 갖고 있었고, 방송을 하는 가수들과 함께 공연을 하다 보니, 그 사람들과 비슷한 개런티를 받는다는 것은 생각하지 못했던 일인데 똑같지는 않았지만 거의 같은 개런티를 받은 셈이었다. 그때의 느낌은 제대로 인정받고 노래했던 무대가 아니었나?

하는 생각을 해 봤다. 그러니까 돈의 액수보다는 무대 공연하는 사람의 경력을 인정받았다는 그 의미가 가치가 되는 날이었던 것 같아서 기뻤고, 그때에 무대예술인들에게 비록 무명이었지만 공정성을 인정받을 수 있음에 자부심을 느낄 수 있었던 무대였다.

즐거운 기분으로 공연을 마칠 수 있었고, 난 철희 씨에게 "서울 올라오면 차 한잔 대접할께요." 하는 형식적인 말을 남기고 서울로 왔다. 친절하게 배웅까지 해 주는 철희 씨를 뒤로한 채, 아마도 그 당시에 철희 씨는 어찌 잘못 생각하면 자신보다 동생뻘로 생각했을 가능성이 크다. 왜냐하면 난, 유난히도 동안의 외모를 하고 있었기에 오해하기는 충분했고, 그 당시에 나는 대방동에 살고 있으면서 바쁘게 뛰어다닐 때였다. 그런 어느 날인가? 철희 씨에게 전화가 왔다.

전화를 기다렸던 것은 아니지만 그렇다고 싫은 기분은 아니어서 전화를 끊고 약속한 장소에 가서 두런두런 이야기를 하며 밤이 제법 깊었다. 그때만 해도 사투리를 쓰고 있던 이 사람은 포항이 고향이고 부산에서 고등학교를 다녔고 공부를 잘 하는 범생이로 고려대학교 정치외교학과를 나왔고 같은 대학에서 석사도 했다. 그 당시는 자세히는 몰라도 김형오 전 국회의장과 함께 행정 사무관으로 일을 하고 있을 때가 아니었나 싶다. 그때 당시의 철희 씨는 정말 우스운 이야기로 사자머리에 폭탄을 적잖게 맞은 머리를 하고 다녔다. 절대 머리 손질을 안 하는 사람 같았고, 거기에 머리숱이 사정없이 많았다.

세월이 많이 흐른 지금의 깔끔한 머리 스타일과는 너무나 거리가 먼 털털이 총각님이었다. 나의 생각대로 '정치적인 면, 인간적인 면, 자상하면서 해박한 지식'까지 오래 겪어 본 사람은 아니지만, 그야말로 내가 조금 다른 생각을 해 봤더라면 신랑감으로도 손색이 없을 만큼 괜찮은 사람이었다. 하지만 그 당시 철희 씨는 아무런 능력도 없었고, 일도 해야 했고, 박사 공부도 해야 했고, 할 일이 아주 많은 사람이었다. 넘어야 할 벽들도 많았고, 그런 것들을 넘어서야 자신의 하고자 하는 일들이 이루어질 것 같다는 느낌을 받았다.

위에서도 언급했지만 철희 씨는 내 나이를 같은 또래 아니면 동생으로 알았다. 그때 난 엄청난 동안이었고 젊음이 있었던 때. 내가 먼저 대시하고 싶다는 생각도 해 봤지만, 연하의 남자는 자신도 없었고, 앞으로 튼실하게 갈 수 있는 사람을 신경쓰게 하고 싶지는 않았다.

사실은 나도 해야 할 일이 많았고, 아마 내 느낌에도 철희 씨도 많은 생각을 하고 있는 듯했고, 무척 갈등을 안고 있었던 눈치였다. 내 예감이 틀리지 않는다면, 첫 번째는 나와의 인연은 계속 갖고 싶은데, 본인 자신을 생각해 보면 자신이 처해 있는 환경이 해야 할 일들이 너무나 많았던 시기였고, 본인의 일에 신경을 써야 하는데 다른 곳에 신경이 분산되면 장애가 될 것 같은 자신의 마인드, 두 번째는 나라는 사람을 쉽게 보고 즐기는 쪽의 인간관계를 갖고 갈 수도 있겠지만 상대를 생각해 보고 자신을 생각해 보니 그런 쉬운 성격이 아님을 자신이나 나나 같을 것이라는 것을 직감한 것이며, 철희 씨의 인격이나 인성으로 봐서 절대 책임져야 하는 일을 만들고 싶지 않은 것, 많은 고민과 번민 끝에 자신과 싸우다가 굿바이 안녕을 외치며 돌아서는 그 당시의 기분이 어떤 기분이었는가에 대해서… 불같은 청춘이었는데도 말이다.

그래서 그 사람은 조선 시대 서경덕이 되었고, 그렇다고 내가 황진이는 절대 아니다. (난 조선 시대 황진이 정도로 대단한 학식과 견문과, 미모를 갖고 있던 사람은 아니었기에 지금 현대로 이야기하자면 황진이는 대학의 예술대학 학장 직위에 있는

다 해도 무방한 사람인 것을 인정하는 사람) 뭐, 뭐라구? 뭐가 어떻게 됐다구? 김자점이 난을 쳤다구? 하긴 나부터라도 의미를 모르면 서경덕 황진이 이야기가 나오면 대다수가 알고 있는 사회적인 통념으로 인식하고, 일반적인 생각이 누가 보면 무슨 신파극의 주인공들처럼 생각할 수도 있겠지만 그 당시 철희 씨의 단호한 자신의 마인드가 오늘날의 이철희 씨를 자신 스스로가 만든 사람이라는 생각이 든다.

그 후 가끔씩 철희 씨를 생각할 때는 인간다운 품성과 또 자신을 알고, 상대를 배려해 주었다는 점, 그런 인격을 지니고 있었던 이철희 씨는 내가 존중해 주고 싶은 사람이었고, 또 내가 배려했다는 점에서, 이제는 오랜 세월이 흘러 머리가 희끗해진 중년의 철희 씨를 우연이라도 보게 된다면, 이철희 씨에게 묻고 싶다. "그래, 그렇게 돌아서서 가니 좋았니?" 하고, 웃자고 한 이야기고, 나도 끝까지 존중해 주었고, 또 나를 존중해 주었던 이러한 소중한 추억이 있었다는 것이다. "안즉 난, 새치머리 염색은 해요." 다시 한 번 지난 세월을 회상해 보며….

아주아주 오래된 고물 사랑에 대하여

오랜만에 파아란 하늘과 뭉게구름이 피어오르는
하늘을 볼 수 있는… 저멀리 당신의 얼굴이 아른아른
피어오르는 듯하고 벌써 반 달이 지났고,
그전처럼 연락도 잘 안 되고
하루하루가 어떻게 가는지도 모르게 바쁘기만 하다.
되는 일은 없지만은…
주차장에 차를 놓고 터덜터덜 아무도 없는 집에
이것저것 확인하고, 화분 물 갈아 주고, 활짝 문 열어 환기시키고,
화분도 샤워하고, 나도 샤워하고, 커피 한잔하고 드러누워
눈을 감고 당신을 당신을 느끼고 싶은… 아주 많이…
품안에 또르르 말려 들어와 안기던 당신을 생각하며…
지금 당신은 무얼하지?
얼마나 힘이 들까? 괜찮은 건지… 여러 가지 생각을 해 본다.
글로도, 말로도, 표현하기 힘든 그러한 것들을 가슴속에 그려 본다.
조랑말! I Miss you!

보고 싶은 사람… 한 달이라는 시간이 어느새 지나가 버리고,

날도 무더운데 잘 지낼까? 하는 걱정, 의심⁽?⁾도 해 보고,

하루에도 여러 차례 생각도 해 보고, 그려도 보고,

몇 번인가 편지를 쓰려 해 보곤 했지만

별로 신통한 기분도 안 들고,

전에 잔뜩 싫은 소리⁽?⁾ 써 났던 편지를

한강 둔치 강변에 띄워 버리고…

눈 붉히며 출국 검사대 안으로 뛰어들어가는 모습을

몇 번이고 몇 번이고… 내 가슴이 왜 그다지 아프던지…

작년 이맘때의 당신과 출국 전의 당신과…

사는 게 쉽지는 않지만 서로서로를 아껴 주고,

더욱 사랑하는 성숙된 의미를 가지고 서로를 안아 주는,

안아 줄 수 있는 그런 의미를 이루어 보며 살아가 보자꾸나.

힘들고 고생이 있으면 어떤 보람이 있을 것이고…

차 속에 앉아 저멀리 깜빡깜빡거리며 날아가는

비행기를 바라보며 당신을 그리며 또 한숨 쉬어 본다.

당신만 내가 소중한 것이 아니라,

나도 당신을 소중히 생각하고 있다는 걸 당신은 알까?

힘들고 괴롭고 어려울 때는 나는 눈을 감고 당신을 그려 본다.

턱을 괴고, 이런저런 당신 생각과 활짝 웃는 얼굴 모습을…

보고 싶다. 많이 많이 마안이. your's B….

TO: 쪼랑말 아가씨 약, 외에 기타 필요한 것 이야기해요.

제때 식사 안 하면 건강 나빠지고 손톱 부러지고?

그러면 안 이뻐할 거야.

똥배 나와도 예쁘니까 꼬박꼬박 밥 먹고 튼튼해야 돼.

Always (?) My Heart (?)는 숙제… 안녕.

사랑스런 조랑말 헤이지.

몇 번이고 사무실에 앉아 정식으로 편지지에다 편지를 쓰려고

시도를 해 보았지만 번번히 방해꾼(?) 등쌀에 실패…

내 편지 기다릴 것 같아 하는 수 없이

단골로 편지 쓰는 곳에 와서 엽서로 보낸다.

이곳은 의왕-과천 고속도로 톨게이트(Tollgate) 바로 옆

넓은 공간이 있고, 아주 밝은 가로등이 있고, 그 옆은 잔잔한 숲?

그리고 논두렁이 이어져 있고, 저 멀리에는

보안등이 반짝이는 민가가 보이고, 그 밖에는

어두워서 보이지 않지만 여러 가지 풀벌레 소리가 들리고…

눈물 흘리며 부르고 걸었다는 해바라기 노래를 틀어 놓고,

아까 낮에 썼다가 버린 편지 생각하며 조랑말 생각하며…

자꾸만 몸이 아프다는 이야기가 생각나 속이 상한다.

눈물이 글썽글썽했다는 이야기도…

바보야 몸이 편치 않으면 마음도 약해지고 그러는 거 모르냐?

사실은 나도 정확히는 그 이유를 무엇 때문인지는

알기 힘들지만은 아니 알기 힘들다기보다는

당신을 만난 후에 언제쯤인가?

나 자신이 무척 원망스럽기도 하고, 무력하기도 하고,

당신 생각도 하면서 너무 속이 상하기도 해서,

당신이 떠나고 나서 혼자 강변 둔치에 밤에 가서

눈을 감고 있으면 괜히 가슴이 저며 오며 아파 오고,

음악 탓인지? 눈이 축축해지기도 하고…

그리운 사람, 보고 싶은 사람, 좋아하는 사람,

그런 아껴 주고 싶은 사람을 잃어버린…

잃어버리면 어떡하나? 하는 노파심과

막상 현실 속에 서로 볼 수 없다는 상황이

더욱더 보고 싶어지고 더욱 그리워지고,

그리고 잃어버리면 안 되는데 하는 갈망에

더욱더 가슴 아파져 온다. You Think So? 당신도?

그런데 말이지

그렇게 보고 싶고 생각하고 진실로 그리워하고,

그렇게 속상해지고 안타까워하고 하는 그런 것이

왜 우리가 같이 만나구 있을 때보다도

더욱더 간절해지는 게 이상하지? 보고 싶다…

옆에 같이 있었으면… 볼을 비비고, 꼭 안아 주고 싶기도 하고,

나는 참 이름같이 바보인가 봐, 그치?

당신이 떠나기 전 무척 같이 지내고도 싶었지만…

나는 그러기가 싫었다…

당신이 싫어서가 아니라… 좋아해서.

당신을 오래오래 더 간직하고 싶어서….

My Lovely Hazg!

나의 사랑스런 조랑말 며칠만 있으면

두 달이 되고 여름이 간다.

밖에는 서서히 가을이 온다. 그다음에는 겨울이…

그러며는 당신이 오고…

〈이제 다시 사랑할 수 있어요〉 노래가 나오고 있다.

노랫말이 참 그렇치?

늘 같이 있을 때 앉아 있던 내 옆자리를 보니

씨… 없다… 미워라.

전번에는 목소리 듣고 싶어 밤에 계속 전화했는데,

안 돼서 무척 약이 올랐다.

다음 다음 날 전화가 와서 조금은 나아졌지만, 그렇다…

이렇게 적다 보니 되게 편지가 궁상맞지?

나이 먹은 고물 사랑(?)이라 그런가?

고물 사랑이란 것두 있는지? 나도 모르겠다.

당신 생각이 나면 편지를 꺼내, 볼 순 없어도

당신 냄새가 확 품에 안기는 듯이 달려나와

그리곤 잠시 멍청해지곤 하지, 멍청….

30여 년 전, 사랑했던 사람이 보내온 사랑의 연서 중(국제편지)

사랑은 하나, 눈 감는 그날까지다. 이것은 내 지론이다!

사랑(Love)=깊은 상호 인격적인 애정에서 단순한 즐거움까지

아울러서 강하며 긍정적으로 경험된 감정적 정신적 상태이다.

즉, 좋아하고 소중히 여기는 마음을 말한다.(위키백과에서 생략)

인간관계의 잘못된 만남,

목적을 둔 여자에겐 지기 마련이다.

이런 말들이 있다.

목적을 위해서는 악마도 성경 구절을 읊는다고…

낙화난상지(落花難上枝)=한번 진 꽃은 다시 피어나기 어려운 뜻으로

한번 저지른 일은 다시 돌이킬 수 없음을 이르는 말.

뻔뻔하기가 인류 역사에 남을 듯….

　지금까지 살아오면서 두고두고 생각나고 잊혀지지 않는 일들이 있다. 1990년대 초반에 내 친구의 친구가 소개해서 미국 남자와 결혼을 한 친구가(사실은 내 친구의 친구) 초대를 받고, 미8군(용산 미군기지) 잔디밭에서 있었던 일이다. 그 당시 보통 평범한 사람들은 출입할 수 없는 곳을 그 친구의 특혜에 힘입어 용산기지를 갈 수 있었던 것이다. PX에서 나오는 물품을 우리에게 선물하는가 하면 과잉 식사를 대접해 준 것이다. 여기에 왜, 나의 남자친구를 함께 동반하고 갔었는지….

　그 이전에 이 친구는 나의 남친에 대한 이야기를 나로 통하여 잘 듣고 온 터였다. 나의 마음을 배려하지 않았던, 그리 가깝지 않은 친구(그 당시에는 그 친구에 대해서 전혀 몰랐다)에게 어떤 생각을 갖고 있었는지 나의 마음과 같겠지, 하고 들려준 이야기들… 돌이켜 보건대 내 인생의 두고두고 후회하는 결과를 만들게 된 원인이 나에게 있었다고 본다.

　식사를 마친 뒤 미8군의 잔디밭에서 그는 초대해 준 친구와 나를 즉석카메라(폴라로이드)로 찍어 주었다. 그는 나와 친한 친구라 생각했

고, 초대해 준 보답의 의미로 찍어 주었겠지만… 세월이 수도 없이 흘러간 지금 가끔씩 들여다본 사진 속에 있는 그 당시의 이 친구를 보며 이 친구는 내게 있어서 어떤 여자였나? 진정 내 친구였나? 내 주변을 보고 근맥을 보고 싶어하는 친구였나? 아무튼 이 친구는 잠시 화장실을 다녀온다는 명분에 자신이 갖고 있던 지갑을, 함께 앉아 있던 내가 아닌, 내 남자에게 맡기는 것이다. 처음 보는 남자에게… 물론 내 남자에 대한 이야기를 들려주었기에 자신이 생각했을 때 자기 나름대로 가깝다는 생각을 했던 것인지, 어떤 생각, 목적의 그림이 있었던 건지는 모르겠지만… 내가 느낀 그때의 감정은 이건 또 뭐지? 매우 의아스럽고 당황스러웠던 일이다. 왜, 내 남자에게 지갑을 맡기는가? 무슨 의도였는지? 친구에게도 예의는 있는 법인데… 그 친구의 그 당시의 심성으로는 어떤 목적을 가지고 있었던 것이 맞는다는 생각을 해 본다.

그 이후부터 김건모의 노래가 전국을 강타하던 즈음에 노랫말의 가사가 있었듯이 김건모의 〈잘못된 만남〉의 가슴앓이가 시작되었다. 물론 나만의 생각과 추측만 갖고 생각하기에는 너무나도 많은 세월이 흘렀다. 그 많은 세월을 그냥 스쳐지나가듯 스쳐갈 법도 했다. 자, 그렇다면 내 남자를 이 여자(친구)라는 명분 아래 내 남자와 함께 만남을 갖게 했고, 지갑을 맡기게끔 빈틈을 보였기에 그렇게 하게끔 기회를 준 내가 불찰인가? 아니면 초면에 자신이 알고 있는 내 남자친구에게 지갑을 맡긴 사람이 문제인가? 또 내 남친은 지갑을 받아서 내게 건네주면서 맡고 있으라고 해야 하는 것이 맞는 것인가? 어떤 것이 맞는 것인지? 진즉부터 그 친구에 대한 그러한 측면은 충분히 알고는 있었지만 내 순수했던 마음은 독화살을 맞고, 지금까지 치유 못하며 풀리지 않은 숙제로 남겨져 있는 것이다. 가슴의 세월이 지독히도 많이 흘러갔는데도 말이다.

사랑에 있어 가장 먼저 무너지는 것은 자존심이라 생각한다.
조선 시대의 서경덕을 떠올린다는 것은 내 욕심일까?
또한 고려 시대 공민왕과 노국 공주와의 스토리가 부러운 까닭은?
모든 것의 내 상상력이 잘못된 생각을 갖고 온 것일까?
어쨌든 길고 긴 아쉬움의 여울이다.

매년 한 번씩 오는 명절(설)은 누군가에게는 설렘이고 또, 누군가는 외로움이다. 이런 날들을 피해 이 자리에 없었던 날들도 있었는데 올해는 피해 가지 못했다. 이곳 시계탑 아래 의자에 진즉부터 와서 앉아 누구를 기다린다. 오고 가는 많은 사람들의 움직임이 내 눈에 들어오고 있다. 얼마 남지 않은 설이라 그런지 엄마 손을 잡고 나온 아이부터 청소년, 중장년, 노인까지 시계탑을 에워싸고 둥근 의자에 앉았다. 이들도 누군가를 기다리는 것이다. 이곳을 오려면 버스와 지하철로 몇 번을 바꿔 타고 와야 하는 정성을 기울여야 오는 곳이다. 백화점 쇼핑센터와 지하 식품부가 연결되어 있는 그런대로 괜찮은 장소이다.

미국에서 모든 것을 다 버리고 한국 나온 지 벌써 15년째다. 내 역마살과 방황의 삶, 미국살이를 훨훨 털고 나온 것이다. 그 지나간 날부터 이후의 긴 세월을 30여 년이 지나가는 동안 20년을 한국을 오가며 살아온 날들… 후회는 없다. 단, 곁에서 지켜보고 있어야 할 그 곁을 지키지 못해 먼 거리에서 마음만 안쓰러웠던 많은 날들… 그래서 내가 없었던 한국, 서울, 분당이 궁금했었다. 하지만 접어 두자. 오해와 편견은 버리자고 마음먹었다. 그 원인이 누구든간에 오렌지 카운티의 태평양 바다^(헌팅톤)에서 울부짖었던 내 가슴앓이를 접어 두기로 하자.

앞으로 살아갈 날이 살아온 날보다 짧으니, 내 삶을 밀쳐 내었던 그 밀쳐 냄을 내가 받아들일 것이다. 그런데 지금 보니 받아들이는 것도 기다림이다. 항상 기다림이다. 뭐든지 기다린다. 누구 말마따나 공방살이라 했던가? 엄밀히 표현하면 원래 외로울 고, 난새 란을 써서 고난살이라고도 하고… 바로 반려자가 없어서 혼자 외롭게 우는 새를 빗대어 말한다고 한다. 하지만 반대로 이 고난살이를 이겨 낼 것 같기에 나 자신의 귀추가 주목되어진다. 포레스텔라^(Forestella)가 이곳 분당 시계탑 AK PLAZA에서 노래한 〈In Un' altra Vita^(또 다른 삶에서)〉, 지난 삶을 버리고 새로운 삶에서 시작하는 삶을 받아들이며, 이 노래 가사를 몇 번씩 되뇌어 보는 시간을 가져 본다. 가치와 의미가 있는 삶을 살고 싶다. 사랑도….

'사랑은 주는 사람의 것'이라고 어느 시인이 말했다. 그렇다. 사랑은 뭐니 뭐니 해도 무엇을 기대하는 것이 아니라 무엇이든 주려고 생각하는 것이다. 시냇물이 바다에게 자신의 온몸을 내던지듯 자신의 존재마저 주는 것이 사랑의 본질이다. 그런데 거기에 대가를 바라는 사람이 있다. 물론 줌으로써 받을 수 있는 대가는 다양하지만 결코 답례는 바라서는 안 된다. 내가 무엇을 주었기 때문에 대가가 있어야 한다는 것은 사랑이 아니라 계산이므로… 생각해 보라. 자기 자신이 주지 않고는 못 견뎌서 주어 놓고, 대가를 바란다는 것은 사랑을 강매하는 행위와 다를 바가 없지 않은가? 내가 너를 사랑해서 무엇인가를 베풀 때 무엇이 돌아올까를 염두에 두지 말라. 사랑은 장사가 아니다. 그러니 내가 준 만큼 되돌려 받지 못했더라도 실망하지 마라! 손해라는 생각을 더더욱 갖지 마라!

　사랑은 받는 사람의 것이 아니라, 주는 사람의 것으로.

_이정하 시인의 산문집 중에서

일본 음악 엔카, 그리고 모국의 대학교

　예술고 시절 음악 선생님으로부터 "너는 한국 노래보다 일본 엔카가 더 잘 어울리고, 소화를 잘 시킨다. 일본에서 태어났다면 그 타고난 재능을 잘 발휘했을 텐데."라는 말씀을 하신 기억이 난다. 선생님이 말씀하신 말들은 다른 작곡가 선생님들께도 들었던 말이다. 일본의 음악, 엔카(演歌, Enka)! 메이지 시대 이후 대중음악의 하나로 일본인 특유의 감각이나 정서에 맞는 노래였다고 하니 다른 보통 평범한 사람에 비해 난, 엔카 음악을 관심 있어 했다. 그렇다고 일본을 지향하는 극우파도 아니고. 일본인이 내세우는 '와'라는 의미도 모른다. 사전을 찾아보면 의미가 상당히 많고 깊다.

　어떻든 간에 난, 그런 심도 있게 들어가는 고찰의 의미와 관계없이 다만 내가 느끼는 엔카 음악을 좋아했다는 것이다. 편곡부터 시작해서 그 선율이 한국의 트로트 음악과는 조금 색다른 데가 있었다. 그 당시만 해도 이 엔카를 조금더 공부를 하고 싶었고 우선 가사 의미부터 깊이 있게 알아야 했다. 한데 알아야 한다는 욕망은 강했지만 그 실현을 마무리 못한 내 낙천적인 성격에도 문제가 있었다. (생각과 마음만 컸던 것 같고) 앞으로 무엇을 해서 삶을 영위해 나갈 것인가는 뒷전에 두고 그저 엔카 음악과 노래가 좋아서 외국 노래의 가사 의미를 알기 위해서는 본격적으로 공부를 하고 싶었던 것이다. 나의 아집과 고집은 감히 누가 침범을 못할 정도의 쇠심줄이었으니 그 당시는 자신만만했던 젊음이 있었다.

아주 젊은 시절에는 조금은 늦은 시기였지만, 경남대학교 일어일문학과를 가기 위해 서울 종로에 있는 시사일본어학원에 등록해서 오랜 시간 공부를 하기도 했다. 이것은 내 자신의 몫이기도 했고, 내 혼자 힘으로 해 나가야 하는 일이었으므로, 일문학을 전공하게 되면 내가 좋아하고 알고 싶은 엔카는 어느 정도 섭렵하겠다는 단순하고 얄팍한 비현실적인 내 의도였다. 그 옛날 20대 때에는 엔카의 본고장인 일본의 무대도 경험이 적지 않았지만 뭔가 석연치 않은 부분이 남아 있었던 것 만큼은 분명했고, 노래를 확실하게 하려면 그 나라의 언어와 문화를 아는 것이 중요하다고 말씀하신 선생님도 계셨다.

하지만 그러함에도 불구하고 내가 가고 싶었던 그 당시 마산에 있는 경남대학교 하고는 인연이 멀었던 탓인지 시사일본어학원의 강사 선생님과 의논한 결과 이상하게도 안동과 인연을 맺게 되었고, 결국은 안동과학대학(Andong Science College) 일본어과에서 장학생으로 공부하게 되었다. 미국에서 살 때는 오렌지 카운티(Orang County) 사이프레스 칼리지(Cyplus College)에 다니다 만 일도 있었다. 그렇게 젊디젊은 나이가 아니었음에도 불구하고 그 당시에는 살아가기 위해 미래를 대비한다는 생각 이전에 이때도 일본 엔카 음악을 하려면 열심히 일본어 공부를 해야 되겠다는 무슨 목적도 개념도 없었던 철없던 학생이었다.

한국의 트로트보다는 묘한 마력을 풍기는 엔카풍의 노래를 무척이나 좋아했던 것이다. 학교에서도 내 위의 학년들보다 그 당시 일본어

과 장학생으로 입학을 한 내게 교수님들도 많은 관심을 주셨고 일본인 교수님과도 대화를 할 수 있는 기회가 많았는데 이때 도무지 이해가 가지 않는 일본 엔카의 가사 의미 '간지(かんじ)' 등 집중적으로 여쭈어보니 본인도 그 의미를 모르겠다는 것이었고, 같은 글자라도 한 글자에서 그 내용에 따라 의미가 달라진다는 것이다. 일본인도 모르는 어려운 엔카 가사를 공부한다는 것이 생각보다 어려운 문제가 되고, 많은 고민이 따라왔다. 주위에서는 이것저것 따지면서 무슨 공부를 왜 하느냐? 거의 부정적인 뒷담화를 하기 일쑤였다. 하지만 나는 강력히 고수했다. 물론 미래를 위해 꼭 쓰임이 될 수 있으리라는 확신은 있었지만 사실 내게는 목표를 세워 놓고도 그 실행하는 것을 곧잘 잊어버릴 때가 많은 때였다.

젊은 시절에는 기본 베이스가 정서 불안인 상태에서 어떤 일에도 집중할 수 있는 여건이 주어지지 않았다. 그렇다고 아주 어린 시절의 환경 즉 경제 사정이 어려웠다고는 할 수 없고, 나의 엄마 되시는 분은 다른 엄마들보다는, 교육열이 약했던 전혀 마음의 합의가 일치가 안되었던 정서 불안의 환경이었으니 말이다. 공연예술 한다고 뛰어다닌 시간이 어찌 보면 조금은 아까운 시간이었다. 안동에서 공부하며 그때는 조금은 젊은 시절이었기에 향학열이 불타던 시절이었다. 또한 그 시기에는 일본과의 관계도 그리 모나지 않은 시기였기에 나름 열심히 공부했던 시기였다. 관광산업에도 기여할 수 있는 괜찮은 직업인이 될 수 있었다. 뚜렷한 목적은 있었으나 실현되지 않았던 것, 사실은 엔카 음악을 마음에서 과감하게 버렸기 때문이다.

세월이 많이 흐른 뒤 미국에서 북카페(Book Cafe)를 운영할 때 일본어로 비즈니스를 할 정도였으니 나름 결과는 그리 크진 않았지만 긍정적으로 볼 수 있었다. 그 당시 안동에 대해서 애써 추억을 하나 떠올려 본다면 안동과학대학 재학 때, 예술고 베스트 친구였던 지금은 중견 탤런트로 이름을 알렸던 탤런트 친구가 와서 다른 과 교수님들과 합석해서 식사를 함께한 기억밖에는 어떤 커다란 기억이 나지 않는다. 안동에서 대학을 다니면서 안동을 조금씩 알아 가게 되었을 때 안동에 있는 국립안동대학교(Aandong National University)에 대한 이야기는 동료 학생들이나 주변 사람들에게 들은 바는 있다.

국립안동대학교는 그 당시에는 향학열에 불타고 있던 나였기에 이 학교를 은근히 동경하고 있었고, 솔직히 부러워했다. 하지만 그 시기에는 내가 처해 있는 조건만이라도 감사히 생각하고 열심히 공부를 하고 있음에도 국립안동대학교에 관심을 갖고 있었던 이유는? 솔직히 4년제 대학에서 공부하고 싶은 마음을 억누르고 있었던 것은 사실이다. 그때에도 공부하는 시기가 많이 늦었음에도 말이다.

하지만 난 안동이 좋았고, 사람들이 좋았고, 꼭 이 대학에 진학해서 언젠가는 공부를 해야겠다는 생각을 가슴 깊이 새겨 둔 시기가 바로 이 시기가 아닌가 싶다.

왜 안동이었을까? 그건 내 마음이다. 2년의 세월, 미국 영주권자임에도 여름방학과 겨울방학 때 미국을 들어갔다 나오고 결국은 안동과학대학을 2001년 9월 미국의 911테러 사건이 나던 이듬해 졸업을 했다.

젊은 나이에 저세상으로 떠나신 우리 오빠

이야기를 잠깐 바꾸어서, 먼저 아주 젊은 나이에 저세상으로 떠나가신 우리 오빠 이야기를 안 할 수 없다. 내게는 오빠가 계시지만 또 한 분의 오빠가 계셨다. 돌아가신 지는 아주 오래되셨고 1948년생이시니 스물두 살 때인가 돌아가셨으니 내 기억에 잊혀질 법한 오빠이신데 교복 입은 모습부터 살아생전 기억이 많이 남아 있다. 더군다나 내 어린 나이에 오빠의 마지막 숨을 거두는 모습까지 본 사람이니 어찌 쉽게 잊을 수 있을까? 지금도 오빠 생각을 하면 가슴이 메어 오는 것을 어찌할 수가 없다. 많은 사연과 슬픈 가족사 속에서 부모 대신 역할을 해 주셨던 오빠의 이야기는 다음 기회에 적나라하게 쓰기로 기약을 하고, 잠깐의 이야기만 피력하고 싶다.

오빠는 내 어릴 적 내 머리에서, 유일하게 기억해 낼 수 있는 분이다. 오빠는 수원 수성고등학교를 다니셨는데 공부도 잘 하셨고, 요즘 말하는 범생이 학생이었다고 한다. 후에 오빠 친구들을 통해서 들은 이야기다. 오빠가 돌아가신 후에도 가끔씩 찾아오고 하셨던 오빠 친구들이 많이 계셨다. 아마도 어쩌면, 내가 늦은 나이임에도 공부를 해야겠다는 그 열정은 아무래도 내 어린 시절 내 아버지도 내 엄마도 아닌, 오빠가 돌아가시기 전까지 내게 귀가 닳도록 해 주었던 향학열에 대한 말을 수도 없이 들었던 터였다. 또한 어린 시절 나의 장점인 재능을 빨리 알아봐 주고, 관심 주었던 나의 오빠! 내 어린 손을 잡고 영등포 어딘가에 있다는 한동훈이라는 작곡가 선생님 사무실을 데리고 다녀 주시며 내 앞길과 내 재능을 봐주었고, 기차를 타고 영등포를 갈 때면 군밤과 호떡을 기차 안에서 먹여 가면서, 그렇게 나를 데리고 다녔던 기억이다.

그 누구도 정말 아무도 신경써 주지 않았고, 관심 없었던 내 예술적인 재능을 발견해 주셨던 오빠! 본인 나이도 그리 많지 않은 젊은 나이임에도 불구하고 다른 가정의 정신적 가장인 셈이었다. 게다가 설상가상으로 나는 호적까지도 늘어 있었다. 그것도 중학교 때 알았으니… 의문스러웠던 어린 시절의 우울한 내 가족사였다. 또 내 어린 시절의 초등학교와 중학교 때까지도 나의 공부는 늘 우등권에 속해 있었고, 특히 음악은 최고였다. 어쩌다 가뭄에 콩 나듯 엄마가 아닌 아버지가 국민학교를 방문해서 담임 선생님을 뵙고 가실 때의 아버지는 내게 칭찬도 가끔 해 주시곤 했다.

그리곤 어느 날에 보면 아버지는 어디론가 떠나 버리시고 오빠와 나 둘, 엄마도 가끔 보는 그런 날들… 오빠가 돌아가시기 전까지 마지막 유서처럼 말로써 어린 나를 붙잡고 수차례 훈계처럼 남겨 놓았던 말, 오빠 나이 20대 초, 자신이 스스로 저 먼 세상을 젊디젊은 나이에 자신을 자학하다 선택한 죽음, 내게 늘 남긴 말은 "공부해라!"였다.

오빠가 가시고 그 수많은 세월이 흐른 지금에도 내 머리와 내 가슴 속에 바뀌지 않은 것이 있다. 그날도 내게 마지막이 되었던 말이 "인간은 죽는 날까지 공부해야 한다."는 것이었다. 이러한 오빠의 말들이 어쩌면 내 가슴에 잠재되어 있었는지도 모른다. 이런 이야기를 왜 내게 해 주어야만 했는지 오빠의 생각과 마음이 어떤 의미였는지도 모른 채 어른이 된 후, 그것도 세월이 한참 지난 뒤 오빠의 말뜻을 이해하기 시작했다. 참으로 긴 세월이었다. 오빠가 왜 자신의 머리를 방벽에 수없이 짖져 댔는지를⋯ 뭇사람들이 들으면 무슨 말뜻인지 이해하기가 어려울 것 같은 그런 의미가 있었다.

만학도의 고난의 길을 열정으로 달리다

-국립안동대학교 사학과 입학

　젊은 날을 외국에서 방황 아닌 고행을 하다가 한국에 돌아오면서 다시 시작된 음악 세계, 또 그만큼의 공연예술계는 바뀌어 있었고, 설상가상으로 목에 이상이 생기면서 의사의 권유로 공기 좋은 동해로 내려오게 되었다. 젊은 시절 그만큼의 활동은 목이 많이 참아 주었을 것이다. 하긴 어린 시절부터 기관지가 워낙 약했던 나였으니… 또한 젊은 시절 미국에서 북카페(Book Cafe)를 운영했듯이 이곳 동해에서도 힘들고 외로운 일들을 해 나갔다. 북카페 고행의 연속이었다.

　5년 동안의 북카페를 운영하고 있을 무렵, 마침 코로나가 전 세계를 휘어잡는 날들이 시작되었다. 시간이 한가하고 나만의 시간이 주어졌을 때, 아주 오래전 돌아가신 오빠가 늘 말씀해 주었던 "공부해라!" 그 말이 생각났고, 가슴에서 꺼내 보았다. 어차피 이 시기에는 코로나로 인해 내가 운영하는 비즈니스는 계속 마이너스가 될 테니까… 많은 생각과 고민 끝에 내 가슴에 늘 잠재해 있던 국립안동대학교를 생각해 냈다. 하지만 많은 생각과 결의를 다져 보았지만 젊은 친구들과 함께 공부한다는 것이 결코 쉬운 일은 아닐 터. 보통의 다짐으로는 어려운 결정이었다. 결코 내 머리는 때가 많이 묻어 있어서 그 묻어 있던 때를 빼내야만 했다. 몇십 년의 공백 기간과 미국 생활이 결코 발전된 삶은 만들지는 못했지만, 단 나의 단점인 인생의 '셈(계산)'만 약하지 않았더라면 결코 미국 생활은 여자 혼자 살아가는 도전을 충분히 감지하고 산 나의 삶이었다. 자본주의에 익숙한 세상과 보통의 욕심 부리지 않고 살아가는 삶! 또, 욕심부리지 않고 살아온 나의 삶! 그 가운데 얻은 것보다 잃은 것이 훨씬 많았지만 그래도 살아온 나날이, 생각과 마음의 시야는 폭넓게 살아온 삶이었다.

다시 돌아온 한국에서 음악적인 세계관도 달라지고 목까지 안 좋아 북카페를 운영하면서 코로나의 계기로 뒤늦게 공부하려고 준비한 나의 생각을 부정적으로만 생각하는 사람들이 있었다. 자신들의 편견의 잣대로 생각하면서 흔히 말하는 나이에 맞게 생활을 경제적으로 영위해 나가기도 바쁜데 뒤늦게 공부한다는 일들이 "틀렸다!"고 평가하면서 부정적인 생각으로 뒷담화를 하는 사람들도 있었고, 또한 반대로 "이왕 마음먹었으면 집중력을 갖고 시작해 보라!"고 격려의 말들을 해 주시는 분들도 있었다.

'틀렸다'와 '다르다'는 엄연히 다른 주제다. 뒤에서 담론을 하는 그들은 자신들과 같이 보통의 흔히들 삶을 영위해 나가는 길은 가지 않고, 그 나이에 뒤늦게 뭘 하려고 공부를 하느냐는 부정적인 말들… 하지만 내 생각은 달랐다. 더욱이 자기 만족하려는 것은 더욱 아니었다. 자신의 만족을 하기에는 고행의 길이다. 가치와 의미가 중요하다고 생각하기 때문이다. '틀렸다'고만 하는 그들과 나는 어린 시절부터 환경이 현저히 달랐고, 만화 같은 가족사를 가지고 있었던 집안이었다.

다음번에 글을 다시 쓰게 된다면 분명 그 판도라의 상자를 과감하게 용기를 내서 열어 낼 생각이다. 그때 가서 이해가 되실런지는 각자의 판단에 맡기기로 하고, '다르다'를 다시 한 번 이야기한다면 미국 들어가기 전까지 공연예술 계통에서 일했던 사람이 미국에서 살면서 북카페도 운영해 봤고, 많은 공백 끝에 20여 년 만에 한국 나와서 도 전해 봤던 공연예술은 목에 이상이 오면서 노래를 다 내려놓고 살았던 내 가슴 안에, 늘 잠재해 있었던 공부를 더 늦기 전에 해야겠다는 생각을 결정짓고, 공연예술과는 정반대인 인문학을, 그것도 인문학에서 가장 어렵다는 사학(역사)을 선택했던 것이다.

남들이 선택하기 어렵고, 뒤늦게 공부하겠다는 생각과 결정을 했다는 것이 '틀렸다'가 아니라 나는 '다르다'라고 말해 주고 싶었다. 물론 걱정과 관심을 주시는 분들의 마음을 내 모르는 바는 아니나 감사하고 또 감사하지만 그분들이 내 인생을 살아 줄 수는 없는 일이다. 마지막으로 2020년 3월 미국을 다녀올쯤 미국에서 뉴스를 볼 때 간혹 코로나(Covid) 한국은, 중국에서부터 시작되어 온다는 뉴스를 접하고는 빨리 한국으로 돌아올 생각을 했다. 한국에 내가 운영하는 북카페는 코로나로 인해 거의 문을 닫아 놓고 고민에 빠져 있었다. 위기가 전환점이 된다고 했던가?

결국 본격적으로 시작되는 코로나! 이로부터 한국의 2000년 11월부터 국립안동대학교 편입을 준비했고, 다행히 영광스러운 합격의 기쁨을 갖고 아예 안동의 원룸으로 옮겼다. 카페는 당분간 선배 언니에게 맡겨 놓은 채로… 그 후 힘들었던 사학의 길을 열심히 좌충우돌 부딪치며 2021년부터 만학도의 고난의 길을 열정을 가지고 달렸다.

하늘이 푸르른 날은 그리운 사람을 그리워하라는 말이 있듯이 안동의 높고 푸른 하늘, 공기 또한 좋은 곳! 학교에서 가끔씩 바라보는 하늘은 구름까지 나를 내려다보는 듯하다. 서울에서 볼 수 없었고, 동해에서도 별로 볼 수 없었던 빛나는 별을 간간히 볼 수 있는 곳! 어느 날 수업이 늦게 마칠 때는 캠퍼스 불빛을 바라보며 어둑어둑한 길을 천천히 걸어올 때가 있었다. 밤하늘의 별들이 오늘은 몇 개가 떠 있을까? 하나둘씩 세어 보면서….

또한 아침 수업이 일찍 있을 때는 캠퍼스 안쪽으로 들어가는 높은 계단을 올라가서 학생회관 앞을 지나 인문대 예술대학까지 걷는 시간은 나의 유일한 운동 시간이고, 가끔씩은 수업 내용을 기억해 가면서 또 가끔씩 쓸데없는 생각과 상념에 젖어서 걸어가곤 했다. 또, 어떤 때는 공대 쪽에서 출발해서 도서관을 들를 때도 있었고, 학교 서점을 들를 때도 있었다. 제법 걸리는 시간을 걷는 운동까지 하면서 체력이 있어야 공부도 할 수 있는 법….

가을이면 인문예술대학교 입구 넓은 도로 옆에는 오묘한 빛깔들의 낙엽들이 떼지어 춤추고, 바람이라도 심히 부는 날에는 도로 옆에 가지런히 서 있는 우아한 은행나무 잎새의 축제의 향연이 벌어지기도 한다. 가을을 느끼는 시각의 즐거움을 주기에는 충분하다. 이 나이에 낭만을 느낀다기보다는 또 가을이 지나 겨울이 가고 나면, 또 한 살의 나이가 익어 가겠지. 붙잡지 않아도 인정사정 볼 것 없이 자신의 갈 길을 변함없이 가고 있는 세월과 시간이 미울 때가 있었다. 거울을 보고 있자면 내 왕방울 만한 눈이 단추 구멍 눈으로 가고 있는 모습을 볼 때 심히 허탈감을 느끼는 것은 어쩔 수 없다.

늦은 나이에 다시 시작한 공부, 우리 모교를 옛날부터 사랑한 탓에 모교에 관한 자랑도 하고 싶은데… 간단하게나마 자랑을 하고 싶다. 학교 내에는 안동대학교 박물관과 경북에서는 내놓을 만한 최고의 도서량을 자랑하는 도서관이 있는데 학생들의 학업 욕구를 충족시키기엔 충분하다. 또한 최신식으로 지어 놓은 기숙사와 체육관 등 자랑할 만한 요소가 많이 있다. 특히 내세울 수 있을 정도의 자부심을 갖고 있는 유일하고 특이한 서원이 국립안동대학교 캠퍼스 안에 들어서 있다. 서울에 성균관이 있다면 안동대에는 고려 후기 학자였던 역동 우탁 선생의 학문과 덕행을 추모하기 위해 퇴계 이황 선생이 의견을 내서 안동 지역에서 최초로 만든 서원을 안동의 예안에서 그대로 모셔서 그야말로 그 몇백 년 전 유생들의 요람을 직접 느낄 수 있는 장소가 된 역동서원! 그 유명한 서원이 공대에서 오른쪽에 자리잡고 있고, 또한 인문학 학도들의 공부와 쉼터가 되고 매년마다 다양한 행사를 하곤 하는데 그렇기에 이런 유서 깊은 안동대학교를 다니면서 간접적으로나마 역사의 현장을 눈으로 볼 수 있는 나의 후배들은 참으로 축복이 아닐 수 없다.

뒤 안 돌아보고 앞만 보며 열정을 불태웠던 학부가 끝나고 드디어 졸업식 날짜가 잡혔단다. 그동안의 코로나 때문에 졸업식을 생략했던 선배들은 참 많은 손해를 봤을 것 같다. 그 영광스런 날을 그냥 비껴갔으니 말이다. 졸업식 참석할 날을 기다리고 있었던 즈음, 지나간 일들이 주마등처럼 지나가며 갑자기 감개무량한 생각이 든다. 어떻게 이 감정을 표현해야 하나? 자상하고 논리정연하게 강의해 주셨던 사학과 교수님들께 감사를 드리지 않을 수 없다. 늘 감사한 마음을 가슴 한편에 두고 있었고, 뒤늦게 공부하는 시니어 학생을 아무래도 배려해 주셨고 가상히 생각해 주셨던 것 같았다. 그런데 더 놀라운 일은, 이 웬일이란 말이냐? 학교에서 연락이 왔다.

"총장님 상을 받게 되셨습니다!" 나는 다시 한 번 문자를 확인하고 또 통화도 했다. '총장상'이 분명했다. 아! 감동이 밀려왔다. 내 인생 60 반 이상 살면서, 늦었지만 열심히 열정을 불태운 향학열의 보람이 있었구나! 이것은 분명 교수님들과 또한 늦게 공부했던 나의 열정, 노고에 반비례하는 상대평가도 있었을 터이다. 참으로 힘들게 선택했고, 열정을 가지고 공부했던, 내 열의의 결과가 '총장상'까지 받게 된 것은 내 인생의 커다란 가치와 의미로 기억된다. 또한 안동 MBC TV에서 인터뷰까지 하러 오신단다. 아이구, 어쩌나? 만학도의 권리를 충분히 받게 해 주신 것 같아서 감사하기도 하고… 아무튼 세상에는 감사해야 할 일이 많다.

사학이라는 어려운 인문학 공부를 선택해서 만학도의 길로 접어들면서 기본 배경지식이 젊은 학생들보다 많이 약했고 보충해야 할 문제들이 많았고, 어려운 난관이 항상 앞을 가로막고 있었지만 힘들더라도 극복하고 앞만 보고 전진하는 거야. 즉, 마음으로 다짐했던 내 인생을 마지막으로 뒤돌아봤을 때 후회하지 않는 일을 선택한 것에 대한 보람과 가치, 의미인 셈이 된 것이다. 이 모든 것을 하나님, 또한 이러한 열정을 채찍질해 주셨던 국립안동대학교 사학과 교수님들과, 함께 공부했던 학우들께도 감사한 마음뿐이다.

또 잊혀지지 않는 일들 속에서, 글을 안 쓸 수가 없는 오롯이 느껴지는 감동이 있다. 존중해 마지 않는 교수님께서 시니어 학생 늦게까지 고생했다고 생각해 주셔서인지 개인적 사정으로 졸업식 참석을 못하게 되어서 대신 축하의 말씀을 전화로 해 주셨던 교수님께 감사의 말씀을 드리고 싶다. 사람은 작은 것에서 감사를 느낄 줄 아는 감성을 지녀야 된다는 것도 내 지론이다. 또한, 앞으로 살아온 날보다 살아갈 날들이 더 짧은 이 시점에서 모자람이 많은 내 곁에서 늘 변함없이 지켜봐 주었던 '숭늉'에게도, 진정 고맙다는 말을 전해 주고 싶다.

또 내 주변에서 간접적인 채찍질을 해 주셨고, 인간적으로 공덕과 보시를 마다하지 않으신 해월 스님, 안동 권사님들, 미국 생활의 나의 멘토셨고, 고려대학교 덴버 동문회장님이셨던 이성해 회장님, 삶의 도전 무에서 유를 만든 김동식 사장, 미국 오렌지 카운티와 덴버의 권사님들, 오랫동안 잠재해 놓은 나의 노래에 대한 정체성을 일깨워 준 LA 장조카 되시는 김영균 선생, 항상 건강을 우선 생각하고 공부하라고 시어머니처럼 잔소리 반소리해 주었던 LA의 내 친구 현순, 영남 아찌와 더불어 쎄시봉의 오래된 리더자 이근이님, KBS 관현악단 출신인 김경범님, 신광식님, 또한 지성현 감독과 덕취원 이서홍 사장, 시나리오 작가인 류전귀, 주변의 내게 관심 주셨던 지인 되시는 여러분들, 한국의 선배님들과 후배, 전 강원대학교 김정국 교수님, 또한 변함없이 관심 주셨던 동해의 조행일 장로님, 장태영 목사님, 추억을 되새김하게끔 멋진 사진을 찍어 주셨던 민석기 동해 예총 사진작가협회 회장님, 동해에 처음 와서 정착했을 때 공연예술을 소상하게 안내해 주었던 동해문화원 조연섭 국장님, 전 동해시청 문화예술회관 공연 담당자셨고 동해향교 교장이셨던 최성규님, 전 유명한 감독 홍파 감독님의 동생 되시는 소설가 홍구보 선생님께도 감사의 마음을 전해 드리고 싶고, 양순 언니, 그리고 해외 일과 소외된 사람들을 위해 일하시는 이범주 선교사님, 늘 내 노래에 관심 주셨던 송민석 대표님, 또 동해의 친구들, 태도치과 원장님과 탁구동호회 관장님, 정숙이 언니, 복음의 말씀을 쉴 새 없이 전하려 했던 교인분들, 그리고 이 책이 나오기까지 애써 주신 연인M&B 식구들과 신현운 대표께도 고맙다는 말씀을 전해 드리며, 지금까지 내 삶에 함께해 주신 모든 분들께 다시 한 번 감사드린다.

2023년 2월 17일, 음대의 잔잔한 음악의 선율이 흐르고 있는 솔뫼회관에서 저마다 검은 가운을 걸치고 학사모를 쓰고 학위 전달식이 진행되었고, 코로나를 벗어난 졸업식은 활기가 있어 보였다. 그런데 이런 영광스런 졸업식 날 기쁜 건지 슬픈 건지 분간을 못할 묘한 감정 속에 내 마음 깊은 곳에 잠재해 있었던 오빠를 생각해 냈다. 젊은 나이에 일찍 먼 세상으로 떠나간 내 부모 같았던 오빠를 생각하고, 나의 향학열을 복돋아 주었던 나의 어린 시절 멘토였던 오빠를 생각하며, 가슴 터지도록 가슴이 메이도록 울고 또 울었다… 다음 날 사람의 눈이 이렇게도 부을 수 있는 거구나! 놀랄 정도로 눈 주위는 호빵이 부풀어 있는 것처럼 둥글게 부어 있었다.

그리고 다시 새로운 도전을 시작했다. 안동대학교를 사랑했고, 사학과 교수님들을 사랑했고, 계속 향학열에 불타는 연장으로 대학원에 진학했다. 다시 존경하는 교수님들과 지도교수님을 모시고 전문적인 역사 공부를 하기 위해 도전을 한 것이다. 일반대학원 사학과 한국현대사다. 어쨌거나 소크라테스의 제자인 플라톤 어록도 잘 알고 있지만, 아마도 삼국지의 여자 장비라도 되어야만 할 것 같다. 머리 팽팽 잘 돌아가는 젊은이들과 함께 공부한다는 것은 끈기, 인내, 의지 거기에 더해 체력이 관건이다. 하지만 한 해 한 해 조금씩 변화가 오는 체력이 걱정은 되지만, 새로운 사학의 길로 들어선 내가, 건강만 허락해 준다면 더할 나위 없고, 끝까지 도전해 볼 생각이다.

이제 슬슬 내 이야기는 마무리해야 할 것 같은데, 문득 생각난 이야기 중에 총장님이 하신 말씀이 생각났다. "이 상은 아무나 받으실 수 있는 상은 아닙니다. 그동안 고생하셨습니다."라고 하셨던 말씀이 떠오른다. '그래, 김은조! 열심히 했어!' 내가 내 스스로 위로와 칭찬을 건네 본다.

사실은 길게 써 내려야 할 나의 판도라 상자는 천상 다음 기회에 펼쳐 보여 드릴 생각이고, 좌충우돌하면서 젊은 시절 이야기를 공연예술부터 한국과 일본, 또한 미국과 한국을 오가며 향학열과 함께 살았던 나의 삶, 그리고 서울과 동해를 오가며 내가 사랑하고 선택한 국립안동대학교 늦깎이 학생으로 학교 근처의 원룸에서 공부하며 마지막 열정을 불태웠던 나, 오늘의 내가 있게 지도해 주신 국립안동대학교 사학과 교수님, 그리고 대학원 교수님들께 다시 한 번 감사의 말씀을 드린다.

이제 남은 인생 위기지학(爲己之學)에 충실하고 사회에 봉사하며 사는 삶, 또한 과거지향적인 것이 아닌, 내 스스로 삽과 괭이로만 일관해 왔을 법한 나의 슬픈 가족사를 불도저로 끝까지 밀고 온 나의 삶, 비극적인 것을 느끼지 않고 살려고 노력했다. 다음 기회에 다시 글을 쓰게 되어서 여러분들이 읽어 보시게 된다면 그때는 충분히 이해가 되시리라….

안동에서 4월.

나는 글을 전문적으로 쓰는 사람도 아니고 작가도 아니다. 그저 내가 살아온 세상살이, 미국 이민 생활에서의 굵고 작고 소소한 그런 이야기들을 쓰고 싶었다.

내가 젊은 시절부터 해 왔던 공연예술계 한국과 일본, 그리고 미국으로 이민, 음악을 내려놓고 긴 공백을 거치며 북카페를 운영하면서 거의 노래를 포기하고 있을 즈음 집안의 장조카님을 통해서 다시 우여곡절 속에 미국 LA 윌셔 에벨(Wilshire Ebell)극장에서 신곡 발표회를 갖고, 한국에 나와 새롭게 시작하려던 나의 음악은 복병(목에 이상이 생김)이 기다렸고, 목의 요양을 위해 다 포기한 채 바다가 있는 곳(동해시)을 찾았다. 그곳에 와서도 북카페를 운영했다.

또한, 한번도 글쓰는 법을 배워 본 적이 없었던 나는 서양사 개설을 담당했던 교수님께서 주어진 과제가 '자문화 기술지'였는데 그 내용 속에서 다른 사람들과는 조금 다른 듯한 인생사를 발견해 내신 듯싶다. "계속 쓰세요."라고 용기를 주셨던 말씀과, 학부 때 엄청나게 과제를 내주셨던 교수님들 덕분에 글쓰는 방법을 조금은 터득한 셈이다. 그리고 중요한 것은 가치와 의미가 없다고 생각하는 일들은 쓰기 싫었다. 글자 그대로 의미와 가치가 없으니….

2023년 봄, 김은조

▌걸어온 길

안양영화예술고, 국립안동대학교 사학과, 국립안동대학교 대학원
사학과 한국현대사, 미국 덴버 북카페(Book Café) 운영, 한국 동해시 북
카페(Book Café) 운영.

〈당신이 좋아서〉, 〈당신 생각〉, 〈쌍쌍 블루스〉, 〈연인아〉, 〈여자는
그래요〉, 〈어찌합니까〉, 〈깊은 정〉, 〈남자란〉 외 제법 곡은 많이 있다.
하나, 방송을 많이 안 한 탓으로 그리 알려진 곡은 별로 없다. 일본어
번역곡으로 일본에서 많이 부른 노래가 대다수이다. 하지만 나름 경
력은 있는 가수였던 것 만큼은 부인할 수 없는 일, 일류 가수가 설 수
없었던 무대를 섭렵했다. 하니, 커리어가 만만치 않음은 틀림없다. 일
본의 명언에 의하면 '노래는 명분보다는 실리를 택한다.'는 말이 있다.
그러기에는 노래는 만화영화 주제가가 조금 남은 것 같다.

1974년 TBC TV 〈당신을 스타〉 출연, 1975년 KBS TV 〈젊음의 광
장〉(안양영화예술고) 출연(김보연·김은조), SBS 만화영화 주제가 〈축구왕
슛돌이〉, 〈슈퍼헤로인 밍키〉, 〈슛을 날리자〉 그 외 만화영화 주제
가 코러스 하모니, 대전엑스포 주제가 〈꿈돌이(봉봉봉)〉, 부곡하와이
grand show stage 공연, KBS 〈가로수를 누비며〉 guest, TBS 교통방

송 guest, KBS 전국노래자랑 설날특집 장충체육관 guest, 아세아레코드사 〈여자는 그래요〉, 〈라스트 부르스〉, 아, 잠깐만 일본어 버전 발매 일본 도시바레코드사, KKinKKi entertainment: Osaka go sannenkingai 공연, 재일본 민단 한인회 Fuki Prefectectur Tsuruga 공연, Japan otsu prince stage 공연.

미국 이민, 약 20여 년의 공백을 마치고, LA 윌셔 에벨극장(wilshire Ebell Theatre the Ebell of Los Angeles U.S.A) 공연, 대한민국 서울 Inet 전국가요대행진 출연, 서울시 강남구 간호사를 위한 강남구민회관 공연, 여의도 증권회관 자선음악회 공연, 제42차 마산 극동방송 글로리아 가스펠밴드(Gloria Gospel BAND) 공연, 제40차 창원 창신대학교 채플연주 guest, 제41차 창신대학교 guest, GTI 국제무역투자박람회 공연, 강원대학교 개교 80주년 공연, 평창올림픽 성공기원 7080(삼척 MBC) 공연, 서울재즈오케스트라(망상해변) 공연, 동해향교(선비음악회) guest, 삼척시 동해 오카리나연주협회 코로나 극복을 위한 공연.

음악(노래)은 자랑하려고 하는 것이 아닌 그저 내 정체성을 꺼내 보면서 내 스스로 행복을 느끼고, 살아 있다는 것에 감사를 느끼고자 하는 내 마인드가 아니었던가? 하는 생각이다. 왜냐하면 난, 벌써 죽었어야 하는 삶이었기에 너무 자학하고 있는 답이 아닐런지는 모르겠으나… 예술고등학교 때, 젊은 시절 그 누구의 관심 없이 시작했던 나의 예술은 그렇다고 일류 가수도 아니요, 그저 어찌 보면 이류 가수? 반이라고도 볼 수 있겠지만 삼류 가수가 아닌 것에 지금 살아 숨쉬고 있는 것에 감사하고 산다.

글을 쓰다 보니 정작 판도라의 상자는 꺼내지 못했다. 분량이 너무 많아서 다음 기회에 꺼내기를 다시 한 번 자신과의 약속을 한다. 용기를 갖고… 한번 과감하게 꺼내 보리라고….

걸어온 길

예고 시절

01/02 학원 잡지 화보 모델
03/04 소설주니어 화보 모델
05 예고 3학년
06 경기도 순회공연(고2)
07 6.25 제26주년 시민 위한 군악연주회(고3)

20대 활동사진

01 선데이서울(25세)
02 신인스타 표지사진(세광출판사, 25세)
03 공수부대 장병 위문공연(26세)
04/05/06 연예인총출동체육대회(26세)
07 육상 100미터 동메달(26세)

일본 무대

01 일본 연금회관 공연 포스터
02~05 일본 연금회관 공연(20대 후반)

일본 무대

06 카세트테이프 앨범사진(30대 초반)
07 일본 예능 잡지 표지사진(30대 초반)
08 오사카성에서(30대 초반)
09 오사카시립박물관(30대 초반)

전국노래자랑

01 제18회 어버이날 공연(1990)
02 정남국민학교 개교기념 공연(1990)
03 대기석에서
04 설날특집 전국노래자랑 공연
05 공연 후 신라호텔 앞

부곡하와이 전속 활동

01 멕시코무용단원들과 함께
02~05 출연 대기 중
06 멕시코무용단장과 함께
07 하와이무용단원들과 함께

미동부 동생네(필라델피아)

01/02 조카 유정이와 함께
03 동생네 아파트 전경
04/05 마트에서
06 멕시칸 푸드트럭 앞에서

LA 할리우드

01 캐리비안의 해적 모델과
02/03 할리우드 시내에서

덴버
01 산타나 기증 기타
02 레드락 앞에서

하와이
01 하와이에서 맺은 인연들(큰오빠, 큰언니)
02 하와이에서 맺은 인연들(친구분들)

하와이

01/02 하와이에서
03 하와이에서 맺은 인연들(친구분들
04 하와이에서 맺은 인연들(큰언니와

커버스토리 / 'Books Cafe' 김은조씨

북
스
카
페

"왕년의 가수··· 이젠 책방지기"

얼굴을 드는 그녀의 얼굴
은 고혹하면서도 순한 원순에 웃
어도 거웠었다.

"거게 오른 손처럼 하느냐
이럴 게일 안느냐는 손이 오
생에 벤치 운 시원해졌 되어 버
렸다"고 술선함게 말했다. 그
의 얼굴은 웃고 있었다. 순한
미소. 그녀가 국업을 겪는
때를 고소관히 벌떠보고 있는
상태이어져도 천분한 웃음이 벤
애였어져도 전에 받는데 그의 손으로
직접 떠넘쳤다.

지난 2월 7일 오픈한 '북스카페'를 냈 던 어느 그
하느냐도 벤치를 앤 구락이 닭지 없던 꼭꼭 같은, 책과
을, 그리고 음악이 있는 것이었다.

소설과 비소설을 비롯해 성인이용 도서와 콤과 동
을 별처음 수 있 2천여 개의 서고와, 영화 DVD와
음악 CD를 대여할 수 있는 이곳의 거게 단
한 곳. 각고가 거게 단
동을 구입한다는 재미도 쫓쫓했다. 물론 이곳에 드는

올근히 있어도 그 지않에서 '방'을 쓸 수 있다.

하지만 부너께서 아무 만들 보는 가장 큰 즐거움은
이용의 주인 김은조씨가 가 '밴용 버스'를 던너는
것이다. 거게 언제 끝인 드고 단한 바다에서 앤 새것
밝아는 것만큼, 김보관 등 한국 유명 언예인의 권입
서포과 사진을 보면 그가 누구인지 단박 알아챌 수 있
다. 김씨는 바로 80년도 소앨바대 천반하던 혼원한
활발을 좋들었던 가수 출신이었다.

대편 벤스로 주책가장 '믿들어'를 비롯해 김국하
와 함께 역운 '앙물이' 등 산림원 앤 주째아여서내가
핵스뮤런기도 사용하는 굿노핵을 활발기계다. 인기, 후결
밴', '여자는 그래요'같은 많은 이노꼬러 그게 이렇
좋은 살았 또, 감바는 이제의 일본에서 활약하며 가수
밴수와 관습까래 냅거지도 했다.

"북스 카페를 열며 가수로 활발을 알던 지 오
래인 김은씨의 혼발가소리가 밴습는 것도 사실이 본
이름 어느 소모를 띠게 가슴이 아니 책 무엇으로나도 채
실을 책 시작했다.

그래 우리는 최근에 찍어건 큰 힘이 되어 오늘까지
활약해 아리 관상을 밟고 있었다.

"제도 한 게 많이 틀어냈어야 아겠고··· 사람들이 북스카페
한 곳에서 살면 앤 것이죠··· 그래서 앤 회기 밝음 제
쌓는다 수 있고···그래도낵 좋얼거로요."

오는 3월 초부터 북스 카페에 '데이지'는 이
름의 김은씨의 혼발가소리가 밴습는 것도 사실이 본
이는 옷을 만들고 났게 여러군에 맞고,
그리고 또 한나, 가수로나 인 멀 많지 많지 않았
다. LA와 LA주의로써 오케스트라 악단채닷을
설만 김은씨가 그게낸 앤 재어밴이 국 채아내미 그 앤
에서 밴칠게 앤수해 계획도 세우고 있다.

"혹언에 혼자 있으면서 판면에는 섞어져 떨얼치
이덜거 큰 알면 같다 넷냐 이제 누구가 있어 앤밴마도
좋다는게 이렇게 305가 그는 '가장 구짜해서 306
사랑의 생각시나더 혼자에 그가 없으로 열심히 살
자는 각오를 다른 앤'이았어 은 눈을 번쩍하였는 실
는 관한 미소를 전엇다. 북스카페

LA 그랜드호텔 공연

01 LA 그랜드호텔(린다김이 경영) 공연
02 LA 그랜드호텔 대기실에서

LA 월셔극장 공연

01 LA 월셔극장 공연 중(컴백무대)
02 LA 월셔극장 대기실에서(사회자와 출연자)
03/04 LA 월셔극장 공연 중(컴백무대)

김은조 EUN-CHO,KIM
LA 월셔이벨 극장 공연
WILSHERE EBELL THEATRE

인연 속에 맺어진 당신
너무쉽게 떠나 갔어도

한국 활동무대

01 효 가요쇼(전원주, 한강)
02/03 글로리아가스펠밴드(정운호 목사님과 극동방송)

한국 활동무대(동해)

01/02 GTI엑스포 공연(2017)
03 평창문화올림픽 공연(2018)
04 북카페 3주년 기념콘서트(2019)
05 KBS 신광식, 김경범 선생님(2019)
06/07 서울재즈 오케스트라 연주회(망상해변, 2019)

한국 활동무대(동해)

01/02 서울재즈 오케스트라 연주회(망상해변, 2019)
03 동해문화원 조연섭 국장과 토크

동해 북카페

01 매실주 사건 친구
02 북카페 전경

안동대 졸업

01 안동대 총장상 수상
02 수상자들과 함께
03 총장님과 함께 기념촬영
04/05 안동MBC 인터뷰
06 구송연 학우와 함께

일본

한국